KB149007

LOVE STEALER

러브 스틸러

LOVE STEALER

러브 스틸러

스탠 패리시
범죄 스릴러

정윤희 옮김

STAN PARISH

위북

차례

프롤로그

늑대는 한밤중에 양을 잡아먹지만, 낮에 보면
그가 범인임을 보여주는 핏자국이 그대로 남아 있다.

— 칼릴 지브란

| 프롤로그 |

라스베이거스 경찰국의 롭 설리번 경관은 두 번째 신고 전화가 접수되던 시각, 총기 소지자가 나타났다는 413 신고를 받고 출동 중이었다. 이번에 911에 전화를 건 신고자는 히스패닉 계열의 여성으로 내용은 첫 번째 신고와 같았다. 10대 후반에서 20대 초반의 백인 남성이 벌건 대낮에 권총을 손에 들고 거리를 활보하고 있다는 것. 처음 접수된 신고 전화에서는 '돌격용 자동 소총'이라는 단어를 언급하면서 남자가 든 총기를 묘사했다. 두 번째 신고자는 "엄청나게 큰 총"이라는 표현을 사용했다. 총기 소지 용의자는 롭 설리번 경관이 있는 위치에서 여섯 개 블록 정도 떨어진 곳에 있을 것으로 추정되었고, 설리번 경관은 아데랄(ADHD 치료용 각성제 – 옮긴이) 20그램과 다이어트 레드불 반을 마시고 두 번째 교대 근무에 나선 참이었다.

911에 접수된 신고 내용을 떠올리며 거리 곳곳을 유심히 살피고 있는 와중에도 머릿속이 빙글빙글 도는 것처럼 어지러웠다. 집에는 두 살짜리 아들이 있었고, 12년 후에 클락 카운티 고등학교에 입학할 예정이었다. 지난 3년 사이 두 차례나 라스베이거스 경찰국(LVMPD)에 폭탄 위협 신고가 접수되었던 바로 그 학교였다. 학교에서는 매달 총격 대응 훈련을 하고 있었는데 그는 대체 무엇 때문에 10대 총잡이

들이 난봉을 피우는지 궁금할 따름이었다. 미국 시민들에게 공개적으로 용서를 구하는 그 10대 문제아들 부모들의 면면을 보면 더할 나위 없이 평범해 보였기 때문이다. 롭 설리번은 그들에게 지나치게 이목이 쏠리는 모습을 보면서, 속으로 '하느님 맙소사'를 외쳤다. 바로 그런 부분은 롭이 아데랄을 복용할 수밖에 없도록 만들었고 약을 먹고 나니 오히려 정신이 더욱 흐릿해졌다. 설리번 경관은 허리에 차고 있던 권총을 꺼내 슬라이드를 당겼고, 놋쇠 총알이 장전된 탄창이 번쩍거렸다.

사라 고는 라스베이거스 경찰국과 함께 일하는 응급구조팀 직원으로 총기를 소지한 자를 목격했다는 첫 번째 신고 전화가 접수된 곳 근처 네일숍에서 손톱 손질을 하고 있었다. 사라는 자기 손톱에 프렌치 매니큐어를 발라준 네일숍 매니저인 섀넌 제이콥슨과 친분이 두터운 편이었다. 본래 근무 시간에 사적인 외출을 하면 안 됐던 터라, 뭔가 마음에 걸렸는지 신고를 받은 후 섀넌에게 다음과 같은 문자를 보냈다.

'섀넌, 혹시 일하는 중이면 되도록 가게 안에만 있어……. 그 근처에서 뭔가 안 좋은 일이 생기고 있는 것 같아.'

섀넌 제이콥슨은 일터가 아닌 다른 곳에 있었다. 오후 4시 25분, 섀넌은 앙코르 앳 윈 라스베이거스 호텔에서 주최하는 선데이 풀파티에 참석하기 위해서 긴 대기 줄의 중간쯤에 서 있었다. 1시간 후면 스웨덴 출신의 DJ가 공연을 시작할 예정이었고, 뱀처럼 길게 둘러친 벨벳 밧줄 안쪽으로 눈대중으로도 네바다 주립대(UNLV)에 다니는 학생 중 절반 정도가 발 디딜 틈도 없이 북적이고 있는 것 같았다. 탱크톱과 끈 샌들을 신은 동아리 남학생들은 몸뚱이를 손바닥만큼만 가린 비키니 차림의 클럽 여학생들과 함께 테이크아웃 컵을 들고 있는 모습도 보였다. 섀넌은 워낙 클럽 음악을 사랑하는 사람이라서 자기 나이보다 절반도 안 되는 10대들이 끓어오르는 호르몬을 이기지 못하고 대낮부터 술에 취해 휘청거리는 모습을 보고도 기꺼이 참아내고 있었다. 청바지의 동전 주머니 속에는 수류탄 모양으로 생긴 엑스터시가 들어 있었는데, 네일숍에서 함께 일하는 동료로부터 받은 선물이었다. 섀넌은 물도 없이 엑스터시 알약을 하나 꺼내서 입안에 넣은 다음, 고개를 뒤로 젖히고 목구멍 너머로 꿀꺽 삼켰다. 순간 휴대전화에서 문자 메시지 도착을 알리는 진동음이 울렸다.

한편 페어필드 북쪽으로 한 백인 남성이 손에 뭔가를 쥐고 거리를 걷고 있었는데 30미터나 떨어진 위치에 있어서 설리번 경관은 남자의 손에 쥔 것이 뭔지 정확히 파악할 수가 없었다.

“본부 나와라. 여기는 162. 용의자로 추정되는 자가 페어필드 북쪽에서 시카고 쪽으로 이동 중이다. 오버.”

용의자는 초대형 크기의 피츠버그 스틸러스의 유니폼 차림으로 인도를 따라서 빠른 걸음으로 걸어 내려가고 있었다. 자동차 소리를 들었는지는 모르겠지만, 별로 신경 쓰지 않는 눈치였다. 용의자의 걸음이 멈추자, 설리번 경관도 급브레이크를 밟았다. 공원에 차를 대고 손바닥이 허전한 것 같아서 권총을 손에 쥐었다. 순간 용의자가 몸을 돌렸다. 그의 오른손에는 강아지의 목줄이 들려 있었다.

페어필드와 세인트루이스의 교차로, 신호까지 무시한 채로 또 다른 차량 한 대가 미끄러지듯 다가왔다. 바로 피닉스에서 온 신입이자 설리번 경관의 새로운 파트너 러셀 프랫이었다. 자동차 유리가 스르르 내려갔다.

"용의자 찾았다면서요?" 프랫이 물었다.

"강아지랑 산책 중이더군."

"그럼 그 빌어먹을 자식은 어디 간 거죠?"

설리번 경관이 어깨를 으쓱했다.

"신고 전화를 건 사람들을 제외하고는 목격자가 없는 모양이야." 프랫의 파트너가 말했다. "총까지 들고 거리를 활보한다면 사람들 눈에 띄었을 텐데."

윈 호텔의 서쪽으로 여섯 블록 떨어진 지점, 이삿짐 트럭 한 대가 리스본 대로의 고요한 거리에 멈춰 섰다. 얼굴을 완전히 가리는 헬멧을 쓰고 검은 가죽으로 된 경주용 재킷을 입은 운전자가 운전석 아래로 풀쩍 뛰어내렸다. 트럭 뒤쪽으로 간 운전자는 컨테이너 문을 열고 이동용 계단을 내리더니, 트럭 안으로 사라졌다. 곧이어 쿨럭이는 엔진의 진동 소리와 함께 트럭의 얄팍한 벽이 부르르 떨리기 시작했다. 그리고 두 대의 오토바이가 이동용 계단을 타고 내려와 도로로 들어섰다. 오토바이 한 대에 두 명씩 타고 있었는데 머리부터 발끝까지 경주용 가죽옷을 입은 채로 새카만 헬멧을 쓰고 있었다. 운전석 뒤에 올라탄 자들은 저마다 배낭을 메고서 오토바이의 속도가 높아지자 그에 맞추어 몸을 수그렸다. 그렇게 두 대의 오토바이에 탄 가죽 재킷 차림의 네 사람은 새카만 자갈 같은 몸뚱이에 번쩍이는 눈동자를 가진 거대한 곤충처럼 저만치로 쏜살같이 사라져버렸다. 도난당했지만 아직 도난 신고가 접수되지 않은 유홀 트럭은 뒤 컨테이너 문이 활짝 열린 채로 맥없이 황금빛을 뿜어내는 오후의 햇살을 한몸에 받으며 위태로운 모습으로 길가에 버려지고 말았다.

카이 프레스턴과 안나 레빈은 어젯밤 아무 계획도 없이 즉흥적으로 차를 끌고 라스베이거스에 와서 윈 호텔에 투숙했다. 금발 레게 머리를 한 젊은 커플은 블랙잭에서 다음 달 월세를 낼 정도로 돈을 땄지만, 곧바로 그 돈을 모두 잃고 말았다. 카이는 아침을 먹은 뒤로 아무것도 먹지 못했다는 사실을 여자친구에게 말했다. 두 사람은 카지노가 있는 층에서 나와 초호화 부티크들이 우아한 자태를 풍기며 곡선 형태로 늘어서 있는 윈 에스플러네이드 쇼핑 아케이드를 정처 없이 걷기 시작했다.

"맙소사." 카이가 말했다. "자기야, 이것 좀 봐."

그라프 다이아몬드 매장의 창문 너머로 매우 귀한 원석으로 만든 것으로 보이는 깃털 달린 공작새 모양의 브로치가 전시돼 있었다. 안나는 남자친구를 보며 싱긋 미소를 지었다.

"잠깐 보기만 하는 건 괜찮아."

매장 안에 깔린 대리석 바닥은 털퍼덕 앉아서 밥을 먹어도 될 정도로 티끌 하나 없이 번쩍였고, 젊은 커플이 가게 안을 이리저리 헤집고 다니는 동안, 매장 안 진열대에 놓인 갖가지 보석들은 나풀대며 물속을 헤엄치는 물고기들처럼 제각기 광채를 뿜어냈다. 안나가 약혼반지를 구경하며 넋이 팔린 사이, 백금색 머리카락을 짧게 자른 아담한 몸집의 여직원이 그녀의 옆으로 와서 섰다.

"어서 오세요. 무엇을 도와드릴까요?"

"저 반지, 숨 막힐 정도로 마음에 쏙 들어요."

안나는 진열대 유리를 탁탁 치면서 말했다.

"정말 아름다운 반지예요. 한번 착용해 보시겠어요? 참, 저는 신시아라고 합니다."

여자는 이렇게 말하고 하얀 장갑을 손에 낀 다음 진열대 잠금쇠를 풀고 플래티넘 재질에 6캐럿짜리 노란 다이아몬드가 박힌 반지를 꺼냈다. 서핑이나 즐길 것 같은 차림에 입에서 위스키 냄새가 진동을 하는 커플들은 신시아의 눈에도 값비싼 반지를 덥석 구매할 고객처럼 보이지 않았지만, 여기서 일하면서 온갖 신기한 일들을 많이 겪었던 그녀였다. 안나는 손가락에 반지를 끼우고는 한참 동안 손가락을 뚫어져라 쳐다보고 있었다.

"이 정도 크기와 투명도를 갖춘 노란 다이아몬드 원석을 찾는 건 정말 쉽지 않은 일이거든요." 신시아가 말했다.

"정확히 무슨 색인 거죠?"

"다이아몬드 생성 과정에서 질소가 함유된 거예요." 신시아가 설명했다. "사실 오랫동안 유색 다이아몬드는 하얀색 다이아몬드와 달리 결함이 있는 물건으로 치부됐어요. 하지만 저희 그라프 다이아몬드의 대표께서는 사람들에게 유색 다이아몬드의 진정한 가치를 오랜 세월 전파해 왔어요. 사실 유색 다이아몬드가 화이트 다이아몬드보다 진귀하거든요. 덕분에 지금은 유색 다이아몬드가 더욱 귀하다는 평가를 받고 있죠."

카이가 키득거리며 웃었다.

"그 말이랑 똑같네요. 누군가에게는 쓰레기인 물건이 다른 사람에게는 보물일 수 있다는 말."

"글쎄요." 신시아가 대답했다. "그런 식으로 해석하실 수도 있겠죠."

"그래서 정확히 반지 가격이 얼마나 되는데요?" 카이가 물었다.

"제가 알기로는 22만 5천 달러인데, 정확한 가격은 다시 확인해 봐야 합니다."

안나는 반지 낀 손가락을 얼굴에 바짝 가져다 댔다.

"결함이 있는 물건치고 그렇게 비싼 가격은 아니네요." 카이가 대답했다.

윈 호텔의 주차 관리 요원으로 일하는 브라이언 댈모어는 새빨간 코르벳 차량의 주차를 맡긴 고객 덕에 단숨에 10달러를 벌었다. 차주는 10달러 지폐를 내밀면서 '신디'를 특별히 잘 부탁한다고 말했다. 브라이언이 운전석에 올라타려고 할 즈음, 오토바이 헬멧을 쓴 장신의 남자와 사뭇 진지하게 대화 중인 동료 마티 스텟슨의 모습이 눈에 들어왔다. 그 장면을 보는 순간, 브라이언은 온몸이 바짝 긴장되었다.

"마티." 그는 큰 소리로 동료를 불렀다. "이봐, 마티. 무슨 문제 있는 거 아니지?"

마티는 힘껏 고개를 끄덕여 보였다. 브라이언은 여전히 미심쩍은 얼굴로 운전석에 올라탔다. 그는 룸미러를 돌려서 다시 한 번 마티의 모습을 살피려고 했지만, 어느새 마티는 풀파티를 위해 반쯤 벌거벗다시피 한 10대들 사이로 사라져버린 후였다. 지금으로부터 5시간 후, 그 엄청난 인파들이 호텔 밖으로 몰려 나올 것을 생각하자 벌써 등골이 서늘해졌다. 아마도 오늘 근무 중에서 가장 힘든 시간이 될 거라는 예감이 들었다.

마티 스텟슨은 친구가 모는 오토바이 뒷자리에서 풀쩍 뛰어내린 헬멧 쓴 남자가 주차관리소로 다가오는 모습을 보며, 주차할 곳을 물어볼 거라고 생각했다. 하지만 남자는 어깨에 메고 있던 배낭을 들더니, 배낭 아래쪽에 숨겨놓은 초미니 돌격 소총을 슬쩍 보여주는 것이었다.

"그 친구는 이제 갔나?" 브라이언이 차를 몰고 떠나자, 남자가 말했다.

마티는 고개를 끄덕였다.

"무전기 내놔."

마티는 이후 FBI 측에서 '라이더 1'로 지목하게 될 그 남자에게 무전기를 내밀었고, 남자는 헬멧 안에 무전기 이어폰을 꽂은 다음 윈 호텔 보안센터와 연결된 채널에 주파수를 맞췄다. 이어폰 너머로 도보로 8분 정도 거리에 있는 윈 호텔 부지의 건너편 끝에 있는 마고 연회장에서 한바탕 몸싸움이 터졌다는 소식이 전해졌다. 라이더1은 모든 보안요원들에 즉각 출동할 것을 지시했다.

"손 내밀어." 그가 마티에게 말했다.

마티의 양쪽 손목이 두꺼운 케이블 타이에 묶여 주차관리소 스탠드에 꼼짝없이 묶여버렸다. 라이더1은 에스플러네이드 쇼핑 아케이드로 향하는 커다란 여섯 개의 문 중에 하나를 열더니, 쇠로 된 막대기 하나를 바닥 경첩에 넣어 문을 고정했다. 향긋한 내음이 가득한 리조트 안으로 거리의 후끈한 열기와 함께 자동차 매연이 들이치자, 사람들이 너도나도 고개를 돌렸다. 마티는 두 번째 오토바이가 자동차 도착 지점을 지나서 첫 번째 오토바이 뒤에 멈춰 서는 순간, 호텔 내부에 있는 사람들을 위해서 마음속으로 기도하기 시작했다. 라이더1은 마티의 어깨에 한쪽 손을 올렸다.

"만약 너나 다른 직원이 이 사실을 호텔 측에 알리는 날에는, 반드시 다시 돌아와서 네놈 머리에 총알을 박아주겠다. 알겠지?"

마티는 고개를 끄덕였다.

라이더1은 오토바이에 올라탔고 두 대의 오토바이는 기어를 내리고 엔진 소음을 낮춘 다음 호텔 입구를 지나서 서서히 움직이기 시작했다.

그 시각, 윈 호텔의 보안센터에서는 방금 보고를 받은 마고 연회장의 주먹다짐 현장을 살피느라고 17번 카메라에는 신경조차 쓸 틈이 없었다. 17번 카메라로 꽃으로 뒤덮인 회전목마와 조명이 드리워진 헐벗은 나무숲을 지나서 에스플러네이드 아케이드 쪽으로 천천히 내려가는 두 대의 오토바이가 보였다. 고객들은 가던 길을 멈추고 고개를 돌렸고, 어린아이를 둔 부모님들은 아이를 급히 가게 안으로 데리고 들어갔다. 한 무리의 대학생들은 황급히 휴대전화를 꺼내서 사진을 찍기 바빴고, 그사이 뉴욕에서 온 홍보담당자 두 명은 오토바이로 홍보 스턴트를 하려는 모양이라고 추측했다. 윈 호텔이라는 기발하고 다채로운 세상을 이용해 시커먼 가죽 재킷을 입은 경주용 오토바이를 극명히 대비시켜서, 일종의 바이럴 마케팅을 벌이려는 것으로 착각한 것이다. 그 누구도 911에 신고 전화를 걸지 않았다.

제러미 덩컨은 어릴 때부터 뭔가 특별한 구석이 있는 아이였다. 5학년치고 키가 큰 편이었고, 항상 등을 구부정하게 숙인 채로 찍찍이 운동화를 신고 두꺼운 안경 너머로 시선을 고정하고 다녔기 때문이다. 그 찍찍이 운동화도 혹시나 최악의 순간에 운동화 끈이 제대로 묶이지 않아서 아이가 공포감을 느낄 수 있어서 이를 예방하기 위해 엄마가 특별히 사준 것이었다. 제러미는 소방차가 불을 붙이기 위해서가 아니라 불을 끄기 위해서 출동한다는 사실을 깨닫기 전까지만 해도 새빨간 소방차를 정말로 좋아했다. 요즘에는 오토바이에 완전히 빠져서, 하루에도 몇 시간씩 유튜브 채널에서 구형 슈퍼 바이크를 클릭하느라 시간 가는 줄을 몰랐다. 특히 오토바이를 탄 무리가 공중에 붕 떠올랐다가 무릎이 경주 트랙에 닿을 정도로 낮은 자세로 바닥에 착지하는 영상을 보면서 광분을 금치 못했다. 제러미는 정말로 오토바이를 사랑했다. 물론 그만큼 두려움의 대상이기도 했다. 언젠가 제러미의 아빠가 동네 마트 앞에 주차된 소형 오토바이 베스파에 그를 안고 올라탔을 때도 도망치듯 뛰어내리다가 양쪽으로 파란 줄무늬가 그려진 제일 좋아하는 운동복 바지가 찢기고 팔꿈치가 까질 정도로 다친 적도 있었다.

에스플러네이드 쇼핑 아케이드에 울려 퍼지는 끈적한 재즈 음악 사이로 귀가 울릴 정도로 요란한 오토바이 엔진 소음이 들릴 무렵, 덩컨 가족은 윈 호텔 뷔페에서 이른 저녁을 먹기 위해 이동 중이었다. 제러미는 오토바이 엔진 소리를 듣자마자 눈을 반짝였다. 아빠는 실내에 오토바이가 들어올 리 없다고 말했지만, 제러미는 소리만 듣고도 직렬 4기통 엔진을 장착한 오토바이라는 걸 대번에 알아차릴 수 있었다. 엄마는 조금 더 가까이 가서 구경해도 괜찮다고 말했지만, 제러미는 살짝 떨어진 모퉁이 바로 옆에서 보는 것만으로도 충분하다고 생각했다. 바로 저만치 보이는 모퉁이 뒤에서 요란한 오토바이 엔진 소리가 들리고 있었기 때문이다. 순간 제러미가 북적이는 군중들 사이로 자취를 감추었고, 안드레아 덩컨은 남편의 어깨에 손을 올리며 이렇게 말했다.

"카일, 왜 사람들이 전부 이쪽으로 뛰어오는 걸까?"

그라프 매장 앞에 두 대의 오토바이가 멈춰 설 무렵, 신시아는 연분홍색 프린세스 컷 보석을 꺼내 안나에게 보여주고 있었다. 오토바이 뒤에 탔던 남자들이 내리더니, 배낭을 열고 자동 소총을 꺼내서 엉덩이 쪽에 가져다 댔다. 먼저 라이더1이 매장으로 들어와서, 모두에게 손을 들고 바닥에 엎드리라고 지시했다. 헬멧을 쓰고 있어서 그런지, 남자의 목소리는 방 안에서 서로 고함치며 싸울 때처럼 크게 울렸다. 손목에서 휙 소리가 들리는가 싶더니, 라이더3이 경찰봉을 꺼내서 그라프 매장의 무장 보안요원 라샤드 라이언스의 가슴팍을 강하게 내리쳤다. 라샤드가 고통으로 몸부림치면서 케이블 타이에 결박을 당하는 사이, 라이더1이 매장을 찬찬히 둘러보더니 신시아 앞으로 가서 멈춰 섰다. 그녀야말로 그가 왜 이곳에 왔는지 정확히 아는 사람이었다.

그 물건은 바로 오늘 아침, 무장한 경비원들의 엄호를 받으며 이곳 매장에 도착했다. 신시아가 직접 배달 서류에 서명했기 때문에 그 물건 하나에만 700만 달러짜리 보험이 가입돼 있다는 사실을 잘 알고 있었다. 제품을 배달한 경비업체 직원들은 금고 안에 목걸이를 보관하기 전에 신시아에게 확인을 받았다. 잘 익은 과일처럼 대롱대롱 달린 배 모양의 20캐럿 상당의 샴페인 다이아몬드 목걸이. 그 목걸이는 파리 본사에서 배를 타고 상하이 개발업자의 두 번째 아내를 위한 생일 선물 용도로 이곳에 도착했다. 리 지엔롱은 수돗물도 제대로 나오지 않는 광둥성에서 자란 새 아내가 사들이는 물건만큼이나 쇼핑을 하는 걸 좋아하기 때문에 굳이 매장을 통해서 제품을 받겠다고 고집을 피웠다. 리 지엔롱은 사생활 보호와 무기명 거래를 중시하는 편이었으나, 이번에는 특별히 예외를 두기로 했다. 철저하게 무장한 보안팀의 감시하에 물건을 배달하고 가게까지 무사히 운반하는 비용을 전부 사비로 처리하기로 한 거였다. 물론 이제는 소용없는 일이 됐지만, 다른 보안요원이 정확히 오후 6시에 그 목걸이를 행복한 중국인 커플의 스위트룸으로 직접 배달하기로 되어 있었다.

신시아는 사시나무처럼 떨고 있었다. 라이더1은 그녀를 잡고 몸을 돌리더니 제품이 보관된 창고로 이어지는 거울로 된 패널 문으로 이끌었다. 물론 장갑을 낀 한 손에는 권총을 든 상태였고, 다른 손으로는 그녀의 어깻죽지를 잡고 있었다. 신시아는 문을 열고 초록색과 금색으로 위풍당당하게 자리 잡은 주문 제작된 금고 쪽으로 똑바로 걸어갔다. 금고 비밀번호는 바로 신시아의 생년월일이었지만, 어쩐 일인지 비밀번호 입력이 마음처럼 되지 않았다.

신시아가 나지막한 목소리로 말했다. "죄송해요."

"긴장 풀고," 라이더1이 말했다. "호흡해요."

신시아가 다시 번호를 누르려는 찰나, 목덜미 부근에 있던 남자의 손이 팔 쪽으로 움직였고, 그녀는 흘쩍이며 두 눈을 질끈 감았다. 남자는 그저 힘내라는 뜻으로 그녀의 어깨를 살짝 잡았을 뿐이었다. 어찌나 놀랐는지 신시아는 하마터면 몸을 돌릴 뻔했다. 이번에는 금고 비밀번호가 제대로 먹혔다. 강철로 된 빗장이 풀리자마자 라이더1이 여자를 밀어내고 나섰다. 금고 안에는 주문한 다이아몬드 목걸이와 색과 중량별로 가지런히 정리된 36개의 다이아몬드 반지가 꽂힌 수

납함이 놓여 있었다. 신시아는 배낭 안으로 소나기처럼 쏟아져 내리는 다이아몬드들을 마음의 눈으로 조용히 새겨두었다. 금고 바깥에서는 5초 정도의 간격을 두고 진열대 유리가 와장창 부서지는 소음이 이어졌다. 라이더1이 창고 밖으로 나서는 찰나, 부지직하는 가죽 소리와 함께 지퍼 올리는 소리가 들렸다. 신시아는 그대로 활짝 열린 금고 옆에 털썩 주저앉았다. 특수부대가 도착할 때까지도 그 자리에 있을 것이다. 그녀는 자신의 몸에 닿았던 그의 손길을 지금도 느낄 수 있었다.

제러미는 눈앞에서 벌어지는 흥미로운 장면을 보자마자, 열 살 생일 선물로 받은 아이폰을 꺼내 들었다. 레이크뷰 몬테소리의 행동치료사의 말에 따르면, 아이가 휴대전화로 동영상을 찍는 것은 자신을 극도로 흥분시키는 대상과 일정한 거리를 유지하기 위한 것이라고 설명했다. 광택이 없는 재질의 검정 기름 탱크와 묵직한 미쉐린 커맨더 타이어를 장착해 개조한 1200cc급 경주용 오토바이가 보석 매장 밖에 깔린 새빨간 양탄자 위에 위풍당당하게 서 있는 모습을 본 제러미는 엄청난 짜릿함을 느끼면서 휴대전화를 들었다. 엄마의 고함을 들은 순간, 뭔가 큰 문제라도 생긴 것처럼 당장이라도 자신의 멱살을 끌고 갈 기세라는 걸 느낄 수 있었다. 제러미가 원하는 건 오토바이의 몸통을 지탱하고 있는 사제 프런트 서스펜션을 자세히 살피는 것, 그뿐이었다. 그래서 요동치는 엔진을 눈앞에서 볼 수 있도록 3미터 정도 떨어진 자리에 멈춰 손가락을 덜덜 떨면서 동영상 촬영의 시작을 알리는 붉은 버튼이 나올 때까지 세 번이나 화면을 두드렸다. 오토바이에 탄 사람들도 별로 신경 쓰지 않는 것 같았다. 곧이어 그들의 신경이 모두 그에게 쏠렸다. 오토바이 일행이 일제히 제러미 쪽으로 향하는 순간, 그는 시커먼 헬멧의 가리개 너머로 그들의 눈동자가 이글이글 타오르고 있는 것을 느낄 수 있었다. 제러미의 엄마는 말 그대로 입이 턱하고 막혔다. 제러미는 휴대전화 안의 화면을 빤히 쳐다보다가 그제야 화면 속에 보이는 번쩍이는 총구를 확인할 수 있었다.

새넌 제이콥슨은 라이터를 빌려달라는 부탁과 함께 자신을 소개하며 접근한 풋풋한 남자 대학생과 함께 수영장에 서서 몸을 흔들고 있었다. 남자가 주머니에 있던 하얀색 라이터를 꺼내서, 꺼진 담배에 다시 불을 붙였을 때 두 사람은 동시에 웃음을 터트렸다. 연상의 여자를 공략하기 위해서 나름 머리를 굴린 모양이었다. 섀넌은 크게 신경 쓰지 않았다. 딱 봐도 미친놈과는 거리가 멀어 보였고, 춤도 제법 잘 추는 편이었으니까. 약 기운이 서서히 오르면서, 자신의 등을 쓰다듬는 남자 대학생의 손길을 따라 온몸으로 후끈한 기운이 퍼졌다. 순간 보안요원 둘이 파티장을 비집고 들어와 쑥대밭을 만들어버리자, 파티의 개막 무대를 맡았던 DJ가 주섬주섬 짐가방을 챙기기 시작했다. 섀넌과 그녀의 새 친구는 거의 뛰다시피 비상구 쪽으로 움직였다.

"이봐!" 남자 대학생이 소리쳤다. "뚱보들, 매너 좀 챙기시지!"

사라 고는 911에 전화를 건 여자의 말을 어떻게든 이해해 보려고 애쓰면서 진땀을 빼고 있었다. 윈 호텔 쪽에서 걸려온 전화였다. 여자의 목소리는 거의 발작에 가까울 정도였다.

“부인? 부인.” 사라가 말했다. “다시 한 번 천천히 말씀해 주세요. 무슨 일이 있으셨다고요? 누가 아드님을 데려갔다고요? 혹시 아드님이 인질로 붙잡혀 있습니까?”

“바로 앞에서— 동영상을 찍고 있었는데— 우리 아들이— 세상에 그 오토바이를 찍었는데— 그 사람들이 물건을 훔쳤는데— 보석 가게에—”

“부인? 뭐라고요? 혹시 아드님이 강도를 당했나요?”

“아니요. 우리 아들은- 그냥-그러니까 바로 앞에 있다가-그 사람들을-휴대전화로-그 사람들이 강도인데-경찰에 연락했죠? 지금 어디에 있어요? 경찰은 언제 오죠?”

“부인, 방금 목격한 사람들 인상착의 좀 설명해 주세요. 곧 경찰이 도착할 겁니다. 걱정하지 마세요.”

바이런 서먼과 마크 야노프스키는 현장에 도착한 첫 번째 보안요원이었다. 최초 보고부터 혼란 그 자체였다. 마고 연회장 부근에서 난투극이 벌어졌고, 그라프 보석상에서 구조 신호가 울렸으며, 몇몇 개념 없는 자식들이 에스플러네이드 아케이드를 경주 트랙인 양 누비고 있었다. 마크는 제일 먼저 구름처럼 몰려든 고객들 사이를 비집고 나갔고, 얼마 못 가서 걸음을 멈추고 이렇게 말했다. “이런, 젠장.” 그라프 보석 매장 앞에 서 있는 두 대의 오토바이에 휴대용 소총을 두른 두 명의 운전자가 눈에 들어왔기 때문이다. 마크와 바이런 둘 다 휴대용 무기조차 갖추지 못한 상황이었다. 보통 이쪽에서는 경비요원이 무장하는 것을 제지했기 때문이다. 만약 무기를 가진 강도가 나타나는 상황이 벌어진다면, 보안요원의 역할은 범죄현장에서 가해자들을 최대한 빨리 끌어내는 것이었다. 카지노에서 사용하는 칩부터 스위스제 시계, 콩알만 한 금덩이 하나까지 모두 보험에 든 상태였고, 행여 총격전이 벌어져 고객들이 목숨을 잃게 된다면 주주들의 가치 창출에 해를 끼치게 될 것이 분명한 일이었다. 마크와 바이런은 구름떼처럼 밀려든 군중들을 최대한 그라프 보석 매장에서 멀리 이동시켰고, 문이 열린 가게로 하나둘 밀어 넣고서 처음 왔던 길로 돌아가서 에스플러네이드 아케이드에 아무도 남아 있지 않도록 만들었다.

"이런 맙소사!" 세 명의 여자가 몸을 피할 요량으로 카르티에 매장으로 급히 들어오는 순간 마크가 놀라서 외쳤다.

한 꼬마가 오토바이를 탄 강도들과 비상구 사이에 서서, 그것도 놈들과 불과 3미터 남짓 거리에 서서 휴대전화로 그 장면을 녹화하고 있었기 때문이다. 세 명의 보안요원과 위장 경찰 둘이 강도들이 도주하는 현장에 도착해 눈앞으로 보이는 아케이드 바닥에 총구를 겨누고 있는 상황이었다. 라이더2와 라이더4는 가지고 있던 소총을 높이 쳐들었다.

제러미는 얼음처럼 굳어졌다. 오토바이에 탄 남자들이 총을 들자, 뒤에 있던 사람들이 큰 소리로 비명을 지르기 시작했다. 가게 안에서 헬멧을 쓴 또 다른 남자 하나가 나오더니, 잠시 멈추어 섰다가 제러미가 서 있는 쪽으로 뚜벅뚜벅 걸어와 휴대전화 쪽으로 손을 뻗었다. 그러자 미리 의도된 것처럼 소년은 어머니의 손아귀에 붙잡혀 순식간에 뒤쪽으로 홱 끌려가고 말았다. 라이더1은 코앞에서 휴대전화를 놓쳤다. 엔진이 으르렁거렸다. 제러미는 오토바이를 탄 강도들이 사방으로 흩어지는 군중들 사이를 달려 비상구 쪽으로 바람처럼 달려가는 동안에도 여전히 녹화 버튼을 누르고 있었다. 그리고 어머니에게 억지로 휴대전화를 빼앗기기 직전까지도 저만치 멀어지는 오토바이 엔진의 굉음을 녹화했다.

브라이언 달모어는 열쇠고리로 사용하던 스위스제 군용 칼을 꺼내서 마티 스텟슨의 손목을 결박하고 있던 케이블 타이를 미친 사람처럼 잘라내기 시작했다. 에스플러네이드 아케이드 안에서 묵직한 오토바이 엔진 소리가 들리는가 싶더니, 브라이언이 고개를 들자마자 두 대의 오토바이가 활짝 열린 문을 통해서 바람처럼 달려나갔다. 어찌나 속도가 빠른지, 입고 있던 셔츠까지 문 쪽으로 나풀거릴 정도였다. 오토바이를 탄 자들이 문에서 우측으로 방향을 틀어 브레이크조차 밟지 않은 상태로 남쪽 라스베이거스 대로로 달려가는 사이, 경찰차와 특수기동대 트럭이 요란한 타이어 굉음을 내면서 화려한 조경으로 꾸며진 윈 호텔 중심부의 좌측 언저리에 도착했다.

오토바이 두 대가 양옆으로 흩어졌다. 라이더1과 라이더2가 탄 오토바이가 3차선 도로와 갓길을 누비며 북쪽으로 향하는 사이, 다른 한 대는 교차로에서 방향을 홱 틀어서 스프링 마운틴 도로로 달려갔다. 최대 유흥가로 꼽히는 라스베이거스 스트립의 화려함이 순식간에 스쳐 지나가고, 이름난 리조트들 대신 싸구려 선물 매장과 주류상점 그리고 허름한 호텔들이 하나씩 모습을 드러냈다. 90미터 전방에 두 대의 경찰차가 교차로를 막고 서서, 북쪽으로 이동하는 차량을 완전히 통제하고 있었다. 프랫과 설리번 경관은 차에서 내린 채로 정차 중인 차량의 사이를 누비면서 빈 도로에서 양쪽으로 흩어졌고, 오토바이에 탄 자들에게 총구를 겨누고 당장 무기를 버리고 내리라고 외쳤다. 마침내 18m 거리에 있던 오토바이가 빠르게 지나가자, 설리번 경관은 방아쇠를 당겼고 총알은 오토바이 운전대를 잡고 있던 남자의 우측 어깨에 맞았다. 오토바이 바퀴가 뒤뚱거리자, 프랫과 설리번 경관은 동시에 라이더2의 오토바이 뒷바퀴 쪽으로 몸을 던지면서 어떻게든 붙잡아 보려고 했고, 곧이어 바닥에 시커먼 바퀴 자국을 남기면서 오토바이가 기우뚱 넘어갔다. 안장에 타고 있던 두 남자는 마치 보이지 않는 끈에 연결되기라도 한 것처럼 그대로 균형을 잡고 일어섰다. 프랫과 설리번은 총알처럼 달려 중앙분리대의 모퉁이를 지나서 겨우 손바닥 두 개 정도 거리밖에 안되는 틈새로 빠져나가는 오토바이의 모습을 바라보며 주춤대며 자리에서 일어섰다. 90도 각도로 빠르게 회전을 한 오토바이는 적색 신호에 멈춘 운전자들과 정면으로 마주 보게 되었다. 그리고 신호가 초록색으로 바뀌자마자, 다시 오토바이는 반대 차선에서 달려오는 차량 속으로 용수철처럼 튀어나갔고, 라이더2는 반대편에서 달려오던 캐딜락 차량의 앞 범퍼와 손가락 한 마디 정도의 거리만 남긴 상태에서 핸들을 급하게 좌측으로 틀었다. 그렇게 800미터 정도를 달린 후에 랜초 드라이브에 다다른 오토바이는 다시 우측으로 돌았고, 조용한 주택가의 도로를 구불거리며 달리다가 엔진을 완전히 멈추기 전에 마지막으로 한 번 조절판을 활짝 열었다. 그렇게 관성에 의지해 두 블록 정도를 엔진의 소음 없이 조용히 움직이던 오토바이는 은행의 담보권이 행사 중인 목장 형태의 주택 진입로로 들어섰다. 주차장 문이 열리는 사이, 라이더1이 오토바이에서 뛰어내렸다. 대머리에 수염이 더부룩하게 나고 근육질의 몸에 문신이 가득한 남자가 주차장에 세워진 은색 픽업트럭 옆에 서 있었다. 라이더2가 헬멧을 벗고 오토바이를 트럭 위로 끌고 올라가 바닥에 눕히는 사이, 라이더1은 오토바이에서 내려서 곧바로 집 안으로 들어갔다. 대머리 남자는 기다렸다는 듯 오토바이 위에다가 큼지막한 이불보를 덮었다.

"재킷이 엉망이 됐네." 그가 말했다.

"친구, 팔을 제대로 맞았어요."

대머리 남자가 지퍼를 열고 라이더 2가 입고 있던 경주용 수트를 허리까지 내리자, 케블라 소재의 방탄조끼가 드러났고 어깨 부위에 총알이 스친 깊은 자상이 보였다. 라이더2는 트럭에 올라타서 방탄조끼를 벗고 그나마 멀쩡한 손으로 엔진에 시동을 걸었고, 그 순간 차고 문이 벌컥 열렸다. 그는 오토바이를 끌고 방금 왔던 도로를 따라서 총알처럼 사라졌다.

라이더1은 텅 빈 거실을 정면으로 응시하면서, 출발점에 선 수영선수처럼 갈비뼈가 있는 팔 안쪽을 손바닥으로 찰싹찰싹 때렸다. 대머리 남자가 라이더1의 어깨를 잡고 낮은 석조난로 쪽으로 앉히더니, 무릎을 대고 앉았다. 대머리 남자는 한 손으로 라이더1의 종아리를 잡고, 다른 손으로는 부츠의 끈을 풀고 손수 신발을 벗겨주었다. 마치 레이스를 마친 순종견을 훈련하는 사람처럼, 다정하면서도 결의에 찬 모습이었다. 그렇게 양쪽 부츠를 벗긴 후, 대머리 남자는 라이더1의 턱으로 손을 뻗어서 헬멧 끈을 풀어냈다. 헬멧을 벗자 안쪽 쿠션 부분이 땀으로 흥건히 젖어 있었다.

"다들 무사히 도착했군." 대머리 남자는 라이더1을 부축해 일으키면서 말했다.

"우리도 서둘러 출발하자. 퇴근길 정체는 피해야 하잖아."

라스베이거스 경찰국(LVMPD) 범죄과학수사대의 사진 담당 레베카 라이언은 그라프 보석 매장에 떨어진 반지를 발견하고는 곧바로 무릎을 대고 앉아서 카메라 셔터를 눌렀다. 산산조각이 난 유리 조각 사이에 파베 다이아몬드 반지가 반짝이고 있었다.

"반지 하나를 흘리고 간 모양이네요." 레베카는 헥터 라미레즈 반장에게 다가가서 직접 카메라 렌즈를 들이밀며 이렇게 말했다. "그럼 얼마인 거죠? 한 5만 달러 정도 날린 셈인가요?"

"오늘 털린 규모에 비교하면 새 발의 피겠지." 라미레즈가 대답했다. "존에게 그 반지 봉투에 챙겨두라고 지시해 줘."

라미레즈는 미들 웨이트급 아마추어 복싱 선수로 나서도 될 만큼, 작고 다부진 체구를 지닌 사람이었다. 새카만 머리는 가지런히 빗어 넘겼고, 서른여섯의 나이에도 여전히 소년처럼 앳된 얼굴을 하고 있었다. 매끈하게 재단된 남색 스포츠 재킷과 새하얀 셔츠, 윤기가 흐르는 로퍼까지. 경찰 배지와 총만 없었다면 그라프 보석 매장에 온 손님이라고 착각할 정도였다. 그는 라스베이거스 지역 담당자 FBI 특수요원 데이비드 해리스가 은색 머리카락과 땅딸막한 체형에 전혀 어울리지 않는 미색 재킷의 버튼을 풀어헤치고 매장 앞에 설치된 경찰 저지선 아래로 들어오는 걸 보고도 일부러 못 본 척했다.

"7월의 크리스마스로군요." 해리스는 그를 향해 다가오며 이렇게 말했다.

라미레즈는 수첩을 보다가 고개를 들었다. "3분 만에 이 정도 성과면 나쁘지 않죠. 해리스 씨?"

"데이브라고 부르세요."

라미레즈는 주 경계와 공해상에서 벌어진 사건에 대해서는 FBI가 모든 권한을 가진다는 사실을 잘 알고 있었다. 따라서 그는 라스베이거스 경찰국의 강도사건 전담반 반장으로서 사건을 라스베이거스 쪽으로 이관하기 전까지, FBI에서 보석 절도 프로그램을 운영하는 해리스가 이끄는 수사팀을 지원하는 역할을 맡게 될 것이다. 라미레즈는 해리스라는 자의 명성을 익히 들어서 잘 알고 있었다. 만만치 않은 수사관이자, 다른 지인의 표현에 의하면 완전 재수 없는 작자라고 했다.

"총피해액이 얼마나 되죠?" 해리스가 물었다.

"아직 조사 중입니다. 담당 매니저의 말로는 최하 2천만 달러 정도의 피해를 본 셈이라고 하더군요."

"라스베이거스 절도 사건 사상 최고치 같은데, 제 생각이 맞나요?"

"아마 그럴 겁니다." 라미레즈가 말했다.

"부상자는 없습니까?"

"그라프 매장의 보안요원이 갈비뼈가 부러졌다고 하는데, 현재 상태는 양호합니다."

"도로에 있는 CCTV 영상은 확보됐습니까?"

"놈들이 나타나기 10분 전, 누군가 사하라 대로에 설치돼 있던 감시카메라를 제거해 버렸더군요."

"제거했다고요?"

"아. 총으로 쐈다는 뜻이에요. 번호판도 없는 유콘 SUV 차량의 뒷좌석에 탄 자가 총을 쐈어요. 아마도 22구경 권총을 사용한 것으로 보이고."

"그렇다면 놈들은 사하라 대로를 통해서 스트립 거리 쪽으로 도주했겠군요."

"맞습니다."

"그럼 놈들이 어디로 사라진 건지는 전혀 알 길이 없겠군요. 어디서 왔는지도요."

라미레즈가 고개를 절레절레 저었다.

"전자동 소총으로 무장한 네 사람이 오토바이를 타고 카지노에 나타났다가 바람처럼 사라져 버린 셈이네요."

"모든 자료를 재확인해 봐야겠어요." 라미레즈가 말했다. "이 정도면 뉴스 머리기사는 정해진 거나 다름없겠네요. 총기를 든 자가 거리를 활보한다는 신고로 경찰의 눈을 따돌린 게 틀림없어요. 신고 전화가 두 번 접수됐는데, 확인 결과 둘 다 대포폰이었어요."

"현장에서 동영상을 찍은 꼬마는 어떤가요?"

"겁에 질려 있더군요. 부모님이 아이 휴대전화를 경찰에 증거로 제출했지만, 그 아버지라는 사람이 동영상을 최소 3명에게 보낸 모양이에요."

"사본을 가지고 계시는지, 아니면 유튜브로 보는 게 나을까요?"

라미레즈는 휴대전화에 저장돼 있던 동영상을 재생시켰다.

"저 헬멧 안에서 들리는 소리를 추출해야 하는데." 그는 제러미가 동영상을 녹화하는 장면을 처음으로 목격한 라이더2와 라이더4의 모습을 보며 이렇게 말했다. "다들 놈들이 대화하는 소리는 못 들었다고 하더군요. 그런데 머리가 움직이는 모습을 잘 보세요. 꼬마를 보고 뭔가 의논을 하는 것 같은 모습이죠."

"아무도 대화하는 걸 못 들었다고 하던가요?" 해리스가 물었다.

"금고를 열어준 매니저 말로는 키 큰 남자가 미국 억양을 사용했다고 진술했어요. 하지만 헬멧을 쓰고 있어서 정확한 목소리를 들을 수는 없었다고 하더군요. 게다가 굉장히 겁에 질린 상태예요. 지금까지도요."

"혹시 매니저가 공범일 가능성은 없나요?"

"일단 뒷조사를 해보고 있기는 한데, 저라면 매니저가 공범이 아니라는데 돈을 걸겠어요."

라이더1이 매장에서 걸어 나와 제러미가 있는 쪽으로 걸어가는 부분에서 해리스가 정지 버튼을 눌렀다.

"저는," 해리스가 말했다. "이 자가 우두머리라는 데 돈을 걸고 싶군요."

저녁 7시 25분, 섀넌은 도심 가에 있는 구식 칵테일 바 그리핀 앞에 서 있었다. 호텔 내부에서 벌어진 사건 덕분에 수영장 파티가 일찍 막을 내리는 바람에 파티장에서 만난 대학생 남자애와 그 친구들과 뭉쳐서 여기까지 오게 됐다. 인도에 삼삼오오 모인 군중들 사이로 호텔에서 벌어진 사건에 대한 온갖 소문이 퍼져나갔다. 치명적인 뇌우를 뚫고 무사히 착륙을 마친 사람들처럼, 난생처음 보는 낯선 사람들이 각자 보고 들은 바를 떠들어대면서 시끄럽게 대화를 주고받는 것이었다. 다들 집에 갈 생각이 없는 것 같아. 섀넌은 그리핀 바로 가자고 제안했고 대학생 남자애가 아이리시 카밤 폭탄주를 일행에게 한 잔씩 돌렸다. 기네스 파인트 잔에 폭탄주를 부으면서, 섀넌은 아이리시 폭탄주를 돌린 남자에게 작별 인사를 고해야겠다고 결심했다. 그리고 새로 사귄 대학생 남자가 화장실에 간 사이 조용히 술집 밖으로 빠져나갔다.

아직 엑스터시의 기운이 완전히 가시지 않은 데다 몸이 달아오를 대로 달아올라서 누구라도 만나지 않고는 못 배길 지경이었다. 섀넌은 휴대전화에 대화목록 창을 손가락으로 내리면서 누구에게 연락하는 것이 좋을지 고민에 빠졌고, 마침내 친구들이 캡틴 캥거루라고 숙덕거리던 키가 크고 꽤 연하였던 남자에게 연락하기로 했다. 뭔가 다듬지 않은 매력이 있다고 할까. 매너도 그저 그랬고, 머리 모양도 촌스럽고, 문신도 별로였지만 얼굴이 꽤 잘 생긴 데다 잘 깎은 조각상처럼 매끈한 편이고, 무엇보다 침대 위에서 입놀림이 끝내줬기 때문에 오늘 밤 상대로는 완벽하겠다는 판단을 하게 된 것이다. 등 뒤에서는 술집 기도 하나가 시애틀에서 총각 파티를 하러 왔다는 일행들과 강도 사건에 대해서 떠들어대고 있었다.

"말도 안 돼." 한 남자가 말했다. "황야에서나 벌어질 법한 일이 여기서 벌어졌다니."

섀넌은 피식 웃으며 담배에 불을 붙였다. 캡틴 캥거루는 바로바로 문자에 답장하는 스타일은 아니었지만, 다행히 '뭐 해요?'라는 그녀의 문자에 '어디예요?'라는 답문을 보내왔다. 자기는 친구 집에서 경기를 보고 있다고 했다. '우리 집에서 같이 볼래요?' 그녀의 제안에 그는 알겠노라고 했다. 1시간 내로 오겠다고. 섀넌은 급히 택시를 불러 세웠다.

그로부터 90분이 지나서, 크레이그 홀링거는 한 손에 헬멧을 들고 다른 손에는 물방울이 송골송골 맺힌 샴페인 한 병을 들고 그녀의 현관문을 노크했다.

"와!" 섀넌은 샴페인 병을 받아들며 탄성을 내뱉었다. "뭐 축하할 일이라도 있어요?"

"못할 것도 없잖아요. 안 그래요?"

“샴페인 좋아해요. 들어와요.”

주방에 들어온 섀넌은 식기세척기 안에 있던 와인 잔 두 개를 꺼내서 싱크대로 가져가 물에 헹궜다.

“경기 틀어줄까요?” 섀넌이 물었다.

“무슨 경기요?”

“아까 경기보고 있었다고 했잖아요.”

“아. 괜찮아요. 아마 지금쯤 끝났을 거예요.”

“오늘 내가 어디 갔다 왔는지 맞혀봐요.”

“골프장?”

“에이, 장난치지 말고.” 섀넌이 말했다. “윈 호텔에 갔었어요.”

“진짜요? 많이 땄어요?”

“오늘 무슨 일 있었는지 모르나 봐요?”

크레이그는 어깨를 으쓱했다.

“오토바이를 탄 사람들이 대낮에 강도질을 벌였어요. 오토바이를 탔다고 해서 갑자기 당신 생각이 나더라고요. 당신이랑, 당신이 타고 다니는 그 커다란 오토바이 말이에요.”

“계산대에 있는 돈이라도 털었대요?”

“아뇨, 에스플러네이드 아케이드로 쳐들어가서 그라프 보석 매장을 싹 털어갔어요.”

“그라프?”

“토 나올 정도로 비싼 보석을 파는 매장이에요. 지금까지의 인생을 싹 접고 내 인생에 마지막 여자를 만났다는 생각이 들었을 때, 그 여자한테 줄 반지를 사기 위해서 갈 만한 그런 곳이죠.”

크레이그가 미소를 지었다. “그건 그렇고, 매장을 턴 후에 어떻게 도망친 거래요? 누가 출입구 문이라도 잡아줬나 보죠?"

"그건 잘 모르겠어요." 섀넌이 대답했다. "그런데 어찌어찌 도망갔다고 하더라고요. 뉴스에서도 온통 난리예요."

"분명히" 그는 섀넌에게 몸을 바짝 밀착시키며 말을 이었다. "전부 헛소문일 거예요."

섀넌은 남자를 밀어내더니 샴페인의 코르크 마개에 붙은 포일을 벗겼다.

"일단 코트부터 벗어요. 금방 돌아갈 거 아니니까." 섀넌이 말했다.

크레이그는 머뭇거리다가 재킷을 벗었고, 오른쪽 소맷단에서 팔을 빼내면서 자기도 모르게 얼굴을 찌푸렸다. 펑퍼짐한 면 소재의 긴팔 셔츠를 입었음에도, 어깨를 감싸고 있는 두툼한 붕대를 제대로 가려주지는 못했다.

"세상에" 여자가 말했다. "어떻게 된 거예요?"

"오늘 아침에 트랙 돌다가 미끄러졌어요." 크레이그가 대답했다. "크게 다친 건 아니고."

"뼈 부러진 거 아니에요?"

"부러지다뇨? 아니에요. 그냥 살짝 긁힌 것뿐이에요."

"얼음찜질을 해야겠어요."

냉장고 쪽으로 걸어가려는데, 문자 메시지가 도착했는지 휴대전화가 부르르 진동을 보냈다.

"아마 동영상일 거예요." 섀넌이 말했다. "오늘 사건 현장을 찍은 거 말이에요. 친구가 방금 보내주겠다고 했거든요. 당신 말이 틀렸다는 걸 확인할 마음의 준비는 됐겠죠?"

"그걸 지금 보자고요?"

"당연하죠." 섀넌이 말했다. "안 궁금해요?"

섀넌은 휴대전화를 사이에 두고 화면을 켰다. 휴대전화 화면에 종이를 뒤적이며 뉴스를 전하는 지역 뉴스 채널 앵커의 모습이 보였다.

"오늘 저녁 마지막 뉴스를 전해드리겠습니다. 불과 몇 시간 전 무장한 네 명의 남성들이 윈 호텔 카지노에서 시가 2,200만 달러 정도 되는 보석을 훔쳐서 도주한 사건이 벌어졌는데요. 사건 직후 용의자들과 직접 맞섰던 경찰로부터 매우 귀한 현장 영상을 확보했습니다. 함께 보시죠."

경찰 몸에 부착된 보디캠으로 녹화된 동영상은 이스트 사하라 대로에 주차돼 있던 경찰차의 앞 유리부터 시작되었다. 무전기 너머로 사건 발생을 알리는 신호가 들리고, 설리번 경관이 곧바로 차에서 뛰어내려 2차선 도로의 통행을 막고, 곧이어 가지고 있던 권총으로 스트립 거리 쪽을 조준하는 부분까지 이어졌다.

"내가 뭐랬어요?" 섀넌은 동영상 화면으로 오토바이가 나타나자 이렇게 말했다.

설리번이 권총을 쏘는 순간, 화면이 좌우로 흔들렸다. 오토바이 운전대를 잡고 있던 자가 분명히 총알에 맞은 것으로 보였고, 오토바이를 붙잡으려고 두 경관이 몸을 던지는 순간부터 화면이 위아래로 요동치기 시작했다.

"라스베이거스 경찰국에서 강도 사건의 용의자에 대한 정보를 알고 계신 분들에게 화면 아래 나가는 번호로 연락해 달라고 요청해 왔습니다." 앵커가 말을 이었다.

동영상이 끝났다. 크레이그와 섀넌은 나란히 선 채로 휴대전화 화면 위에 멈춘 마지막 장면을 가만히 쳐다보고 있었다. 서서히 불어나는 물살처럼, 둘 사이의 긴장감이 증폭되었다. 섀넌은 휴대전화를 주머니에 집어넣고, 크레이그의 엉덩이에 양쪽 손을 뻗고서 불끈 튀어나온 목 부분 힘줄에 코끝을 바짝 댔다. 충격이 엄청났지만, 그가 이 사건에 연루되었다는 사실을 직감했다는 속내를 들키고 싶지는 않았다. 본인의 안전을 위해서라도, 자신이 전혀 개의치 않는다는 걸 크레이그가 느끼도록 해야만 했다.

"저번에 윈 호텔 카지노에서 블랙잭을 하다가 400달러나 잃었지 뭐예요." 그녀가 속삭이듯 말했다. "게다가 호텔 서비스도 어찌나 형편없던지. 어디 다친 데 좀 봐요."

크레이그는 셔츠를 벗고 붕대 끝부분을 살짝 뜯어 보였다.

"세상에," 섀넌이 말했다. "그래도 금방 꿰맸나 봐요?"

"연습용 트랙에 의사가 항시 대기 중이거든요." 크레이그는 손가락 끝을 그녀의 턱에 가져다 대고 여자의 얼굴을 살짝 뒤로 기울이더니 그녀의 눈을 빤히 내려다보며 이렇게 말했다.

"당신은 아무것도 못 본 거예요."

"뭘 못 봤다는 건데요?" 섀넌은 내숭 백 단의 미소를 지으며 대꾸했다.

남자가 다시 입을 열자, 그녀는 곧바로 자기 입술을 그의 입술에 가져다 댔다. 크레이그가 멀쩡한 손으로 그녀의 셔츠 끝자락을 잡자, 섀넌은 그가 셔츠를 쉽게 벗길 수 있도록 양팔을 하늘 높이 뻗었다.

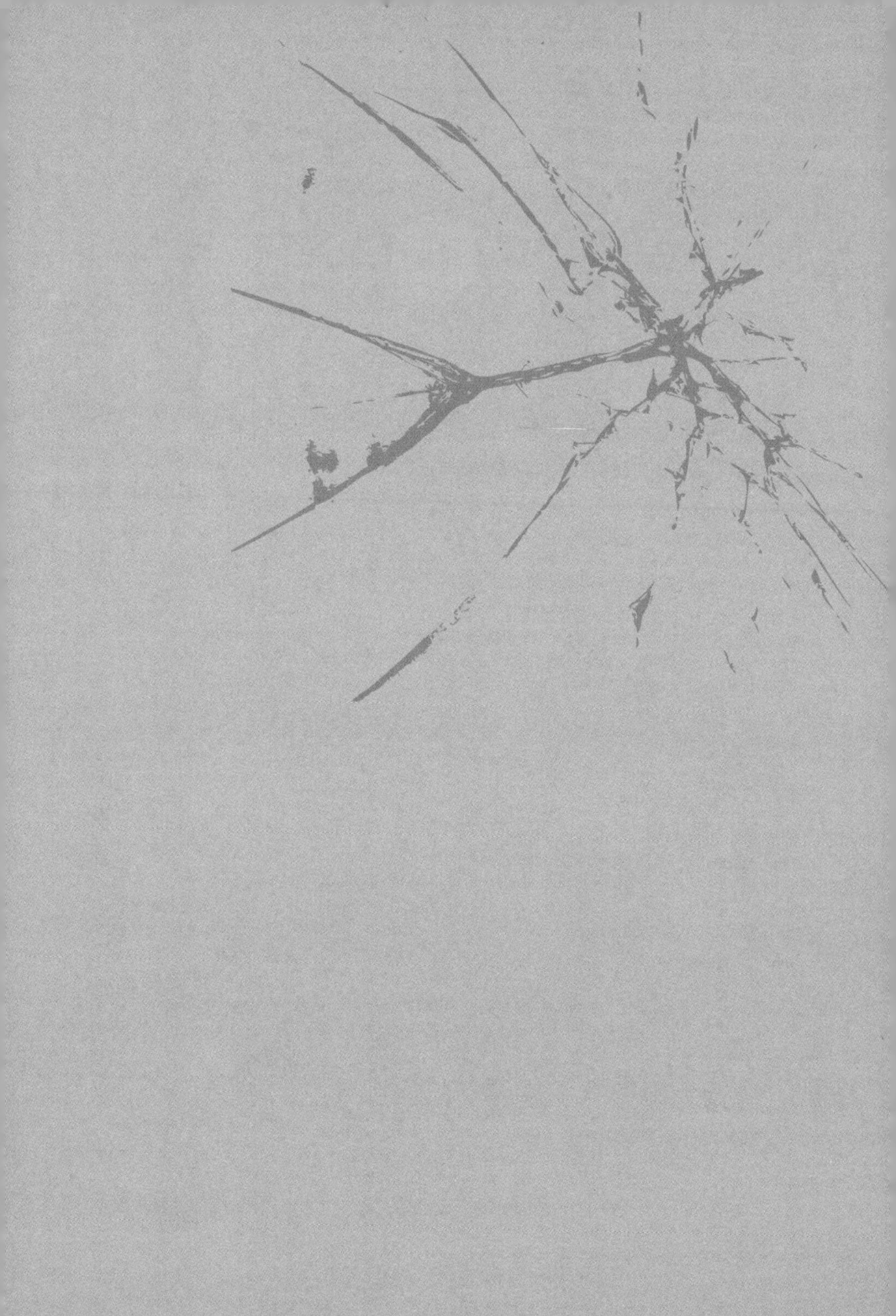

1부

Las Vegas

(라스베이거스_ 미국)

사기와 배신은 정직을 위한 충분한 기지가 없는
어리석은 자들의 습관이다.
— 벤자민 프랭클린

01

아담한 교외 지역에서 모임이 있는 날. 큼지막한 벽돌집의 자갈 깔린 진입로에 여섯 대의 차량이 주차돼 있었다. 알렉스 캐시디가 마지막으로 도착했다. 매달 열리는 모임의 시작 시각은 오후 8시였지만 알렉스는 주요 행사가 있기 전, 1시간가량 자유로운 분위기로 손님들과 어울려야 하는 시간만큼은 최대한 피하고 싶었다. 오후 7시 56분, 알렉스는 최신형 볼보 스테이션 왜건을 길 건너편에 주차하고 운전석에 앉아서 라디오 전화 토론 프로그램에 귀를 기울이고 있었다. 오늘 저녁에는 천둥과 번개를 동반한 비 소식이 있을 게 분명해 보였다. 알렉스는 왼손에 힘을 주어 주먹을 쥐었다. 오래전 뼈가 부러졌던 손목 부분이 시큰거렸다. 어린 시절 다쳤던 부위의 통증이 폭풍우가 오기 전이면 이런 식으로 되살아나곤 했다.

7월의 공기는 건조하고 숨이 막힐 정도로 후텁지근했고 거기에 요란하게 우는 매미 소리까지 어우러졌다. 알렉스는 진입로에 나란히 주차된 차량 중에서 펜실베이니아 번호판이 붙은 새하얗게 왁스 칠을 한 메르세데스 벤츠 픽업트럭을 발견했다. 차에서 내려 길을 건너면서 집을 유심히 살피고는 다시 고개를 돌려 운전석 창문 너머를 힐끗 쳐다보았다. 서류 폴더들, 휴대전화 충전기 뭉치, 껌 한 팩이 눈에 들어왔다. 앞 창문 너머로 경찰노조 이름이 적힌 플래티넘 배지가 보였다. 경찰의 지인들과 가족, 아내와 남편을 위해 특별히 제작된 것이었다.

말로리 박사가 직접 나와서 현관문을 열었다.

"역시 정시에 맞춰서 오셨군요." 그는 두 팔을 벌리며 말했다. "어서 오세요."

180센티미터가 넘는 알렉스는 집주인보다 머리 하나는 더 커 보였다. 두 사람은 어색하나마 평소처럼 포옹을 나누었다. 두 사람은 서로의 역사를 공유하고 있는 사이였고, 말로리 박사는 서로에게는 비밀이 하나도 없다고 굳게 믿고 있었다. 알렉스는 박사를 따라서 남북전쟁 시대의 식민지 저택에 최근 새로이 추가된 바닥으로 푹 꺼진 으리으리한 거실로 걸음을 옮겼다. 벽에는 책들과 추상화들이 가득했다. 평소에는 높이 난 창문 너머로 카네기 호수가 한눈에 보이는 곳이었지만 오늘 밤에는 블라인드가 드리워 있었다.

다른 손님들은 대리석 커피 테이블 앞에 놓인 푹신한 소파에 자리를 잡고 앉아 있었다. 현지통화담당 매니저인 마크 윌러드가 알렉스를 보더니 경례로 인사를 대신했다. 마크 옆에는 말로리 박사가 마취학과장을 맡은 프린스턴 메디컬 센터에서 정형 외과의로 근무하는 레이먼드 클레인 박사가 앉아 있었다. 집 밖에 주차된 하얀색 벤츠의 주인은 홀로 수납장 겸용 긴 의자에 앉아 있었다.

"알렉스." 말로리 박사가 입을 열었다. "이쪽은 랄프 임페라토 씨예요. 병원에서 인공 고관절과 무릎 수술을 담당하는 정형외과 영업

사원이시고."

그 설명만으로는 차에서 봤던 경찰노조 배지에 대해서도 충분한 해명이 안 되어. 알렉스는 왠지 모르게 불편한 심경이었다. 랄프는 맨해튼 나이트클럽에서 유흥을 즐기는 외과의들이나 입을 법한 매끈매끈 광이 나는 단화에 짙은 색 청바지, 그리고 빳빳하게 다림질을 한 보라색 정장 셔츠 차림이었다. 랄프라는 자가 오늘 파티에 나타난 건, 그저 깜짝 놀라게 하려는 의도일 것으로 생각했다. 랄프는 악수를 하면서 알렉스를 위아래로 훑어보았다. 페인트 얼룩이 묻은 작업복 바지에 데님 셔츠, 발목까지 오는 캔버스 운동화 차림으로 누가 봐도 잡역부나 심부름꾼으로 볼 법한 모습이었다. 흔한 명품 시계나 결혼반지도 없었다. 랄프는 번쩍거리는 시계에 결혼반지까지 끼고 있었다. 하지만 이곳은 선조로부터 유산을 물려받고 수십 년 동안 같은 옷과 차를 끌고 다니면서 코스트코에서 시장을 보고 마당에서 닭을 키우는 사람들이 사는 프린스턴이 아닌가.

"만나서 반갑습니다." 랄프가 말했다. "알렉스 씨는 무슨 일을 하시나요?"

"이벤트 회사를 운영합니다." 알렉스가 말했다. "이벤트 제작회사."

랄프가 더 꼬치꼬치 캐물으려는 찰나, 주방에서 앨리스 말로리가 찻잔이 담긴 은색 쟁반을 양손에 들고 나타났다.

"알렉스 씨." 앨리스는 커피 테이블에 쟁반을 내려놓으며 다정하게 미소를 지었다. "안 오시는 줄 알았어요."

"제가 빠질 수 없죠." 알렉스가 대답했다.

랄프는 은색 쟁반을 뚫어져라 쳐다보며 말했다. "어떤 기분일지 궁금하네요."

"처음에는 화물열차를 탄 기분이 들 겁니다." 클레인 박사가 대답했다. "한 대 얻어맞은 것처럼요. 그때부터 흥미로워집니다."

현관 벨 소리에 클레인 박사가 말을 멈추었다. 이제 보니 마지막으로 도착한 손님은 알렉스가 아니었던 모양이다. 앨리스는 복도로 걸어 나갔다가 한 여자를 데리고 나타났다. 잘 다듬은 구릿빛의 짙은 금발 머리카락 끝부분이 촉촉하게 젖어 있었다. 하얀색 스니커즈에 허벅지 부분에 올이 다 드러난 청바지, 거기다가 펑크밴드 '조이 디비전'이 그려진 해진 남색 티셔츠 차림이었다. 화장기 하나 없는 얼굴인데도 눈부시게 아름다웠다.

"늦어서 죄송해요." 그녀가 말했다. "괜히 기다리시게 한 건 아닌지 모르겠네요."

"죄송하기는요." 말로리 박사가 대답했다. "자, 모두 인사 나누세요. 이쪽은 새로운 친구 다이앤이라고 해요."

다이앤은 웃으며 손 인사를 건네면서 거실을 훑어보았다. 알렉스와 눈이 마주치자 머리를 곧추세우며 초록색 눈동자를 가늘게 떴다.

말로리 박사는 양 소매를 걷어붙이고 이렇게 말했다. "그럼 이제 시작해 볼까요?"

매번 1번 타자로 나서는 마크 윌러드가 자리에서 벌떡 일어나더니 바지 단추를 풀었다. 맨살 위로 새하얗고 펑퍼짐한 속옷이 보였는데, 알렉스는 남의 눈을 전혀 의식하지 않는 그런 태도가 못내 존경스러웠다. 마크는 다시 제자리에 앉았고, 말로리 박사가 그의 앞으로 가서 무릎을 꿇고 앉았다. 랄프는 라텍스 장갑을 끼고 작은 유리 물약병에 든 액체를 주사기에 채우는 박사의 행동 하나하나를 뚫어져라 쳐다보았다. 말로리 박사는 오른손에 다트처럼 주사기를 든 상태로 왼손으로 마크의 무릎을 찬찬히 살피고 있었다. 박사의 손에 든 주사기 바늘이 허벅지를 찌르는 사이, 마크는 랄프를 보며 윙크를 해보였다.

케타민은 해리성 마취약이었다. 신체 부위의 감각을 마비시키고 움직일 수 없도록 하는데, 보통은 수의사들이나 응급의학 분야 혹은 간단한 소아청소년과 수술을 할 때 사용했다. 흔히 클럽에서 환각작용과 유체이탈의 경험을 하기 위해 남용되는 경우가 왕왕 있어 일반인들을 현혹하기 일쑤였지만, 환각을 유발하는 케타민에도 어느 정도 의료적 가치가 있었다. 말로리 박사는 모임에 초대할 사람들에게 정신병력이 있는지 가려내고, 비공식 행사를 위해 우울증과 불안감으로 힘들어하는 사람들을 적극적으로 물색했다. 그러니까 이건 케타민이 대화 요법이나 항우울증 치료에 실패한 이들에게 도움이 될 수 있다는 것을 확인하는 임상시험 같은 거였다. 알렉스가 처음 마약성 약품에 손을 댔을 때, 그의 주치의로부터 약 기운으로 인해서 때로는 격렬할 정도로 육체가 소멸하는 모습을 목격하고 의식이 구석구석 스며들어 형체가 변화하는 경험을 하고, 그 무한한 힘을 느끼고 나면 '자아의 죽음'을 맞을 수 있다는 경고를 받았다. 말로리 박사는 일주일마다 한 번씩 권총을 입에 쑤셔 넣었던 시기에 비인가 약품 사용의 효과를 발견하게 되었다. 그는 케타민 주사 덕분에 결혼 생활과 삶을 구할 수 있었노라고 말했다.

알렉스는 고통을 완화하기 위해 이곳을 찾았다. 사업으로 인한 스트레스 탓인지 최근 들어 초조함과 불면증, 불안감에 시달리고 있었기 때문이다. 대화 요법은 애초부터 고려 대상이 아니었고 자연적 치료법도 여러 가지로 시도해 보았지만 번번이 실패했다. 케타민 시술은 그런 알렉스에게 관점의 전환을 강요했고, 처음에는 다소 불편했지만 결국에는 평온함을 얻었다. 환각 증상과 마비 현상을 함께 겪은 결과, 알렉스도 직관적으로는 알고 있지만 좀처럼 믿고 싶지 않았던 것, 그러니까 바로 통제라는 것이 그저 환상일 뿐임을 다시 느끼게 되었다.

클레인 박사가 자기 몸에 주삿바늘을 꽂는 사이, 말로리 박사는 알코올에 적신 솜으로 다이앤의 어깨의 한 부분을 소독했다. 랄프는 투여량이 얼마나 되는지 묻고 나서 고급 사각팬티의 밑단 아래 우측 허벅지에 주사를 맞았다. 각오 단단히 해야 할걸, 알렉스는 생각했다. 마침내 알렉스의 차례가 되었다.

"준비됐죠?" 말로리 박사는 다정한 미소를 지으며 이렇게 물었다.

알렉스는 바지를 내리고 소파에 앉았다. 박사는 허벅지 중간 부분에 주사를 놓을 준비를 했다.

"근육에 긴장 푸시고." 말로리 박사는 이렇게 말하며 설익은 과일 같은 알렉스의 맨살에 주삿바늘을 꽂았다.

가느다란 주삿바늘이 살갗을 파고들자, 말로리 박사의 입가가 만족감으로 뒤틀렸고 알렉스는 박사의 주사 밀대가 서서히 움직임과 동시에 근육이 꿈틀거리는 것을 느낄 수 있었다.

"잠깐 누르고 있어요." 말로리 박사는 고개를 까닥이며 엄지손가락 아래 있는 알코올 솜을 가리키며 말했다.

알렉스는 자리에 선 채로 벨트를 풀었다. 째깍째깍 시곗바늘이 움직이기 시작했다. 다른 손님들은 양가죽으로 만든 초대형 소파 위에 평온한 자세로 기대어 있었다. 알렉스는 베이지색 가죽으로 된 딱딱한 쿠션 위에 몸을 쫙 펴고 누웠고, 몇 분이 지나자 온몸이 쿠션 아래로 푹 꺼지는 기분이 들었다. 소파에서 몸을 일으키고 머리가 빙글빙글 돌아가는 와중에 속이 메슥거리는 순간은 그럭저럭 잘 참고 넘겼다. 약 기운이 온몸으로 퍼져서 그런지 모든 감각이 멍해지는 기분이었다.

알렉스는 최대한 호흡하는 데 정신을 집중했다. 그러자 눈꺼풀 뒤쪽으로 얼룩덜룩한 반점들이 보이더니, 호흡을 최고로 깊이 들이쉴 때는 반점이 형광 초록색으로 보이고 호흡을 내뱉을 때는 넘실거리는 진한 파란빛으로 바뀌는 것이었다. 그 빛깔들은 땅거미처럼 서서히 사라졌다. 알렉스는 자신이 저만치 멀리 보이는 거대한 증기기관차의 헤드램프에서 뿜어나오는 빤히 쳐다보면서 서 있다는 사실을 깨달았다. 갖가지 소음들이 넘실거리며 알렉스 쪽으로 퍼져 나왔다. 기관차에 석탄을 붓는 남자들의 삽이 쨍그랑대는 소리, 기관차의 피스톤이 쉬익쉬익 심장박동처럼 울리는 소리, 철도 위를 스치고 지나가는 기차 바퀴의 쇳소리까지. 그의 몸뚱이는 원자 크기로 쪼개졌고 기차 주변을 맴도는 구름이 되었다가 마지막 차가 바람처럼 날아감과 동시에 다시 제 형태를 되찾았다. 그 구름은 일종의 육체 의식 상태를 유지했으나, 각각의 입자들은 자신만의 정신세계를 가지고 있었다.

세찬 바람이 불어와 알렉스의 구름이 된 자아를 스치고 지나가 어둡고 약에 취한 풍경을 가로질렀다. 구름은 서서히 땅으로 내려와서 어두컴컴한 지평선을 따라서 걷고 있는 형체를 뒤쫓기 시작했다. 비록 한참 뒤에 있었지만, 알렉스는 그 호리호리한 체구에 긴 머리카락을 가진 청년이 누군지 대번에 알아볼 수 있었다. 그는 지금으로부터 20년도 더 전에 세상을 떠난 친구의 이름을 큰 소리로 불러보

왔다. 하지만 구름이 된 그의 자아에는 목소리가 없었기 때문에 친구를 불러보지도 못한 채로 그저 머리 위를 맴돌며 계속 따라갈 수밖에 없었다. 알렉스의 아래쪽으로 보이는 땅은 시커멓고 불안정하고 뜨거운 불길이 끓어오르는 화산 지옥처럼 보였지만, 그의 친구는 맨발로 전혀 고통을 느끼지 않는 표정이었다. 알렉스는 눈앞에 보이는 풍경이 더욱 악화하기 시작하더니 불에 지글지글 끓는 설탕처럼 시커멓게 변하는 모습을 보며 세상을 떠난 친구를 조금 더 앞질러 가려는 참이었다.

어느덧 라스베이거스에 어둠이 찾아오고, 마빈 코왈스키는 평소 즐겨 앉는 실버 스테이트 식당의 테이블에 자리를 잡고 앉아 있었다. 축 늘어진 회색의 말총머리에서 살짝 삐져나온 머리카락이 그가 시킨 치킨 스테이크 위로 흘러내렸다. 움푹 팬 은색 픽업트럭보다 몇 배나 더 비싼 롤렉스 데이토나 금장 시계가 포크를 움직일 때마다 얇은 손목 위아래로 올라갔다가 내려갔다. 마빈은 전당포 면허가 취소되기 전까지 몇 개나 되는 전당포를 운영했던 자였다. FBI 특수요원 해리스와 라미레즈 형사반장이 식당 문을 열고 들어오자, 별로 내키지 않는 듯 건성으로 손을 흔들었다.

"마빈, 오늘따라 유난히 검소해 보이는군. 평소에도 그랬지만." 라미레즈는 등받이가 있는 테이블에 미끄러지듯 앉으며 말했다. "이쪽은 FBI에서 근무하는 데이브 해리스 수사관, 마빈은 장물 취급하는 세계에서는 오델 베컴으로 불리는 사람입니다."

"한때는 그랬죠." 마빈이 끼어들었다. "지금은 그저 협조적인 일개 시민일 뿐인걸요."

해리스는 지극히 사업적인 태도로 별 감흥 없이 그와 악수했다.

"무슨 일로 찾아왔는지, 내가 한번 맞춰볼까요?" 마빈이 말했다.

라미레즈는 혓바닥을 튕기며 쯧쯧 소리를 냈다. "마빈, 우리 좀 쉽게 가자고. 그 헬멧 쓴 자들 누군지 알지?"

"물론, 그놈들 이름부터 주소까지 전부 다 알죠. 당연한 거 아닌가요?" 마빈은 화이트 그레이비 소스에 자른 고기 한 덩이를 살짝 찍어서 입에다 쑤셔 넣더니 계속해서 말을 이었다. "그놈들은 이쪽 출신이 아니에요. 그리고 벌써 도망친 지가 오래라는 거 잘 아실 텐데요. 지금쯤 그 미치도록 비싼 다이아몬드 목걸이는 이슬람 왕의 셋째 부인 서랍장에 고이고이 모셔져 있을 겁니다. 연방 수사관이시면, 뭐 그 정도는 이미 알고 계실 텐데요."

"자네도 동영상 봤나?" 라미레즈가 물었다.

마빈은 고개를 끄덕이고는 부드러운 크림이 올려진 커피를 한 모금 홀짝였다.

"특이한 사항은 없었고?"

"지금 황야의 무법자들과 슈퍼 바이크를 탄 친구들을 찾고 계신 거잖아요."

"마빈." 라미레즈가 말했다. "우리가 알고 지낸 세월이 얼만데 이래? FBI 요원님 앞에서 괜히 망신살 뻗치게 할 텐가? 왜 나는 자네가 알면서도 입을 다물고 있는 것 같은 느낌이 드는 걸까?"

마빈은 당근 조각을 포크로 찍어서 입에 넣고 오물거리기 시작했다. "FBI 나리를 모시고 식사 시간에 갑자기 찾아와서는 아무 대가 없이 정보만 내놓으라는 건가요?"

"그에 상응하는 대가는 말 안 해도 치를 생각이야." 해리스가 대답했다.

"그 중국인 사업가라는 놈 뒤는 제대로 캐봤어요?"

해리스는 라미레즈 쪽으로 시선을 돌렸다.

"아이쿠, 죄송합니다. 저는 뉴스에 나온 내용 말고 다른 건 아는 척하면 안 되는 거였죠? 왜들 이래요. 그 상하이에서 왔다는 개발업자 말이에요. 그 목걸이를 주문했다는 작자."

"피해자 말인가? 리 지엔롱? 스티브 윈부터 시작해서 로렌스 그라프라는 보석상 회장까지 싹 다 고소하려고 준비 중이라던데. 거의 9천만 달러를 허공에 날린 셈이니까. 그런데 의심해 봐야 한다는 거야?"

"그 정도로 값비싼 물건인데, 보험 가입도 안 돼 있을까 봐?"

라미레즈가 고개를 저었다. "그 가게에 물건이 도착했을 당시, 이미 구매대금이 지급된 상태였다고 하네요. 분실보험은 자택 안에서만 적용이 되는 거라서, 집 밖에서 분실될 경우 보상이 안 된다고 해요. 고객이 굳이 가게를 통해서 물건을 받겠노라고 했다면, 그 물건에 대한 책임은 가게 측에 있는 게 맞을 테니까. 그래서 무장한 보안요원들이 직접 물건을 배달하고 나서도 가게 안에서 지키고 서 있었던 거고. 그 역시도 리 지엔롱이 사비로 결제를 했다고 하고. 그자는 얼마라도 보상을 받을 수 있을 거로 생각하는 모양이야. 별로 큰 금액은 아니지만."

"맙소사." 마빈이 말했다. "그건 또 몰랐네요."

"그런데 왜 그 중국인 얘기를 꺼낸 거지?" 해리스가 물었다.

"질이 안 좋다는 소문을 들었거든요."

"본래 사람 한둘 땅에 묻지 않고서는 부동산 업계에서 떼돈 벌기가 어렵다고 하잖아." 라미레즈가 말했다. "그건 그렇고 질이 어떻게 안 좋다는 거야?"

"잘 들어보세요. 어차피 뒤에서 나온 얘기니까 참작해서 들어요. 그자가 부동산 쪽에만 손을 대는 게 아니라고 하더군요. 친구 녀석 말로는 평소 상하이 출신에다가 엄청 큰 판에서만 노는 노름꾼들만 전담해서 맡았던 사람을 잘 안다고 하더라고요. 숙소부터 여자, 개인 보안팀까지 싹 다 챙겨주나 봐요. 그런 곳에서 일하다 보니, 서로 다들 잘 아는 사이고. 그 사람들한테서 나온 얘기래요."

"이 얘기를 그 친구의 친구라는 사람을 통해서 직접 확인할 수 있나?" 라미레즈가 물었다.

"대놓고 나서서 도와주진 못하죠. 그런 고객들을 관리한다는 것 자체가 입이 무거워야만 가능한 일이니까요. 만약 그자가 FBI 쪽에다 입을 벙긋거렸다는 걸 들키는 날에는 다음에 만날 때는 여기서 커피 심부름을 하고 있을 테니까."

"우리가 직접 얘기를 나누는 것도?" 해리스가 물었다.

"그건 라스베이거스 경찰국 쪽에서 주는 쥐꼬리만 한 돈 아니고, FBI에서 직접 거래를 하고 싶다는 뜻인가요?"

"물건만 확실하다면야." 해리스가 대답했다.

"그렇다면 방법이 있는지 알아봐 드리죠."

"그 중국인이 다른 곳에 손을 뻗쳤기 때문에 그 목걸이를 도난당하게 된 거라고 보는 건가?"

"그거야 누가 알겠어요?" 마빈이 대답했다. "일단 구린 쪽에 발을 들이고 나면 얼마 후에 온갖 문제들이 터지기 십상 아닙니까. 그런 꼴을 어디 한두 번 봤어야죠."

03

다른 사람들보다 먼저 정신을 차린 건 알렉스였다. 온몸이 둔감하고 반응도 없었지만, 겨우 고개를 들고서 흐릿해진 시야를 통해 유령의 집 거울처럼 뒤틀린 형상과 부유물을 감지할 수 있었다. 분명히 앉아 있는데도 마치 바다 위로 떠다니는 것처럼 집 안이 좌우로 뒤뚱거리는 느낌이었다. 알렉스는 며칠 동안 정신을 잃었던 기분이었지만 벽에 걸린 시계를 보니 눈을 감았다가 뜬 지 정확히 40분밖에 되지 않았음을 알 수 있었다. 말로리 박사 내외는 팔걸이의자에 나란히 앉아서, 머리에는 이어폰과 마이크로폰이 내장된 모터사이클용 헬멧을 쓰고 있었다. 두 사람은 다소 적은 양의 주사를 투여한 상태로 무의식 속으로의 여행 중에 대화를 나누고 있었다. 바로 그것이 말로리 박사가 은퇴 후에 누리고 싶은 환각을 가미한 부부 치료의 방식이었다. 말로리 부인의 얼굴이 서서히 남편 쪽으로 향하자, 그에 답을 하듯 말로리 박사의 팔이 움찔거렸다. 알렉스는 종종 두 사람이 대체 어떤 대화를 나눌지 궁금했지만, 좀처럼 질문할 기회를 얻을 수가 없었다.

그 후로 몇 분이 지나는 동안 다른 손님들은 여전히 정신이 혼미한 상태에서 눈을 끔벅이거나 팔다리를 뻗으며 서서히 의식을 회복해 가고 있었고, 그사이 말로리 박사 내외는 머리에 쓰고 있던 헬멧을 벗었다. 앨리스는 사용한 주삿바늘이 담긴 쟁반을 분주히 정리하고, 주방에서 붉은 포도와 프렌치 브레드, 그리고 치즈를 챙겨서 다시 거실로 돌아왔다. 그사이 랄프는 줄이 쳐진 노란 메모지를 든 의사를 붙잡고 환각 주사의 첫 경험에 대해 상세하게 설명하고 있었다. 최근 결혼 생활을 정리한 클레인 박사는 언제나처럼 다이앤의 옆으로 바짝 다가가서 조용히 대화를 시도하고 있었다. 그에 반해 알렉스는 황량한 땅 위를 정처 없이 걷고 있던 옛 친구의 모습이 지금까지도 눈앞에 생생히 보이는 것 같아서 소소하게 대화를 나눌 기분이 아니었다. 그래서 커피 테이블 위에 놓인 화보를 훑어보면서 벽에 걸린 시계를 쳐다보고 있었다.

주사를 맞은 후 90분이 지나기 전까지는 절대로 운전대를 잡아서는 안 된다는 것이 모임의 규칙이었고 설사 90분이 지난 후라고 해도 말로리 박사의 감시하에 운동기능 테스트를 통과해야만 이곳에서 떠날 수 있었다. 다이앤이 어찌어찌 테스트를 통과해서 일찌감치 자리를 뜨려는 찰나에 알렉스가 화장실에서 돌아왔다. 박사는 거실 안을 자세히 살피는 알렉스를 보고, 슬슬 집으로 돌아갈 생각임을 알아차릴 수 있었다.

"이제 집에 갈 준비를 해야겠네요." 그는 알렉스를 입구 쪽으로 안내하며 이렇게 말했다. "일직선으로 걸어서 이쪽으로 와봐요."

알렉스는 입구를 따라서 일직선으로 걷는 테스트를 받게 된 것뿐만 아니라 온몸의 운동기능이 제자리를 찾았다는 사실에 기분이 좋았다. 그렇게 의기양양하게 테스트에 통과한 알렉스는 말로리 박사에게 작별 인사를 건넸다. 그의 차 뒤에 은색 어코드가 주차돼 있었는데, 다이앤이 운전석 문에 기대서 가로등의 부드러운 불빛을 한몸에 받으면서 손가락에 담배를 쥐고 있는 모습이 보였다. 알렉스가 다가가자, 그녀는 놀란 듯 눈을 깜빡거렸다. 그는 눈동자를 깜빡이는 것이 자신에게 꼬리를 치기 위한 건지 아니면 약기운을 떨치고 집중하기 위한 것인지 궁금했다. 알렉스는 자동차 열쇠를 찾기 위해 주머니를 뒤적거리면서 그녀에게 미소를 지어 보였다.

"테스트는 통과하셨나 봐요?" 그녀가 물었다.

"물론이죠."

"전 조금 더 있다가 출발하려고요. 아무래도 시원한 공기를 충분히 마시는 게 좋겠어요."

다이앤은 차분하고 말짱해 보였지만, 알렉스는 그런 표정조차도 얼마든지 거짓일 수 있다는 사실을 잘 알고 있었다. 그는 다이앤의 손가락 사이로 뿌연 담배 연기가 꼬불거리며 피어오르는 모습을 가만히 쳐다보았고, 그러자 그녀가 이렇게 말했다. "담배 연기 싫어하세요?"

"전혀요."

"한 대 드려요?"

"고맙지만 사양할게요."

"지혜로운 분이시네요. 신성한 몸을 유지하고 계시군요."

알렉스가 미소를 지었다. "몸뚱이는 그저 도구일 뿐이죠. 말로리 박사 내외랑은 어떻게 아는 사이세요?"

"막내딸 결혼식에서 출장 음식 서비스를 맡았어요. 앨리스랑은 꽤 오래 알고 지낸 사이고. 그쪽은요?"

"몇 년 전에 바닥을 칠 정도로 힘든 적이 있었는데, 말로리 박사를 만나 주사 요법 치료를 받고 나서 겨우 제정신을 차릴 수 있게 됐어요. 서로 이런저런 대화를 나누다 보니 이렇게 친구가 된 거죠."

"제가 좋아하는 부부 중 한 커플이에요. 그 모터사이클용 헬멧을 쓰고 대화를 하면서 뭔가 큰 발견이라도 한 모양이더라고요."

"두 사람이 무슨 대화를 나눌지 저도 궁금하기는 했어요." 알렉스가 말했다.

"그런 궁금증이 생기는 게 당연하죠. 저도 궁금한 건 못 참는 성격이라 앨리스에게 물어봤는데요. 서로 무의식 상태에서 본 것들에 관해 이야기를 나누고, 그 형상들을 하나씩 정리해 본다고 하더라고요. 그러니까 두 사람은 같은 환각을 보고 똑같은 형상을 목격한다는 거죠. 마치 서로의 머릿속에 들어갔다 나온 것처럼."

"믿기 힘든 얘기로군요." 알렉스가 대답했다.

"숨기고 싶은 게 있다면 그럴 수도 있겠죠."

"안 그런 사람이 어디 있겠어요?"

"저요." 다이앤이 대꾸했다. "하지만 당신 말도 이해는 돼요. 사실 오늘 밤에는 저도 좀 이상한 걸 보기는 했거든요."

"마찬가지예요." 알렉스가 대답했다. "어쩌다가 이 모임까지 오게 된 거죠?"

"앨리스에게 요즘 많이 힘들다고 말했더니 이런 모임이 있다고 하더라고요. 당신은요?"

"감압병 때문에요." 알렉스가 말했다. "지금은 기분이 어때요? 힘든 게 좀 덜해졌나요?"

"솔직히 말하면 지금 기분이 어떤 건지 저도 잘 모르겠어요. 사실 이런 건 딱 질색이라서. 그런데 우리 어디서 만난 적 있지 않나요?"

"글쎄요." 알렉스가 대답했다.

"혹시 프린스턴에 사세요?"

"대부분 뉴욕에서 지내요. 벅스 카운티에 있는 강 건너편에 집이 있어서."

"정말 어디서 만난 적이 있는 것 같아서 그래요."

"주말에 프린스턴 쪽에서 가르친 적이 있어요."

"대학가에서요?"

"아뇨. YMCA 센터에서요."

"거기 수영장 다니는데. 어쩌면 거기서 마주쳤을 수도 있겠네요. 그런데 이름이 뭐라고 하셨죠?"

"알렉스예요. 만나서 반가워요. 함께해서. 다이앤이라고 했죠?"

"맞아요. YMCA에서 뭘 가르쳤는데요?"

"무술이요."

"자동차로 걸어가다가 괴한을 만나 궁지에 몰렸을 때 사용할만한 그런 무술인가요?"

알렉스는 소리 내어 웃으며 그녀의 표정을 살폈다. 정말 그녀를 알아보기라도 한 걸까, 아니면 그저 연상 작용의 힘 때문인 걸까?

"걱정하지 마세요." 그녀가 말했다. "더 캐묻지 않을 테니까."

"왜요?"

"다시 들어가 봐야 하거든요. 저는 출장 음식 업체도 운영하고 위더스푼에 가게도 있어요. 언제 한번 놀러 오세요."

다이앤이 잔디밭을 가로질러 다시 집으로 걸어가는 모습을 보자,

알렉스도 따라가고 싶은 충동을 느꼈다. 다이앤은 현관 앞에 멈춰서 고개를 돌리고 손을 흔들었고, 그녀가 다시 집 안으로 사라지는 모습을 보며 알렉스도 오른손을 들어 화답했다.

“여보. 데이브. 데이브. 일어나요.” 데이브의 아내 안젤라가 이불 속에서 남편을 발로 툭툭 밀며 말했다. “데이브, 일어나라니까요.”

해리스 요원은 킁킁 소리를 내며 눈을 떴다. “무슨 일이야?”

“당신 휴대전화가 울리잖아요.” 안젤라는 베개로 머리를 감싸며 투덜거렸다.

데이브 해리스는 목청을 가다듬고 침대 옆 스탠드를 더듬거리며 윙윙 울리는 휴대전화를 찾았다. 새벽 3시 42분. 라미레즈의 전화였다.

“여보세요?”

“데이브 씨, 헥터예요.”

“좋은 아침이네요.”

“그러게요. 1시간 전에 호주 꼬마 하나가 마약 문제로 경찰에 연행됐어요. 마약 1킬로를 싼 가격에 사고 싶어서, 2만 달러를 들고 우리 쪽 끄나풀에게서 구매하려고 했더군요.”

“잠깐만요.” 해리스는 거실 쪽으로 걸어 나가며 말허리를 잘랐다.

"2만 달러 정도면 일반 강도 수준인데, 그 사건에 당신까지 불러들인 이유가 뭐랍니까?"

"녀석 말로는 윈 호텔을 턴 자들이 누군지 안다고 하더군요."

"잠깐 기다리고 있으라고 얘기했어요?"

"안 그래도 자다가 전화 받고 나서 그렇게 얘기해 뒀습니다. 그런데 그 녀석이 어디서 일하는지 궁금하지 않으세요?"

"티파니?"

"I-15번 도로에 있는 신 시티(Sin City) 모터스포츠 가게요."

"처음 듣는 이름인데요."

"공군기지 근처에 있는 경주 트랙이에요. 거기서 오토바이 경주 강사로 일한다더군요. 모터사이클 경주 강사래요."

"그쪽은 좀 뒤져봤어요?"

"웹사이트를 보니까 온통 그 녀석 기사더라고요. 호주에 있을 때 무슨 모터사이클 크로스 경기 챔피언이었다나 그렇대요."

"그래서 윈 호텔을 턴 자들이 누구라고 하던가요?"

"아직 아무 말도 안 했어요. 그 사건의 총책임자를 만나서 자신의 형량을 협상하기 전까지는 말 안 하겠대요."

"담당 경찰이라고 했는데도요?"

"꼬마 말로는 FBI가 총책임자라는 걸 안다더군요."

"변호사를 불러달라고 하지는 않던가요?"

"아직은요."

"느낌이 어때요?"

"마약 거래 협의에 대해서는 전혀 신경 쓰지 않는 건 확실해요. 뭔가 꿍꿍이가 있는 모양이에요."

해리스는 눈을 비비고는 이렇게 말했다. "금방 갈게요."

데이브 해리스가 경찰서에 도착할 즈음, 벌써 소문이 퍼졌는지 근무 중이던 경관들이 크레이그 홀링거가 대기 중인 취조실이 보이는 자리로 하나둘씩 몰려들기 시작했다. 푸른 눈동자에 굳게 다문 네모난 턱, 찢어진 청바지에 붉은 두카티 티셔츠를 입은 20대 정도 되어 보이는 앳된 청년으로 짧게 자른 금발 머리는 상어 지느러미처럼 매끈하게 정리돼 있었다. 왼쪽 뺨에는 프리몬트 거리에서 경찰에게 체포당하는 와중에도 거세게 반항했다는 사실을 보여주기라도 하듯 온통 긁히고 부어오른 상처가 훈장처럼 그대로 남아 있었다.

"들어가시죠." 라미레즈가 말했다.

해리스는 거의 다 마신 커피를 내려놓고 넥타이를 고쳐 매고는 취조실 안으로 들어갔다.

"크레이그 홀링거? 나는 FBI에서 나온 해리스라고 한다. 이제 아침인데 기분은 어떤가?"

"윈 호텔 사건을 담당하고 계신 분인가요?"

"맞아."

크레이그는 티셔츠를 올리더니 어디서 다쳤는지 열십자 모양으로 부풀어 오른 상처를 보여주었다. 해리스는 더 묻지 않았다. 벌써 사건 당시의 영상을 백번도 넘게 봤으니까.

"바로 저예요." 크레이그가 말했다. "이제 변호사 불러주시죠."

05

늦은 오전, 빗물이 쏟아붓는 가운데 다이앤은 고딕풍 캠퍼스로 꾸며진 프린스턴 대학의 입구와 복고풍 내음이 물씬 풍기는 대학가를 사이에 둔 도로 쪽으로 핸들을 틀었다. 속도는 좀 내는 편이었지만 나름 양심적인 운전자였던 터라, 차선 변경과 회전 시에는 반드시 깜빡이를 켰으며 운전 중에 휴대전화를 사용하는 법도 없었다. 알렉스는 다이앤이 한 번도 본 적이 없는 초록색 지프 체로키를 건너편 길가에 세우고 3시간을 기다렸고, 오전 10시 35분 다이앤은 집을 나섰다. 알렉스는 다이앤이 나올 때까지 J. 에드거 후버의 자서전을 CD 음원으로 들으면서 차에서 기다리고 있었다. 다이앤의 첫 번째 목적지는 페덱스였고, 다음으로는 네일숍으로 향했다. 지금은 차 세 대를 사이에 두고 알렉스가 종일 쫓아다니는 줄은 꿈에도 모른 채로 북쪽 어딘가로 향하는 중이었다.

어젯밤 말로리 박사의 집에서 돌아온 후, 알렉스는 펜실베이니아의 자택으로 돌아와 노트북과 레드 와인 한 병을 가지고 주방 탁자에 앉았다. 그는 온라인으로 다이앤에 대해 검색하기 시작했다. 회사

웹사이트에 나온 정보는 뉴저지 출신으로 출장 요리업계에서 20년 가까이 활동했으며, 해안가와 클래식 록, 그리고 친구들을 위해 요리하는 것을 즐긴다는 사실밖에 알아낼 수 없었다. 소셜 미디어에 올라온 사진들도 죄다 지금까지 활동했던 출장 요리에 관한 것들뿐이었다. 정교한 솜씨가 돋보이는 생조개류 식당, 웨딩 케이크, 그리고 쇠꼬챙이에 끼운 통돼지 바비큐 요리까지.

그렇게 두 페이지 넘게 관련 검색어를 뒤진 끝에, 알렉스는 또 다른 다이앤 앨리슨에 대한 정보를 들여다보기 시작했다. 오클라호마 대학의 여대생 클럽 출신으로 아이오와의 주도인 디모인의 중견 법률사무소에서 보조원으로 일하는 여자였다. 다이앤에 대한 정보가 워낙 찾기 힘들다 보니, 어쩔 수 없이 그녀에 대한 의구심이 점점 커졌고 마침내 추적 관찰이 필요하다는 결론에 이르게 되었다. 예전에도 이런 적이 있었다. 언젠가 함께 일했던 동료의 말처럼, 6주 동안 데이트를 하는 것보다 6시간 밀착감시를 하는 것이 누군가에 대한 정보를 캐는 데는 최고라고 하지 않던가. 알렉스는 다이앤이 설명했던 것이 정말로 사실인지 의심스러웠고 그러다가 혹시라도 자신을 알아볼 만한 사람과 우연히 마주칠까 봐 걱정되기도 했다.

시내에서 3킬로 정도 벗어난 그녀는 해밀턴과 트렌톤으로 향하는 1번 남쪽 도로 진입로로 올라탔고, 마켓 스트리트의 북쪽으로 빠져나갔다. 법원과 법무부가 있는 건물 앞을 브레이크도 밟지 않고 지나가는 모습에 알렉스는 잠시 한숨을 돌렸다. 그로부터 3킬로를 더 달린 그녀는 중국 요리 전문 레스토랑의 주차장으로 들어갔다. 알렉스는 길 건너편으로 가서 식당 입구를 정면으로 볼 수 있는 빈자리에 차를 세웠다. 휴대전화로 재빨리 검색해 본 결과, 쓰촨 하우스라는 이름의 그 중국 식당은 테이크아웃을 전문으로 하는 곳이었다. 그 말은 뒤쪽에 있는 중고품 할인매장에 있는 화장실을 이용할 경우, 혹시라도 음식을 포장해서 나오는 다이앤과 마주칠 위험이 있다는 뜻이기도 했다. 법원에서 5분 거리에 있는 식당이다 보니까 혹시 여기서 누구를 만나기로 한 건 아닐까 싶은 생각도 들었다. 그는 자동차 유리 너머로 식당 구석진 자리에 앉아서 휴대전화를 만지작거리고 있는 그녀의 모습을 지켜보고 있었다. 알렉스는 식당 메뉴와 온라인 사이트에 올라온 후기를 확인했다. 하지만 음식비평가들의 사랑을 한몸에 받는 곳으로 전통 청두식 요리를 만드는 곳이라는 설명을 보고 나서야 왜 여기까지 점심을 먹으러 온 건지 그제야 이해가 되었다. 출장 요리를 한다는 그녀의 말이 사실이라면, 어떻게 그 직업을 선택하게 된 건지도 궁금했다.

최근 들어서 사람들에 대한 궁금증이 하나둘 생기고 있었다. 지금까지의 삶 중에서 지난 20년 정도의 시간은 잘못된 길의 연속이었고, 그야말로 최악의 선택들이 연달아 이어져 온 것처럼 느껴질 정도였다. 물론 항상 그랬던 건 아니었다. 지난 몇 해 동안은 세상에서 가장 자유로운 사람이 된 기분이었고, 원하는 일만 골라서 했으며 9시 출근과 5시 퇴근이라는 틀에 얽매이지도 않았고 나름대로 고독을 즐기면서 살았다. 그러다가 급작스러운 변화가 찾아왔다. 오늘 오후에 차에 꼼짝없이 갇혀서 오도 가도 못 하는 이런 상황에 부닥친 것처럼 어느 순간에 자신의 인생 속에서 꼼짝없이 덫에 걸린 사람이 된 것 같은 기분이 들었기 때문이다.

다이앤이 주문한 음식이 도착했고, 알렉스는 그녀에게 오늘의 모험을 함께할 친구가 필요하지는 않을까 싶은 의구심이 들었다. 사실 지금이라도 식당에 들어가서 함께 식사하고 싶은 마음도 조금은 들었지만, 절반의 진실과 생략으로 이어나가야 하는 또 다른 인간관계를 맺느니 차라리 혼자 밥을 먹는 편이 낫다는 생각이었다. 워낙 오랜 세월을 그렇게 타인과 담을 쌓고 살다 보니, 자신도 불가사의한 인물이 되는 기분이었다. 알렉스는 발치에 놓인 냉동고로 손을 뻗어서 점심으로 챙겨온 BLT 샌드위치를 꺼냈다. 샌드위치로 꽉 막힌 목구멍을 아이스티로 씻어낸 다음, 빈 병에 급한 대로 소변을 처리하고 다시 차 안에서 무작정 대기 상태로 기다리기 시작했다.

그로부터 40분 후, 다이앤이 식당에서 나와서 차가 세워진 쪽으로 걸어가면서 혼자 뭐라고 중얼거리는 모습이 보였다. 막 운전석에 올라타려다가 길 건너편에 있는 무언가가 그녀의 시선을 붙잡았다. 알렉스는 얼음처럼 굳어졌다. 다이앤이 그녀를 본 건가, 아니면 뒤쪽 건물을 본 걸까? 어느 쪽인지 확실치 않은 상황에서 그가 있는 쪽으로 걸어오기 시작했고, 갓길에 멈춰 선 채로 도로를 건너갈 기회를 엿보는 것이 아닌가. 알렉스는 얼굴을 숨기기 위해서 한쪽으로 고개를 돌리고 차를 후진했다. 잠시 후 텅 빈 주차장에 도착한 그녀는 곧바로 할인 용품 판매장으로 들어갔다. 알렉스는 근처 블록을 빙빙 돌면서, 굳이 할인매장까지 가서 쇼핑하는 것이 개인의 미적인 취향 때문인지 아니면 경제 사정 때문인지 궁금해졌다. 알렉스와 마찬가지로, 다이앤도 매달 수입이 일정치 않을 것이 분명했다. 혹시 사는 게 많이 빡빡한 걸까? 그 역시도 그런 적이 있었지만, 최근 얼마간은 아니었다. 알렉스는 지난 십 년간을 최소한의 인물들만 접촉하는 자리에 있었다. 돈은 차고 넘칠 정도로 많았지만, 마음껏 사용하지도 돈에 대해서 입을 벙긋할 수도 없는 처지였다. 해외에 숨겨둔 자금들과

집의 벽 안, 그리고 앞뜰에도 빳빳한 현금 뭉치가 가득 든 가방과 상자들이 가득히 묻혀 있었다. 그렇다고 한들, 할인매장에서 초록색 그릇 세 개를 들고 나오는 다이앤에게 어떻게 그런 사실에 대해서 솔직히 말할 수 있겠는가?

다이앤은 왔던 길을 돌아갔고, 프린스턴을 3킬로 정도 남기고서 콜드 소일 로드 쪽으로 빠지는 출구로 핸들을 꺾었다.

"여기였군." 알렉스는 와고 레인으로 향하는 그녀의 차를 보며 이렇게 말했다.

바로 지역사회 후원 농업 단체로부터, 자신이 투자한 몫의 채소를 챙겨가기 위해서 매년 여름이면 주말마다 방문하는 일종의 농장으로 향하는 길이었기 때문이다. '바로 여기서 마주친 적이 있었던 모양이야.'라고 그는 생각했다. 다이앤이 진흙탕 도로를 내려가서 농장 쪽으로 들어서는 것을 보며, 알렉스는 앞만 보면서 차를 몰았다.

그렇게 600미터를 더 달린 후에야, 다시 핸들을 꺾어서 되돌아갔다. 오늘만큼은 그녀에게 접근하지 않을 것이다. 본래 계획대로라면 무지개색 근대와 대추 토마토는 내일 회원 카드를 가지고 다시 와서 챙겨갈 생각이었다. 알렉스는 다이앤의 어코드 차량에서 최대한 멀리 떨어진 지점에 차를 세우고, 글로브 박스를 열고 총알이 장전된 글록 권총 아래 있던 지역사회 후원 농장의 회원 카드를 꺼냈다.

입이 넓적한 이탈리아 파슬리를 주섬주섬 가방에 넣고 있는데, 누군가 그의 이름을 불렀다. 다이앤이 고개를 삐딱하게 기울인 채로 허리춤에 시장 가방을 들고 서 있었다. 밑단이 뜯긴 짧은 청바지를 입고 있어서, 까맣게 그을린 긴 다리가 그대로 드러났고 이마에는 땀방울이 송골송골 맺혀 있었다.

"이틀 사이 두 번이나 마주치게 되네요? 혹시 나 미행했어요?" 그녀가 물었다.

"정답이에요." 알렉스가 대답했다.

다이앤이 활짝 웃는 것을 보니, 두 번이나 마주친 것에 대해서 특별한 의미를 부여하고 있다는 걸 느낄 수 있었다. 알렉스가 우연 따위를 믿지 않는 이유가 바로 이런 것 때문이었다. 우연이란 전적으로 무의미하게 발생하는 일이거나 혹은 누군가가 용의주도하게 짠 계획의 결과일 뿐이었으니까.

다이앤은 그의 티셔츠에 대롱대롱 걸린 회원 카드를 보며 이렇게 말했다. "초록색 회원 카드를 가진 사람은 주말에만 물건을 수령할 수 있는 거 아닌가요?"

"집이 근처라서요."

"그래서 주말 수령이라는 규칙이 있어도 상관없으시다?"

알렉스는 그 말이 진심으로 기분이 나빠서 하는 말인지 장난인지 알 수가 없어서 잠시 머뭇거렸다.

"걱정하지 말아요. 제가 그런 걸 단속하는 사람은 아니니까." 그녀가 말했다.

"다행이군요. 그런데 그 리크는 왜 그렇게 많이 산 건가요?"

"감자를 넣고 차가운 수프도 끓이고 프리타타(채소와 치즈 등을 달걀에 섞어서 낮은 불로 데우고 겉을 갈색으로 태운 오믈렛)도 만들려고요. 양파를 넣어서 만들 수 있는 요리에는 이걸 대신 넣어도 맛이 있거든요."

"질문이 하나 더 있는데," 알렉스가 자신도 놀라며 입을 열었다. "혹시 내일 저녁에 뭐 해요?"

"주말 내내 일해야 해요. 지금 데이트 신청하는 거예요?"

"네."

"다음 주는 어때요?"

"다음 주에는 출장이 있어요. 블랙 프라이데이라서." 그가 대답했다.

"제가 시간을 낼 수 있는 때가 언제냐면," 다이앤이 휴대전화 달력을 살폈다. "그럼 지금은 어때요?"

"지금요?"

"오늘 저녁요. 차에다 시장바구니를 싣고 나서."

"무슨 뜻인지 이해가 안 되는데요."

"혹시 데이트하고 싶은 거면, 지금 시간이 괜찮다고 말하는 거예요."

"오후에 별다른 약속이 없기는 한데. 그럼 뭐 하고 싶어요?"

"와인 좋아해요?"

"당연히 좋아하죠." 알렉스가 대답했다.

"믿기지 않겠지만, 저 도로를 따라서 가면 맛이 끝내주는 리슬링 와인을 만드는 포도농장이 있거든요."

"솔직히 못 믿겠는데요. 하지만 사실이 아니라도 별 상관은 없어요."

"다행이네요. 난 남자들 그런 면이 좋더라고요. 그런데 못 믿겠다는 말은 정말 잘못 생각하는 거예요. 그럼, 나 믿고 따라가 볼래요?"

"그러죠. 그 정도는 할 수 있어요." 알렉스가 대답했다.

농장에서 몇 킬로미터 정도 떨어진 개조한 헛간에 도착하자, 다이앤은 유니언빌 빈야드(Unionville Vinyard)에서 와인을 만드는 사람에게 알렉스를 소개했다. 두 사람이 도착했을 때부터, 그의 얼굴은 이미 활활 타오르는 성냥처럼 벌겋게 물들어 있었고 20대 언저리로 보이는데 벌써 대머리가 될 기미가 확연히 보였다.

"팀," 다이앤이 말했다. "이쪽은 내 친구 알렉스인데 뉴저지에서 질 좋은 와인이 생산된다는 사실에 의구심을 품고 있어요. 그 생각이 틀렸다는 걸 확인시켜줄 수 있을까요?"

"노력해 보죠." 팀이 말했다. "뒤쪽 냉장고에 화이트 와인이 있어요. 그걸로 맛 한번 보실래요?"

"완벽해요." 다이앤이 대답했다. "알렉스와 주변을 구경하면서 맛볼 수 있게 준비해 줄래요?"

팀이 바 뒤쪽으로 갔다가 와인 잔 두 개와 코르크를 딴 술병을 들고 나타나자, 다이앤은 알렉스를 보며 의미심장한 미소를 지어 보였다. 알렉스가 지갑을 꺼내려고 하자, 팀이 고개를 저었다.

"팀, 정말 친절하네요. 이번에는 와인잔을 꼭 챙겨올게요." 다이앤이 말했다.

울퉁불퉁한 길은 포도 덩굴이 뒤덮인 낮은 언덕으로 이어졌고, 다이앤은 나란히 걸음을 옮기면서 알렉스의 모습을 흘끔거리며 살펴보고 있었다. 평평한 가슴, 납작한 복부, 잘 빠진 엉덩이, 잔 근육이 드러난 종아리와 팔뚝까지 어디 하나 흠잡을 데가 없어 보였다. 그는 마치 유인원을 흉내 내기라도 하는 것처럼, 걸음을 옮길 때마다 큼지막하고 억센 두 손을 흔들며 그녀와 살짝 부딪히기도 했다. 풀색이 감도는 카키색 반바지와 해진 회색 티셔츠를 입은 알렉스의 모습을 보니, 대체 무슨 일을 하기에 일주일에 두 번이나 저런 농사꾼 차림으로 자유롭게 쏘다니는 건지 궁금할 지경이었다.

언덕 정상에 있는 공터에는 긴 의자가 놓여 있어서, 호프웰 밸리(Hopewell Valley)의 전경을 아무런 막힘 없이 감상할 수 있었다. 카펫처럼 펼쳐진 농장부지와 구불구불하게 이어진 개발지, 그리고 무성한 나무숲까지. 저 멀리서 속도를 줄이는 트럭의 푸드덕거리는 소리와 갖가지 곤충들이 내는 윙윙 소리가 푸른 초목 안에서 함께 어우러졌다. 다이앤은 코르크 마개를 이로 벗기고 와인잔에 술을 채웠다.

"건배." 그녀가 말했다.

술잔이 부딪치면서 두 사람의 시선도 서로를 향했다. 알렉스는 와인 잔을 빙그르르 돌리면서 리슬링 와인의 풍미를 느끼고, 한 모금을 삼켰다. 온몸의 신경이 빳빳하게 곤두서는 느낌이었다. 이건 애초에 그의 계획에 없던 일이었다.

"와우," 그가 감탄사를 내뱉었다. "나쁘지 않네요. 내기 안 한 게 천만다행이에요."

"졌다고 약 올리지도 않았을 텐데."

"약 좀 올리면 어때요."

"전 그런 스타일이 아니에요. 와인 좋아하신다고 했죠? 평소에는 어떤 와인을 선호하는 편이세요?"

트렌턴의 할인매장에서 쇼핑하고 방금 뉴저지에서 생산되는 질 좋은 리슬링 와인을 소개해 준 여자에게 자신이 프랑스 컬트 영화 감독에게 거의 집착하다시피 한다는 사실을 솔직히 고백할 것인가? 그래, 알렉스는 생각했다. 굳이 속여야 할 일이 아니라면, 그냥 숨기지 말자.

"사실 부르고뉴 산 버건디 와인을 제일 좋아해요." 그가 말했다.

"저는 샹파뉴 외곽 지역에서 생산된 와인을 제일 좋아하는데. 사실

그쪽으로 확 이사를 가서 줄담배를 피우는 주름투성이 노인 밑에서 와인 재배를 배우고 싶다는 환상도 있답니다."

"예전에 도멘 르플레브에서 경작 일을 한 적이 있어요."

"진짜요? 언제요?"

"한 3, 4년 전에요."

"어땠어요?"

"당신이 꿈꾸는 쪽과는 거리가 먼 일이었죠. 포도가 든 통을 셀 수 없을 정도로 씻었고 잡초를 걷어내는 작업도 끝이 없었으니까. 와인 만드는 장인과 함께 포도즙을 비틀어 짜고 그런 일과는 완전히 달랐어요."

"부르고뉴 쪽에는 어떻게 가게 된 거죠?"

"잠깐 유럽 쪽에서 일하게 됐거든요. 그 참에 와인 재배지로 가서 휴식을 취하려고 했던 거고."

"대부분은 그냥 와인을 마시는 것으로 끝이잖아요."

"저도 그러고 싶었는데." 알렉스가 대답했다. "결국, 제 발로 찾아가게 되더라고요."

다이앤은 대답 대신 술잔을 들어서 건배를 했다. 두 사람의 대화는 빠른 속도로 진행되었고, 와인은 그보다 빠른 속도로 줄어들었다. 술기운이 머리끝까지 오르자, 그의 생각이 한쪽으로 치우치면서 온몸의 피부가 꽉 조이는 느낌이 들었다. 마치 방금 누가 조광기라도 밝힌 것처럼, 처음 그곳에 도착했을 때보다 주변이 더욱 환하게 보였다.

"점심때는 쓰촨식 요리를 먹으러 트렌턴 쪽에 갔었어요." 그녀가 말했다. "아는지 모르겠지만, 뉴저지 중부 쪽에 중식을 아주 잘하는 식당이 있거든요."

"어디서 읽은 것 같아요." 알렉스가 대답했다. "하루를 시작하는 식전주 같은 의식인 건가요?"

"평소에는 낮에 술을 잘 안 마셔요. 물론 요상 망측한 주사를 맞는 모임에서 남자를 만나서 데이트를 해본 적도 없고요. 당신은 꽤 많은 부분에서 새로운 영향력을 불러오고 있는 거예요."

"술 다 마시고 나서 요가 수업이나 같이 듣죠. 침례교회에 찾아가서 같이 예배도 드리고."

"특별히 믿는 종교가 있어요?"

"아뇨."

"결혼은요?"

알렉스는 고개를 저었다. "했었죠. 한 번. 당신은요?"

"결혼한 적은 없어요. 애는 하나 있지만."

"나도 하나 있어요."

"재미있네요. 아들인지 딸인지 몰라도, 지금은 어디 있어요?"

"보고타에서 엄마랑 살아요."

"결혼 생활은 얼마나 했어요?"

"2년요. 오래 연애하다가 자연스럽게 파올라가 생겼어요. 전혀 계획에 없던 일이었지만, 제 인생에 있어서 가장 행복한 사건이었죠. 그러다가 우리가 함께 아이를 키울 수 없다는 사실을 깨닫고 나서, 아이 엄마와 결혼 생활을 정리하기로 했어요."

"파올라라는 이름, 정말 예쁜 것 같아요. 아이랑은 자주 만나요?"

"몇 달에 한 번씩. 아이가 오거나, 내가 가거나. 매년 함께 여행도 다니고."

"저도 매년 여름이 되면 아이를 데리고 꼭 여행을 다니고는 해요. 한부모 가정이 본래 그런가요? 부모라면 아이를 데리고 반드시 여행을 가야 한다는 의무라도 있는 것 같아요."

"안 그래도 한부모 가정 협력 모임에 나가고 있는데, 다음에 가서 확실히 물어볼게요. 아들은 이쪽에 사나요?"

"프린스턴에서 살아요. 같이 사는 건 아니고요. 럿거스(Rutgers) 대학을 졸업하고 마을에서 꽤 잘 나가는 자산관리회사에 취직했어요. 머리도 영특한 편이고 무엇보다 야망이 큰 아이에요. 누구를 닮아서 그런지는 모르겠지만. 아이 아빠도 사업적인 기질은 나름대로 뛰어난 편이었어요. 물론 크게 빛을 보지는 못했지만." 다이앤은 잠시 말을 멈추고 술잔을 입으로 가져가더니, 피식 웃으면서 고개를 절레절레 흔들었다. "방금 우리가 실패한 연애 생활과 계획 없이 태어난 아이에 관해서 이야기한 건가요?"

"두 번째 데이트를 위해서 다른 얘깃거리는 아껴두려고 노력 중이에요."

"좋아요. 그런데 왠지 모르게 온갖 것들을 질문하고 싶은 거 있죠? 나한테 궁금한 거 없어요?"

알렉스는 그녀에 대한 모든 것을 알고 싶었지만, 스무고개 게임은 그에게 매우 불리하게 작용할 터였다. 알렉스는 자신이 던진 질문을 되받더라도 자연스럽고 정직하게 대답할 수 있을 만한 것을 고르기 시작했다.

"뉴저지 토박이예요?"

"여기서 태어나고 자랐죠. 롱비치 아일랜드에서요. 케이프 메이, 스프링 레이크, 서미트에서도 살았고요. 안 가본 동네가 없죠. 당신은요?"

"마이애미에서 태어났어요." 알렉스는 애틀랜틱 시티에서 어린 시절을 보냈다는 사실은 굳이 밝히지 않고 숨기기로 했다. 혹시라도 서로 아는 지인이 있을지도 모를 일이었기 때문이다. "뉴욕에서는 한 10년 정도 살았나 봐요."

"그런데 왜 벅스 카운티에서 살아요?"

"어머니 댁이 그쪽 부근이라서요. 어머니를 모시려고 그쪽에 집을 샀는데, 이사를 오시기도 전에 잘못되고 말았어요."

"마음이 몹시 아프셨겠어요. 그런데 이쯤에서 미스터리를 함께 풀어야 하지 않겠어요?"

"무슨 미스터리요?"

"우리가 어디서 마주친 건지요. YMCA나 농장에서 만난 건 아닌 것 같거든요."

그 미스터리를 풀고 싶은 마음은 그녀보다 알렉스가 더 간절했지만, 괜히 과거까지 파헤치고 싶지 않았다. 그래서 처음으로 다이앤에게 거짓말을 했다. "솔직히 저도 미스터리를 푸는 건 좋아해요. 앞으로 자연스럽게 풀리겠죠."

"좋아요." 그녀가 대답했다.

두 사람은 태양 아래 나란히 앉아서 눈앞의 풍경을 만끽했다. 알렉스는 아무 말도 하지 않고 있으면 곧 어색한 기분이 들 거라고 생각했지만, 어색함은 전혀 느껴지지 않았다. 다이앤의 휴대전화가 메시지 도착을 알리며 윙윙 울렸다.

"맙소사." 그녀가 말했다. "깜빡 잊고 있었네. 프린스턴에서 1시간 후에 디너 파티가 있어요. 주인에게 조금 일찍 가서 일손을 돕겠다고 했거든요."

"그럼 다음에 다시 자리를 마련해 보죠. 함께 계획을 세울 수도 있겠네요."

"아니면 나랑 같이 파티에 가도 괜찮은데. 물론 그쪽이 괜찮다고 하면요. 진짜예요. 싫으면 거절해도 돼요."

알렉스는 당연히 거절해야 했지만, 그녀의 솔직담백한 태도가 오히려 그를 무장 해제시켰고 한편으로는 이렇게 헤어지고 싶지 않은 마음도 들었다.

"같이 가면 좋겠네요." 그가 말했다. "정말 내가 가도 괜찮은 거죠?"

"물론이죠." 그리고 휴대전화를 들며 이렇게 말했다. "그래도 주인한테 먼저 물어보기는 해야겠죠? 만나보면 마음에 들 거예요. 물론 오래 같이 있다 보면 조금 지루할 수도."

"아, 린제이? 나야. 있잖아. 오늘 누구랑 같이 가도 되나 해서. 얼마 전에 만난 사람인데. 응, 엄청. 친구 집에 갔다가 우연히 만났어. 알렉스. 뭐 하는 사람이냐고, 잠깐만." 다이앤은 휴대전화를 내리며 물었다. "그런데 직업이 뭐예요?"

"이벤트요." 알렉스가 얼떨떨한 표정으로 그녀를 빤히 쳐다보며 대답했다. "그러니까 일종의 이벤트 사업이에요."

"처음에는 전혀 다른 일을 하는 줄 알았지 뭐예요. 린제이, 방금 들었어? 응, 바로 옆에 있어. 그러니까 뭐라고?" 다이앤이 깔깔대며 웃었다. "그래, 난 생각도 못 했어. 알렉스, 혹시 연쇄살인마는 아니죠?"

"주말에만 활동해요."

"그래, 그럼 자정 지나고 나서는 집 밖으로 쫓아내면 되겠다. 나이? 린제이가 그러는데 다섯 살 위아래 정도가 제일 좋다네요."

"마흔한 살이에요." 그가 대답했다.

"마흔하나. 응, 그렇지. 한창 좋은 나이지. 잠깐, 저기 궁금한 게 있는데. 혹시 성이 어떻게 돼요?"

젠장, 그는 생각했다. 드디어 시작됐군. "알렉스 듀랜 캐시디예요."

"알겠어요. 알렉스 듀랜 캐시디, 마흔한 살, 회사에 다니고 연쇄살인범은 아니고. 이제 공식적으로 파티에 초대를 받았어요. 린제이, 혹시 다른 할 말 있으면 문자 보내. 엄청 솔직한 사람이야. 혹시 뭐 필요한 거 없어? 맙소사. 알겠어. 괜찮아. 이따 봐." 다이앤이 전화를 끊었다. "린제이는 아무것도 필요 없다고 하는데, 와인이라도 좀 사서 가야겠어요. 여기서 말고. 린제이 남편도 당신처럼 와인 고르는 데는 꽤 속물이거든요."

"불쌍하네요." 알렉스가 말했다. "가는 길에 와인 샵에 들러요. 이번에는 내가 살게요."

"집에 가서 옷부터 갈아입고요. 혹시 괜찮다면, 그쪽도 집에 가서 옷을 갈아입고 오면 더 좋을 거 같아요."

알렉스는 차 안에 3일치 옷가지를 챙겨서 다녔지만, 그 얘기는 굳이 꺼내지 않기로 했다. 짙은 색 청바지에 버튼이 달린 더플 셔츠 정도면 어느 정도 구색을 갖출 수 있을 것이다. 두 사람은 1시간 후, 다이앤은 물론이고 알렉스도 평소 가장 즐겨 찾는 와인샵에서 다시 만나기로 약속했다. 그러고 나서 알렉스는 다시 그녀의 차를 뒤쫓아가기 시작했다. 오후 햇살을 피하려 실눈을 뜨고서, 합법적으로 용인되는 알코올 농도 기준치도 한참 넘긴 상태라, 혹시나 글로브 박스에 넣어둔 권총을 들키면 어쩌나 걱정하면서도 언덕 위에서 나누었던 대화의 내용을 곱씹어 보면서 기적처럼 일이 술술 풀리는 것에 내심 감탄하고 있었다. 다이앤은 그가 앞장서서 달리는 것보다 더욱 빨리 속도를 냈다. 하지만 알렉스는 굳이 속도를 높이지 않았고, 그녀에 대한 알 수 없는 믿음을 가지고 묵묵히 차 뒤를 따라갔다.

크레이그가 윈 호텔을 털고 나서 라이더1을 내려줬다고 주장하는 327 커클랜드 대로의 소유권은 시에라 퍼시픽 모기지 회사에 있었다. 그 목장 스타일의 황폐한 주택은 18개월 전, 대출회사에서 담보권을 행사한 이후로 내내 비어 있었고, 이른 아침 크레이그로부터 자백을 받은 후에 직접 찾아가 본 결과 강제로 문을 열고 침입한 흔적은 전혀 없었다. 시에라 퍼시픽의 지역 담당 매니저는 해리스에게 실버 스테이트 부동산에 찾아가 보라고 했고, 대출회사에서는 그 누구도 그 주택에 발을 들인 적이 없으며, 부동산 담당자인 헤더 리처드가 그 주택의 열쇠를 가진 유일한 사람이라고 힘주어 말했다. 해리스는 다른 특수요원에게 헤더 리처드라는 인물을 자세히 조사해 줄 것을 부탁했다. 서른여섯 살에 염색한 금발 머리, 6년 전 음주운전 기록 말고는 전과도 하나 없는 신용도가 최고 등급인 싱글맘이었다.

오후 2시 45분, 실버 스테이트 부동산 회사의 접수창구 직원은 헤더 씨가 잠시 커피를 사러 나갔노라고 해리스에게 말했다. 라미레즈가 다시 회사에 들어오는 게 확실하냐고 되묻자, 접수대에 있던 남자

직원은 두 사람이 경찰 쪽 관계자라는 것을 대번에 눈치챘는지 근처 스타벅스에 가면 찾을 수 있을 거라고 말했다.

헤더는 하얀 블라우스에 회색 치마 차림으로 커피숍을 나왔고, 해리스와 라미레즈는 근처 모퉁이에 있었다. 두 사람이 앞길을 막아서자, 깜짝 놀란 헤더가 걸음을 멈추었고, 굽이 높은 구두를 신어서일까 살짝 비틀거리기까지 했다.

"헤더 리처드 씨?" 라미레즈가 물었다. "라스베이거스 경찰국의 라미레즈 반장입니다. 이쪽은."

"오, 맙소사!" 그녀는 한 손에는 커다란 아이스커피를 위태롭게 든 채로 반대쪽 손을 머리 위로 번쩍 올렸다. "설마 커클랜드의 그 집 때문에 찾아오신 거예요?"

"왜 그렇게 생각하시죠?" 해리스는 라미레즈 쪽을 의미심장하게 쳐다본 후에 이렇게 물었다.

"그게 말이죠. 저는 그 남자가 누군지도 모르고 그 집에서 무슨 짓을 했는지도 전혀 몰라요. 아시겠어요? 물론 그 남자가 준 돈을 받기는 했지만, 맹세코 그걸로 끝이에요. 제가 아는 건 전부 말씀드릴게요. 제발 그 집에서 애들이 사고 친 게 아니라고 말해 주세요."

"아이들이요?" 라미레즈가 되물었다.

"그 비디오 말이에요." 헤더가 말했다. "혹시 그 집에서 비디오 찍은 거 아니에요? 설마 어린 애들은 아니겠죠?"

"아무래도 긴 대화가 필요할 것 같군요." 라미레즈가 말했다. "이렇게 길바닥에 서서 얘기할 일이 아닌 것 같네요."

"알겠어요. 그럼 변호사를 불러야 할까요?"

"법에 위배되는 일을 하셨나요?" 해리스가 물었다.

"아뇨, 그러니까 제 말은. 포르노 같은 거 찍는 사람들한테 함부로 집을 빌려주고 하면 안 되는 거잖아요. 우리 사장이 이걸 알면 나를 죽이려고 할 거예요. 게다가 중개인 면허도 박탈당할 수 있고, 하지만 절대로 면허를 잃어서는 안 되거든요."

"그럼 저희랑 함께 가시죠." 해리스가 말했다. "아니면 다 함께 사장한테 찾아가서 함께 얘기를 나누든가. 당신이 결정해요."

레이크 미드 대로에 위치한 FBI 현장사무소에 도착하자, 라미레즈가 구석 책상에 걸터앉는 사이 해리스는 헤더에게 건너편에 있는 의자에 앉으라고 권했다. 해리스가 어떻게 된 건지 처음부터 이야기해 보라고 하자, 헤더는 아이스커피를 벌컥벌컥 들이켜고는 이야기를 시작했다.

"한 달 전인가, 그 남자가 전화를 걸어서 커클랜드 쪽 집에 관해서 묻더라고요. 이름이 리처드, 리처드 뭐라더라……. 아마 어디에 적어놨을 거예요. 처음 통화할 때, 커클랜드에 있는 그 집에 관해서 이야기했고. 그리고 다음 날 아침에 거기서 만나기로 했어요. 집 상태가 괜찮을지 몰라서 몇 분 일찍 도착했죠. 그 남자도 약속 시각 정각에 나타났고요."

"어떻게 생겼는지 설명해 보세요." 해리스가 말했다.

"몸집이 크고, 근육질에다가 키는 요원님이랑 비슷해요. 모자를 썼는데, 대머리였어요. 수염이 덥수룩하고, 갈색인데 흰 수염도 있었던 것 같아요." 윈 호텔 강도 사건에 자신을 끌어들인 남자의 모습을 설명했던 크레이그의 진술과 거의 엇비슷하게 맞아떨어졌다. "그리고 옷은 회색 정장인데, 꽤 비싸 보였어요. 선글라스를 계속 쓰고 있었죠. 자기가 무슨 투자자인데 적당한 투자처를 찾고 있다나, 그런 식으로 얘기했어요."

"무슨 차를 타고 왔는지 기억나요?" 해리스가 물었다.

"차를 타고 오지는 않았어요. 우체통 앞에서 기다리고 있었는데 모퉁이를 돌아서 집까지 걸어오더라고요. 그때도 조금 이상하다고 생각했어요. 같이 집 안에 들어가서 여기저기 둘러봤죠. 집 안은 아무것도 없이 정말로 텅 비어 있었어요. 볼 것도 별로 없었고. 저한테 이런저런 질문을 많이 했어요."

"예를 들면?"

"집기 같은 건 얼마나 오래됐는지, 집 안에 해충 문제는 없는지, 차고는 제대로 작동하는지 등등. 특히 차고 쪽에 관심이 많았어요. 이웃들은 어떻냐고 묻길래, 제가 이웃이 어디 있냐고 했죠. 그 블록에 있는 집이 총 네 채인데, 전부 빈집이라 아무도 살지 않거든요. 그 남자는 집이 아주 마음에 든다면서 다음에 동료를 데리고 다시 오겠다고 했어요." "다시 찾아왔나요?"

헤더는 고개를 저었다. "그렇게 집을 다 보고 나서려는데, 그 남자가 말하기를, 자기 친구가 딱 이런 스타일의 집을 찾고 있다면서 그날 오후 하루만 잠깐 빌릴 수 있는지 묻더라고요."

"비디오 촬영을 위해서요."

"네. 그런 식으로 말했던 것 같아요. 옆구리를 찌르고 윙크를 하면서. 그래서 그렇게 하려면 대출중개인에게 먼저 물어봐야 한다고 했죠. 그랬더니 우리 둘만 아는 거로 하자더군요. 그때 바로 와버렸어야 했는데."

해리스는 양손을 삼각형 모양으로 만들어 턱을 괴었다. "그런데 거절하지 못했군요."

"그렇게 많은 돈을 준다고 하는데 어떻게 거절해요? 못 하겠더라고요. 못 하죠. 우리 애가 여섯 살인데 혈우병 환자예요. 게다가 법을 어길 만한 행동을 할 사람처럼 보이지도 않았거든요."

"그래서 어떻게 됐죠?"

"집 열쇠를 가지고 저녁 11시까지는 거기에 오지 말라고 하더군요. 사용 후에는 청소업체를 불러서 말끔하게 정리를 해놓겠다고 하면서. 그럴 일은 없겠지만, 뭔가 고장이 나거나 하더라도 5천 달러 정도면 고칠 수 있을 거라고 하더군요. 돈도 미리 준비해왔더라고요. 현금으로."

"그러고 나서 다시 연락 온 적 있어요?"

헤더는 고개를 절레절레 흔들었다. "다음 날, 집 상태를 확인하려고 찾아갔었는데. 약속대로 먼지 하나 없이 말끔하게 정리됐더라고요. 표백제로 닦았나 봐요. 그걸 하고 나서……. 완전히 싹 정리를 해놓은 모양이더라고요. 무슨 뜻인지 아시죠?"

"그 남자 전화번호를 알려주세요." 라미레즈가 말했다.

"그건 제가 도와드릴 수가 없겠네요. 그날 청소를 깨끗하게 해줘서 고맙다고 그 남자에게 연락했는데, 연락을 받을 수 없는 번호라고 나오더라고요. 그제야 뭔가 잘못됐구나 싶었죠. 얼마나 심각한 거죠?"

"뭐가요?" 해리스가 되물었다.

"그 비디오요."

"비디오 같은 건 없어요."

"그럼……. 저는 어떻게 되나요?"

"별문제 없을 겁니다. 일단 그 집 열쇠부터 복사해야겠어요."

"물론이죠. 어쨌거나……. 정말 죄송하게 됐어요." 그리고 잠시 멈추었다가 말을 이었다. "10대들 포르노 사건이 아니라서 정말 다행이에요. 그런 문제가 생겼다면 정말 괴로워서 못 견뎠을 거예요."

"표백제를 쓰다니, 젠장!" 해리스가 헤더를 엘리베이터까지 바래다주고 돌아오자, 라미레즈가 이렇게 말했다. "그러니까 지문도 DNA도, 하다못해 옷에서 떨어진 섬유 조각 하나도 없다는 뜻이잖아요. 어쨌거나 과학수사대 쪽에 연락해서 일단 자세히 살펴보라고 할게요."

"그래야죠." 해리스가 대답했다. "우리만 시간 낭비할 수 없으니, 다들 시간 낭비를 하게 해야죠."

홀피쉬 거리를 유유히 활보하던 경찰관 둘이 프린스턴 코크스크루 밖에서 다이앤을 기다리고 있던 알렉스에게 근엄하게 목례를 건넸다. 경찰관들이 모퉁이를 돌아가자, 가벼운 화장을 하고 하이힐을 신고 남색 꽃무늬 드레스를 입고 그를 향해 걸어오는 다이앤의 모습이 보였다. 여자친구와 함께 걸어가던 남자 둘이 블록의 가운데 지점을 통과하는 그녀를 보기 위해서 고개를 뒤로 돌릴 정도였다.

"단순하고 고전적이네요." 그녀는 알렉스를 위아래로 살피며 이렇게 말했다. "옷을 잘 골랐어요. 이제 와인을 고르러 가요."

다이앤이 미국산 피노 누아 와인의 진열대를 꼼꼼히 살피는 동안, 알렉스는 평소 즐겨 마시는 부르고뉴산 와인 두 병을 들고 재빨리 계산대 쪽으로 향했다. 좋은 와인을 그녀에게 맛보이고 싶었지만, 와인 두 병이 346달러가 넘는다는 계산원의 말이나 자신이 그 정도 금액을 현금으로 냈다는 사실은 다이앤이 모르도록 하고 싶었기 때문이다.

"엄청 빠르네요." 다이앤이 등 뒤에서 말했다. "어떤 걸 골랐어요?"

"프랑스 와인으로요. 마셔보면 좋아할 거예요. 이제 어디로 가면 되죠?"

"도보로도 갈 수 있는 거리예요. 같이 걸어요." 다이앤이 대답했다.

다이앤은 다정하게 그에게 팔짱을 끼더니, 사람들로 가득 찬 인도를 요리조리 피해 걸으면서 오늘 파티의 주최자에 관해서 설명하기 시작했다. 도란도란 이야기를 나누는 사이 낮게 드리운 여름의 태양이 붉게 상기된 두 사람의 얼굴을 따뜻하게 내리쬐었다. 파티 주최자의 남편 로리는 알렉스도 어디선가 들어봤지만 한 번도 읽어본 적은 없는 잡지사의 편집장이라고 했다. 부인 린제이는 뉴욕, 라스베이거스, 마카오에서 레스토랑을 운영하는 쉐프들을 전담으로 홍보하는 일을 했다. 두 사람은 철거된 용지를 매입해서 새로 집을 지었고, 둘째 딸이 태어나고 1년이 지난 후에 브루클린에서 완전히 이사를 왔다.

"로리는 영원히 도시에 살고 싶었을 거예요." 다이앤이 말했다. "하지만 린제이는 아이들이 태어난 후로 도시 생활을 즐기지 못했죠. 부부가 한번 외출을 하려고 해도 항상 할머니 댁에 아이들을 맡겨야 했으니까. 린제이는 다정한 아내이지만, 본인이 원하는 걸 똑똑히 아는 여자거든요. 영리하고 재미있고 가끔 맨정신에 테이블에 올라가서 춤도 추는 스타일이에요. 로리는, 일단 만나보면 알아요."

"그게 무슨 뜻이죠?"

"만약 당신이 로리 마음에 들면, 온 세상의 중심인 것처럼 대해요. 만약 반대의 경우라면 신경도 안 쓰죠. 그런 점 때문에 린제이가 힘들어하지만, 애초부터 로리가 그런 사람인 걸 어쩌겠어요. 피터와 수

잔이라는 커플에 대해서는 사실 저도 잘 몰라요. 그냥 피터가 마케팅 분야에서 일한다는 거랑 수잔이 영국인이고 이렇게 멋들어진 선글라스를 만드는 사람이라는 것밖에요." 다이앤은 그렇게 말하면서 진주색 테의 선글라스를 작은 가방에서 꺼내 보였다. "당신보다 몇 살 많기는 해도 겉으로 봐서는 전혀 그렇게 안 보일 정도예요. 참, 나도 연상인데. 그건 알고 있죠?"

알렉스는 오늘 아침에 인터넷에 나온 정보를 확인하면서 그녀의 나이도 알게 되었지만, 두 번째로 거짓말을 하고 말았다. "그건 몰랐네요."

"마흔여섯이에요."

"축하해요."

"고마워요. 이제야 말이 통하는군요."

알렉스는 해리슨 236번지에 대체 어떤 사람이 살고 있을까 궁금했다. 케이프 코드의 수수한 동네에 매끈한 향나무로 옆을 두른 커다란 창이 난 주택이었기 때문이다. 넓적한 정판암 계단을 반쯤 올라갔을 때, 다이앤이 그의 손목을 잡더니 마치 탱고를 추는 남녀처럼 그를 확 잡아당기고 발끝으로 서서 그의 입에다가 입술을 가져다 댔다. 한 손에는 와인이 어색하게 대롱대롱 매달려 있어서 그는 다른 손으로 그녀의 목에서 머리카락 쪽으로 가지고 갔다. 순간 아랫도리가 묵직해지면서 두꺼운 청바지가 불편하게 느껴질 정도로 불룩하게 부풀어 올랐다. 마침내 그녀는 얼굴을 뒤로 빼고서 양 볼이 붉게 상기된 채로 눈을 반짝이면서 그의 가슴을 토닥거렸다.

"멋진 쇼였어요. 자, 늦었어요. 얼른 가요." 그녀가 말했다.

볼륨을 낮춘 초인종이 현관에서 울리고 나자 다급한 발소리가 이어졌다. 흑갈색 머리를 하고 입가에 작은 점이 있는 곱상한 백인 여자가 활짝 웃으며 자기 키보다 두 배는 높은 현관문을 열더니, 맨발에 면바지에 빳빳하게 다린 하얀 셔츠를 입은 남자의 품에 다정하게 기댔다. 뒤로는 중성적인 색감의 매끈한 가구들이 휑한 1층을 가득 메우고 있었다. 자연광으로 뒤덮인 집 안 구석에는 색색 가지로 된 아이들의 장난감들이 포인트처럼 정리돼 있었다. 알렉스는 자기도 편집자가 될걸 그랬다는 생각이 들었다. 다양한 것에 관심이 있고 여러 언어도 잘 구사하는데, 편집자가 되려면 그 정도면 되지 않을까? 질서정연하고 유복하고 거기다 승승장구하는 인생을 살아가는 사람을 만날 때마다, 알렉스는 소소하게나마 마음속으로 아쉬움을 토로하곤 했다.

"로리, 잘 있었어요?" 다이앤이 다정하게 포옹하며 말했다. "이쪽은 알렉스예요."

"잘 오셨어요." 로리가 말했다. "다이앤의 친구라면 언제든 환영." 악수를 하기 위해서 길게 손을 뻗었던 그가 갑자기 실눈을 뜨고 손가락을 뻗으며 이렇게 말했다. "이게 누구야. 우리 선생님이시잖아."

"YMCA요?" 다이앤이 물었다.

"YMCA? 아니, 아니에요." 로리가 손가락을 튕기며 말했다. "프린스턴 브라질리언 주짓수에서요."

"언제부터 주짓수를 배웠는데요?" 다이앤이 물었다.

"몇 년 전에 작가 하나가 크리스마스 선물이라면서 무료 수강권을 줬거든요. 그런데 내가 하기에는 너무너무 어려운 운동이었어요. 처음에는 태극권이나 카포에라랑 비슷할 거로 생각했는데. 어떤 사람이 내 팔을 완전히 꺾어버리더라고요."

"거기서 주짓수를 가르치시는 거예요?" 린제이가 알렉스에게 물었다. "다이앤 말로는 이벤트 사업을 하신다던데."

"주말에만요." 알렉스가 말했다. "이벤트 일을 안 할 때는, 주짓수를 해서 생계를 이어가야 하니까요."

알렉스는 오랜 세월 서핑을 즐기느라 눈가에 주름이 깊고 건장한 금발의 피터와 감각적이지만 유난을 떠는 영국인 아내 수잔에게 자신을 소개하면서 그를 유심히 뜯어보는 다이앤의 눈길을 감지할 수 있었다. 이 집에 모인 사람들의 배경 가운데서 보니, 그녀가 더더욱 마음에 들었다. 겉이 번지르르하고 체계적이고 완벽한 삶을 살아가는 사람들 가운데서도 꾸미지 않은 뭔가가 느껴진달까.

"좋아요." 린제이가 말했다. "지금 요리를 세 가지나 하고 있어서, 빨리 가봐야겠어요. 혹시 마실 거 필요하신 분?"

"신사분들은 저와 함께 불을 피우러 가시죠." 로리가 말했다.

집 뒤뜰로 간 로리는 벽난로에 숯을 피웠고, 그사이 피터는 버번위스키를 얼음 잔에 따라서 한 잔씩 돌렸다.

"그러니까 무술은 취미로 가르치는 거예요?" 그가 물었다.

"젊었을 때 수련을 정말 열심히 했어요. 요즘은 무술을 취미로 하지만요. 가르치다 보면 계속 수련도 되니까요."

"다이앤은 강한 남자를 좋아하는군요." 피터가 말했다. "저번에 만났던 남자도 무슨 특수요원인가 그랬죠?"

로리가 술 한 모금을 삼키고 대답했다. "총기 교관인가 그랬을 거예요."

"정말요?" 알렉스가 말했다. "재미있네요."

"걱정 말아요. 그 친구 사교성도 좋고 우호적인 성격이라. 총 들고 당신을 좇아가지는 않을 테니까." 로리가 말했다.

"알렉스, 어떤 이벤트를 주로 해요?" 피터가 물었다. "우리 에이전시랑 같이 일하는 회사는 도무지 일하는지 안 하는지 알 수가 없던데."

"제가 하는 쪽은 일종의 틈새시장인데, 야외에서 하는 리더십 훈련이나 대규모 수련회 같은 모임 위주예요. 지금 명함을 안 가져왔는데, 이따가 저한테 명함 한 장 주세요. 로리, 잡지사에서 일한 지는 얼마나 됐죠?"

파티의 주최자는 자신이 하는 일의 대략적인 틀을 소개했다. 누군가를 보조하는 역할을 하고 아무것도 보조하지 않을 때도 있고 회사 내 보조와 함께 일을 하기도 하고, 그것도 고급 사무실에서, 끝. 피터는 기존의 음료업계에서 설탕이 함유된 음료 비즈니스에서 펩시를 더욱 특별한 것으로 만드는 일종의 획기적인 협동 연구소 같은 걸 운영하고 있다고 했다. 알렉스는 두 사람이 회사 내 정치와 창의적 방해 공작, 그리고 경영진 사이의 심리극 같은 전혀 다른 세상에서 벌어지는 이야기들을 가만히 듣고 있었다. 술병 속 위스키가 줄어들면서 태양도 뉘엿뉘엿 저물기 시작했다. 그릴 위에 올라간 고기들이 지글지글 익어갔다.

저녁 식사는 시끄러운 언쟁과 은그릇이 쨍그랑 부딪히는 소리, 술잔에서 와인이 찰랑거리는 소리로 뒤섞였다. 백합처럼 새하얗던 냅킨에는 채소의 찌꺼기와 간장 양념, 그리고 꼬뜨 뒤 론(Cotes du Rhone) 와인에 젖어서 흡사 추상화 캔버스를 연상케 했다.

"맙소사!" 로리는 알렉스가 사 온 와인 중 하나를 자세히 살피고서 외쳤다. "이 술은 어떻게 구했어요?"

"다이앤이 고른 거예요." 알렉스가 말했다.

"그럴 리가, 아무튼 잘 마실게요."

"당신 정말 재밌는 사람이에요." 다이앤이 알렉스의 귀에 대고 속삭였다. "디저트 준비할 건데 같이 가요."

대리석으로 된 아일랜드 주방에서 알렉스는 그녀가 오븐에서 살짝 구워 피처럼 빨건 과즙이 흥건한 여름철 딸기류를 접시에 옮겨 담는 것을 도왔다. 그가 과일 위에 휘핑크림을 두껍게 짜놓으면 다이앤은 제일 위에 라임 껍질을 얇게 까서 가지런히 올리는 식이었다. 테이블에서는 피터가 막 유통 광고를 시작하고 있었다.

"잘 들어봐요. 우리는 고양이 사료를 고양이를 키우는 주인에게 팔듯이 여성용 장신구를 남자들에게 판매하거든요. 그러니까 계산서를 집는 사람이 우리가 노리는 최종 소비자가 아니라는 뜻이에요."

다이앤은 알렉스의 발끝을 살짝 밟고서 지겹다는 듯 눈을 굴렸다. 그녀의 손길이 닿자, 그의 척추로 짜릿함이 퍼지면서 두 사람이 이들의 세상에 일부가 될 수도 아니면 완전히 동떨어질 수도 있다는 깨달음이 스쳤다. 서로가 나누는 농담 속에 말하지 않아도 이해가 되는 부분이 존재할 수 있지 않을까. 심지어 은밀한 비밀까지도. 그 생각에 알렉스는 희망에 부풀었다. 다이앤은 그에게 접시 두 개를 내밀었고, 그가 접시 가장자리를 붙잡자 그대로 접시를 당기더니 턱을 들고 눈을 가늘게 뜨고 입술을 살짝 벌린 채로 입을 맞추었다.

로리는 디저트로 준비해 두었던 풍미가 좋은 빈티지 샴페인을 잔에 따랐다. 그러고 나서 어느 정도 정리가 됐다. 사람들이 테이블 뒤로 의자를 밀어낸 후로 모든 것들이 예측불허의 상태로 접어들었다. 음식은 식었고 얼음은 전부 녹아버렸으며 탄산수의 김도 완전히 빠졌다. 알렉스는 피터가 군복무 시절 겪었던 마르모트의 침입에 대한 일화들에 반쯤 귀를 기울이고 있었고 상석에 앉은 린제이가 담배에 불을 붙였다.

"다이앤, 너도 못 봤어? 피터, 그건 꼭 봐야 해요."

"뭘 말이에요?" 피터가 되물었다.

"오토바이를 타고 나타나서 보석상을 털어간 그 사람들 동영상이요."

"아. 그거야 당연히 봤죠. 지금 사방에 퍼졌잖아요." 피터가 말했다.

"맞아요." 린제이가 말했다. "거의 조회수가 백만이 넘더라고요."

다이앤이 알렉스 쪽으로 고개를 돌렸다. "그 동영상 봤어요?"

알렉스는 "봤다"라고 대답하는 자신의 목소리를 들었다.

순간 온몸이 굳어졌다. 집으로 걸어가듯 제 발로 덫에 걸린 셈이 아닌가 싶은 생각이 문득 스쳤다. 생각해 보니 정말 그랬다. 우연찮은 만남, 급작스러운 친밀감, 낯선 사람의 집에서 열리는 파티에 초대까지. 알렉스는 앞뒤에서 일제히 공격이 시작되고, 등 뒤에 있는 창유리가 쨍그랑 깨지면서 총구를 들이미는 상황이 펼쳐지기만을 기다렸다. 그는 자신이 무장 상태가 아니며 어찌 됐거나 순순히 따르겠다는 의사를 표현하기 위해서 양손을 테이블 위에 가지런히 올렸다. 물론 그가 상상했던 그림은 아니었으나, 마지막 순간을 예상해 본 적도 그리 많지 않았으니까. 린제이는 여전히 동영상에 대해 떠들어댔고, 흥분이 서서히 사그라들자 알렉스는 자신이 덫에 걸린 건 아니라는 것을 느낄 수 있었다. 그저 파티에 모인 사람들이 디저트를 먹고 난 후에 입소문이 난 동영상에 대해서 떠들어대는 것뿐이었다. 알렉스는 이런 게 보통 사람들의 행동이라는 걸 되뇌었다.

"당장 같이 봐야 한다니까요." 린제이가 말했다. "여보, 노트북 어디 있어요?"

주머니에 양손을 찌르고 멀뚱히 서 있는 알렉스만 제외하고, 모두가 린제이 옆으로 모여들었다. 먼저 라스베이거스 시저스 팰리스의 광고가 이어졌다. 이제 동영상 조회수가 거의 200만에 육박할 정도였다.

에스플러네이드 아케이드의 모습을 보자, 알렉스는 바로 라스베이거스로 돌아간 기분이 들었다. 빗장뼈 위로 늘어진 총의 무게, 공기를 가득 채운 진한 향수 냄새, 헬멧 안으로 연신 뿜어내는 호흡까지 생생하게 느껴질 정도였다. 정말로 보고 싶지 않았지만, 그렇다고 해서 고개를 돌릴 수도 없는 노릇이었다. 화면 위에는 아케이드를 가득 채운 구경꾼들이 가장자리로 물러나게 할 요량으로 엔진의 회전 속도를 높이는 두 번째 오토바이의 운전자 로이 플레처의 모습과 뒤쪽 복도의 상황을 살피기 위해서 사이드미러를 조정하고 있는 크레이그의 모습이 보였다. 당시 상황의 세세한 부분을 살피던 알렉스의 호기심은 다이앤의 얼굴에 퍼지는 공포감을 보는 순간 그대로 사라져버렸다. 린제이가 동영상을 보며 설명을 덧붙이는 동안, 그는 다이앤의 표정을 유심히 관찰했다.

"그러니까 저 꼬마가 도둑들 앞으로 가까이 가서 동영상을 찍기 시작했다는 거잖아요. 왜 그랬을까요?"

자폐아라서 그랬죠. 알렉스는 생각했다. 그 아이는 오토바이를 사랑하고, 그 순간 아이의 눈에는 오토바이만 보였을 테니까. 제러미는 온 신문을 도배하게 되었고 알렉스의 어린 시절을 떠올리게 만드는 아이였다. 깡마르고 서툴고, 친구도 거의 없으며 충동을 이기지 못하는 아이. 화면 위로 가게에서 걸어 나와 예상치 못했던 동영상 촬영자 쪽으로 고개를 돌리는 알렉스의 모습이 보였다. 순간 시끄러운 엔진 소음 사이로 공포에 질려 꿀꺽 침을 삼키는 제러미의 숨소리가 그대로 담겼다.

"오, 맙소사." 다이앤이 말했다. "이게 실제 상황이라는 거야?"

"당연히 실제 상황이지." 다이앤이 대꾸했다. "온 뉴스에 나오고 난리였잖아. 맞아. 이 부분이 제일 소름 끼치더라."

알렉스는 장갑을 낀 그의 손이 카메라를 홱 하고 낚아채려는 장면에 자기도 모르게 입을 다물었다. 제러미의 엄마가 아이를 거칠게 잡아당기는 순간부터 화면이 좌우로 흔들거리기 시작했고, 마침내 동영상은 끝이 났다.

"어떻게 저런 놈들을 아직도 못 잡고 있죠?" 피터가 말했다.

"글쎄 말이에요." 린제이가 대답했다. "로리라면 곧 알게 되겠죠. 완전 푹 빠졌거든요. 뭔가 재미있는 이야기가 나올 것 같다나."

"그랬으면 좋겠어." 로리가 말했다. "내가 들은 바로는 경찰 쪽에서도 전혀 단서를 찾지 못하고 있다나 봐요. 저 작자들이 지금 어디에 있는지는 아무도 모르는 거죠."

알렉스는 잠시 자리를 빠져나왔다. 위층 화장실에 들어간 그는 한 줄로 암호가 걸린 앱을 열고 윈 호텔 사건 직후 손수 옷을 벗겨주었던 동료에게 전화를 걸었다. 5천 킬로미터 가까이 떨어진 멕시코의 마야 리비에라에 위치한 해변 마을 툴룸의 한 빌라의 주방 조리대에서 전화벨이 울렸다.

"나야." 알렉스가 말했다.

"알아."

"동영상이 쫙 퍼졌어."

"재미있더라. 흥미진진한 데다 세계적이잖아. 다들 재미있다고 하던데. 꽤 걱정되는 목소리네."

"걱정 안 돼?"

"과거로 돌아가서 헬멧 안을 들여다볼 수 있는 기계라도 발명됐대? 내가 그 동영상 볼 때마다 느끼는 게 뭔 줄 알아? 익명성, 완벽한 솜씨. 기름칠이 잘된 오토바이. 괜히 걱정할 이유가 없어 보이는데. 대체 왜 그러는 건데?"

"지금 디너 파티에 와 있어. 집주인이 손님들을 전부 불러놓고 그 동영상을 틀잖아." 알렉스가 말했다.

"더 재미있는 친구를 사귀지그래."

"요즘도 그날 오토바이를 타고 갈 때 꿈을 계속 꾼다니까. 마무리가 안 좋았잖아."

"실제로는 아주 잘 마무리됐어."

"그 꼬마도 마음에 걸리고."

"그 호주에서 왔다는 느림보? 그 애가 플랜C라고 얘기했던가?"

"그런 얘기 안 했던 거 알잖아."

"플랜A는 통과했고. 플랜B는 그 애가 더는 우리 편이 아닌 셈이니 통과된 거나 다름없고. 앞으로 3일 남았어."

"다른 작업은 할 필요가 없다고 생각하는 거지?"

"그날 일에서 아직 못 벗어나고 있네. 그냥 그렇게 지내도록 해."

알렉스는 웃으며 고개를 절레절레 흔들었다.

"어쨌거나 내가 준비한 플랜C가 마음에 들기는 하는 거지?" 벤이 물었다. "참, 그 친구 이름은 크레이그야."

"총에 맞았잖아. 앞바퀴 축도 나갔고. 그때는 그걸로 끝난 줄 알았어. '꽉 잡아요.' 그 친구가 뒷바퀴로 드리프트를 해서 중앙분리대를 가로지르기 직전에 나한테 그렇게 말하더군."

"'꽉 잡아요'라니. 마음에 드네. 처음 만났을 때 별로 마음에 안 들었는데."

"왜?"

"건방지더라." 벤이 대답했다. "게다가 스물두 살이라니, 아직 핏덩이잖아."

"알겠어."

"그럼 그 친구 전화번호 삭제해 버릴까?"

"그럴 거 없어. 다음에 다시 부를 계획이니까."

"기록해 놓을게. 유튜브 클럽에 다시 얼굴을 알릴 수 있도록. 잠시 후에 크리스천이랑 진짜 신나는 파티에 가기로 했어. 빨리 옷 입고 나오라고 난리야."

"재미있게 놀아." 알렉스가 말했다.

"그래야지. 인터넷 그만 봐."

알렉스가 아래층으로 내려왔을 때, 테이블은 텅 비어 있었다. 테라스에서 담배를 피우는 무리에 합류했지만, 피터가 권하는 마리화나는 정중히 거절했다. 마리화나를 피웠다가는 자기 회의감과 편집증만 악화될 테고, 오늘 밤만 해도 그 두 가지를 모두 충분히 경험했기 때문이다.

커플들은 현관 입구에서 서로 작별 인사를 나누며 한참을 서성였고, 여름이 가기 전에 다시 모임을 하기로 약속했다. 알렉스는 다이앤과 자리를 빠져나오면서, 로리에게 주짓수 개인 지도를 해주겠노라고 거짓 약속까지 했다. 수잔과 피터는 차를 타고 떠나면서 손을 흔들며 작별을 고했다.

"차는 어디 있어요?" 다이앤이 물었다.

"시내에요. 와인샵 근처에."

"같이 가요." 그녀가 말했다. "우리 집까지 데려다줘요."

알렉스는 다이앤과 팔짱을 끼고 텅 빈 거리를 걸으면서도 전혀 대화를 시도하지 않았다. 다이앤은 담배를 피우면서 그가 자기만의 생각 속에 푹 빠져 있도록 그냥 놔두었다. 사람들과 시간을 보낸 후에는 좀처럼 말을 하지 않고 입을 다무는 내성적인 아들의 모습을 알렉스에게서 보았기 때문이다. 다이앤은 집까지 데려달라고 부탁한 것이 너무 앞서 나간 건 아닌가 싶어 궁금했다. 바로 그때 알렉스가 그녀의 손을 살며시 잡으면서 부드럽게 미소를 지으며 내려다보았다.

"우리 집이에요." 다이앤이 빅토리아풍의 3층 주택 앞에 멈춰 서더니 이렇게 말했다. "잠 푹 잘 수 있게 한잔할래요? 아니면 물이라도?"

"둘 다 좋아요." 알렉스가 말했다.

1층은 그야말로 다이앤만의 공간이었고, 목재 도마 위에 놓인 잘 익은 탐스러운 토마토의 향기가 가득했다. 다이앤은 불을 밝히고 음악을 틀었다. 어쿠스틱 기타 반주 너머로 남자의 가성이 들렸다.

"워낙 복고풍 스타일을 좋아해서요."

"그거 반가운 소리네요." 알렉스가 대답했다.

다이앤은 숙련되고 재빠른 손놀림으로 재료들을 착착 준비했다. 냉장고에서 시럽을 꺼내고, 레인지 옆 찬장에서 버번위스키와 비터를 꺼낸 후 냉동고에서 얼음 두 개를 꺼냈다. 알렉스는 할인매장에서 산 그릇들이 조리대 위에 놓인 것을 발견하고는 은테를 두른 고풍스러운 술잔도 똑같은 매장에서 산 건지 궁금해졌다.

"건배해요." 그녀가 말했다. "로리랑 같이 운동했던 거 기억나요?"

"아뇨, 워낙 주짓수를 배우러 오는 사람들이 많아서. 아까 얘기한 것보다는 덜 격한 운동이에요."

"워낙 부풀려서 말하는 걸 좋아하는 사람이라. 남편이 장황하게 떠들기 시작하면, 린제이가 항상 남편을 두 동강 내버리고 싶다고 한다니까요. 술맛이 어때요?"

"이 동네에서 마신 것 중 최고예요."

"이 솜씨로 칵테일 바를 오픈하면, 사람 하나 잡고도 남겠죠?"

알렉스는 다이앤은 듣지 못한 것 같지만 뒤쪽 현관에서 발소리가 들리자 바짝 긴장했다.

"집에 올 사람 있어요?"

"아뇨. 당연히 없죠. 왜요?" 다이앤이 되물었다.

집 뒤에서 쿵 하고 요란한 소리가 나더니 누군가 투덜거리는 소리가 이어졌다. 알렉스는 레인지 옆에 자석으로 된 칼 보관대 중에서도 커다란 중식용 칼을 쳐다보면서 한 걸음 다가갔다. 다이앤은 황급히 조리대에 술잔을 내려놓았지만 크게 걱정하는 표정은 아니었다.

"아마도, 아들일 거예요. 서핑보드를 항상 우리 집 현관에 보관해두거든요. 잠깐 인사할래요?"

"물론이죠." 알렉스는 하루에 이런 반전이 대체 몇 번이나 생길 수 있을지 궁금해졌다.

다이앤은 뒤쪽 현관으로 가더니 조명도 없는 어둠 속에서 아들의 이름을 불렀다.

"깜짝이야." 그가 대답했다. "엄마 때문에 놀랐잖아요. 나 때문에 깬 거예요?"

"아니, 방금 들어왔어. 너 때문에 엄마도 놀랐잖아. 잠깐 들어와서 엄마 친구한테 인사해."

톰 앨리슨은 회사에 출근하는 복장 그대로 광을 낸 구두코, 회색 정장 바지, 목까지 단추를 푼 하얀 셔츠를 입은 채로 집 안 계단으로 걸음을 디뎠다. 톰은 엄마의 볼에 입을 맞추고서 손을 들어 시커먼 금발 머리카락과 까칠하게 자란 얼굴의 수염을 쓰다듬었다. 술을 마셨구나, 다이앤은 경계심이 풀린 미소와 강렬하지만, 초점이 풀린 아들의 눈동자를 보고 대번에 알아차렸다. 세심하고 냉소적이고 일벌레인 아들 톰.

"인사를 하라고요? 지금?" 톰이 되물었다.

"일단 들어와." 다이앤은 아들의 팔을 잡았다.

두 사람은 냉장고에 붙은 사진을 뚫어져라 쳐다보고 있는 알렉스를 발견했다. 잔뜩 부풀린 금발 머리의 20대 모습을 담은 사진이었다. 첫 번째 어린이 야구단 경기에서 어깨에 야구 방망이를 올린 톰의 사진도 있었고, 고등학교 졸업식에서 찍은 사진도 있었다. 알렉스는 뭔가 당황하고 걱정스러운 표정으로 복도로 걸어오는 다이앤과 그 뒤에 있는 아들을 보며 고개를 들었다. 마침내 톰이 밝은 주방 조명 아래로 들어서자, 그의 눈동자가 훨씬 더 커졌다.

"톰, 이쪽은 알렉스 캐시디 씨야. 알렉스, 제 아들 톰이에요."

"만나서 반갑다." 알렉스가 고개를 절레절레 저었다. "미안, 친구 녀석이랑 너무 닮아서 그만."

"그런 얘기 자주 들어요." 톰이 말했다.

"오늘 밤은 어땠어? 꽤 재미있는 시간을 보낸 것 같은데?" 다이앤이 물었다.

"저만 재미있었던 게 아닌 것 같은데요."

"맞는 말이네. 내일 집에 올래? 멜라니가 브런치 먹으러 오라고 했는데."

"내일은 파도가 좋을 것 같아요." 톰은 넋이 나가서 자신을 뚫어져라 쳐다보고 있는 알렉스를 의구심 가득한 눈빛으로 쳐다보면서 이렇게 말했다. "잠깐 와서 서핑보드만 챙겨갈 생각이에요."

"로리가 네 안부 묻더라. 다음에 시내에 오면 로리네 회사에 새로 들어온 직원이랑 식사라도 하면 좋겠다고 하던데."

"다음에 시내 나갈 시간이 있으면 로리 아저씨한테 연락할게요. 내일은 몇 달 만에 처음 쉬는 날이라서."

"그럼, 더 붙잡고 있으면 안 되겠네. 얼굴 보여줘서 고맙다." 다이앤이 말했다.

"만나서 반가웠어." 알렉스가 말했다.

톰은 손을 머리에 대고 인사를 하고는 뒷문으로 사라졌다. 알렉스는 그녀의 아들이 집 밖으로 나가는 사이, 칵테일 절반을 단숨에 비우고, 손바닥을 목에 댄 채로 아무 말 없이 다이앤을 빤히 쳐다보았다.

"왜 그래요? 내가 모르는 일이라도 있었어요?" 다이앤이 물었다.

"톰의 아빠 사진은 왜 하나도 없는 거죠?"

"그게 왜 궁금한데요?"

"혹시 죽었나요?"

"대체 왜 그런 걸 묻는 거예요?"

"젊을 때 죽은 거죠? 총에 맞아서?"

다이앤이 움찔했다. "당신이 상관할 바 아니잖아요. 갑자기 왜 이러는데요?"

"우리 옛날에 만난 적 있어요. YMCA가 아니고. 농장도 아니고. 애틀랜틱 시티에서."

"그게 언젠데요?"

"우리가 어릴 적에요. 닥스 오이스터 하우스. 내 친구 클레이랑 같이 나갔잖아요."

순간 그녀의 얼굴 중앙에서부터 충격이 서서히 퍼지는가 싶더니, 다이앤의 눈동자가 커지고 입이 벌어졌다. "오 세상에."

알렉스가 끄덕였다. 두 사람 사이에 경보 사이렌이 울려 퍼졌고 마침내 목적지에 도착하고 나서야 서서히 잦아들었다.

"내가 그날 밤 일에 대해서 기억나는 게 뭔 줄 알아요?" 다이앤이 말했다. "내 아들의 아버지를 만났다는 거 말고. 그 술집에서 마신 마티니가 정말 맛있었다는 거요. 당신 마이애미 출신이라고 했잖아요."

"마이애미에서 태어났죠. 그리고 여섯 살에 애틀랜틱 시티로 이사를 갔고."

"그래서 클레이와 알게 됐군요. 클레이가 어떻게 된 건지 얘기하던가요? 아니면 톰을 보고 바로 상황 파악이 된 건가요?"

"클레이가 얘기했어요. 게다가 톰 사진을 보니, 클레이와 너무 많이 닮았더군요."

"맞아요." 다이앤이 고개를 흔들며 말을 이었다. "정말 소름 끼치지 않아요? 정말 내 유전자를 물려받기는 한 건가 싶을 정도라니까요."

"클레이 말로는 아이는 낳지 않기로 했다던데."

"마음을 바꿨어요. 그러다가 머낼러펀에 있는 강력계 형사로부터 연락을 받았죠."

"스티븐 리조 경위." 알렉스가 말했다.

"이름도 기억해요?"

"워낙 여러 번 만났으니까요. 그 주에 무슨 일이 있었는지 아직도 똑똑히 기억해요. 톰은 어디까지 알고 있는 거죠?"

"그냥 사고를 당해서 죽은 줄 알아요. 자동차 사고를 당했다고 했는데, 반은 사실이잖아요. 아마 톰도 알 거예요."

"뭘 안다는 거죠?"

"내가 뭔가 숨기고 있다는 거. 별로 좋은 얘기는 아닐 거라는 것도."

알렉스는 그 말을 찬찬히 곱씹었다. 다이앤이 의구심을 가지는 건 충분히 이해가 됐지만, 그 비밀이 한때 친구였던 클레이의 기억에 심각한 피해를 미치는 것 같다는 생각이 번뜩 들었다.

"말 안 해도 알겠지만," 다이앤이 입을 열었다. "만약 그 사실에 대해서 톰에게 벙긋만 했다가는 당신을 가만두지 않을 거예요."

"물론 그런 일은 하지 말아야죠." 알렉스는 자신의 속마음을 훤히 뚫어보고 있는 그녀에게 감탄하며 이렇게 말했다.

"클레이랑 친한 친구였죠?"

알렉스가 끄덕였다.

"같이 일했고."

"맞아요."

"그 일이 있던 날, 함께 있었나요?"

"그 직후에 갔어요." 알렉스가 대답했다. "한 발 늦었죠."

다이앤은 조리대 위에 묻은 얼룩을 빤히 쳐다보더니 손톱으로 박박 긁어냈다. "이만 가보는 게 좋겠어요. 그러니까 지금은 당신이 가는 게 좋을 것 같아요."

"원한다면 그래야죠."

다이앤은 고개를 들지도 않고 끄덕이기만 했다.

"지금 상황에서 이런 말 웃기지만, 오늘 즐거웠어요."

"알아요." 다이앤이 대답했다.

도로 가장자리 배수로에서 사슴 한 마리가 뛰어나오더니 알렉스가 탄 자동차의 상향등을 보고 놀라서 도로 한가운데 얼음처럼 굳어졌다. 그는 빛을 보고 놀란 사슴이 움직이기를 기다리면서, 톰 앨리슨이 엄마 집 주방으로 들어오던 순간을 다시 떠올렸다. 아이는 클레이의 호리호리한 체형과 파란 눈동자, 남의 말에 귀를 기울일 때마다 눈을 깜빡거리던 습관까지 그대로 빼다 박았다. 클레이는 제일 친한 친구였던 알렉스에게 자신의 아이를 가진 여자의 이야기를 했고, 아이를 지우라고 말할 참이라고 했다. 설마 그 여자가 클레이가 세상을 떠난 후에도 아이를 낳아서 키우고 있을 줄은 상상조차 하지 못했다. 오래전 세상을 떠난 친구와 놀랄 만큼 똑닮은 청년이 생전에 자신의 아버지가 그랬던 것처럼 그와 악수를 하고, 내일 아침 서핑을 해야 한다면서 먼저 자리를 떠나기 전까지는.

알렉스는 애틀랜틱 시티에 있는 텍사스 대로 초등학교에 전학 간 첫날 클레이 도허티를 만났다. 추수감사절 직전 화요일이었는데, 교감 선생님을 따라서 미세스 쿡 선생님이 담임을 맡은 1학년 교실로 걸어가는 동안, 두꺼운 카드보드지를 잘라서 만든 필그림(1620년 매사추세츠의 플리머스 식민지에 정착한 영국인들)들과 손바닥 자국을 종이에 찍어서 만든 칠면조 장식들이 학교 복도에 나란히 걸려 있는 것을 알아차렸다. 알렉스와 그의 엄마는 그로부터 일주일 전에 낡아빠진 시빅 자동차 지붕에 짐을 가득 싣고서 애틀랜틱 시티에 도착했다. 마이애미에서부터 딱 두 번 차를 세운 것 빼고는 장장 2천 킬로미터를 쉼 없이 달려서. 그것도 한 번은 요기를 하고 기름을 채우려고 휴게소에 들렀고, 한 번은 집을 떠나는 두 사람을 보고 알렉스의 아버지가 야구 방망이로 자동차 앞 유리를 부수는 바람에 깨진 유리창을 테이프로 고정하기 위해서 멈춘 것이었다. 미세스 쿡 선생님이 어느 지역에 살다가 이사를 왔냐고 물었지만, 알렉스는 자기 발보다 반 치수 정도 작은 운동화를 멀뚱멀뚱 내려다보면서 가만히 웅얼거리기만 했다.

"아가, 선생님이 잘 못 들었는데," 미세스 쿡이 말했다. "어디서 이사 왔다고 했니?"

"엄마가 아무한테도 말하지 말랬어요." 알렉스가 대답했다.

미세스 쿡 선생님은 곧바로 수업을 진행했다.

두 사람씩 짝을 지어서 프로젝트 수업을 해야 할 시간이 되자, 선생님은 알렉스와 클레이 도허티를 한 팀으로 짝지어 주었다. 동네에서 이름난 장난꾸러기로, 선생님은 새로 전학 온 내성적인 친구와 잘 지낼 수 있을 거라는 이유를 들어서 두 사람을 엮어주었다. 두 아이는 브루스 리의 광팬이었는데, 클레이는 아버지가 복서였기 때문에 브루스 리를 좋아했고 알렉스의 경우는 나쁜 남자들을 만났을 때, 공포감이나 위협을 느끼지 않고 싶은 갈망 때문에 그를 좋아했다. 두 아이 모두 이른바 문제 가정 출신이었지만, 두 가족은 반쪽짜리 유년 시절의 경험을 그럭저럭 서로 채워주면서 함께 지낼 수 있게 되었다. 클레이의 부모님이 부부싸움을 하는 날이면, 그는 커다란 가방을 챙겨서 유리잔이 깨지고 날이 선 비난이 오가는 한바탕 태풍이 지나갈 때까지 알렉스와 함께 숨어 있었다. 알렉스의 경우에는 견디기 힘든 밤이 더 잦은 편이었다. 레이시 캐시디는 트로피카나라는 술집의 칵테일 웨이트리스였다. 그녀는 아들이 일곱 살 정도 됐으면, 자신이 야간 근무를 하는 동안 아파트 문을 잠그고 혼자 밤을 보낼 수 있을 정도로 자란 것으로 판단했다. 물론 전화기 옆에 술집 전화번호를 메모지에 적어서 붙여두기는 했다. 레이시는 새벽 4시에 출근을 했고 별일이 없으면 오후 4시 15분이면 다시 집으로 돌아왔다. 하지만 가끔 야간 근무가 있을 때면, 동이 틀 때가 되어서야 동네로 돌아오곤 했다. 만약 엄마가 오후 4시 30분까지 집에 돌아오지 않으면, 알렉스는 내일 아침 해가 뜨기 전까지는 엄마가 돌아오지 않을 것을 예상하여야 했다. 알렉스의 엄마는 아들이 학교에 가기 직전이 되어서야 모습을 드러내곤 했으며, 그것도 담배에 찌든 내를 풍기거나 입에 담배를 문 채로, 집 앞 모퉁이 빵집에서 산 버터롤 빵이 든 갈색 봉투를 들고서 벌컥 아들 방문을 열고 들어와서 고작 1~2분 정도 대화를 나누는 것이 다였다. "이제 깼구나!" 마치 밤새 푹 자다가 엄마가 열쇠로 문 여는 소리를 듣고 막 깨어나기라도 한 것처럼 이렇게 외쳤다. 레이시는 높은 구두를 신고 엉덩이를 살랑살랑 흔들면서 아들이 입고 갈 옷을 꺼내서 직접 입혀주기도 했다. 어떤 날은 거실 소파에 남자가 기다리고 있을 때도 있었다. 그런 날이면 알렉스는 되도록 거실 쪽을 쳐다보지 않으려고 했지만, 복도에서도 남자가 신은 신발은 확실히 볼 수 있었다. 어떤 날은 군데군데가 해진 작업용 장화, 또 다른 날에는 반짝반짝 윤이 나는 로퍼였다. 레이시가 아침까지 집에 돌아오지 못하거나, 냉장고에 먹을 게 하나도 없는 날에는 알렉스는 자전거를 끌고서 아들 친구의 존재만 봐도 화가 부글부글 끓어오르던 부부를 진정시켜주는 효과를 주는 클레이의 집으로 향했다.

클레이의 아버지는 삼류 마권 업자로 한때 골든 글로브 복싱 챔피언이었다. 그래서 주차장에 샌드백을 걸어놓고 아들과 아들 친구에게 복싱을 가르쳤다. 아이들이 중학교에 들어갔을 때부터 레슬링을 배웠고 부모님이 레슨비를 충당할 수 있을 때는 번화가 상점가에 있는 유도장에서 가라데도 배웠다. 애틀랜틱 시티 고등학교 2학년이 되던 해에는 두 사람을 가르쳐주던 레슬링 코치의 손에 이끌려서, 아침이면 한국계 블랙잭 딜러가 유도를 가르치고 주말에는 방콕 카페에서 일하는 요리사가 무에타이를 가르치는 마게이트 복싱 체육관으로 가게 되었다. 두 소년은 거의 매일, 그것도 제일 먼저 체육관에 모습을 드러냈고 레슨비가 부족할 때는 직접 체육관 바닥을 쓸고 닦기도 했다. 두 사람이 각자 타고난 체격을 다듬고 서서히 체력을 키워나갔고, 서로 정반대의 성격이 싸우는 모습에서도 그대로 드러나게 되었다. 알렉스는 매우 신중한 싸움꾼으로 전략적이고 꼼꼼한 스타일이었고, 클레이는 전기톱으로 링 안을 온통 쓸고 다니는 스타일이었다. 알렉스가 타격 거리가 상당한 편이고 정확한 타이밍에 펀치를 날리는 것은 물론이거니와 유도의 던지기와 조르기 기술에 특히 능한 편이라면 클레이는 폭발적인 힘과 다소 산만하지만, 도무지 지칠 줄 모르는 레슬링의 대가였다. 두 소년은 서로에게 계속해서 약점을 드러내면서도 어느 면에서는 하루가 다르게 성장하는 모습을 보여

코치들을 깜짝 놀라게 했다. 심지어 다쳤거나 가족들의 불화가 깊어졌어도, 휴일이든 시험 기간이든 상관없이 두 소년은 꾸준히 훈련했으며 지칠 줄 모르고 스파링을 했다.

클레이의 삼촌은 정비공이었고 부업으로 빈집털이를 했다. 그는 정비기술과 빈집털이 기술을 불법적인 일에 뛰어난 재능을 보이는 조카에게 가르쳤고, 조카와 가장 친한 친구라는 이유로 알렉스도 고등학교 1학년 때부터 이른바 그의 공범이 되고 말았다. 두 사람은 마게이트에 있는 작은 콘도부터 털기 시작해서 롱비치 아일랜드의 한적한 곳의 별장, 그리고 오션시티에 정박한 요트까지 서서히 발을 넓혔다. 클레이의 삼촌은 식사를 한 자리에서 절대로 볼일을 봐서는 안 된다고 강력히 조언했고, 거의 1년 가까이 뒤뜰에 노다지가 묻혀 있는 걸 알면서도 그냥 모른 척해주었다.

고등학교 졸업식이 끝나고 3주 후, 두 청년은 트럼프 플라자에 있는 술집에 앉아 있었다. 마약 문제가 있고 호텔에서 방 정리하는 일을 하던 클레이의 전 여자친구 안젤라 리조도 함께였다. 안젤라가 마티니를 마시면서 매니저 험담을 늘어놓는 동안, 알렉스와 클레이는 계속 콜라만 홀짝이고 있었다. 마침내 바텐더가 다른 쪽으로 사라지자, 클레이는 입 가장자리에 물고 있던 이쑤시개를 빼고서 이렇게 말했다. "안젤라, 알렉스에게 최근에 새로 들어온 손님 얘기 좀 해줘."

"멕시코에서 온 부부인데," 안젤라가 말했다. "엄청난 부자야. 꽤 유명한 사람들인가 봐. 어디를 가든 따라다니는 집사 같은 사람도 있어."

"집사 같은 사람?" 알렉스가 되물었다. "경호원 아니고?"

"그건 확실히 모르겠고. 아무튼 숙소는 따로 사용해. 그 여자는 다이아몬드 반지에 귀걸이, 팔찌, 거기다 금덩이를 주렁주렁 두르고 다니는데 아마 말해도 절대 못 믿을 거야."

"그 말 진짜야?"

안젤라는 피우던 담배에 이어 다른 담배에 새로 불을 붙였다. "알렉스, 그 사람들 호텔에서 제일 좋은 펜트하우스에서 묵는다니까. 그리고 내가 짝퉁은 척 보면 안다고."

"밤에 외출도 해?"

"응, 그런데 외출했을 때 방을 털면, 그 여자가 걸고 다니는 보석들은 놓치는 셈이잖아."

클레이가 씩 웃었다. "이 아가씨가 뭘 좀 아네."

"이번 일은 아무리 조심해도 결국 커질 수밖에 없어." 알렉스가 말했다. "일 끝나면 한참 잠수를 타야겠네. 먼저 그럴 만한 가치가 있는 일인지부터 알아봐야지."

"그 남편이라는 작자는 내 손목만큼 두꺼운 금팔찌를 두르고 다녀." 안젤라가 말했다. "그걸로 요트를 묶어놔도 될 정도로 두껍다니까. 매일 다른 롤렉스 시계를 차고 다니고. 진짜야. 시간을 투자할 만한 가치가 있다니까."

"네가 원하는 건?"

"현금 500달러, 아니면 수입 중 20%. 둘 중에 더 많은 쪽으로."

"난 구미가 확 당기는데. 왠지 느낌이 좋아." 클레이가 말했다.

알렉스가 피식 웃었다. "그 부부라는 사람이 방에 있을 때, 뻥 하고 문을 박차고 들어가자고? 말도 안 돼. 외출했을 때 털어야지."

"잠옷 차림의 부부 정도는 얼마든지 컨트롤할 수 있잖아."

"그런 계획이라면 나 대신 안젤라를 데리고 가."

"알겠어. 이 겁쟁이 자식아. 그럼 부부가 외출했을 때 털자. 안젤라, 언제 외출하는지 알려줄 수 있지?"

두 사람은 토요일 오후부터 저녁까지 클레이 집 지하에서 닌텐도 게임을 하고, 간식으로 팝 타르트와 냉동 피자를 먹으며 겨우겨우 버텼다. 저녁 10시, 휴대전화가 울릴 무렵에 클레이는 화장실에 있었다. 알렉스가 대신 전화를 받았다.

"외출했어. 늦게 들어올 거야." 안젤라가 말했다.

"노크해 봤어?"

"당연하지. 행운을 빌어."

그로부터 30분 후, 클레이와 알렉스는 화려한 금박을 입힌 트럼프 플라자의 로비를 어슬렁거리며 걷고 있었다. 마침 포커 토너먼트 경기가 한창 진행 중이라서 선글라스를 끼고 야구 모자를 눈까지 푹 눌러쓴 청년 둘에게 별다른 눈길을 주지 않았다. 클레이와 알렉스는 카지노를 가로질러서, 빈 엘리베이터가 올 때까지 몇 분을 기다렸다. 번쩍이는 청동 문이 닫히기 직전, 손 하나가 틈새로 쑥 들어왔다. 결국, 클레이와 알렉스는 양복과 칵테일 파티용 드레스에 담배 찌든 내가 배고 입에서 보드카 냄새를 풀풀 풍기며 코카인에 취해서 에너지가 넘치는 두 커플과 함께 엘리베이터를 타게 되었다.

"포커 토너먼트에서 돈 좀 땄어요?" 금테를 두르고 붉은색이 감도는 안경을 고쳐 쓰며 남자가 물었다.

"아뇨. 오늘은 잘 안 되더라고요." 클레이가 대답했다.

"그럼 다시 가서 덤벼봐야죠. 아직 초저녁인데."

"괜히 바람 넣지 마." 그의 여자친구는 손에 들고 있던 빨간 클러치 백으로 남자의 팔을 찰싹 치면서 브루클린 악센트가 물씬 풍기는 말

투로 채근했다. "너처럼 탈탈 털리는 꼴을 보고 싶어서 그래?"

두 커플은 20층에서 내리면서, 클레이와 알렉스에게 다음 판에서는 행운이 따르기를 바란다고 말했다. 엘리베이터는 계속 위쪽으로 올라갔다. 알렉스가 목석처럼 가만히 서서 코끝으로 호흡하며 마음을 가다듬는 사이에도 클레이는 발가락을 세웠다 내렸다 하면서 온몸을 들썩거렸다. 3904호는 복도 맨 끝이었고 방 앞에 도착하기 직전, 클레이는 왼쪽 엉덩이 위 허리춤에 끼고 있던 아버지 소유의 38구경 권총을 조용히 꺼냈다.

"권총까지 쓰면 무장 강도가 되잖아." 알렉스가 속삭였다. "그럼 형량만 늘어난다고."

"형량? 맙소사, 얘가 지금 뭐라는 거야. 어차피 총을 사용할 일도 없을 거야."

알렉스는 고개를 절레절레 흔들고 탁탁 불꽃이 튀는 것처럼 요동치는 배 쪽으로 신경을 집중했다. 그는 복싱 코치로부터 경기 전 신경을 차분히 가라앉히는 기술이라고 배웠던 호흡법을 시작했다. 클레이는 객실 문에 귀를 바짝 가져다 댔고, 순간 온몸이 굳어졌다.

"왜?" 알렉스가 입을 벙긋거렸다.

"무슨 소리가 들린 것 같아."

"그럴 리가 없잖아."

클레이는 재빨리 객실 문을 열었고, 문이 활짝 열리자 방에 모든 조명이 환하게 밝혀져 있는 것이었다. 부부로 보이는 남녀가 창을 등지고 두꺼운 테이프로 재갈이 물리고 결박당한 채로 하얀 가죽 의자에 앉아 있었다. '트럼프 플라자'라고 적힌 바람막이 재킷을 입은 두 남자가 문소리에 놀라 몸을 홱 틀었고, 동시에 허리춤에 차고 있는 총을 향해 팔을 뻗었다. 클레이의 총이 한 발 빨랐다.

"진정해." 그가 말했다. "손 머리 위로 올려. 당장."

두 남자는 천천히 지시에 따랐다. 한 놈은 짙은 턱수염에다가 저녁 무렵에 거뭇하게 자란 수염까지 있었고 양손에는 두꺼운 반지를 끼고 있었다. 다른 놈은 말끔히 면도를 한 데다 어깨까지 오는 긴 머리를 말꼬리처럼 하나로 묶고는 사악한 미소를 지으면서 알렉스와 클레이를 바라보았다.

"지금 장난치는 줄 알아?" 클레이는 씩씩 대면서 두 남자를 향해 번갈아 총구를 겨누었다.

"총부터 뺏자." 알렉스가 말했다. "엄호해. 내가 할게."

알렉스가 다가가자, 두 남자는 서로 시선을 교환했다. 분명 클레이의 어설픈 행동과 목소리의 떨림을 감지한 게 분명해 보였다. 순간 말끔히 면도를 한 자가 들릴락 말락 한 소리로 뭐라고 중얼거렸다. 스페인어를 유창하게 하는 알렉스는 그 말이 '다리를 붙잡아'라는 뜻이라고 설명할 시간조차 없었다. 그는 다급히 클레이의 이름을 부르는 순간, 수염이 덥수룩하게 난 놈이 온몸을 던지며 태클을 걸었다. 클레이는 카펫 위에 총알을 발사하고는 그대로 총을 떨어트리고 남자의 어깨에 가슴을 대고 쓰러졌다가 마치 브레이크 댄스를 추는 사람처럼 등을 바닥에 대고 홱 뒤집더니 두 발이 바닥에 닫자마자 상대의 몸뚱이를 그대로 압박했다. 알렉스는 멀끔하게 수염을 깎은 남자가 한 손에 권총을 든 것을 보고 곧바로 머리 쪽으로 하이킥을 날렸다. 남자는 온몸이 뻣뻣하게 굳어지더니 풀썩하고 바닥으로 쓰러졌고 온몸이 경직된 채로 의식을 잃고 말았다. 눈을 뜬 채로 바닥에 쓰러진 것을 보고, 알렉스는 그대로 놈의 가슴에 올라타서 놈이 머리가 연달아 카펫 위에 내동댕이쳐질 정도로 주먹으로 연타를 날렸다. 마침내 그가 올라탄 몸뚱이가 축 늘어지고 나서야, 알렉스는 자리에서 일어나 손목을 풀었다.

클레이는 또 다른 남자의 팔을 높이 들어서 등 뒤로 꺾은 채로 바닥에 누르고 있었지만, 남자는 끝까지 포기하지 않고 저항했다. 알렉스는 클레이의 이름을 부르고는 바닥에 있던 45구경 자동권총을 던졌고, 클레이는 노련하게 권총을 받았다. 마침내 차가운 총구가 목에 닿은 것을 느끼자, 남자는 얼음처럼 굳어졌다. 알렉스는 객실 안을 찬찬히 둘러보았고, 손발을 결박당한 여자와 눈이 마주쳤다. 여자는 커피 테이블 위에 있던 넓적한 테이프 쪽으로 고갯짓을 보냈다. 마침내 총을 들고 설치던 두 남자의 입과 팔을 테이프로 꽁꽁 두르고 나서, 알렉스와 클레이는 멀뚱히 서서 멍한 눈으로 서로를 바라보았다. 클레이의 모자와 선글라스가 바닥에 나뒹굴고 있었다. 그제야 그는 손을 얼굴에 댔고, 얼굴에서 뜨거운 피가 흐르는 것을 느끼자마자 바닥에 쓰러진 남자의 갈비뼈를 두 번이나 힘껏 걷어차고 말았다. 그 모습을 본 부부는 눈동자가 커지면서 요동을 쳤다. 알렉스는 클레이의 38구경 권총을 챙기더니 여자를 향해서 총구를 겨누었다.

"여기 또 누가 있죠?"

여자는 침실 쪽으로 고갯짓을 했고 침대 위에는 손발이 묶인 경호원이 보였다. 바로 옆에는 벽돌 크기로 진공 포장된 새하얀 가루가 든 비닐봉지가 가득 든 가방 두 개가 덩그러니 놓여 있었다.

"하느님 맙소사!" 클레이가 외쳤다. "완전 잭폿이잖아."

알렉스는 손바닥으로 목을 감쌌다. "저거 분명히."

누군가 손전등 혹은 경찰봉으로 문을 두드리는 소리가 들리자, 두 사람은 몸을 돌리고서 곧바로 총을 높이 들었다. 복도 끝에서 웬 남자의 목소리가 들렸다.

"산도발 씨? 보안팀에서 나왔습니다. 문 좀 열어주세요."

알렉스는 발끝으로 살금살금 걸어서 문으로 가까이 다가가 작은 구멍 너머를 빼꼼히 내다보았다.

"보안팀 맞아." 그가 속삭였다. "배지도 그렇고 옷도, 진짜야. 저 여자 풀어줘. 나와서 대답하라고 해."

"안 돼."

"우리가 대답해 봤자, 산도발이 아닌 건 뻔히 알 테고 아무 대답을 안 했다가는 곧바로 지원팀을 부를 텐데? 창문이라도 부수고 뛰어내릴 작정이야? 당장 풀어줘."

다시 노크 소리. "산도발 씨? 아무 문제 없으신 겁니까?"

알렉스는 여자의 미간에 총구를 겨누고 이렇게 말했다. "그냥 나가서 아무 일 없다고 해요. 알겠죠?"

여자는 힘껏 고개를 끄덕이고 바닥에 쓰러진 두 남자를 보더니 화장실 쪽으로 고개를 까딱거렸다. 클레이가 여자를 감시할 동안, 알렉스는 쓰러진 강도들을 일단 시야에서 치웠다. 입을 막고 있던 테이프를 뜯자, 여자는 턱을 쩍하고 벌리더니 곧바로 외쳤다. "잠시만요." 마치 금방 샤워를 마치고 나온 듯한 매우 차분하고 청량한 미국식 억양이었다. 마침내 클레이가 여자의 팔을 결박하고 있던 테이프를 풀자, 그녀는 곧바로 거울로 가더니 입가에 번진 립스틱을 말끔히 닦아냈다.

"미안해요." 그녀는 문을 열고 이렇게 말했다. "남편이 깜깜한 데서 걷다가 발이 걸리는 바람에 스탠드가 넘어져 버렸지 뭐예요? 아마 아래층에도 크게 들렸을 텐데. 대신 미안하다고 좀 전해줘요."

"저희는 그러니까, 맞습니다. 아래층 객실 손님들이 불편을 호소하시기는 했어요." 남자가 마지못해 말했다. "어디 크게 다치신 건 아니죠? 남편분께서는 괜찮으신가요?"

"정말 창피한 일이에요. 지금 욕실에 있는데. 잠깐 나오라고 할까요?"

"아닙니다. 괜찮습니다. 부인. 하지만 가능하면 조심히 해주시면 감사하겠습니다. 워낙 늦은 시간이라서."

"물론 그래야죠." 여자는 반으로 접은 100달러 지폐를 문밖으로 쓱 내밀었다. "어쨌거나 다시 한 번 미안하게 됐어요. 이렇게 걱정해 주니 정말 고맙네요."

여자는 문을 닫고 문에 귀를 대고서 보안요원들의 발소리가 멀어지는 것까지 확인했다. 아담한 체격, 날카로운 이목구비를 가진 데다 손도 아주 작았고 검고 짧은 머리카락은 뒤로 시원하게 넘기고 황금색 메쉬 재질의 벨트로 남색 비단 재질의 점프슈트 바지의 허리춤을 꽉 동여맨 모습이었다. 우리 엄마 정도 되겠군, 알렉스는 생각했다. 마침내 엘리베이터 소리가 들리자, 여자는 곧바로 바 쪽으로 가더니 작은 위스키 세 병을 꺼내서 두 개를 알렉스와 클레이에게 내밀었다.

"마셔요." 여자는 방금까지 결박당한 채로 묶여 있던 의자로 가서 다시 자리를 잡고 앉았다. "이제 대화를 해보죠. 자, 편히 앉아요."

여자의 남편은 여전히 테이프에 묶인 채로 끙하고 신음했지만, 그녀는 신경조차 쓰지 않았다. 클레이와 알렉스는 권총을 무릎에 가지런히 올리고 소파에 자리를 잡고 앉으면서도, 고통스러워하는 남편의 모습을 계속 힐끔거리고 있었다.

"당신들은 뭐죠?" 여자가 물었다.

알렉스와 클레이는 뭐라고 대답할지 몰라 서로 눈만 쳐다보고 있었다.

"타이밍이 아주 기가 막히던데." 여자는 사이드 테이블에서 담배를 꺼내 불을 붙였다. "어쨌든 우리로서는 놀랄 만한 타이밍이었죠. 여기는 왜 온 거죠? 보석 때문에?"

알렉스가 끄덕거렸다.

"그렇군요. 분명한 건 당신들이 예상한 것보다는 더 챙길 수 있다는 거예요. 그럼 어떤 선택지가 있는지 얘기해 볼까요? 애초에 가지고 가려고 했던 물건만 챙겨서 돌아갈 수도 있어요. 지금 침대방에 있는 물건 중에서 뭘 가지고 간들 우리가 막을 수 있겠어요? 하지만 그렇게 되면, 남편과 나는 당신 둘을 지구 끝까지 쫓아가서라도 잡고 말 거예요. 어차피 얼굴도 똑똑히 봤으니까. 그리고 이름도 알고, 클레이라고 했나요?"

"그러다가 우리가 총이라도 쏘면요?" 클레이가 대꾸했다. "그러고 나서 물건을 챙길 수도 있잖아요."

여자는 거들먹거리듯 깔깔대며 웃어버렸다. "세 번째 선택지도 있어요. 사실 나는 이걸 추천하고 싶은데. 오늘 밤에 기대했던 수입이 얼마나 되죠? 3천 달러? 5천 달러?"

"그 정도는 기대했죠." 알렉스가 대답했다.

"그 돈 현찰로 줄게요."

"그거면 저희도 만족해요." 클레이가 말했다.

"부에노. 쌍방이 만족할 수 있겠네요. 그건 그렇고, 내 이름은 마리셀이에요. 저쪽은 내 남편, 로베르토. 이쪽 이름은 클레이고, 당신은?"

"알렉스예요." 클레이가 대답했다.

"알렉스, 부탁인데 우리 남편을 좀 풀어주겠어요? 남편에게는 총도 없고 수적으로도 당신들이 유리하잖아요. 쌍방이 협의가 된 마당인데 나 역시도 괜히 위협을 가하거나 할 생각은 없어요."

"대신 저기 경호원은 우리 갈 때까지는 못 풀어줘요." 알렉스가 말했다.

"물론 그래야죠."

알렉스는 38구경 권총을 로베르토 쪽으로 겨누었고, 클레이가 그의 입을 두르고 있던 테이프를 뜯자 침을 퉤퉤 뱉으며 뭐라고 욕지기를 내뱉었다. 마침내 결박에서 풀려나자, 남자는 천천히 일어나더니 머리칼을 가다듬고 검은 비단 셔츠의 단추를 여몄다. 매우 절제되고 서두름이라고는 전혀 느껴지지 않는 동작이었지만, 입가가 파르르 떨렸고 눈동자는 분노로 이글거렸다. 그는 욕실로 가더니, 배를 깔고 엎어져 있는 면도를 한 남자의 몸 위로 다리 한 짝을 올리고 앉아서 턱을 잡고 머리를 홱 들고서 스페인어로 뭐라고 중얼거렸다. 알렉스는 로베르토가 쓰러져 있던 남자의 목을 완전히 뒤로 틀어서 급기야 뚝 하고 꺾이는 소리가 나자 얼굴을 찌푸렸다. 결국, 남자는 목과 몸이 서로 엇갈린 채로 등 뒤를 쳐다보고 있는 자세가 되고 말았다. 그의 친구는 입에 테이프가 둘둘 말린 채로 제발 살려달라고 애원을 했다. 마리셀이 침실에서 지폐 두 뭉치를 들고 돌아오자, 로베르토는 곧바로 욕실 문을 닫아버렸다.

"자, 우리를 도와준 대가까지 더해서 한 사람당 5천 달러씩 줄게요. 혹시 몇 살인지 물어봐도 될까요?"

"열여덟 살이에요." 알렉스가 대답했다. "동갑이고."

"싸움은 어디서 배웠어요?"

"근처에서요."

"아직도 겁나는 게 있어요?" 알렉스가 어깨를 으쓱하며 자리를 고쳐 앉는 모습에 여자가 웃으며 말했다. "저 강도들과 싸울 때보다. 내 질문에 더 긴장하는 것 같네. 사실 아까까지만 해도 정말 이상하다 싶을 정도로 차분해 보이기는 했어요."

알렉스는 다시 어깨를 으쓱했다. 비록 겉으로는 차분해 보일지 몰라도, 알렉스의 속마음은 그렇지가 않았다. 알렉스와 그의 엄마가 마이애미로 도망치게 된 주된 이유였던 그의 아버지는 이탈리아 출신의 식당 경영자로 매우 가학적인 성향의 소유자이면서 화이트 리넨 정장과 코카인에 대한 애정이 각별한 사람이었다. 그는 여자친구와 그녀의 아들을 죽도록 팼고, 특히 알렉스가 겁에 질린 모습을 보일 때마다 더욱 가혹하게 주먹을 휘둘렀다. 알렉스가 겁에 질리면 더 많이 얻어맞았고, 그래서 더 무서워하는 모습을 보일라치면 폭력의 강도는 더욱 심해졌다. 알렉스는 심장이 터질 정도로 뛰는 순간에도 겉으로 차분한 척 행동하는 법을 배웠고, 마침내 폭력이 자행되는 현장을 코앞에서 보면서도 차분한 분위기를 풍길 수 있게 된 것이다.

로베르트가 욕실에서 나오더니, 등 뒤로 문을 조용히 닫았다.

"혹시 일자리 필요해요?" 마리셀이 물었다.

"네?" 클레이가 풋 하고 웃으며 되물었다.

"여기서 그리 멀지 않은 작은 공항에서 일을 하나 시작해 볼까 하는데. 돌아오는 주에 우리 일을 도와줄 사람이 필요해요. 물론 두 사람이 관심이 있다면 말이죠. 우리가 고마움을 표현했다고 해서, 그걸로 무슨 기대를 한다거나 부담을 주려고 한다거나 그런 건 절대로 아니에요."

"지금 저희한테 일거리를 주시겠다는 건가요?"

"사람들 시선을 끌지 않으면서 운전을 해줄 사람이 필요해요. 잘생긴 미국인 청년들이라면 가장 완벽하겠죠."

"운전요?" 알렉스가 물었다. "공항에서 무슨 일을 하시는 데요?"

"비행기가 도착할 거예요. 물건을 교환할 거고. 그 비행기는 다시 이륙하겠죠. 그 후에 그날 상황에 따라서 뉴욕 혹은 애틀랜틱 시티 쪽으로 물건을 운반해 줄 차량이 필요해요. 가는 데 1,500달러, 돌아오는 데 1,500달러 줄 생각이에요."

"2천 달러로 하죠." 클레이가 말했다. "그래야 둘이 나누기 쉬우니까. 제가 계산이 워낙 늦어서요."

마리셀은 침대에서 벌어지는 상황을 구경하고 있던 남편을 불렀다. "로베르토, 건당 2천 괜찮지?"

로베르토가 고개를 끄덕였다.

"그렇게 하죠." 여자가 대답했다. 그녀는 방을 가로질러 가더니 호텔 객실에 있던 메모지 위에 뭔가를 끄적거렸다. "내일 이 번호로 전화하면 다른 사람이 받을 거예요. 다음 주에 첫 비행기가 도착해요. 우리도 오늘 밤에는 처리할 일이 많으니까, 이만 가보도록 해요."

클레이는 엘리베이터가 도착하기를 기다리면서 모자와 선글라스를 고쳐 썼다.

"잠깐 움직이지 마." 알렉스는 입처럼 벌어진 클레이의 눈가에 부어오른 상처에서 흐르는 피를 닦아내며 이렇게 말했다.

엘리베이터를 타고 내려가면서, 알렉스는 방금 마리셀이 했던 제안을 다시 떠올리며 공포감에 사로잡혔다. 그녀는 그의 속내를 훤히 꿰뚫어보았고, 그래서 알렉스는 그녀가 했던 제안이 비록 옳은 것은 아닐지라도 어쩌면 도저히 피해갈 수 없는 필연적인 길일 거라는 생각이 들었다. 그 제안을 받아들인 건, 마치 하나의 문을 열고 들어가서 양쪽 문과 그 뒤에 있던 벽까지 순식간에 사라져버리는 것을 지켜보는 것과 비슷했다. 이제 그는 완전히 다른 방에 들어와 있었다. 더는 도망칠 곳도 없다. 게다가 돈의 액수 자체도 어마어마하게 많았다. 공항에 있는 차 안에는 마약이 가득할 테고, 본래 성격대로라면 그 자체로 마음이 꺼림칙해야 정상이었다. 바로 그 마약이 그의 아버지를 피해망상증 환자로 만들었고, 폭력적인 독재자로 바꾸어 버렸으며 한 번 이상은 그의 어머니를 거의 죽음 직전까지 몰고 간 원흉이었으니까. 어쩌면 그런 부분에서 빚진 걸 갚기 위해서 이런 일이 일어난 건지도 모른다.

두 사람은 엘리베이터에서 내려서 토요일 저녁의 후끈한 열기로 가득한 카지노가 있는 층으로 들어섰다. 출구 쪽으로 걸어가는데, 누군가 알렉스의 팔꿈치를 턱하고 붙잡았다. 그는 주먹에 힘을 준 채로 몸을 돌렸고, 아까 엘리베이터를 타고 올라갈 때 중간에 끼어 탔던 남자의 모습이 눈앞에 보였다.

"내가 뭐랬어?" 그가 알렉스와 클레이 쪽을 가리키며 친구들에게 소리쳤다. "도저히 못 참을 거라고 했지. 결국에는 다시 돌아온댔잖아!"

10

다이앤은 술잔을 비우고 나서 알렉스가 떠난 후, 한 잔을 더 따랐다. 이제야 거친 피부에 앞머리로 눈을 가리고 다니고, 꽤 조용하고 수줍음이 많았던 10대의 그를 만났던 기억이 났다. 거의 24년이 지난 지금은 거의 알아볼 수조차 없을 정도였지만. 지금으로서는 톰의 생부와 그의 관계를 확실히 가늠해 볼 수 없었다. 아직은. 다이앤은 어떻게 그런 종류의 남자를 한 번도 아니고 두 번이나 골라낸 건지 궁금했다.

어느 뜨거운 여름의 토요일, 그녀는 애틀랜틱 시티를 방문해서 클레이를 만난다거나, 짧은 순간이지만 알렉스를 마주칠 계획이 애초에 없었다. 그날 아침, 다이앤은 친구를 태우고 마게이트의 해변 별장에 있는 잘 손질된 뒤뜰에서 소규모 결혼식의 출장 요리를 나갔다. 신랑은 60대, 신부도 그보다 크게 어리지 않았다. 다이앤은 바 뒤쪽에 서서, 점잖고 확신에 찬 목소리로 진지하게 진행되는 결혼식 과정을 감탄의 눈으로 지켜보고 있었다. 눈물을 찔찔 짜거나, 지나친 열정으로 가득 차 혼인 서약을 하지도 않았고, 신랑과 신부가 서로에게 얼마나 완벽히 어울리는 짝인지를 칭송하는 축사도 없었다. 피로연은 예상보다 일찍 마무리되었고, 출장 요리를 나왔던 직원들끼리 남은 샴페인을 마시다가 우연히 애틀랜틱 시티 시내에 있는 닥스 오이스터 하우스(Dock's Oyster House)에 마티니를 마시러 가자는 이야기가 나왔다. 처음에 다이앤은 별로 내키지 않아서 슬슬 피했지만, 그렇게 샴페인 두 잔을 더 마시고 난 후에야 벤트너 대로의 북쪽으로 달려가는 스테이션 왜건의 뒷좌석에 앉아 있음을 깨달았다.

레스토랑 내부는 시원하고 어두컴컴해서 다행히 후끈한 7월의 열기로부터 한숨 돌릴 수 있었다. 바 안에는 사람들이 가득했고, 6명 정도 되는 출장 요리사들은 긴 테이블 위, 얼음이 가득 찬 통 안에 쌓인 조개 무더기 주변에 웅성거리며 모여 있었다. 다이앤 옆자리에는 긴 금발 머리에 둥근 금귀걸이를 한 남자애 하나가 서 있었다. 왼쪽 눈동자는 벌겋게 충혈되고 눈가에 시커먼 멍이 들어 있었고, 눈썹 위로는 두꺼운 밴드까지 붙인 상태였다. 그는 다이앤이 자신의 상처를 유심히 지켜보는 모습을 알아차리고는 씩 하고 미소를 지었다. 새하얗고 고른 치아를 드러내는 환한 미소, 다이앤은 그런 모습에 매번 쉽게 무너지는 편이었다. 그녀는 남자와 눈이 마주치는 순간 목에 뭔가 턱하고 걸리는 기분이 들어 곧바로 고개를 반대편으로 돌려버렸다.

출장 요리사들은 굴 요리를 주문했는데, 요리가 담긴 접시가 다이앤의 앞에 도착할 즈음이 되자 레몬이 다 떨어지고 없는 것이었다. 그녀가 바텐더를 향해 손을 흔들자, 눈가가 시커멓게 멍든 청년이 보드카 소다 잔에 있던 라임 조각을 꺼내서, 다이앤의 앞에 있는 굴 요리 위에 뿌려주었다.

"여기 서비스가 엉망이죠." 그가 말했다.

“좋은 정보네요.”

“이쪽 동네 사는 분이 아닌가 봐요.”

“맞아요. 아니에요. 그런데 눈이 왜 그래요?” 그녀가 물었다.

“쇳덩이랑 의견 충돌이 있었거든요. 이러니까 좀 거칠어 보이지 않나요?”

“아니요. 그냥 호전적인 사람처럼 보이는데요.”

남자의 이름은 클레이라고 했다. 그는 옆자리에 있는 키 큰 남자를 소개했고, 그 친구는 클레이가 다이앤에게 이야기를 하는 와중에도 술잔을 껴안듯이 들고서 만족한 표정을 짓고 있었다. 두 사람 모두 술집에 드나들기에는 어린 나이처럼 보였지만, 바텐더와 꽤 친분이 있어 보였다. 손님들이 물밀 듯 밀려들면서 세 사람 주변의 공간도 점점 줄어들었다. 다이앤은 동료들에게 클레이를 소개했고, 그는 모든 이들에게 술을 한 잔, 또 한 잔 돌렸다. 그리고 별 거리낌 없이 사람들과 대화를 나누면서, 둘만의 비밀을 가지기라도 한 것처럼 가끔 다이앤을 보며 은밀한 미소를 지어 보였다.

“친구들이 다 가버린 것 같은데요.” 그로부터 1시간 뒤, 다이앤은 술집 뒤쪽 벽에서 서로를 한참 애무하다가 잠시 멈추더니 이렇게 말했고 그는 팔꿈치를 그녀의 어깨에 기대고 있었다.

“잘됐네요.” 클레이가 대답했다. “그럼 이만 나가죠.”

가게 밖 인도로 나온 두 사람은 늦은 오후 햇살을 받아 눈을 찡그리다가, 깔깔대고 웃으면서 태양을 피하려 눈을 가렸다. 클레이는 그녀의 손을 잡고 물가 쪽으로 성큼성큼 걸어갔다. 소금기 가득한 공기 탓인지 사람들로 북적이는 해변 판자 길 위에는 퍼넬 케이크와 솜사탕 카트에서 흘러나온 것 같은 하얀 가루들이 흩뿌려져 있었고, 새하얀 모래밭 위에는 색색의 우산들이 점처럼 찍혀 있었다. 갈매기들이 끼룩대고 비둘기는 먹이를 찾아 구구 소리를 내며 뒤뚱거렸다.

"몇 살이에요?" 다이앤이 물었다. "술집에 드나들어도 되는 나이 맞아요?"

"그냥 술 마실 정도 나이는 된다고 해두죠."

"진짜로 눈은 왜 그런 거예요?"

"사실대로 말하면 쓰레기 같은 인간이라고 욕할 수도 있어요. 아니면 이대로 도망칠 수도 있고."

"말해 봐요."

"그런 위험을 감수하긴 싫은데요. 아직도 내가 호전적으로 보여요?"

"사실 볼수록 멋져 보이기는 해요."

"출출하지 않아요? 이탈리안 요리 좋아해요?" 클레이가 물었다.

두 사람은 술을 파는 가게에 들렀고 투명한 플라스틱 유리 뒤로 클레이의 삼촌의 안부를 묻는 사장에게서 레드 와인 한 병을 샀다.

"어디로 데려가는 건데요?" 다이앤은 조용한 주택가를 걷다가 이렇게 물었다.

그는 하얀색 참나무 판자로 된 집 앞에 리무진들이 군데군데 주차되어 있는 쪽을 가리켰다. 운전기사들은 인도에 서서 자동차 라디오에서 흘러나오는 프랭크 시나트라의 노래를 들으면서 담배를 피우며 대화를 나누고 있었다. 클레이는 다이앤을 데리고 집을 빙 돌더니 별다른 표시가 없는 문으로 들어갔고, 복싱 선수들과 영화배우, 그리고 마을 정치인들의 사인이 있는 사진들이 나란히 걸린 계단으로 내려갔다. 계단 아래쪽 두꺼운 커튼 뒤로 웅성거리는 식당 손님들의 목소리가 새어 나왔다. 천장이 낮은 지하 이탈리안 식당에는 테이블이 서로 다닥다닥 붙어 있었고, 안티파스토(이탈리아식 차가운 전채 요리)와 파스타, 푸짐하게 담긴 사이드 메뉴, 그리고 와인병이 가득했다. 식당을 찾은 손님들은 대부분 나이가 있어 보였고, 검게 그을린 다부진 체격에 소매에 커프스 단추가 달린 셔츠를 입은 남자들과 우아한 머리 모양에 번쩍이는 장신구를 두른 여자들이었다. 모두가 약속이라도 한 듯 동시에 웃고 있었다.

“미스터 도허티,” 식당 주인이 클레이에게 말했다. “식당 오기 전에 미리 연락해 달라고 몇 번이나 말했잖아. 이쪽으로 와요.”

두 사람의 담당 웨이트리스는 메뉴판 대신 수많은 이탈리안 요리 이름을 차례대로 소개했다. 클레이와 다이앤은 수북이 쌓인 오징어 요리와 붉은 소스와 녹은 프로볼로네 치즈를 곁들인 송아지 갈비를 나누어 먹었다. 와인은 눈 깜짝할 사이에 증발해 버렸다. 육중한 덩치에 느릿느릿 움직이는 식당 요리사가 두 사람이 앉은 테이블로 찾아와 인사를 하더니, 샤도네이 화이트 와인 한 병을 쓱 올려두고 갔다.

“공짜 와인을 위하여!” 클레이가 잔을 들며 건배를 했다.

두 사람은 저녁을 먹고 난 후, 손을 잡거나 팔짱을 끼고서 주변 곳곳을 누비기 시작했다. 아이리시 펍부터 지하에 있는 나이트클럽 그리고 정박한 요트에 있는 일종의 카지노까지. 두 사람은 술잔을 건네주는 바텐더만 제외하고 다른 모든 이들의 시선은 무시한 채로 다이앤의 입술로 맛본 술은 곧바로 클레이의 입술로 향했다. 두 사람이 마지막으로 향한 곳은 바로 트로피카나로 요란하게 울리는 슬롯머신과 번쩍이는 조명, 쟁반 위로 빼곡히 쌓인 칵테일 잔들이 뒤섞인 곳이었다. 두 사람은 다이앤이 아닌 클레이의 주머니에서 나온 두꺼운 현금 다발을 가지고 룰렛 게임을 했고, 숨 막히는 베팅 끝에 400달러까지 긁어모았지만, 블랙잭에 가진 돈 모두를 걸었다가 모두 잃고 말았다. 다이앤은 얼굴이 붉으락푸르락해진 채로 자리에 굳어져서 베팅한 칩을 갈고리로 긁어가는 딜러의 모습을 지켜보았다.

"오, 세상에. 정말 미안해요." 다이앤이 말했다.

"뭐가요? 블랙잭 때문에? 아니면 주사위 때문에?"

"지금 제정신이에요?"

"이제 위층으로 올라가는 건 어때요?"

언제 예약을 해둔 건지 모르지만, 두 사람이 묵은 방은 해안가가 한눈에 내려다보이고, 반달이 비추는 아래로 오돌토돌한 질감의 어두운 유리가 있는 곳이었다. 다이앤은 욕조에서 그에게 기댄 상태로 깊이 잠들어버렸고, 클레이는 그녀의 몸에 수건을 둘러서 침대까지 안고 갔다.

다이앤은 노크 소리에 눈을 떴고, 한 주는 족히 먹고도 남을 정도의 음식이 룸서비스로 배달되었다. 아침 식사 후, 두 사람은 다시 침대 위로 뛰어들었다. 둘 다 콘돔이 없는 상태였지만, 클레이는 최대한 조심하겠노라고 약속했다.

그로부터 3주 후, 생리가 시작되지 않았다.

처음에는 본능적으로 클레이에게 아무 말도 하지 않고 혼자 처리해야겠다는 생각이 스쳤지만, 현명한 판단을 뒤로한 채 그에게 전화를 걸어서 소식을 알리게 되었다. 클레이는 끝까지 아이를 낳겠다고 버티는 다이앤의 말에 적잖이 충격을 받았다. 그는 그녀가 원하는 것보다 적을지 많을지 모르나 재정적인 지원을 하게 해달라고 애원하다시피 했다. 클레이의 말로는 지금도 돈은 벌고 있고, 앞으로는 더 많은 돈을 벌어들일 수 있을 거라고 했다. 다이앤은 그 제안을 거절했다. 지금은 돈이 문제가 아니라고 하면서. 아직 너는 아이를 낳아 키울 준비가 되지 않은 데다 두 사람이 서로에 대해 거의 아는 바가 없는 것이 문제라고 말했다. 클레이는 그 말에 격분했다. 다이앤은 마게이트에서 점심을 함께하자는 말에 동의했고, 식당을 나온 두 사람은 길거리에서 한바탕 말싸움을 벌였다. 클레이는 아이를 낳을지 말지는 그녀 혼자 결정할 문제가 아니라고 말했다. "놀고 있네." 다이앤은 되받아쳤다. "내가 어떻게 하는지 보든가." 클레이는 화가 나서 손을 들었고, 다이앤은 꼿꼿이 선 채로 버텼다. "때릴 테면 때려봐. 내가 한 번도 안 맞아본 겁쟁이 같아?" 클레이는 그녀의 말에 수치심을 느끼며 그대로 걸음을 돌렸다.

그로부터 이틀 후, 클레이의 전화가 뜸해졌다. 3일 후, 클레이에게 전화를 걸었지만, 연락이 오지 않았다. 차라리 잘됐어. 다이앤은 생각했다. 네가 어떤 인간인지 알게 됐으니 훨씬 더 쉬워진 셈이니까. 그로부터 5일째 되던 날, 다이앤의 전화벨이 울렸다. 전화를 건 사람은 클레이가 아니라, 매널러펀의 마을 경찰서에서 근무한다는 경관이었다. 그는 두 사람이 어떻게 아는 사이인지, 그리고 잘라낸 메뉴판 가장자리에 적힌 다이앤의 전화번호가 어떻게 그의 지갑에서 나온 건지 캐물었다.

"왜 그러시죠?" 다이앤이 물었다. "무슨 문제라도 생긴 건가요?"

11

라미레즈 반장은 상업지구의 빈 회의실 중 한 곳을 골라서 정보원들과 만남을 주선했다. 크레이그는 보석금을 내고 풀려났다. 72시간 동안 갇힌 후, 변호사 선임을 포기하고 경찰에 전적으로 협조하는 데 동의했기 때문이다. 해리스는 그를 마약 문제로 기소하지 않을 것이며, 그가 준 확실한 정보를 가지고 놈들을 반드시 잡아들이겠노라고 약속했다. 여권을 경찰서에 제출하고 시 경계에서 벗어나지 않으며, 해리스와 라미레즈와 정기적으로 만나는 것을 단서로 판사가 공소장에 대한 승인을 내렸다. 해리스와 라미레즈는 점심으로 인앤아웃 버거에서 햄버거 세트를 사서 무더운 사무실 안에 기름 냄새를 풀풀 풍기고 있는 크레이그의 맞은편 테이블에 앉아 있었다.

"팔은 좀 어때?" 라미레즈가 물었다.

"새 팔처럼 멀쩡합니다. 팔까지 챙겨주셔서 감사해요."

"마지막으로 한 번만 더 확인할 게 있네." 해리스가 말했다. "그라프 보석상을 털 거라는 계획을 처음 들은 게 언제라고 했지?"

"몇 주 전인가, 로이 씨가 맥주나 한잔하자고 하더군요. 그러면서 제가 관심을 가질 만한 일이 하나 있다고 했죠."

"그 로이라는 자가 누구라고?"

"로이 플레처, 제가 일하는 경주 트랙의 사수예요."

"그렇다면 로이라는 자가 자네랑 함께 오토바이를 몰았던 그 운전자인 거고, 맞나?"

크레이그는 고개를 끄덕이고는 프렌치프라이에 케첩을 듬뿍 찍어서 입속에 가득 욱여넣었다.

라스베이거스 경찰국에서는 크레이그가 체포된 후부터 로이 플레처를 밀착 감시해 왔다. 로이는 신시티 모터스포츠의 매니저로 헨더슨 가에 있는 침실 세 개짜리 아파트에서 아내와 다섯 살 난 쌍둥이 딸 둘, 그리고 로트와일러 두 마리와 함께 살고 있었다. 그는 아침 8시에서 8시 15분 사이에 출근했다가 정확히 오후 5시에 퇴근해서 곧바로 집으로 차를 타고 돌아와서 강아지를 산책시키고 집 뒤에 있는 그네에서 딸들과 함께 시간을 보냈다. 전과도 없고 범죄에 가담한 적도 없으며, 최근 들어 눈에 띌 정도로 지출이 늘지도 않았다. 크레이그의 말에 따르면, 로이는 윈 호텔에서 사건이 벌어질 당시에 대한 확실한 알리바이를 가지고 있었고, 만약 경찰 심문을 받게 되면, 목숨을 걸고라도 레드 록에서 함께 하이킹했노라고 증언해 줄 친구가 둘이나 있었다.

"그런데 왜 로이라는 자가 너처럼 앞날이 창창한 청년에게 그런 일을 함께하자고 제안했을까?" 라미레즈가 물었다. "그런 일에 관심을 보일 거라고 어떻게 추측할 수 있었지?"

"고향에서 그 비슷한 문제를 일으킨 적이 있었는데, 아무래도 로이 씨가 그 얘기를 들은 모양이에요."

"더 자세히 말해 봐." 해리스가 채근했다.

"애들레이드에 있을 때, 은행털이하는 친구들을 태운 적이 있었거든요. 당시에는 나이가 어려서, 범죄 전과는 안 남았고요."

"그 일이 있고 난 뒤에는?"

"라이더 일은 그 후로도 계속 잘했어요. 그 일을 누군가 떠벌린 모양이지만."

"지금까지 삶에 관해서 얘기해 봐." 라미레즈가 물었다. "고향에 있을 때, 그것 말고 다른 일은 한 적이 없었나?"

"딱 한 번뿐이었어요."

"그렇겠지." 해리스가 말했다. "그럼 라스베이거스에 온 후에 관해서 얘기해 보지. 로이가 어떤 일이라고 하던가?"

"보석을 쫓는 사람들이 있다고 했어요. 매우 큰 건이고 베테랑들이라고. 우리는 그저 사람들을 태우고 들어갔다가 태우고 나오면 된다고요."

"그래서 뭐라고 대답했지?"

"5만 달러를 준다던데요? 당연히, 감사하다고 했죠."

라미레즈가 코웃음을 쳤다. "5만 달러? 왔다 갔다 태워주는 대가로?"

"그만한 값을 하니까요."

"자네를 만나고 싶어 하는 자가 누군지는 말하지 않았고?" 해리스가 물었다.

"이름은 말 안 했어요."

"하지만 만났을 거 아니야?" 해리스는 메모가 적힌 수첩을 뒤적거리며 말했다. "자네 표현에 따르면, 그 게이 같다는 남자 말이야."

"맞아요."

"그런데 뭘 보고 게이 같다고 생각한 건가?"

"게이바에서 만났거든요. 게다가 내 아랫도리를 확 붙잡기도 했고."

"직장 내 성희롱으로 고소 안 했어? 이번 사건 끝나는 대로 성희롱으로 신고부터 해." 라미레즈가 말했다.

"그 게이바 이름이 뭔지 기억나?" 해리스가 물었다.

크레이그가 고개를 저었다. "회전문이 있고, 서부 영화에 나올 법한 곳이었어요. 벽에 '라이프 스타일'이라는 간판이 붙어 있었고요."

"배드랜드 살룬이군." 라미레즈가 말했다.

"네, 거기 같아요."

"예전에 배드랜드 사람들과 일한 적이 있어요." 라미레즈가 해리스에게 말했다. "사람들도 나쁘지 않고. 감시카메라도 굉장히 많습니다."

"그러니까 로이라는 자와 배드랜드에 들렀다는 거군." 해리스가 말했다. "자네를 스카우트하겠다는 자를 만나기 위해서. 그래서 어떻게 됐나?"

"이른 아침에 만났어요." 크레이그가 대답했다. "오전 8시 조금 넘어서? 술집 안은 텅 비어 있었고 저희랑 바텐더밖에 없었죠."

"그자가 먼저 와 있었다?"

"네, 뒤쪽 테이블에 있더군요. 근육질에다가 몸집이 컸고, 온몸에 문신이 있었죠. 대머리인데 수염이 있고. 악수하는데 먼저 음료수 마시겠냐고 묻더군요. 제 나이가 어리니까 그걸 놀리려고 그런 것 같아요."

"누구랑 함께 일을 하게 될 거라고 말했나?" 해리스가 다시 물었다.

"아뇨. 아무 말 안 했어요. 그 부분은 정확히 짚어주던데요. 이름도 얼굴도 알 수 없고, 자기들이 먼저 묻기 전까지는 아무 말도 하지 말라고. 로이 씨가 그 전에 미리 이야기해 줬어요."

"그러니까 로이라는 사람은 그 전에 함께 일한 적이 있는 건가?"

"그 부분에 대해서는 정확한 대답을 못 들었어요."

로이는 크레이그가 던지는 모든 질문에 대한 대답을 뒤로 미뤘고, 모든 건 배드랜드에 가면 확실히 알게 될 거라고 했다. 그렇게 배드랜드에서의 만남은 완벽한 세부사항의 논의와 함께 2시간 만에 끝이 났다. 크레이그의 증언에 따르면, 그 대머리 남자는 작업 전에 감시 카메라를 전부 손봐 놓는 임무를 맡기로 했다는 거였다.

"그런데 자네 아랫도리는 왜 붙잡은 거야?" 해리스가 물었다.

"제가 너무 꼬치꼬치 캐물어서요. 오토바이를 보여주느라고 가게 밖 주차장으로 잠시 나갔었거든요. 로이가 뒷자리에 탈 사람의 대략적인 몸무게를 물었어요. 그래야 미리 서스펜션 장치를 조정할 수 있으니까. 그래서 저는 그 사람들이 영어를 할 줄 아느냐고 물었고요."

"왜 그런 걸 물었지?"

"처음에는 몬테네그로나 세르비아 쪽, 그러니까 동유럽 사람들이랑 함께 일을 하게 되는 줄 알았어요. 만약 쪽박을 차면 우리도 상황을 파악해야 하니까, 미리 확실히 해두고 싶었죠."

"쪽박을 차다니?" 라미레즈가 되물었다.

"계획이 어긋나는 걸, 쪽박 찬다고 해요."

"그랬더니 뭐라던가?"

"제 아랫도리를 한 손으로 꽉 잡더라고요. 마치 당장 뜯어내기라도 할 기세로. '난 기분이 썩 괜찮은데, 자네는 어때?'라고 묻더군요. 그러면서 왜 그딴 걸 궁금해하냐고 했어요. 저는 그냥 궁금해서 그렇다고 했죠. '호기심이 고양이를 죽인다'고 하더군요. 그러면서 로이에게 제 입단속을 단단히 시키라고 했죠. 그러고는 제 뺨을 툭툭 치고, 그걸로 끝났어요."

"그날 놈을 마지막으로 만났고?" 해리스가 물었다.

"보석 가게를 턴 후가 마지막이었어요."

"그날 일을 다시 한 번 설명해 봐."

크레이그는 아침 내내 트랙에서 일한 후, 로이와 함께 노스라스베이거스에 있는 창고로 향했다. 그곳에 가니 오토바이가 준비돼 있었고, 다른 라이더들은 유홀 이삿짐 트럭 옆에 경주용 복장을 갖춰 입은 채로 서 있었다. 크레이그의 말에 따르면, 그와 로이가 헬멧을 쓰고 무전기를 착용하고 나서 제일 키가 큰 자가 무전 작동이 되는지 다시 확인했다고 한다.

"뭐라고 말했지?" 해리스가 물었다.

"'내 말이 들리면 손을 들어'."

"놈이 말하는 걸 들은 건 그것뿐이었고?"

"아뇨. 중간에 한마디 더 했어요. 그 말 듣고 소름이 쫙 끼쳤죠."

"그게 언젠가?"

"가게 밖으로 나오기 직전에요. 제 앞에서 그 꼬마가 동영상을 찍고 있어서, 제가 꼬마를 처리해야 하는 거 아니냐고 했거든요."

"그랬더니 뭐라고 했지?" 해리스가 물었다.

"정확히 기억이 안 나요."

라미레즈가 재촉했다. "잘 생각해 봐."

크레이그는 손가락으로 어금니에 낀 음식물 찌꺼기를 빼냈다. 오늘따라 크레이그는 마치 새로 산 스리피스 양복을 입은 사람처럼 면책 특권을 얻은 거 하나로 엄청나게 뻐기고 건방지게 굴었다. 당시 기억을 떠올리는 그의 모습이 더욱더 앳되고 철없어 보였다.

"저한테 꼬마한테 손가락 하나라도 까딱했다가는 총으로 제 대가리를 날려버리겠다고. 무슨 일기예보를 전하는 사람처럼, 무서우리만치 차분한 목소리였죠. 미국인이 분명해요."

"다른 놈은?" 라미레즈가 캐물었다. "다른 놈은 아무 말도 안 했어?"

"놈이라고 확신할 수 없어요." 크레이그가 말했다.

라미레즈가 껄껄 웃었다. "왜, 그 여자가 자네 아랫도리를 잡기라도 했나?"

"그냥 직감이 그렇다는 거죠. 아무튼 제가 태우고 갔던 그 키 큰 남자가 당신들이 찾는 라이더1일 거예요."

"왜 그렇게 확신하지?" 해리스가 물었다.

"만약 무슨 문제가 생기면, 모두 그 사람의 말에 따라서 행동하기로 되어 있었거든요. 그 대머리 남자는 그 키 큰 남자가 무슨 전문가라도 되는 것처럼 떠받들더군요. 게다가 로이 씨가 아닌 제 뒷자리에 태우기도 했고요."

"그게 무슨 뜻이지?"

"제가 로이 씨보다는 주행 실력이 낫다는 거죠."

"그게 사실이야?" 라미레즈가 다시 물었다.

"로이 씨가 아니라고 한다면, 그건 거짓말이에요. 하지만 로이 씨도 인정할걸요."

"좋아." 해리스가 말했다. "그러니까 로이라는 자는 여자인지 남자인지를 뒤에 태우고 창고로 갔고, 너는 키 큰 남자를 커클랜드에 내려줬다는 거잖아. 그러고 나서 어떻게 됐지?"

"로이 씨 친구네 주차장에서 다시 만나서, 오토바이 부품을 싹 해체했어요. 임자가 있는 물건만 빼고, 불에 태울 수 없는 부품들은 일주일 전에 온라인에서 다 팔았고요. 부품을 해체할 때까지도 엔진의 열기가 채 식지 않은 것들도 있었어요."

"그건 누구 아이디어였지?" 라미레즈가 물었다.

"글쎄요. 한번 맞혀보세요."

"그 후로는 다시 연락 온 적이 없었고?"

크레이그는 없다고 했다.

"그렇다면 대체 무슨 이유로 다시 연락이 올 거라고 확신하는 거지?" 해리스가 물었다.

"스트립 거리에서 경찰을 따돌리고 도망친 곳이 어딘지 아세요?"

"경관 둘을 거의 치고 갈 뻔한 그 자리 말이야?" 라미레즈가 물었다. "당연히 알지."

"그분들에게 미안했다고 전해주세요. 순간적으로 그렇게 된 거예요."

"그 일 때문에 너한테 다시 연락이 올 거다?"

"일을 잘하는 사람을 알아보는 건 당연하니까요. 분명 연락이 올 거예요. 두고 보세요." 크레이그가 말했다.

"연락이 와야 할 텐데." 해리스가 말했다. "배드랜드의 감시카메라에서 아무것도 건지지 못하면, 네가 한 말이 다 거짓말이 될 테니까."

12

구름이 뒤덮이고 후텁지근한 일요일 아침, 알렉스는 운동복 반바지에 래시가드, 그리고 조그만 검정 더플백을 손에 들고 시골집을 나섰다. 자동차가 있는 쪽으로 반쯤 걸어가던 그는 잠시 멈춰 서서 스니커즈 신발 끈을 고쳐 묶고 나뭇가지를 휙 하고 잔디 쪽으로 던졌다. 더플백 안에는 프린스턴의 브라질리언 주짓수 실전 호신술 수업에서 사용하게 될 고무로 만든 칼과 권총 모형이 가득 들어 있었다. 그는 다이앤과 저녁을 먹었던 집을 지나서 차를 몰고 갔다. 다음 날 아침, 알렉스는 열 번도 넘게 읽고 또 읽은 후에야 다이앤에게 문자 메시지를 보냈다. 그날 즐거웠다는 말, 다시 하고 싶네요. 생각할 시간이 필요하다면 얼마든지 기다릴 수 있어요. 나는 계속 기다리고 있을 테니, 언제든 연락하고 싶을 때 연락 줘요. 8일이 흘렀지만, 아직도 아무 대답이 없었다. 그날 같이 왔던 그 멀쑥한 이벤트 제작자와는 어떻게 지내냐는 친구들의 질문에 그녀가 뭐라고 답할지 궁금했다. 알렉스는 그녀로부터 다시는 연락이 오지 않을 거라고 예상하였다.

기차역 근처 번화가에 있는 호신술 학교의 문을 열고 들어서자마자, 텁텁하고 땀에 전 스판덱스 재질의 냄새가 코를 찔렀고 알렉스는 사우나에 들어선 것처럼 후끈한 기운을 느꼈다. 열댓 명의 수강생들이 매트 위에서 초크와 록, 그리고 스윕을 연습하는 사이, 퇴직한 소방대원 하나가 종합격투기(MMA) 챔피언을 위해서 펀치 패드를 잡고 있었다. 알렉스는 연습장에 있는 몇몇 사람들과 악수하고 스트레칭을 하기 위해 바닥에 털썩 주저앉았다. 다른 강사가 연습장에 도착해 환영 인사를 나누고 있을 때, 알렉스는 바닥에 등을 대고 누워 나비 자세로 몸을 풀고 있었다. 어깨 너머로 고개를 돌리자, 톰과 다이앤이 프로그램 강습 신청서에 사인을 하는 모습이 보였다.

"왔어요?" 그는 어색하게 손을 흔들며 두 사람에게 다가갔다. "미치, 이분들 내가 모실게요. 오랜만이에요. 여기는 어쩐 일로?"

"난 운동이 정말 싫어요." 다이앤이 말했다. "그런데 톰이랑 같이 근무하는 동료 하나가 여기 수업이 그렇게 괜찮다고 극찬을 하더래요. 시간표 보니 당신 수업이 있길래 잠깐 들른 거예요."

알렉스는 머리가 띵했다. 오늘 계획했던 강습 내용은 무장 강도를 마주쳤을 때, 상대를 바닥에 때려눕히는 기술로 시작해서 마지막으로 관자놀이에 총구를 겨누는 것으로 끝나는 것이었다. 하지만 윈 호텔의 강도 사건의 동영상을 보고 다이앤이 보였던 반응을 생각하면, 그녀 앞에서 그런 모습을 시연해 보인다는 것은 정말로 내키지 않는 일이었다. 그는 잠시 화장실에 다녀올 동안 미치에게 수강생들의 몸을 풀 수 있도록 도와달라고 부탁했다. 화장실로 간 그는 거울에 비친 자신의 모습을 빤히 들여다보면서, 다이앤이 오늘 이곳에 왜 왔는지, 그게 무슨 의미일지 곱씹어 보았다. 알렉스는 오늘 아침 모닝커피를 마시지 않았는데, 당장 빈 속에 독한 에스프레소를 콸콸 들이붓고 싶은 심정이었다.

화장실 밖으로 나온 그는 수강생들이 원 모양으로 모여서 더플백에 있던 가짜 권총 모형을 들고 서 있는 모습을 발견했다. 미치가 그에게 자리를 내주었다.

"좋아요." 알렉스가 입을 뗐다. "오늘은 조금 색다른 걸 배워보도록 하겠습니다. 그러니까 그 권총은 잠시 치워두셔도 됩니다." 수강생들 사이에서 끙 소리와 함께 키득거리는 소리가 터져 나왔다. "미치, 잠깐 나 좀 도와줄래요? 일단 미치가 제 얼굴에 주먹을 날리려고 단단히 마음먹은 상황이라고 가정해 볼게요. 일단 타격 범위 안에는 들어와 있는 상태지만, 저는 주먹에 맞고 싶은 마음이 추호도 없어요. 반면 미치는 아직 혈기 왕성하고 철이 없는 청년이고, 친구들이 주위에 우글대는 가운데 우리는 술집에 있는 상황인 거죠. 그런데 저는 난투극을 벌일 마음이 전혀 없는 상태고요. 그럴 때는 제 왼손으로 미치의 오른손 손목을 잡고 제 오른손을 상대의 겨드랑이에 집어넣은 다음 이런 식으로 삼두근을 움켜쥡니다. 이제는 상대와 제 몸이 두 부분에서 맞닿아 있게 됩니다. 그리고 미치를 제 몸쪽으로 잡아당기면서 손목을 붙잡고 있던 손을 놓으면 바로 뒤로 가서 설 수 있게 되겠죠. 일단 몸 뒤쪽으로 가고 나서 그의 양팔을 고정하면서 상대를 내 몸 쪽으로 가까이 끌어당겨서 꼼짝하지 못하도록 합니다. 이렇게 되면 미치는 사지를 움직일 수 없는 상태가 되지만, 그보다 더 중요한 것은 상대의 공격을 무력화시켜서 상황이 악화되는 걸 방지할 수 있다는 점이에요. 여기서 두 가지 선택의 기회가 있습니다. 먼저 상황을 매우 급하게 진행하고 싶다면, 오른팔을 뻗어서 상대의 목에 두르고 이런 식으로 손바닥으로 삼두를 잡으면서 리어네이키드 초크, 즉 근접 초크 기술에 들어갈 수 있겠죠. 만약 미치가 제 얼굴을 손톱으로 할퀴려고 든다면, 초크를 더 세게 조이거나 무릎으로 상대의 무릎 뒤쪽을 강하게 찍고 내 몸의 무게를 실어서 상대를 바닥에 쓰러트릴 수 있습니다. 일단 상대를 바닥에 쓰러트리고 나면 뭐든 내가 원하는 대로 할 수 있겠죠. 하지만 오늘 배우려는 것은 그런 기술이 아닙니다. 주먹으로 상대를 가격하지 않으면서도 상대에게 먼저 주먹을 날리는 것처럼 암드래그(프로레슬링에서 상대의 후면부를 공격하는 기술의 하나. 달려오는 상대의 속도를 이용하여 자신의 팔로 상대의 팔을 걸어서 옆으로 누우며 상대를 넘어뜨리는 기술)를 압력 분출 밸브처럼 이용해 보는 거죠. 여러 가지 선택의 기회를 얻기 위해서는 힘을 더 줘서 암드래그를 걸 수도 있습니다. 제가 진짜 원하는 것은 상황이 깔끔하게 정리되는 것이니까요. 질문 있나요?"

알렉스는 수강생들이 둥글게 모인 쪽을 따라서 질문에 답변을 하고 기술을 가르치면서도 다이앤에게 시선을 고정하고 있었다. 다이앤은 아들과 구석에서 배운 기술을 연습하고 있었는데, 톰보다 훨씬 동작이 유연하고 정확했다. 알렉스는 천천히 두 사람이 있는 쪽으로 향했다.

"잘되고 있어요?"

"질문이 있는데요. 만약 제가 톰의 팔을 잡고 뒤쪽으로 가서 서려는데 이런 식으로 머리를 잡히면 어떻게 해야 하죠?"

"그럼 상대의 힘에 눌릴 수 있겠네요. 그렇죠? 정말 좋은 질문이에요. 그런 경우에는 간단한 기술로 상대를 바닥으로 끌어 내릴 수가 있어요. 자, 제가 보여드리죠."

"예전에 배운 적이 있는데, 일단 제가 하는 게 맞는지 봐줘요." 다이앤이 말했다.

다이앤은 고개를 숙이고는 전광석화와 같은 속도로 순식간에 톰의 다리 쪽으로 달려들었다. 그리고 왼쪽 무릎을 미끄러지듯 매트에 대고 양팔로 톰의 허벅지를 감더니 순식간에 벌떡 일어나서 톰을 바닥으로 내던졌고 톰은 눈을 동그랗게 뜨고 숨이 턱하고 막힌 채로 다이앤을 빤히 쳐다보았다.

"이렇게 말이죠?"

"맞아요." 알렉스는 톰을 부축해 자리에서 일으키면서 대답했다. "아주 정확해요. 어디서 그런 걸 배웠죠?"

"오빠들이 모두 레슬링 주 대표였어요. 어릴 때부터 항상 저를 데리고 연습을 했거든요." 다이앤이 말했다.

다이앤과 아들은 각자 차를 타고 왔고, 수업이 끝난 후 톰은 잠시 사무실에 들러야 할 것 같다고 말했다.

"아쉽네요." 알렉스가 말했다. "와줘서 고마워요."

"뭐라고 대답할 거예요?" 다이앤이 머리칼을 정돈하며 운을 뗐다. "오늘 점심 식사 할 시간 돼요?"

그녀는 철제 재질의 상자 형태로 된 식당으로 그를 데리고 갔고, 두 사람은 오믈렛을 주문했다. 대학생 정도 돼 보이는 뚱한 표정의 웨이터가 주문을 받더니 커피를 가지고 오겠노라고 말했다.

"갑자기 찾아가서 놀랐어요?" 다이앤이 물었다.

"지금도 놀란 상태예요."

"그날 저녁에 집에서 내쫓듯이 보낸 거 사과하고 싶었어요. 당신이 뭘 잘못했다고 생각했겠지만……. 글쎄요. 그냥 그때는 그것 말고 달리할 수 있는 일이 없었어요."

"사과할 필요 없어요."

"알아요. 그래도 사과하고 싶었는걸요. 냉장고에 붙은 사진 어땠는지 기억나죠? 처음 만났을 때, 내 머리 꼴이 엉망이었던 것도 꼭 사과하고 싶었는걸요."

"80년대였잖아요. 누구나 실수할 수 있는 거죠." 알렉스는 의도치 않은 부분을 괜히 강조한 것처럼 들릴까 봐 스스로 움찔했다. "그러니까, 그게 아니라. 젠장."

"괜찮아요. 맞는 말이에요. 우리 모두 그런 나이였잖아요. 당신에 관해서 얘기한 적이 있어요. 클레이가."

"그날 저녁 말로리에서 클레이를 봤어요. 아주 잠시였지만. 얼굴은 제대로 못 봤지만 분명 클레이였죠."

"지금 와서 생각하면 그가 어떤 사람이었는지 제대로 알고 있었는지도 모르겠어요. 당신이 돌아가고 나서, 정확히 세봤어요. 지금까지 내 인생에서 클레이를 제대로 만났던 건 딱 세 번이더라고요. 그게 믿기세요?"

"클레이와 함께 벌어지는 일들은 대부분 믿기 힘든 일이었죠."

"클레이의 부모님은 아직 살아 계세요?"

"어머니는 아마도 살아계시는 거로 알고 있어요. 그날 대화 이후로 따로 연락한 적은 없지만. 부모님께 전화를 받았거든요. 아마도 원망할 대상이 필요했겠죠."

"지금도 그런 일 하는 건 아니죠?"

"무슨 일요?"

"밀거래, 불법 거래, 그런 일 말이에요."

"그런 쪽의 일을 한 건 그날이 처음이자 마지막이었어요."

알렉스의 대답은 어느 정도는 사실이었다. 그는 두 사람 사이의 매끄러운 대화를 위해서 대화의 방향을 살짝 조절했고, 그녀의 다음 질문에는 거짓 답변을 하게 될 거라고 확신하고 있었다. 웨이터가 돌아와서 잔에 커피를 채웠다.

"일단 과거의 일은 잠시 덮어두기로 해요. 그냥 평범한 사람들처럼 천천히, 다시 서로에 대해 알아갈 수도 있을 거라고 생각하는데요."

"낮술을 마시고 디너 파티에 가는 건 앞으로는 하지 말죠."

다이앤이 웃음을 터트렸다. "케타민 주사를 맞는 것도요. 노동절에 특별한 계획이 있는지 묻고 싶은데, 괜히 겁이 나네요."

"멕시코에 갈 거예요."

"어디로요?"

"툴룸이요. 카리브해 연안 쪽이에요. 그쪽에 친구들이 살아요. 그리고 해안도로 바로 위쪽 아쿠말이라는 곳에서 쉴 곳도 있고."

"작년에 친구 하나가 툴룸에서 결혼식을 했는데, 출장 일정이 조정이 안 돼서 못 갔어요. 앞으로 꼭 가보고 싶은 여행지 중 하나예요."

"나랑 같이 가요."

"진심으로 그러고 싶지만, 주말에는 항상 톰이랑 시간을 보내려고 하거든요."

"그럼 톰도 같이 가면 되죠."

"장난인지 농담인지 감이 안 잡히네요." 다이앤이 말했다.

"클레이의 아들이잖아요. 내가 아빠의 친구였다는 걸 알든 모르든, 나로서는 톰에 대해서 자세히 알고 싶은 마음이 있어요. 휴가를 쓸 수 있으면 더 좋겠네요. 우리랑 같이 있는 게 불편하면, 따로 호텔을 잡아줄 수도 있어요. 만약 나랑 지내다가 도저히 안 되겠다 싶으면 당신이 지낼 호텔도 따로 잡으면 돼요."

"정말 현실적인 제안이네요. 살짝 정신 나간 소리 같기도 하고."

"별로예요?"

"잘 알지도 못하는 사람이랑 멕시코까지 가는 건, 누가 들어도 별로 안 좋은 생각이죠. 린제이한테 한번 물어볼 테니까 좀만 기다려봐요. 그날 저녁 파티에 당신을 데리고 갔던 것도 정신 나간 짓이었다고 하더라고요."

두 사람이 주문한 식사가 도착했다. 해시 브라운과 속이 꽉 찬 오믈렛 그리고 버터를 발라 구운 흐물거리는 토스트가 담긴 두 개의 접시. 다이앤은 핫소스를 가져다 달라고 했다.

"일단 톰의 의향부터 물어봐야 해요." 다이앤은 웨이터가 핫소스를 가지러 가자 이렇게 말했다.

"언제든 말만 해요. 내 제안은 유효하니까."

"평범한 사람들처럼 서로에 대해서 천천히 알아가려고 했는데, 이건 완전히 예상 밖이네요."

"그 속도는 우리랑 안 맞잖아요." 알렉스가 대답했다.

13

배드랜드 살롱은 유명한 태국 음식점과 복음교회 그리고 한때 호시절을 풍미했던 커플 전용 클럽이 자리 잡은 노스라스베이거스 번화가에 있었다. 라미레즈 반장은 FBI 요원 해리스를 기다리기 위해서 로터스 오브 시암 근처에 주차했고, 해리스 요원은 10분 후에야 대시보드에 두 잔의 아이스커피를 올린 채로 주차장에 도착했다.

"제가 무슨 생각을 하고 있는지 맞혀보세요." 라미레즈는 커피 컵을 흔들면서 배드랜드 살롱 쪽으로 걸어가면서 이렇게 말했다. "그 중국인 개발업자 소식은 없었나요?"

"상하이 출신의 사업가 리 지엔룽은 무단횡단 딱지조차 안 끊는 사람이었어요. 우리 요원이 밀착 감시를 했어요."

"평소에는 멀쩡한데, 다른 면에서는 나쁜 사람일 수도 있잖아요."

"아니면 당신 친구 마빈이라는 작자가 헛소리를 한 걸 수도 있고. 저 술집인가요?"

"네. 카우보이 테마로 꾸민 곳으로 24시간 영업을 해요. 주말에는 꽤 시끌벅적한 곳이고. 몇 년 전에 이곳 주인이 어린애들이 화장실에서 몰래 마약하는 걸 방조한 적이 있어요. 바텐더와 잠깐 이야기를 해봤는데 보통 아침부터 가게에 나와 있다고 하더군요."

해리스는 시커멓게 칠해진 유리문과 반회전문을 지나서 가게 안으로 먼저 들어갔다. 창문 하나 없이 어두운 가게 안에는 바 쪽에 설치된 커다란 스크린에서 재생되는 포커 게임 영상의 불빛만이 비쳤고, 수도꼭지 옆에서 술잔을 닦고 있는 남자 하나만 빼고 텅 비어 있었다. 바텐더는 몸집이 건장하고 수염이 덥수룩했고 밑단을 자른 청바지에 반짝이는 스팽글 장식이 달린 카우보이 스타일의 셔츠를 입고 있었다.

"뭘 드릴까요. 신사분들?" 그는 고개도 들지 않고 말했다.

"일단 커피부터 마시고 나서요." 라미레즈가 대답했다. "폴 세르비토 씨?"

"맞습니다."

"라스베이거스 경찰국에서 나온 헥터 라미레즈 반장입니다. 이쪽은 FBI 데이브 해리스 요원이시고. 몇 가지 질문을 하고 싶은데 괜찮을까요?"

"안 될 것도 없죠."

"여기 사장이시죠?"

"맞습니다."

"평소에도 아침마다 가게에 계신가요?"

"안 그런 날만 제외하곤 그렇죠."

"이런 시간에는 보통 어떤 손님들이 오나요?"

"별별 손님들이 많죠. 청소하는 사람도 오고. 그날그날 달라요."

"여기서 약속을 잡는 사람들도 있죠? 업무적인 만남이랄지, 그런 약속 말입니다."

"모든 손님이 대화하는 걸 듣지는 못하니까요. 무슨 일 때문에 이러는지 설명해 주시겠어요?"

해리스는 술집 벽 위에 설치된 CCTV를 가리키며 물었다. "카메라에 녹화된 영상을 좀 확인할 수 있을까요?"

"고장 났는데."

라미레즈가 껄껄 웃었다. "며칠에 녹화된 영상인지 아직 얘기도 안 했는데요."

"언젠데요?"

"지난달 14일요."

"그날 고장 났어요."

"다른 날짜에 녹화된 영상을 보고 싶다면요?"

"당장 보여드리죠."

"그 말은 수색 영장을 가지고 다시 찾아오라는 뜻인가요?" 해리스가 물었다.

"다시 찾아와달라고 부탁하고 싶지는 않지만, 당신들 해야 할 일이 있다면 그렇게 하시던가요. 그리고 경찰서에 계신 그쪽 동료분들에게 이 말도 좀 전해줘요. 머리에 피도 안 마른 어린 것들이 경범죄를 벌이는 걸 트집 잡지 말고 어떤 놈이 우리 술집 문을 주먹으로 치고 '게이놈들 지옥이나 가라'고 스프레이로 칠을 하는 거나 증오범죄로 처벌을 하라고 말이에요. 그 어린 것들 아비가 어떤 놈인지는 내가 알 바 아니니까."

"세르비토 씨," 라미레즈가 말했다. "그 사건에 대해서는 잘 모릅니다만, 다음에 그런 문제가 생기면 저한테 개인적으로 연락을 해주세요. 자, 여기 제 명함입니다."

"또다시 그런 일이 생기면, 내가 알아서 처리할 테니까 걱정 마쇼."

"혹시 녹화된 영상을 저희가 확인할 다른 방법은 없을까요?"

"영장 가지고 오기 전엔 안 돼요."

"혹시나 해서 드리는 말씀인데," 해리스가 입을 열었다. "만약 우리가 방금 언급했던 그날 녹화된 영상을 지우거나 하시면, 중대한 범죄를 수사하는 데 방해를 하신 것이 된다는 점을 기억해 두셨으면 해요."

"경찰이시니 그쪽은 빠삭하시겠죠. 자, 여기서 술 마실 거 아니면 다른 데 가서 좋은 시간 보내세요."

2부

Cancun
(칸쿤_ 멕시코)

내가 지은 죄는 바닷가에 널린 모래알보다 많다.

— 이시도라(스페인 대주교)

톰과 다이앤은 예상보다 15분 일찍 공항에 착륙했지만, 활주로 내부의 상황이 복잡한 관계로 좌석에 앉은 채로 30분을 대기해야만 했다. 비행기에서 내리는 동안, 비행기와 연결된 탑승 다리 사이로 후끈한 공기가 피어올랐다. 칸쿤 국제공항의 기온은 딱 쾌적하다 싶을 정도로 시원했고, 분홍색 경사진 바닥은 피부에 땀방울이 송골송골 맺힌 것처럼 물방울이 맺혀 있었다. 엄마와 아들은 은으로 된 장신구들과 권총 모양의 테킬라 병으로 가득한 선물 가게와 멀찌감치 떨어져 있는 미국식 패스트푸드점 그리고 여권을 눈짓으로 확인하자마자 손을 흔들며 지나가라고 하는 입국 심사대를 차례대로 지나서 걸어 나갔다. 터미널 밖으로 나서자, 여행사 직원들과 리조트 안내인, 그리고 택시 운전사들이 득실거리며 모여서 방금 공항에 도착한 여행객들을 보며 소리를 지르는 혼란스러운 광경이 두 사람을 기다리고 있었다. 다른 사람들보다 머리 하나는 더 큰 훤칠한 신장의 소유자인 알렉스는 두 사람을 향해서 뚜벅뚜벅 걸음을 옮겼다. 그가 탄 비행기는 2시간 전에 공항에 도착했고, 그는 렌터카를 빌린 다음 공항 근처 술집으로 가서 늦은 아침으로 구운 돼지고기가 들어간 알파스토 타코와 맥주 두 병으로 한껏 긴장된 마음을 달랬다. 알렉스는 주춤대며 다이앤의 볼에 입을 맞추고 톰과 악수를 하였다.

"드디어 도착했네요." 알렉스가 미소를 지으며 말했다. "아무 물이나 마시면 절대 안 돼요."

"초대해 줘서 고마워요. 늦어서 미안하고." 다이앤이 대답했다.

"휴가 중인데 늦어서 미안하고 말고 할 게 어디 있겠어요? 저기 하얀 토요타 차량이 우리가 타고 갈 차예요. 혹시 출발 전에 맥주 한 캔 마시고 싶은 사람 있어요?"

"당연히 한잔해야죠." 다이앤이 말했다. "먼저 가서 에어컨 틀어놓고 있으면 우리가 마실 거 사 가지고 갈게요. 저쪽 바에 가면 마실 걸 살 수 있겠죠?"

"네, 맞아요. 가방 이리 주세요. 페소 필요해요?"

"괜찮아요. 알아서 사서 올게요."

그는 어머니를 따라서 터미널 외부에 오두막 모양으로 꾸며진 바로 가서 맥주 세 병과 테킬라 샷 두 잔을 주문했다.

"건배!" 다이앤이 말했다. "기분 괜찮은 거니? 오늘따라 너무 말이 없네."

"피곤해서 그래요." 톰은 잔을 들며 말했다. "여기서는 건배할 때 뭐라고 하죠? 살룻?"

알렉스의 초대를 아들에게 전달할 당시, 다이앤은 너만 두고 어디든 갈 생각이 없다는 말을 했다. 다이앤의 설명에 따르면, 주말은 본래 아들과 엄마만의 시간이며 제이와 캔디스와 함께 사우샘프턴에 가서 시간을 보내거나, 미친 소리처럼 들리겠지만 알렉스라는 남자와 그의 친구들이 있는 멕시코로 가서 시간을 보낼 수 있다고도 했다.

“그럼 멕시코로 가요.” 톰은 이렇게 말했고 마치 엄마가 허풍이라도 떤 것처럼 잠시 멈추어 대답을 기다렸다.

다이앤은 톰이 뭐든 두 번씩 시도한다는 점을 상기시키면서, 엄마로서 아들의 그런 성격이 한편으로는 놀랍고 사랑스럽다고 느꼈다. 톰은 엄마를 놀리기 위해서 그렇게 말한 걸까, 아니면 이번 계획에서 그녀가 느낀 기묘한 논리를 그 역시도 느끼고 있어서 그런 걸까? 다이앤은 회사 일이나 갑작스럽게 몸이 아프거나 평소 만나는 여자친구 핑계를 대며 여행에 따라가지 않을지도 모른다고 걱정을 했지만, 이렇게 칸쿤 국제공항 밖에 엄마처럼 인중에 땀방울이 송골송골 맺힌 채로 서 있었다. 톰은 라임 조각을 짜서 코로나 맥주병에 쑤셔 넣고 엄지손가락으로 주둥이를 막고 병을 뒤집고는 은은한 과일 향이 황금빛 라거 맥주 사이로 뽀글거리며 퍼지는 모습을 지켜보았다. 다이앤은 엄지손가락이 유난히 작은 편이라 혼자서 그걸 따라 할 수가 없었다. 그래서 톰이 가지고 있던 맥주병을 자신에게 주고 새 맥주에 라임을 짜서 방금 했던 것처럼 해달라고 부탁했다. 다이앤은 아들의 머리카락을 손으로 헝클이면서, 순간 이곳에 아들의 존재가 함께 있다는 사실에 대한 벅찬 감사함을 느꼈다.

“왜 그러세요?” 톰이 물었다.

“아무것도 아니야. 같이 와줘서 고맙구나.”

“못 올 것도 없잖아요? 살룻.”

하얀색 토요타 차량이 위태로운 기운을 뽐내며 모퉁이에 천천히 멈추어 섰다.

"10년 전만 해도 이곳은 흙밭이었어요." 알렉스는 금속 판금으로 장식된 타코 전문 식당과 과일 노점상, 대형상점과 주유소 그리고 은행들로 이뤄진 번화가가 끝도 없이 이어져 있는 6차선 고속도로 위로 총알처럼 달리면서 설명했다. "우리가 가는 쪽은 여기보다 훨씬 조용할 거예요."

"알아요." 다이앤이 대답했다. "인터넷에서 그 근처 사진을 모조리 찾아봤거든요."

자동차가 남쪽으로 향하면서 서서히 쇼핑센터의 모습이 뜸해지며 멀어지기 시작했고, 도로 주변으로 가판대가 하나둘 눈에 띄었다. 낮고 길게 뻗은 밀림 지대 사이로는 온갖 시설을 완비한 리조트의 현란한 출입구가 자리 잡고 있었는데, 리조트 안으로 높이 뻗은 원형 기둥과 새하얀 물줄기를 뿜어내는 분수, 활활 타오르는 횃불이 밝혀져 있었다. 알렉스는 아쿠말 해변으로 향하는 출구로 빠져나갔고, 곧바로 길게 이어진 비포장도로가 나왔다. 빌라와 콘도가 들어선 블록 사이로 새하얀 모래밭과 옥색 바다가 도로 우측에서 반짝거리며 빛났다. 좌측으로는 울창한 밀림 지대가 몇 킬로미터나 길게 이어져 있었다. 알렉스는 하늘 높이 솟은 야자수와 선사시대의 것처럼 보이는 고풍스러운 나무들에 둘러싸인 4층짜리 치장벽토 건물 앞에 차를 세웠다. 그의 콘도는 제일 꼭대기 층에 있었고, 비스듬한 입구에 도착했을 무렵 세 사람은 모두 땀으로 범벅이 돼 있었다. 알렉스가 현관 문고리를 잡고 돌리려는 순간, 문이 제대로 닫혀 있지 않다는 것을 깨달았다. 그는 순간적으로 뒤로 물러서더니 팔을 길게 뻗어서 톰과 다이앤을 뒤쪽 모퉁이 쪽으로 밀어냈다.

"누가 와 있는 거예요?" 다이앤이 물었다.

"아마 청소하는 사람일 거예요." 알렉스가 대답했다. "잠깐 뒤로 물러서 있어요. 알겠죠?"

그는 안으로 들어갔고 누군가 홍겨운 댄스 음악을 따라 부르는 소리가 들렸다.

"대체 어떻게 된 거래요?" 톰이 속삭였다.

"혹시 모르니까 조심하는 거겠지." 다이앤이 불안한 표정으로 대답했다. "아마 별일 아닐 거야."

두 사람은 알렉스가 뻘쭘하고 안심한 표정으로 다시 나타날 때까지 이마에 잔뜩 주름을 잡고서 기다렸다.

"이제 됐어요. 들어오세요." 알렉스가 말했다.

길다란 복도는 다진 고수와 유창목, 그리고 마리화나 냄새가 솔솔 풍기는 개방형 주방까지 이어져 있었다. 냉장고 옆에 에스파듀를 신고 젖은 비키니 수영복 위로 드레스처럼 몸에 딱 달라붙는 반짝이는 파란 티셔츠를 입은 젊은 여자가 서 있었다. 톰보다도 어려 보이는 그녀는 검게 그을린 피부보다 더욱 환한 색의 풍성하고 구불거리는 금발 머리카락을 늘어뜨리고 있었는데 요정처럼 아담하고 예쁘장한 모습이었다. 눈동자가 알렉스와 똑 닮아 있었다.

"이쪽은," 알렉스가 입을 열었다. "내 딸 파올라예요. 이번 주말에 여기 온다는 말을 깜빡 잊고 못 했다는군요."

"아빠도 말 안 했잖아요." 파올라는 스페인어로, 그리고 놀랄 정도로 낮고 깊은 중저음의 목소리로 받아쳤다. "언제부터 8월에 멕시코 집에 왔다고 그러세요?"

파올라는 알렉스가 굳이 대화의 주제로 삼고 싶지 않은 이야기를 입에 올리는 습관이 있었는데, 오늘의 경우에는 예기치 못한 멕시코 방문이 바로 그것이었다. 알렉스는 딸의 질문을 피해 빠져나가려고 이렇게 말했다. "파올라, 이쪽은 다이앤 씨야."

"아빠한테 얘기 많이 들었어." 다이앤은 다정하게 포옹을 나누며 말했다. "이렇게 만나게 돼서 반갑구나."

"저도요." 파올라가 대답했다. "제가 온 거 말고, 이렇게 와주셔서 감사하다고요. 괜히 불청객이 된 기분이에요."

"절대로 그렇지 않아."

"파올라, 이쪽은 톰이야." 알렉스가 소개했다.

파올라는 톰의 양 볼에다가 입을 맞추었고, 그 덕분에 톰의 입가에 소금기와 선크림 자국이 남고 말았다.

"알렉스." 다이앤이 대화를 이어갔다. "가방 옮기는 것 좀 도와줄래요?"

"젠장," 파올라는 두 사람의 아빠 엄마가 복도 쪽으로 나서자마자 톰을 보며 말했다. "미리 전화하고 오는 건데. 그나마 네가 있어서 별로 화를 안 내시는 거야. 며칠이나 여기 있을 거야?"

"3일. 그런데 너는 여기서 살아?" 톰이 물었다.

"아니, 아니야. 언젠가는 그렇게 될 수도 있겠지. 난 엄마 고향인 보고타에 살아." 파올라는 물감을 칠한 점토 재떨이에 있던 반쯤 남은 마리화나를 잽싸게 꺼내서 담뱃갑 안에 찔러 넣었다. "멕시코는 처음이야?"

톰은 고개를 끄덕였고 파올라는 반달 형태로 이어진 해안가를 한눈에 내려다볼 수 있는 난간으로 안내했다. 터키색 바닷물 사이로 시커먼 산호초가 출렁이고 하얀 물결이 낫으로 벤 것처럼 하얀 거품을 일으키고 있었다.

"뉴저지 해변이랑 거의 비슷하지, 안 그래?" 파올라가 물었다.

"맞아. 난 더한 것도 봤어. 그러니까 알렉스 씨랑 너희 엄마는……."

"같이 사느냐고? 아니야, 친구. 절대로 아니야. 엄청 충격받았구나? 나를 보고 그렇게 놀랐어?"

"알렉스 씨에게 아이들이 있다는 얘기는 못 들었거든."

파올라는 남자처럼 호탕하고 울림이 강한 소리로 웃었다. "아이들이라니," 그녀가 말했다. "나뿐이야. 그러니까 내가 아빠의 조그만 비밀인 셈이구나?"

"아무튼 딸 얘기는 못 들었어. 여기서 얼마나 있을 생각이야?" 톰이 물었다.

"3일 정도? 4일? 목요일 밤에 파티에서 공연을 했는데, 행사 기획자가 주말에도 공연해달라고 부탁을 했어."

"DJ야?"

"가끔 하는 거야." 알렉스와 다이앤이 난간 쪽으로 다가오는 사이, 파올라가 대답했다. 그녀는 아빠를 다정하게 껴안으며 말했다. "아빠, 띠 아모 무초(Te amo mucho). 사랑해요. 전 이만 가볼게요."

"어디를 가는데?" 다이앤이 물었다.

"친구네 집에 가려고요."

"우리 때문에 가는 건 아니면 좋겠구나."

"저 때문에 파티 분위기를 망치고 싶지는 않아요. 근처 친구네 빈방이 있어요."

"아가, 그건 말도 안 되지. 우리는 이제 막 만났잖아. 이렇게 가면 안 돼."

파올라는 눈에 보일 정도로 화난 척 애써 얼굴을 굳히고 있는 알렉스의 얼굴을 쳐다보았다. "그냥 여기 있지그래." 알렉스가 말했다.

"왜 그래야 하죠?"

"그야 내가 아빠고, 그래야 한다고 말했으니까."

"꼰대 같은 이유네요."

"같이 있자." 톰이 거들었다. "나 구경도 시켜주고."

톰은 파올라의 존재만으로도 매우 고마움을 느끼고 있었다. 조금 전 차를 타고 오면서 느꼈던 것처럼 주말 내내 알렉스와 엄마 사이에서 방해꾼이 된 어색한 기분을 느낄 거라는 사실을 미처 예견하지 못했던 탓이었다.

"좋아." 파올라가 대답했다. "그럼 너는 손님 방을 쓰도록 해. 나는 거실 소파에서 잘게."

"파올라, 저녁에 약속 있니?" 알렉스가 물었다. "디에고랑 카탈리나가 집으로 초대했는데. 벤이랑 크리스찬 아저씨도 올 거야. 다들 너를 보고 싶어 할 텐데."

"툴룸에서 저녁에 공연이 있어요. 디에고 아저씨네 근처예요. 같이 가요."

알렉스와 다이앤은 큰방 침실에 짐을 풀었고, 그 방은 해안가 풍경을 볼 수 있는 허리 높이의 덧문을 사이에 두고 거실과 주방과 완전히 분리된 공간이었다. 손님용 침실은 밀림 지대가 보이는 곳으로 침실용 탁자와 싱글 침대 두 개가 겨우 들어갈 정도로 비좁은 곳이었다. 침대 두 개 중 하나는 구겨지고 모래 가루가 튀어서 온통 반짝거리며 더럽혀져 있었고, 다른 하나는 레코드판과 옷가지가 산더미처럼 쌓여 있었다.

"미안." 파올라는 톰에게 방을 안내하며 이렇게 말했다. "내 짐은 당장 치울게."

"아냐, 내가 소파에서 자도 돼. 네 짐이 모두 여기에 있잖아."

"아니야, 이 방은 손님용 침실이잖아. 넌 우리 집에 온 손님이고."

"침대 두 개를 전부 내가 쓰지는 못하잖아."

"정말 괜찮겠어?"

"네 마음대로 해. 난 상관없어."

"그렇다면 좋아. 고마워. 사실 소파가 정말 불편하거든. 혹시 코 골아?"

"당연하지."

"잘됐네. 나도 고는데." 파올라가 대답했다.

그로부터 몇 시간 뒤, 두 사람은 저녁 식사 초대를 위해 옷을 갈아입고 난간으로 나가서, 파올라가 미리 차갑게 식혀둔 데카테 맥주를 잽싸게 해치워버렸다. 바닷바람이 불어와 꽃내음과 흙내음이 풍기는 오일, 담배 연기, 그리고 시트러스 향기가 뒤섞인 칵테일 내음을 뿜어냈다. 톰은 맥주를 홀짝거리면서 예상치 못한 새로운 역학 관계를 만끽하고 있는 모습이었다. 한편으로는 들뜬 모습이었다.

일행은 자동차 창문을 활짝 연 채로 남쪽으로 차를 타고 달렸다. 모래가 덮인 격자무늬의 툴룸 거리는 307고속도로를 사이에 두고 반으로 나뉘어 있었고, 약속 장소는 차로 30분 거리였다. 디에고와 카탈리나는 긴 비포장도로와 해변 사이로 무성한 정글 지대가 이어진 남쪽 마을에 살고 있었다. 화이트 진에 군데군데 진흙인지 페인트인지 모를 얼룩이 묻고 색이 바랜 검정 티셔츠를 입은 디에고가 현관을 열었다. 마흔 정도 되어 보이고, 근육질에 길고 새카만 머리를 높이 올려 묶은 그는 얼굴도 무척이나 호남형에 가까웠다. 아내인 카탈리나는 수영 선수처럼 떡 벌어진 어깨에 남자처럼 짧게 깎은 머리, 그리고 요가 선생님다운 차분하고 지도력이 느껴지는 존재감을 뿜어냈다. 왼쪽 귀 윗부분이 퉁퉁 부어오른 것을 보자, 톰은 고등학교 시절 레슬링팀에 있던 친구들이 떠올랐다. 그녀의 뒤로 수염이 덥수룩한 커다란 몸집의 두 남자가 보였는데, 운동으로 다져진 조각 같은 근육질 팔뚝 위로 문신이 가득 새겨져 있었다. 벤은 부드러운 실크 재질의 검은색 폴로 셔츠에 카고 반바지 차림으로 머리카락 한 올 없는 완전한 대머리로 깍듯하게 예의를 갖추는 모습이었다. 그의 파트너인 크리스찬은 여유 넘치는 미소의 소유자로 숱이 많고 구불거리는 짙은 갈색 머리카락이 돋보였다.

"깜짝 선물을 준비했어." 파올라가 환한 조명 아래로 발을 디디자, 알렉스가 이렇게 말했다.

카탈리나는 파올라의 어깨에 두 팔을 두르면서 그녀의 귀에 대고 스페인어로 뭐라고 속삭였다.

"미국인 친구들을 위해서 진짜 소고기를 준비했어요." 디에고가 말했다. "풀 먹고 자란 소랍니다. 질긴 중앙아메리카 소고기와는 완전 다른 맛이죠. 혹시 배고픈 사람 있어요?"

디에고와 카탈리나는 멕시코 시티와 이곳 툴룸의 천장이 낮고 침실 사이로 거대한 개방형 주방이 있는 단층 짜리 해안가 별장을 틈틈이 오가며 시간을 보냈다. 벤과 크리스찬은 대부분 라스베이거스에서 지냈고, 근처 도로 아래쪽에 현대식 빌라 한 채를 소유하고 있었다. 크리스찬은 주방으로 가서 양파를 까고 토마토를 다지고 난로 위에서 채소를 구우면서 파올라가 가지고 온 마리화나를 한 모금씩 돌려 피웠다. 다이앤은 살사 소스에 소금을 뿌리다가 파올라가 주방

아일랜드 식탁 사이로 자신을 빤히 쳐다보고 있는 모습을 발견했다.

“보고타에서는 무슨 일을 하니, 파올라?”

“파올라는 유명한 DJ예요.” 카탈리나가 대신 대답했다.

“주말에만요. 평소에는 여성협동조합에 가입한 회원들에게 소액 금융을 대출해 주는 재단에서 일해요. 그러면 여자들이 사업을 시작하고 스스로 생활비를 벌 수 있거든요.”

“여자들한테만 돈을 빌려주는 거야?” 다이앤이 물었다.

“남자에게 돈을 빌려주면, 그 돈은 남자 주머니로만 들어가요. 하지만 여자에게 돈을 빌려주면 그 돈은 가족들에게로 돌아가죠.”

“그 여자들은 함께 일을 해서 돈을 갚아요.” 카탈리나가 거들었다. “한 사람이 쓰러지면 다른 사람이 대신 그 빈자리를 채우는 거죠. 그쪽 여자들은 파올라를 신처럼 숭배해요. 온종일 오토바이를 끌고 보고타 시내를 누비고 다니지만, 그 누구도 감히 파올라에게 손을 대지 못하죠. 그래서 알렉스는 속이 타는 거고.”

“그렇겠네요.” 다이앤이 말했다. “초대해 줘서 고마워요. 이런 바닷가 집에서 지내보는 게 꿈이었는데. 이쪽에서 무슨 일을 하세요?”

“요가를 가르쳐요. 그쪽은요?” 카탈리나가 되물었다.

“이거요.” 다이앤은 맛을 보라며 살사 소스를 건넸다. “저는 요리를 만들어요. 보통 출장 음식 케이터링 서비스를 하죠. 파올라, 혹시 아빠가 요리를 좀 하실 줄 아니? 아니면 고기 굽는 걸 도와줄 사람을 보내줘야 할까?”

“걱정 마세요. 그나마 불은 잘 다루는 편이니까.” 카탈리나가 대답했다.

알렉스는 집 뒤쪽 테라스에서 뜨거운 바비큐 그릴 위에 한 손을 올렸다가 곧바로 손을 움츠렸다. 뜨겁게 달아오른 숯 위로 두꺼운 스테이크용 고기가 치지직 소리를 내면서 붉은 육즙을 뿜어냈다. 알렉스가 불과 씨름을 하는 사이, 벤과 디에고는 멕시코 시티의 예술계에 관해서 토론을 벌였다.

"깨끗한 접시가 있으면 좋겠는데." 알렉스는 딱히 누구를 꼬집지 않고 이렇게 말했다.

"제가 가지고 올게요." 톰이 대답했다. "혹시 마실 거 필요하신 분 계세요?"

다에고는 테킬라 한 잔을 부탁했고, 벤과 알렉스는 필요한 게 없다고 대답했다.

"하나님 맙소사." 벤은 톰이 저만치 사라지자 곧바로 말했다. "너랑 클레이가 어릴 적 찍은 사진 속에서 본 거랑 정말 똑같잖아."

"유령을 본 기분일 거야." 알렉스가 대답했다.

"저 애는 전혀 모르는 거야?" 디에고가 물었다.

알렉스가 고개를 저었다.

"어차피 알 게 될 텐데." 벤이 말했다.

집 뒤 테라스에 저녁 식사가 준비되었다. 나뭇잎으로 된 벽 너머로 파도타기를 즐기는 소리가 들렸고, 주방 창문에 있는 스피커에서는 나지막이 흥겨운 레게의 리듬이 울려 퍼졌다. 먹기 좋게 잘린 스테이크용 고기와 생선 요리가 사람들의 접시로 옮겨졌고 양념 소스와 뼛조각이 산처럼 쌓일 때까지 포크질은 좀처럼 멈추지 않았다. 다이앤은 손가락으로 생선 대가리를 잡고 볼살을 떼어서 쩍 벌린 크리스찬의 입속으로 집어넣었다. 그 모습을 본 알렉스는 새로운 사람을 만날 때면 누구보다 편협하고 의심을 드러내던 그의 친구들이 다이앤과 쉽게 친해지고 다이앤도 너무나 쉽게 동화되는 모습을 보면서 놀라움을 금치 못했다. 파올라가 테이블 위로 몸을 숙이고 다이앤의 담배에 불을 붙이는 모습을 보자, 순간 어떤 생각이 너무 강력하게 떠올라 하마터면 입 밖으로 이렇게 말해버릴 뻔했다. '내가 원했던 게 바로 이거야.' 알렉스는 처음부터 까맣게 잊고 지냈던 무언가가 가슴을 푹 하고 찌르는 기분이 들었다. 하지만 그건 잊고 지냈다기보다는 그의 인생 자체가 뒤집히는 듯한 상실에 대한 두려움인지도 모른다. 알렉스는 갑자기 목구멍이 턱 하고 막히는 기분이 들어 다이앤의 마가리타를 길게 들이켰다.

"파올라, 오늘 저녁에도 공연하니?" 디에고가 물었다.

파올라가 고개를 끄덕였다. "파파야 플라야에서 공연하고 도로에서 파티 후 뒤풀이까지요."

"파파야에는 몇 시까지 가야 하는데?"

"자정이요."

디에고는 시계를 쳐다보았고, 톰은 그의 시계가 날렵한 금장 파텍 필립이라는 사실에 깜짝 놀랐다. "우리도 가야 하는 건가?"

"애들 파티에 따라가기에는 우리가 너무 늙은이잖아." 카탈리나가 채근했다.

"나는 늙은이 아니거든, 미 아모르(mi amor), 여보."

"디에고는 너무 잘생겨서 혼자 파티에 가서 춤추면 안 돼." 크리스찬이 말했다. "그럴 거면 우리 다 함께 가야지."

벤이 고개를 저었다. "난 파티장 들어가려고 긴 줄에서 기다리는 거 절대 못 해."

"내가 데려간 손님은 절대 줄 서고 그런 거 없어요." 파올라가 자신

있게 말했다.

해안가를 둘러싼 울창한 밀림처럼, 해안도로는 밤이 되자 서서히 살아 숨 쉬기 시작했다. 자동차들은 모래가 덮인 포장도로 위로 천천히 움직였고, 간간이 과속 방지턱을 넘어서 차를 타고 달리는 와중에도 묵직한 베이스 멜로디가 바다 공기를 뒤흔들었다. 알렉스와 다이앤은 서로 팔짱을 끼고 벤과 크리스찬과 나란히 걸었고, 그 뒤로는 카탈리나와 레코드판을 어깨에 짊어진 파올라가 함께 따라갔다. 톰은 코카인 소량을 몰래 건네는 디에고와 일행 가장 뒤쪽에서 뒤따라갔다. 엄청난 인파들이 구름떼처럼 파파야 플라야의 출입구를 막고 있었지만, 클럽의 경비들이 인파 속에서 파올라를 확인하더니 맨 앞으로 오라고 손짓을 보냈다. 야자수들이 드문드문 자란 해변에 자리 잡은 클럽 곳곳에는 해먹이 걸려 있었고, 나무 몸통 주위로 테이블도 곳곳에 마련돼 있었다. 파올라는 일행들이 바로 향하는 사이, 톰의 손목을 홱 하고 잡았다.

"나랑 같이 가." 그녀가 말했다. "그전에 콧물부터 좀 닦고, 마리카."

파올라는 톰을 DJ 부스로 데리고 갔고, 지붕 모양의 덮개 아래 긴 테이블에는 열댓 명의 매력적이고 모험심 넘치는 복장을 한 사람들이 데크 뒤에서 술을 마시며 몸을 흔들어대고 있었다. 파올라가 레코드판을 꺼내는 사이, 까만색 탱크톱을 입고 자수가 놓인 치마를 두른 날렵한 몸매의 한 청년이 톰 쪽으로 다가왔다. 그는 초록빛 눈동자를 반짝이며 아프리카 광족을 연상케 하는 앞니를 드러내면서 환영의 뜻으로 두 팔을 활짝 벌렸다.

"난 후안 마누엘이야." 그가 말했다. "이따 축하 파티에 와주지 않겠어?"

"물론." 톰은 코카인 탓인지 눈동자 뒤로 환하게 폭죽이 터지는 기분을 느끼며 대답했다. "축하 파티 좋지."

"여기는 웬일이야?"

"DJ를 따라왔어." 톰이 파올라를 가리키며 말했다.

"그럼 축하 파티에 이미 참석한 거나 다름없네. 여자친구?"

"오늘 오후에 처음 만났어."

"그 정도면 애인이 되고도 남을 시간이지." 후안 마누엘이 말했다. "첫눈에 사랑에 빠지지 않고 뭐 한 거야? 너 혹시 무슨 문제 있니?"

오프닝을 담당했던 DJ가 헤드폰을 벗고 클럽에 모인 사람들에게 인사를 하자, 와 하는 함성과 함께 요란한 박수가 터져 나왔다. 파올라가 DJ 자리에서 나타나더니, 곧이어 부족의 메아리처럼 울리는 반복적인 구호와 드럼 소리가 시작되었고, 그로부터 10분 후에는 클럽 전체가 그녀의 음악에 맞추어 위아래로 들썩이기 시작했다. 파올라는 어디가 시작이고 어디가 끝인지 구별하기 어려울 만큼 요란한 디스코 음악부터 날카로운 음의 하우스 음악까지 여러 장르를 매끄럽게 오가면서 말 그대로 군중을 압도하기 시작했다. 톰은 엄마가 어디 있는지 찾으려고 무대를 유심히 살펴보았고, 한바탕 난리가 난 사람들 사이로 알렉스의 머리가 툭 하니 튀어나온 모습을 보고 나서야 다이앤이 머리카락 아래로 얼굴을 숨긴 채로 고동치는 킥 드럼 소리에 맞추어 온몸을 흔들어대고 있는 것을 확인할 수 있었다. 그러고 나서 다이앤은 인파를 헤치고 DJ 부스 쪽으로 다가와서, 레코드 믹서 쪽으로 몸을 숙이고 파올라의 얼굴 쪽으로 최대한 고개를 숙이더니 입 모양으로 '오, 마이 갓'이라고 외치는 것이었다. 파올라는 그 모습에 고개를 뒤로 젖히며 깔깔 웃음을 터트렸고 다이앤을 향해 두 손을 길게 뻗었다. 다이앤과 파올라는 턴테이블 위로 서로 깍지를 끼고서 신나게 몸을 흔들기 시작했다. 다이앤이 다시 인파 속으로 사라지자, 파올라는 톰이 있는 쪽으로 몸을 돌려 입을 벌리고 살짝 윙크하더니 재빠르게 주먹을 휙 하고 날려 보였다.

15

클럽을 나서기 전, 어른들 모두가 DJ 부스에 들러서 작별 인사를 건넸다. 모두 온몸이 늘어진 채로 좌우로 흔들거리면서 아직도 귀가 윙윙거리는지 평소보다 큰 소리로 이야기를 나누면서 해변 도로를 따라 걸어갔다. 디에고의 집으로 돌아온 후, 알렉스가 손님방 문을 닫고 들어가자 노란 조명 아래 다이앤이 볼이 붉어지고 눈빛을 반짝이며 침대 아래쪽에 서 있었다. 그는 양손을 그녀의 어깨에 올리고, 오른쪽 발꿈치를 그녀의 왼발 뒤에 대고서 평소 가장 좋아하는 유도 기술을 최대한 부드럽게 걸어서 침대 매트리스 위로 다이앤을 천천히 눕혔다. 두 사람이 침대에 쓰러짐과 동시에 옷을 벗는 과정이 이어졌고 천천히 하지만 빠른 속도로 속옷까지 스르르 벗어 던졌다. 알렉스는 그녀의 입술, 목덜미 그리고 가슴골 사이와 배, 허벅지 안쪽의 부드러운 살 부분까지 천천히 입을 맞추었다. 다이앤이 그의 머리카락을 위로 쓸어 올리려는 찰나, 그녀의 팬티 자락이 이미 그의 이 사이에 걸려 있었다. 알렉스는 침대 옆에 놓인 전등 쪽으로 손을 뻗었다.

"아니. 그냥 놔둬요." 다이앤이 그의 손목을 잡으며 말했다.

다이앤은 그의 젖꼭지를 이로 살짝 깨물면서 새틴 재질의 검정 팬티를 엉덩이 아래, 그리고 다리까지 내렸다. 알렉스가 사각팬티를 입은 채로 아랫도리를 그녀에게 바짝 가져다 대자, 그녀의 호흡과 맥박이 더욱 빨라졌다. 그런데 그의 표정이 왠지 모르게 멍하게 보였고, 눈동자 너머로 근심이 드리워진 것처럼 보이는 것이었다. 다이앤이 엄지손가락을 그의 속옷 허리춤에 가져다 대자, 알렉스가 몸을 돌렸다.

"우리 잠시 얘기 좀 할까요?"

"지금 얘기하고 있잖아요."

"여기서 더 진도를 나가기 전에 당신에게 꼭 해야 할 이야기가 있어요."

다이앤이 웃음을 터트렸다. "내가 맞혀볼게요. 사실 이벤트 회사를 운영하는 게 아닌 거죠?" 그녀는 등에 베개를 받치고 침대 머리맡에 몸을 기댄 채로 다리를 가슴 쪽으로 바짝 당겨 앉았고, 알렉스는 침대 한가운데 양반다리를 하고 앉아서 그녀를 향해 고개를 디밀었다. "대체 무슨 얘기를 하고 싶은 건데요?"

"이벤트 사업을 하는 건 맞아요. 단지 그 이벤트가 평범한 종류의 이벤트가 아니라는 거죠."

"무슨 이벤트를 하는데 그래요?"

"그때 린제이라는 친구 집에서 봤던 동영상 기억나요?"

"딴소리하지 말고요."

알렉스가 눈을 끔벅거렸다.

"잠깐만, 혹시 뭐예요? 그게 당신이 하는 이벤트 사업이라고요?"

"정확히 그런 일이에요."

다이앤은 깔깔대며 웃다가 겨우 제정신을 차렸다. "장난치지 말아요. 그러니까 그 오토바이에 탄 사람이 당신이었다고요?"

알렉스는 아무 말 없이 그녀를 응시했다.

"오, 하느님 맙소사. 제발 장난이라고 해줘요."

"그건 거짓말인걸요."

"대체 뭐 하는 거예요?"

"솔직하게 말하는 거예요."

"아니, 대체 뭐 하는 거냐고요? 아니, 왜 그런 일을 하냐고요."

"설명하자면 길어요."

다이앤은 침대에서 벌떡 일어나 주춤거리면서 속옷을 다시 걸친 다음, 낯선 개가 으르렁거리는 모습이라도 본 것처럼 그를 어색한 눈빛으로 쳐다보았다. 알렉스는 이런 상황이 올 거라고 마음의 준비를 한 상태였지만, 그녀가 바닥에 떨어져 있던 옷을 주섬주섬 걸치면서도 자신에게서 시선을 떼지 않는 모습을 보면서 자기도 모르게 심장 박동이 빨라지는 것을 느낄 수 있었다.

"어디 가려고 그래요?" 그가 물었다.

"톰을 데리고 공항으로 갈 거예요."

"택시 불러도 여기까지 오려면 20분은 족히 걸려요." 그는 바지에 있던 휴대전화를 잽싸게 꺼내 들었다. "내가 불러줄게요. 하지만 택시가 올 때까지는 내 얘기 들어줄 수 있는 거죠?"

"그건 약속 못 하겠어요."

다이앤은 그가 택시를 호출하고 배차 담당자에게 고맙다고 말하고 전화를 끊을 때까지도 계속 떠날 준비를 했다.

"10분만요. 밤이 기네요."

"5분 줄게요."

"앉지 그래요?"

"됐어요."

알렉스는 침대 아래쪽에 앉아서 문가에 서서 팔짱을 끼고 서 있는 다이앤을 올려다보며 이야기를 시작했다.

"이런 말 꺼내게 돼서 미안하지만, 당신에게만큼은 솔직해지고 싶었어요."

"알렉스, 그렇게 비싼 보석 가게를 털었다고 하면 얼씨구 잘했다고 상이라도 줄 줄 알았어요? 그러니까, 당신 생각에는. '저 여자는 20대 때도 나랑 밑바닥 생활을 함께 하던 공범자 친구랑 붙어먹었던 사람이니까, 내가 지금 이렇게 도둑질이나 하며 먹고산다고 말해도 다 이해해 줄 거야'라고 생각한 건가요?"

"예전에 그랬던 거예요."

"예전이라고요? 웃기시네. 불과 지난달에 있었던 사건이잖아요."

"난 그 일 이후로 손 뗐어요. 완전히."

"내 친구 남편이 뭐라고 했는지 알아요? 두 사람에게 요가를 가르쳐주던 선생이랑 그 짓을 하다가 들켰을 때, 이걸로 바람피우는 건 완전히 끝이라고 했다더군요." 다이앤이 받아쳤다. "그보다 더한 헛소리가 있을까 싶었는데, 축하해요. 당신이 이겼네요. 당신이 손 뗐다는 말을 내가 왜 믿어야 하죠?"

"오래 고민하고 결정한 일이에요. 당신에게 말하기 전에 확실히 해두고 싶었고. 당신에게 가기 전에 말끔히 정리하고 싶었다고 하는 게 맞겠네요."

"그것도 홀랑 벗은 채로요."

"맞아요."

"만약 내가 유튜브에서 '무장 강도'라고 검색을 하면, 동영상이 몇 개나 나올까요?"

"세 개. 아니면 네 개요." 알렉스가 대답했다.

"그동안 몇 번이나 경찰에 붙잡혔죠?"

"한 번도."

"얼마 동안 그 짓을 한 거죠?"

"20년 조금 넘게요."

"그게 가능해요?"

알렉스가 어깨를 으쓱했다. "행운의 여신이 영원히 함께할 수는 없겠죠."

"어떤 사람들은 평생 불운을 안고 살아요." 다이앤은 가방을 바닥에 내리고 문에 등을 기대고 주저앉았다. "벤도 당신과 함께 일을 했군요. 맞죠?"

"왜 그렇게 생각하죠?"

"당신을 보는 눈빛이, 뭐랄까, 정말 사랑하는 아들을 보는 눈빛이더군요. 처음에는 당신에게 이성적인 감정을 느끼는 건가 싶었는데, 그보다 더 애틋한 감정인 것 같더군요. 대답해 줘요."

다이앤은 질문에 대한 답을 알고 있었다. 알렉스는 그녀의 직관과 그걸 이용해 원하는 답을 끌어내는 강한 의지에 적잖이 놀란 눈치였다. 이건 일종의 시험과도 같았다. 만약 그녀와 더 많은 시간을 함께 보내고 싶다면, 평생 파트너이자 가장 친한 친구의 자부심을 배신해야만 할 상황이었다. 높은 난간에 서서 아래를 내려다보는 사이 알렉스는 그런 생각이 드는 것을 어찌할 수가 없었다. "맞아요. 벤도 나와 함께 일해요."

"그럼 디에고라는 친구가 다른 오토바이에 탔던 사람이겠군요?"

"디에고? 아뇨. 디에고는 그냥 조각가예요. 다른 오토바이에 탔던 사람은 카탈리나예요."

"장난치지 말아요."

"왜요? 카탈리나가 여자라서?"

"헛소리 말아요. 카탈리나는 누가 봐도 요가 선생님이잖아요."

"요가를 가르치는 건 맞아요. 잘나가는 요가 선생이죠. 그것 말고도 잘하는 일이 많은 것뿐이에요."

다이앤은 침대 쪽으로 와서 알렉스 옆에 앉았다. "두 사람은 어떻게 만난 사이예요?"

"파올라의 엄마가 카탈리나와 친척이에요. 언젠가 마리아에게 전화가 와서, 자기 친척 중에 정신 나간 애가 하나 있는데, 남자친구랑 은행을 털 계획이라고 하더군요. 멕시코 메데인에서 함께 움직일 동료들을 부를 거라고. '만약 그런 미친 짓을 정말로 하게 된다면, 차라리 당신이랑 함께하는 게 낫다'고 하더군요. 그래서 한번 같이 일해 보겠다고 했어요."

"그러고요?"

"그 이후로는 항상 함께 움직였어요."

"앞으로는 절대로 함께 일하지 않을 거고요."

"절대로요."

다이앤은 그의 무릎 위에 올려져 있던 오른손을 잡더니 반대로 뒤집고 손바닥을 살피기 시작했다. "뭘 해서 먹고 살든 그건 당신 문제지만, 만약 지금 하는 일을 계속한다면 우리는 만날 수 없어요. 그거 하나만은 확실해요. 그리고 당신이 이벤트 회사를 한다고 말했을 때부터 거짓말을 한다는 걸 알고 있었어요. 그 뜻은 당신이 거짓말을 하면, 내가 바로 안다는 거고요. 이제 정말 그 일은 하지 않기로 한 거죠?"

알렉스가 끄덕였다.

"그건 그렇고, 손이 정말 곱네요. 이 손으로 더 좋은 일을 하면 좋겠어요."

알렉스가 웃음을 터트렸다. 밤마다 그를 괴롭히는 악몽 속에서, 알렉스는 크레이그와 함께 오토바이에서 뛰어내려서 교차로를 가로지르며 미끄러지는 꿈을 꾸곤 했다. 알렉스는 한 손을 뻗어서 미끄러지는 몸을 붙잡고, 공포에 질린 채로 아스팔트 바닥 위로 손에 끼고 있던 장갑과 살갗, 뼈 그리고 인대부터 살점까지 시뻘건 피만 남은 채로 서서히 사라지는 모습을 지켜본다. 그렇게 주춤거리며 자리에서 일어나지만, 이제 주위로 경찰들이 둘러싸고 있는 터라, 허벅지에 차고 있는 장총이나 권총도 끄집어낼 수 없는 상황에 부닥치고 만다. 그러고 나서야 알렉스는 악몽에서 깨어났다. 그는 언제나 손을 조심스럽게 다루는 편이었다. 양쪽 손 모두가 그간 그가 단련해 온 격투와 붙잡기, 검 다루기, 목표물 공격하기의 기술을 그대로 담고 있는 일종의 근육들의 결과물과도 같았기 때문이다. 이제는 쓸모없는 지식이 돼버렸지만. 이제 총을 내려놓는 거야, 알렉스는 생각했다. 이제 칼을 거두어야 한다. 침실용 탁자 위에 있던 휴대전화 진동이 울렸다.

"택시가 도착했나 봐요." 그가 말했다.

"취소할 수 있어요?"

"진심이에요?"

"일단 취소해 줘요. 무엇보다 한밤중에 톰을 끌고 비행기를 타러 가자고 하면, 괜히 애가 겁을 먹을 것 같아서 썩 내키지 않아요. 일단 이번 주말까지는 여기 있을게요. 그 이후의 일은 나중에 생각하기로 하죠."

알렉스는 택시 기사에게 미안하다고 말하고 전화를 끊었다.

"한 가지 더요. 오늘 밤에 약속이 있어요." 알렉스가 말했다.

"오늘 밤에요? 지금 새벽 1시 30분이에요."

"밤이 아니라, 새벽이라고 해야겠네요. 이제 곧 가봐야 하는데 금방 올 거예요."

"위기를 모면하기 위해서 이 새벽에 약속이 있다고 나가다니, 정말 재미있네요."

"위기 모면이 아니라, 진짜 약속 때문에 나가는 거예요." 알렉스가 말했다. "카탈리나가 오래전에 약속을 잡아둔 거라서. 여기서는 약속은 꼭 지켜야 하는 거라서요."

"이 시간에 대체 어디서 사람을 만난다는 거죠?"

"실은, 그게 사창가에서요."

"신박하네요. 무슨 약속인데요?"

"나도 잘 몰라요. 뭐든 상관없어요. 무슨 약속이든 난 끼지 않을 테니까. 아마 1시간쯤 걸릴 거예요."

"그래서 이 집에서 자고 가자고 한 거군요? 아까부터 술도 거의 안 마시고."

"이따가 돌아와서 같이 한잔해요."

"꿈 깨요. 누가 당신이 돌아올 때까지 기다리기나 한 대요?"

“그럼 나 혼자서 쓸쓸하게 은퇴 축하 파티를 해야겠네요.”

“정말 그럴 수 있겠어요?” 다이앤이 물었다. “그냥 싫으면 그만둬도 괜찮은 거냐고요.”

“어차피 누굴 위해서 일한 것도 아닌걸요. 안 될 거 없잖아요?”

“글쎄요. 나는 잘 모르겠네요.” 다이앤이 대답했다.

파올라는 새벽 2시 직전에 파파야 플라야에서의 마지막 곡을 틀었다. DJ 부스에서 테킬라 한잔을 마시고, 다시 바로 가서 한 잔을 더 마신 후, 파올라와 톰은 대형 스피커와 DJ 믹싱 장비, 그리고 클럽의 VIP 본부에 있던 대부분의 물건을 가득 실은 픽업트럭에 올라탔다. 두 사람은 해안가를 따라서 남쪽으로 달렸고 트럭 운전자가 과속 방지턱에서 속도를 높일 때마다. 파도 사이로 후끈한 바닷바람이 불어왔다. 파올라가 톰의 무릎을 치더니, 최근 몇 달 사이 가장 많은 별이 수놓인 밤하늘 쪽을 손가락으로 가리켰다. 두 사람이 탄 트럭은 마누엘의 축하 파티가 한창 진행 중인 석조로 된 빌라의 진입로 쪽으로 들어섰다. 제일 낮은 층은 해먹으로 된 의자들이 걸린 나무 천장 아래 있는 다락방처럼 생긴 공간이었다. 두 사람이 문으로 들어서자, 스피커 너머로 박수갈채가 퍼졌다.

톰은 구면인 친구들은 물론이고 새로 소개받은 사람들에게 똑같이 생기 넘치는 인사를 나누는 파올라의 뒤를 졸졸 쫓았다. 그 저택은 게잡이 어업자인 칼이라는 사람의 소유로 그는 1년에 넉 달 동안

알래스카의 차가운 바닷물을 헤집고 게를 잡아서 툴룸으로 돌아와 잡은 게를 해동시킨 후, 이렇게 대대적으로 축하 파티를 열고 자신이 벌어들인 돈을 탕진하는 사람이었다. 그는 파티 준비가 지연된 것에 대해서 파올라에게 직접 사과를 하고 이렇게 파티를 돕기 위해 방문해 준 것에 대한 감사 인사를 건넸다.

"난 괜찮아요. 칼." 파올라가 대답했다. "내가 새벽에 일하는 걸 얼마나 좋아하는데요."

15분 간격으로 파티장을 찾은 인파들이 점점 불어나기 시작했다. 미지근한 맥주와 붉게 달아오른 담배들이 거실 안에 있는 사람들의 손에서 손으로 옮겨졌고, 파올라가 DJ석 뒤에 자리를 잡자마자 무대는 발 디딜 틈도 없이 인파가 가득 찼다. 파올라가 더욱 강렬하고 음산한 음악을 틀자, 레게 음악과 멋들어진 타악기 음이 가미된 테크노 리듬에 맞추어 거친 숨소리가 가득 채웠다. 톰은 코카인인 줄 알고 가루를 흡입했는데 알고 보니 코카인이 아닌 케타민이었고, 그 이후로는 주변의 시야가 완전히 흐릿하게 변해버리고 말았다. 그는 레게 스타일로 머리를 땋고 활짝 웃는 요가 선생과 함께 춤을 추었는데, 그녀는 톰이 입고 있던 셔츠를 벗겨서 얼굴과 팔에 묻은 질펀한 땀을 닦아내며, 자신은 근처 호텔에서 온 요가 선생이라고 소개했다. 그 여자는 톰에게 같이 욕실로 가자고 꼬드겼지만, 톰은 겨우 꽁무니를 빼고 도망쳐서 파올라를 찾으러 나섰다. 톰이 담배 두 개비와 커피잔에 든 테킬라를 들고 임시로 마련된 부스 아래로 겨우 몸을 피했을 때, 파올라가 어디선가 나타나서 그의 어깨에 두 팔을 둘렀다.

"아, 미 아모르(mi amor), 자기야. 내가 원하는 걸 어쩌면 이렇게 딱 가지고 왔네." 파올라가 말했다.

"이거 무슨 노래야?" 톰은 파올라가 걸어둔 CD가 돌아가는 DJ 장비의 화면을 눈짓으로 깜빡이며 물었다.

"이 노래 마음에 들어? 내가 직접 만든 거야. 여기서 이러지 말고 나가 봐. 여자친구가 너 찾고 있잖아."

톰은 여자친구를 만나러 가는 대신 비상구 쪽으로 나갔다. 비좁은 무대에서 밀려나 뒷문으로 쏟아지듯 빠져나간 사람들이 집 뒤편에 있는 조그만 공터의 뿌연 담배 연기 아래 삼삼오오 모여 있었다. 톰이 좁은 바닷가 길로 발걸음을 옮기려는 찰나, 어둠 속에서 한 남자가 환한 조명 아래 대머리를 번쩍이면서 나타났다. 시커먼 눈동자, 드넓은 가슴, 그리고 검은 염소수염은 그의 콧구멍에 끼워진 얇은 철재질의 코 피어싱을 발견하기 전부터 남자답고 강인한 인상을 주기에 충분했다. 후안 마누엘이 급히 나오더니, 온몸에 문신을 한 새 손님에게 인사를 건넸고, 두 사람은 포옹에 이어 최대한 절제된 동작으로 손바닥을 치며 인사를 나눴다. 톰은 그 낯선 손님을 빤히 쳐다보고 있다가 눈이 마주치자, 귀 뒤에 꽂고 있던 담배를 꺼내면서 라이터를 찾는 듯한 몸짓을 해 보였다.

"여기 있어." 그는 톰이 있는 쪽으로 다가오면서 성냥에 불을 붙였다. "미국에서 온 손님인가 봐. 이름이 뭐야?"

"미국 사람인 게 그렇게 티 나? 나는 톰이야."

"난 라파엘이야. 여긴 어떻게 왔어?"

"저기 DJ를 보고 있는 파올라랑 같이 왔지." 톰은 왜 그 질문이 심문처럼 느껴지는지 아리송한 기분으로 이렇게 답했다.

"아. 그렇구나. 후안 마누엘의 친구 말이구나. 파티는 재미있어?"

"응, 재미있네." 톰은 케타민 효과가 빠르게 사라지고 있는 것을 느끼며 말했다. "혹시 그것 좀 구할 수 있을까?"

라파엘은 고개를 끄덕이더니 반바지에서 조그만 성냥갑 하나를 꺼냈다.

"돈은 됐어." 톰이 페소 다발을 꺼내자, 그가 말했다. "선물이야."

"고마워. 혹시 파올라한테 줄 것도 좀 구할 수 있을까?"

"후안 마누엘이 벌써 챙겨놨어. 파올라는 너보다 한 걸음씩 앞서잖아."

"한 걸음뿐이겠어? 술 한 잔 마실래?" 톰이 물었다.

"플라야 델 카르멘에서 사업상 약속이 있어서. 다음에 한잔하자."

"좋아. 어쨌거나 정말 고마워." 톰이 대답했다.

라파엘이 바닷가 도로 쪽으로 사라지고 나서, 톰은 그가 준 성냥갑을 열었고 갈색 가루가 가득 차 있는 투명한 캡슐형 알약 두 개를 발견했다. 그는 혓바닥을 캡슐에 살짝 가져다 댔다가 메케하게 퍼지는 잔향에 놀라 눈을 찌푸렸다. 투명한 캡슐은 미지근한 맥주 한 모금과 함께 그의 목구멍을 타고 부드럽게 넘어갔다.

새벽 3시가 지날 무렵, 알렉스는 이불을 돌돌 말고 잠든 다이앤만 남겨두고 집의 뒷문으로 소리 없이 빠져나갔다. 벤과 카탈리나는 옥외 장치에 대한 권한을 부여받은 지역 비영리 단체 센트로 에콜로지코에서 설치한 시뻘건 전구 밑에서 기다리고 있었다. 백열등은 알을 부화시키기 위해서 모래밭을 찾는 바다거북에게 자칫 보름달로 잘못 인식될 수 있었고, 그로 인해 예기치 못한 바다거북의 죽음을 불러일으킬 수 있었다.

"내가 운전할게." 벤이 말했다.

일행은 조용히 자동차 문을 닫고 마을로 가는 길을 따라서 이동했다. 알렉스는 조수석에 앉았다. 전문적인 용어를 빌리면, 그는 지금껏 '안전한 삶'을 살아왔다. 무언의 동의하에, 업무 의뢰는 벤이 처리했고 매우 드문 경우이지만 알렉스가 이를 수락하고 카탈리나로부터 도움을 받아 조사와 준비 과정을 처리했으며 그사이 벤은 논리적인 부분과 경제적인 부분을 지원했다. 오늘 밤 미팅은 세 사람 모두 참석해야 한다는 의뢰인의 요청에 의한 것이었다. 몇 주간의 회유 끝에 카탈리나는 알렉스가 비행기에 오를 수 있도록 하는 데 성공할 수 있었다.

“시간 충분해?” 그가 물었다.

“걱정하지 마.” 벤은 애정을 가득 담은 손길로 알렉스의 허벅지를 토닥토닥 두드렸다. “지금까지 너 없이도 미팅을 잘 처리해 왔잖아. 긴장할 것 없어.”

세 사람이 탄 자동차는 가로등 아래 빈 공터에서 축구를 하는 이들과 불꽃놀이를 하듯 환하게 불을 밝힌 핫도그 판매대를 지나서 빠르게 달려갔다. 한 무리의 여행객들은 술에 취해 휘청거리면서 술집을 나와서 또 다른 술집으로 향했고, 알렉스는 톰과 파올라를 찾으려는 사람처럼 술 취한 무리를 유심히 살폈다. 마을에서 가장 위험한 지대를 지나치다 보니, 한밤중에 거리를 헤매고 있을 딸이 걱정되기 시작했다.

세 사람이 북쪽으로 향하는 고속도로에 올랐을 때, 카탈리나가 말했다. “꽤 괜찮은 여자 같더라.”

“다이앤? 내 생각도 그래.”

“이 시간에 어디에 간다고 하고 나온 거야?”

“사창가에 간다고 했어.”

“거기는 왜?”

“일 얘기하러.”

카탈리나는 운전석과 조수석 사이로 고개를 쑥 들이밀었다. “전부 얘기했어?”

“응. 방금.”

카탈리나는 의기양양한 소리로 웃어젖혔다. “그럴 줄 알았어. 벤,

내가 뭐랬어?"

"알렉스가 다이앤에게 전부 얘기할 것 같다고 했지." 벤이 대답했다.

"너한테 베팅할걸 그랬어." 카탈리나가 말했다. 그러더니 알렉스에게 "어쩌다 그런 생각을 한 거야?"라고 물었다.

"나중에 말하느니 빨리 하는 게 나을 것 같아서." 알렉스가 대답했다.

"나중에? 만난 지도 얼마 안 됐다면서."

"엄밀히 말하면, 너희를 만나기 훨씬 전부터 알던 사이인 셈이잖아."

"정말 대단하다." 카탈리나가 이렇게 말하고는 등받이 쪽으로 몸을 세게 가져다 댔다.

자동차는 올망졸망한 아이들 셋이 잠든 녹슨 픽업트럭 한 대를 지나쳐 달렸고, 3킬로를 더 가서는 짐칸에 무기력하게 앉아서 무릎 사이에 커다란 장총을 끼고 있는 군인들이 탄 군용 트럭과 마주쳤다.

"다시 한 번 짚어보자." 알렉스가 말했다. "이번 건은 누가 의뢰한 거라고 했지?"

"산토스." 카탈리나가 대답했다. "그 사람 성이 뭔지는 아무도 몰라."

"산토스라는 자가 누구랬지?"

"팜 트리라는 사창가 주인이야. 온갖 비즈니스에 손을 대고 있는 사람이고."

"산토스라는 자는 어떻게 알게 된 건데?"

"그 사람을 통해서 물건을 받고 있어. 마약상들끼리 포커 게임을 하는데, 가끔 산토스에게 물건을 배달해 달라고 부탁을 하거든. 그러면 게임을 하는 동안, 시계나 보석처럼 여자에게 줄 선물을 쉽게 쇼핑할 수 있으니까."

"우리가 가져온 물건도 그자들에게 소매로 넘기기도 해." 벤이 거들었다. "그보다 더한 것도 부탁하고. 조금 과한 부탁이라도 서로 들어주려고 애쓰는 편이야."

"금광이 따로 없다니까." 카탈리나가 말했다. "산토스 말로는 포커 게임을 하던 사람 하나가 부탁을 했대. 건수가 하나 있는데 제대로 맡아서 처리해 줄 사람이 필요하다고. 실수는 용납되지 않고, 대신 페이는 두둑하게 준다나. 단, 이번 건을 맡아줄 사람을 전부 만나는 조건으로."

"그 부탁을 한 사람이 누군데?"

"칸쿤에서 온 장군이라던가? 그 사람이 친구한테 부탁한 거라고, 산토스가 그랬어."

"다시 시작할 준비는 된 거야? 이번에는 조금 쉬고 싶다고 말했잖아." 알렉스가 되물었다.

"나야 새로운 일을 시작하기 전에는 항상 마음의 준비가 된 상태지. 금방 끝날 테니까. 넌 아닌 것 같아?"

"보통 때는 안 그런데. 지금은 좀 그래."

"그게 무슨 뜻이야?" 벤이 물었다.

"다음 의뢰를 맡지 않으려던 참이었거든." 알렉스가 말했다.

"맡지 않겠다니?" 카탈리나가 또다시 두 사람 사이로 고개를 들이밀었다. "지금 장난해? 영원히 손 떼겠다고?"

"아마도."

"아마도 그만둔다는 거야, 아니면 아마도 장난이라는 거야?"

"그게 차이가 있나?"

"다이앤이 그렇게 하래?"

"내 생각이 그래. 나랑 얘기하고 있잖아." 알렉스가 말했다.

"어쨌든. 일단 가서 들어보고, 나머지는 나중에 얘기하자. 알겠지?"

"응." 알렉스가 대답했다. "일단 가봐야지. 시간 괜찮은 거지?"

"시간 걱정은 그만해." 벤은 이렇게 말하고는 플라야 델 카르멘으로 가는 출구로 빠져나갔다. 나른하게 잠든 어촌 마을이 최근 10년 사이에 나이트클럽과 해변 클럽, 기념품 가게와 복제약품과 싸구려 브랜드의 자외선 차단제를 내놓고 파는 가게들로 무질서한 발전을 이루었다. 마을 외곽에서 열린 거리 축제가 방금 끝이 나서인지, 축제장의 탈것에는 조명이 환히 빛나고 있었지만 이미 작동을 멈춘 상태였고, 거리의 행상들은 짐을 챙기고 좌판을 정리하느라 분주해 보였다. 벤은 위풍당당하게 솟은 5층짜리 아파트 블록의 건너편 조용한 도로에 차를 세웠고, 바다거북 구조처럼 특별한 생태학적 목적이 없음이 분명한데도 출입구 앞으로 붉은 조명이 비추고 있었다.

"팜 트리에 오신 것을 환영합니다." 벤이 자동차 콘솔 박스에서 조그만 권총을 꺼내 하나씩 나눠주자, 카탈리나가 이렇게 말했다.

"아직 안 온 건가?" 알렉스는 권총을 장전한 후에 다시 물었다.

"잘 모르겠어. 잠깐 기다려봐야 하나?" 카탈리나가 대답했다.

평소 같으면 조금 더 기다려보자고 했을 알렉스였지만, 오늘 밤에는 최대한 빨리 일을 마무리 짓고 싶었다.

"그냥 들어가자." 알렉스가 말했다.

일행이 도로 쪽으로 걸음을 옮기려는데 지나가는 자동차에서 푸에르토리코의 레게 음악이 요란하게 흘러나왔다. 벤은 철제로 된 문에 있는 초인종을 눌렀고, 요란한 소리와 함께 문이 덜컹 열리더니 아치형 입구가 나왔다. 입구 안쪽에 있는 접수대 뒤쪽에 여자 계산원이 서 있었고, 양옆으로는 시커먼 양복 차림의 덩치들이 나란히 서 있었다. 카탈리나는 접수대에 있는 여자와 작은 목소리로 뭔가 얘기를 나누었고, 여자는 진지한 표정으로 고개를 끄덕이더니 어딘가로 전화를 걸었다. 양복 셔츠를 걸치고 술에 떡이 된 영국인들 한 무리가 저 멀리 안뜰에서 시끄러운 소리로 떠들어대고 있었다. 여러 개의 계단이 위층에서 안뜰 쪽으로 길게 이어져 있었다. 벨 소리와 함께 열댓 명의 여자들이 2층 방에서 나오더니, 잠시 멈추었다가 차례대로 계단 아래로 내려오기 시작했다.

"이쪽으로." 여자 계산원이 이렇게 말하고는 계단 위로 올라가기 시작했다.

한 무리의 여자들은 행진하듯 일행을 차례대로 지나가면서 끈적끈적한 눈빛을 보냈다. 짙은 화장과 레이스가 달린 바디수트, 스파이크 굽이 박힌 15센티가 넘는 높은 하이힐을 신은 여자들은 진한 향수 냄새를 풍기며 지나갔다. 영국 남자 무리는 짙은 화장을 한 여자들을 보며 휘파람을 불고 박수를 보냈다. 5층에 도착한 여자 계산원은 조용히 문을 노크하더니, 복도 끝에 있는 방문을 열었다. 창문 하나 없는 방에는 붉은 벽기둥과 거대한 평면 스크린 TV만 은은한 빛을 발하고 있었다. 두 명의 소년들은 바닥에 양반다리를 하고 앉아서 게임에 정신이 팔려 있었고, 바로 옆 침대에 여자가 누워 있는데도 전혀 관심조차 없어 보였다. 여자는 눈을 크게 뜬 채로 마약에 잔뜩 취해서 알몸으로 얇은 이불로 몸을 감싸고 있었다. 산토스는 긴 나무 테이블 위에 두꺼운 유리를 올려 만든 책상 뒤에 앉아서, 1킬로의 절반이 포장지에 싸인 코카인 덩어리를 15센티미터짜리 면도날로 정교하게 잘라내고 있었다. 새하얀 탱크톱을 걸치고 철사처럼 빳빳한 몸에 움푹 들어간 가슴, 머리는 레코드판에 홈이 팬 것처럼 날렵하게 가르마를 타서 뒤로 매끈히 빗어 넘겼다. 그의 옆에는 마이애미 히트 프로농구팀의 유니폼을 걸친 다부진 체격의 남자가 서 있었는데, 그는 잘라낸 코카인 가루를 숟가락으로 퍼서 전자저울에 올리고 있었다. 코카인 가루는 운모처럼 고운 빛을 풍기며 반짝였고 붉은 조명 아래서 소라 껍데기처럼 오묘한 핑크빛 기운을 뿜어내고 있었다.

"부에나스(Buenas)." 카탈리나가 인사를 했다.

"퀘 온다(Que onda). 무슨 일이죠?" 산토스가 말했다. "일단 앉으세요."

"아직 안 왔나요?"

"2시 반쯤 온다고 했어요. 저도 어디 있는지 몰라요." 산토스는 입가에 반쯤 미소를 머금은 채로 알렉스를 위아래로 훑었다. "저분이 그 유명한 분이신가? 만나서 반가워요."

알렉스는 그를 다시 쏘아보고는 아무 말도 하지 않았다. 산토스 뒤쪽으로 보이는 벽에는 하얀 가죽 재킷 하나만 달랑 걸친 엘비스 프레슬리가 푹신한 구름과 천사들 사이에 둘러싸인 마릴린 몬로와 정사를 나누는 커다란 그림 하나가 걸려 있었다. 그림 옆에 있는 하얀 칠판 위에는 도저히 알아볼 수 없는 이름들이 세 줄로 나란히 적혀 있었다. 이제 알렉스의 시력도 다한 걸까? 당장 안과의사를 만나봐야 할 정도였다. 그는 집으로 돌아가자마자 안과에 예약을 잡아야겠다 싶은 생각이 들었다. 산토스는 두 개의 긴 선을 그리며 코카인을 퍼서 철제 빨대에 든 약을 손님들에게 권했다. 알렉스와 벤은 이를 거절했다. 카탈리나가 탁자 위로 몸을 숙이려는데, 누군가 문을 두드리는 소리가 들렸다.

뭐라고 대답하기도 전에 두 명의 남자가 방으로 들어왔다. 먼저 들어온 남자는 검정 데님 반바지에 하얀색 민소매 티를 입고 덥수룩한 염소수염에 민머리로 면도를 한 자였다. 종아리와 팔뚝 위로 부족 문신이 뒤덮여 있었고, 철제로 된 코걸이까지 걸고 있어서 알렉스는 내셔널 지오그래픽 채널에서 봤던 태평양 섬 주민을 떠올리게 했다. 다음에 들어온 남자는 시커먼 가죽 조끼에 물 빠진 청바지, 그리고 악어가죽으로 만든 카우보이 부츠를 신고 있었다. 방 안을 찬찬히 살피는 와중에도 두 남자의 손은 허리춤에 걸친 권총 위에 가지런히 놓여 있었다. 알렉스는 카탈리나를 쳐다보았고, 카탈리나는 산토스를 유심히 살피고 있었다. 산토스는 겁에 질린 표정이었다.

"들어오시죠." 문신을 한 남자가 문밖으로 들리고도 남을 정도로 큰 목소리로 말했다.

하얀 티셔츠에 남색 면바지를 입은 호리호리한 체격의 남자가 조심스럽게 방 안으로 들어왔다. 여러 가닥으로 땋아 내린 머리카락을 끈으로 단정히 묶었고, 붉은 조명 아래로 멀끔하고 어두운 피부가 광채를 뿜어냈다. 그는 파올라처럼 바닥이 삼베로 된 에스파듀를 신고 있었다. 알렉스는 카탈리나가 적잖이 충격을 받았다는 것을 감지할 수 있었고, 그 낯선 자에 대해서 그가 알고 싶은 것들은 TV 앞에 널브러져 있던 두 소년의 표정만으로도 충분히 가늠해 볼 수 있을 정도였다. 게임을 하던 소년들은 마치 불이라도 난 것처럼 바닥에서 후다닥 일어섰다. 부츠 소리와 함께 그의 머리가 문 쪽으로 향하자, 서로 먼저 나가려고 밀치다가 넘어지기까지 한 것이다. 둘 중 조금 더 어려 보이는 소년이 문 앞에서 잠시 멈추어 서더니 다시 침대에 누운 소녀가 있는 쪽으로 돌아왔고, 그녀의 귀에 뭐라고 속삭이더니 벌거벗은 몸을 이불로 감싸고 복도로 질질 끌고 나가는 것이었다.

"너도." 낯선 남자가 산토스에게 말하자, 그는 정중하게 사과하듯 고개를 푹 숙이고는 반박하는 말 한마디도 하지 못한 채로 물러났다.

농구팀 유니폼을 입은 남자가 그의 뒤를 따라 나가더니 조용히 문을 닫았고, 여러 갈래로 머리를 땋아 내린 남자가 테이블 뒤로 오더니 두꺼운 유리 위에 양쪽 주먹을 가만히 내려놓았다.

"코스타 마야에 오신 걸 환영합니다." 그는 오직 알렉스만 쳐다보며 이렇게 말했다. "난 알렉산드로라고 해요."

"처음 뵙겠습니다." 알렉스는 인사를 건네면서 속으로 생각했다. 내 스페인어 이름이랑 똑같은 사람이잖아? 하지만 이런 우연은 아무런 의미가 없는 거라고, 별 생각할 가치가 없다고 속으로 말했다.

"이렇게 와주셔서 감사합니다." 알렉산드로가 말했다. 그는 천천히 말을 했지만, 발음이 명확하지 않았다. 평소 같으면 벤이 나서서 대화에 응했을 테지만, 웬일인지 알렉산드로라는 자는 벤에게 눈길조차 주지 않았다. 그는 카탈리나를 잠시 쳐다보고는 다시 알렉스에게 시선을 고정했다. "그러니까 전화를 건 사람이 그쪽 두 분이신 거죠?"

"무슨 전화 말씀이시죠?" 알렉스가 되물었다. "연락을 받은 건 저희 쪽입니다. 그래서 여기 왔고요."

"오늘 얘기가 아닙니다. 경찰서에 신고 전화를 한 사람 말이에요."

"경찰서요?"

"라스베이거스에서, 보석 가게를 털기 전에 말입니다."

알렉스는 그자가 보석 가게 사건이나 911 신고 전화에 대해서 어떻게 알고 있는지에 대해서 도저히 가늠할 길이 없었다. 그날 강도 사건에 대한 기자 회견에서도 경찰서에 걸려온 신고 전화에 대한 언급은 하나도 없었다. 알렉스는 충격받은 표정을 애써 감춰보려고 했지만, 알렉산드로는 그의 얼굴에 스치는 어두운 그림자를 포착하고는 확신을 얻었다.

"오늘 부른 이유가 그것 때문인가요?" 알렉스가 물었다.

"아닙니다." 알렉산드로가 대답했다. 그는 졸린 호랑이처럼 전혀 미안한 기색 없이 온 얼굴을 찌푸리며 하품을 했고, 알렉스는 그 나른한 표정 뒤에 숨겨진 난폭한 폭력의 기운을 감지할 수 있었다. "당연히 그 일 때문에 부른 건 아닙니다. 쉽게 만날 수 없는 한 사람에 관한 이야기를 나누기 위해서 모인 겁니다. 그 사람을 우리에게 데려다 주는 것이 이번 임무입니다."

"그건 저희 전공이 아닌데요."

"물론 지금까지 했던 임무와는 다르시겠죠. 맞습니다."

"그런데 왜 우리를 찾으신 거죠? 지금 데리고 계신 부하들한테 시켜도 충분히 가능한 일 같은데."

"이번 건은 저희가 지금까지 처리했던 임무보다 훨씬 더 까다롭고 기술을 필요로 하는 일이라서요. 무엇보다 폭력적인 부분을 최소화하는 것이 가장 중요하고. 그건 여러분의 전공이지 저희 쪽에서는 힘든 일이라서요."

"찾고 싶은 사람이 누굽니까?" 벤이 물었다.

"펜타닐 제조업자입니다. 효능이 50배에 달하는 합성마약인데……."

"펜타닐이 뭔지는 저희도 압니다." 알렉스가 말허리를 잘랐다.

"펜타닐은 미래입니다. 그자는 펜타닐 제조업자로서는 가히 최고인데, 반대로 골치 아픈 판매자이기도 해서 직접 불러다 놓고 대화를 좀 나눌 생각입니다."

"행운을 빕니다." 알렉스가 대답했다.

"제가 누구를 찾는 건지 아십니까?"

"당신 같은 사람들로부터 그런 사람을 보호해주는 일을 하는 전문가들을 잘 압니다."

"그래서요?"

"그 전문가들은 당신 예상보다 훨씬 더 훌륭하게 준비된 사람들이에요."

"당신들도 어찌하지 못할 정도로 뛰어난가요? 이번 건을 처리하는 비용이 만만치 않으리라는 점은 충분히 이해합니다. 오늘 밤, 즉시 이번 임무를 위한 비용으로 백만 달러를 드리죠. 모든 일이 처리되고 나면 다섯 장을 더 보내드리도록 하겠습니다."

카탈리나는 알렉산드로의 제안을 수용할 태세로 그 제안의 무게를 가늠하듯 다시 자세를 고쳐 앉았다.

"죄송합니다만, 저희가 도움을 드리기는 힘들 것 같습니다."

카탈리나가 끼어들었다. "알렉스, 일단."

"잠시 마이애미 이야기를 좀 해볼까요?" 알렉산드로가 화제를 바꿨다. "구스타보 세버갈 씨 말입니다. 누군지 아시죠?"

"이름은 들어봤습니다."

"물론 그러시겠죠. 지난 11월에 구스타보 씨 금고에 꽤 진귀한 물건들이 보관되어 있었다는 사실도 들으셨을 겁니다."

"구스타보 세버갈에 대해서 아는 사람이 어디 한둘인가요. 그 집에 온갖 보물들이 있다는 것도 누구나 아는 사실이고." "하지만 한밤중에 스타 아일랜드에 있는 구스타보 씨의 집에 제트스키를 타고 직접 찾아가서 물건을 훔쳐간 사람은 딱 세 명뿐이었지요. 구스타보 씨는 제 친구입니다. 그 일로 몹시 화가 나 있고요."

"그 또한 저희가 도울 수 있는 일이 아닌 것 같습니다만." 알렉스가 받아쳤다.

"아뇨. 그 건에 대해서는 저희가 도움을 드릴 수 있습니다. 이번 건에 대한 비용은 물론이고, 여러분이 진 빚도 저희가 갚아드리도록 하죠."

"저희는 빚진 게 없습니다."

"구스타보 씨의 생각은 다릅니다."

"외람된 말씀입니다만, 구스타보라는 사람이 어떻게 생각하든 전 아무 상관 없습니다." 알렉스가 말했다.

"그리 쉬운 문제가 아닙니다."

"아뇨, 똑똑히 들으세요. 당신과 손을 잡는 대가로 우리가 진 빚을 갚아주겠다고 하는데 애초에 빚 자체가 없으니 그럴 필요가 전혀 없다고 말하는 겁니다. 괜히 우리를 챙겨주려고 왔다는 말은 하지 마세요." 카탈리나가 목청을 가다듬었지만, 알렉스는 전혀 개의치 않았다. "그래서 우리를 부른 겁니까? 그래서 저 카우보이 부츠 신은 마약쟁이랑 특별한 친구를 데리고 여기 온 겁니까? 나를 겁주려고?"

"라파엘, 유머 감각이 대단한 분 같은데?" 알렉산드로의 말에 온몸에 문신한 남자가 푸훕 하고 웃음을 터트렸다. 그러더니 알렉스를 보며 말했다. "부탁하려고 온 겁니다. 그 이상은 아니에요."

"그럴 리가요. 나는 빚진 게 없는데 그걸 처리해 주겠노라고 말하지 않았습니까? 대체 당신이 뭔데 그런 말을 지껄이는 거죠?"

카탈리나가 자리에서 일어나 그를 만류했다. "알렉스."

"메신저라고 해두죠." 알렉산드로가 대답했다. "제가 어떤 분을 대신해서 당신을 찾아온 건지 설명해 드리겠습니다. 멕시코 해안을 통치하는 분이 누군지 아시나요?"

"물론이죠." 알렉스가 말했다.

"그렇다면 이번 건을 제안한 장본인이 누군지 아시겠군요. 바로 그 분의 부탁을 받고 여기까지 찾아온 겁니다."

"지금 나더러 그 말을 믿으라는 겁니까?"

알렉산드로가 왼손 손톱을 만지작거리는 사이, 알렉스는 카탈리나 쪽으로 고개를 돌렸고, 그녀는 두 눈을 질끈 감은 채로 고개를 끄덕여 보였다. 아까부터 하려던 말이 바로 그 말이었다.

"그분이 직접 내게 부탁을 했다는 건데, 지금 그 말을 믿으라는 겁니까?"

"업계에서 평판이 자자하더군요."

"말도 안 돼요."

"천만에요. 당신처럼, 그분께서도 세세한 부분들에 굉장히 신경을 쓰시는 편입니다. 누가 일을 할지, 그 일을 어떻게 처리할지에 대해서도요. 라스베이거스에서 찍힌 동영상을 직접 보시고는 '저 사람들이 적임자다. 당장 찾아봐'라고 하셨습니다. 그런데 여러분을 어디서 만났죠? 바로 이곳, 내 집에서 만난 겁니다. 이상하지 않습니까? 그분께서는 이건 확실한 징조라고 생각하고 계십니다."

"난 그딴 거 안 믿어요." 알렉스가 말했다.

"맙소사. 그렇다면 제가 믿는 게 뭔지 말씀드리죠. 바로 이번 건, 이번 임무입니다. 그게 오늘 밤 제 신념이기도 하고요."

"일단 상의를 해봐야겠어요. 지금 당장 확답을 하기는 어렵습니다." 알렉스가 말했다.

알렉산드로가 미소를 지었다. "충분히 의논해 보세요. 친구분께서 저와 연락하는 법을 알고 계시니까."

라파엘은 그가 나간 후 문을 닫았다. 그로부터 5초 정도 정적이 흐른 뒤, 산토스가 당장 대답을 구하기라도 할 듯이 문을 벌컥 열고 들어왔다.

"한마디도 하지 마." 알렉스가 말했다. "가자."

세 사람은 알렉산드로 일행이 탄 쉐보레 서버번 차량 세 대가 거리를 따라서 고속도로 쪽으로 빠져나가는 모습을 확인하기 위해서 곧바로 팜 트리의 비상구를 나섰다. 알렉스 일행은 아무 말 없이 걸음을 옮기더니 벤의 자동차에 타고 문을 닫은 후에도 입을 열지 않았다. 알렉스가 제일 먼저 정적을 깼다.

"저자는 누구지?"

"알렉산드로 익스토." 카탈리나가 대답했다.

"대체 뭐 하는 놈인데?"

"카르텔에서 해안가 쪽을 담당하는 사람이야. 칸쿤부터 벨리즈까지 전부."

"이번 임무를 의뢰한 사람이 그분이라는 말을 진짜 믿는 거야?"

카탈리나가 고개를 끄덕였다.

"우리가 하게 될 일이 얼마나 위험한지 전혀 모르는구나."

"그걸 어떻게 알겠어? 아무도 모르지. 산토스도 모를 거야. 그 사람들은 자신들이 누군지, 어디에 있는지, 무엇을 하는지 아무에게도 알리고 싶지 않을 거야. 아마 알렉스 너보다 훨씬 더 편집증이 심한 사람들일 거야."

"그런데 라스베이거스 사건에 대해서는 어떻게 안 걸까?"

"그쪽 애들 카드 게임을 하는 데 갔다가 물건 몇 개를 배달해 달라고 했었거든." 벤이 대답했다. "아마 물건을 보고 눈치챈 모양이야."

알렉스가 조소를 내뱉었다. "그라프에서 훔친 물건을 보고 우리가 누군지 눈치챘다는 소리야? 자기들이 무슨 보석 감정 협회 직원이라도 된다는 거야?"

"그것 말고 다른 가능성이 있다면 한번 설명해 봐. 들을 준비돼 있으니까." 벤이 대꾸했다.

"마이애미 사건은 또 어떻고? 그 세 사람이 우리라는 걸 어떻게 안 거야?"

"마이애미 건이야말로 훔쳐온 물건이 한두 개가 아니었잖아." 벤이 대답했다. "누가 말을 흘린 건지는 확실히 모르지만, 짐작이 가는 사람은 있어."

"전혀 걱정되는 목소리가 아닌데." 알렉스가 말했다.

"무슨 소리, 당연히 걱정되지. 이번 건에 대해서는 모든 게 걱정이야. 물론 돈만 제외하면."

"맞는 말이야."

"그 정도면 정말로 큰 액수잖아."

"큰 액수 정도가 아니지." 카탈리나가 거들고 나섰다. "알렉스, 정말 빠질 거야? 이번 건 먼저 해결하자. 네가 구운 케이크인데 마지막 장식은 제대로 해야 하잖아."

"그렇게 말하니까 더 걱정되네." 알렉스가 말했다.

"내가 진짜 걱정되는 게 뭔지 알아? 넌 이번 건을 거절해서는 안 돼. 나랑 벤은 멕시코에 산다는 거, 잊지 마."

"난 명령 따위는 받지 않아. 아니, 우리는 그래야 해. 잊었어? 카르텔은 물론이고 그 누구에게서도 말이야. 난 괜히 위험을 자초하고 싶지 않고, 너희들의 바닷가 보금자리도 지켜주고 싶어."

"그런데 경찰서에 신고 전화를 한 건 뉴스에 안 나왔잖아." 벤이 말했다. "언론에 한 번도 거론되지 않았어. 신문은 물론이고 뉴스에서도 말이야. 기사 회견에서도 전혀 언급되지 않았던 건데. 대체 그걸 어떻게 알고 있는 걸까?"

카탈리나가 진저리가 난다는 듯 웃음을 터트렸다. "이봐, 전직 라스베이거스 경관님, 라스베이거스에는 부패한 경찰이 없는 줄 알아? 순진하기는. 알렉스, 지금 어디다 문자 보내는 거야?"

"내 질문에 대답해 줄 수 있는 사람한테."

"마리셀?" 벤이 되물었다.

알렉스가 끄덕였다.

"은퇴했잖아."

"맞아. 그래도 여기서 무슨 일이 벌어지고 있는지 설명해 줄 수 있을 거야."

"그게 마지막 방법인 것 같은데." 벤이 말했다.

"그냥 물어보는 거야."

벤은 어깨를 으쓱하더니 엔진에 시동을 걸었다.

톰은 집 뒤 해변에 있는 기다란 의자에 도착했다. 적막한 공기, 시커먼 바닷물이 넘실대는 수평선 너머 보이는 하늘은 핑크빛 줄무늬가 그려진 새파란 하늘색으로 빛났다. 바람결에 실려 오기라도 한 것처럼, 갑자기 어젯밤에 봤던 장면들이 머릿속에 차례대로 펼쳐졌다. 커다란 침실에 둘러앉아 마사지하던 사람들, 무대에서 봤던 사람들의 얼굴들이 슬라이드쇼처럼 지나갔고, 그중에서 가장 선명한 이미지는 바로 파올라와 리듬을 맞추지 못하던 자신의 엉덩이를 양손으로 붙잡고서 함께 몸을 흔들며 웃어대던 그녀의 모습이었다. 파올라와 키스를 했던가? 그건 확실히 기억나지 않았다. 바로 그때 파올라가 해안 쪽으로 난 길을 따라서 그를 향해 걸어오면서 큰 소리로 이름을 불렀다.

"파올라! 이쪽이야."

파올라는 초록색 껍질의 한쪽 끝부분을 도려낸 긴 원형의 코코넛 두 개를 들고 있었다.

"한참 찾았잖아. 이거 마셔." 파올라가 말했다.

달큼하고 시원한 코코넛 즙에서 피를 맛본 후에 느껴지는 비릿한 쇠 맛이 느껴졌다.

"맙소사." 톰이 콜록거리며 말했다. "딱 필요하던 건데."

"나도 알아. 누워 봐, 마리카. 옆으로 좀 당겨봐."

파올라는 그의 가슴에 머리를 대고 긴 의자에 몸을 눕혔다. 긴 머리카락 몇 가닥이 톰의 입가로 흘러내렸고 그녀의 목에 걸려 있던 달 모양의 금목걸이가 그의 갈비뼈 사이로 드리웠다. 하지만 그녀의 몸은 따뜻하고 부드러웠고 그런 푸근한 감정의 이점을 재빨리 분석해 본 톰은 이대로 움직이지 않고 가만히 있고 싶은 기분이 들었다. 미처 생각나지 않던 어젯밤 기억들이 다시금 되살아났다. 공터에서 벌컥벌컥 마셨던 테킬라, 그리고 바닷가에 뛰어들어 수영했던 것까지. 톰은 주머니를 더듬거렸다. 두 번째 알약이 들어 있던 성냥갑이 사라져버렸다.

"그거 나랑 반씩 나눠 먹었잖아. 기억 안 나?" 파올라가 말했다.

"기억 안 나지만 고맙다는 말은 필요 없어. 나도 재미있었어."

"과거형이네? 진짜 재미있는 건 이제부터 시작이야. 더워지기 전에 일단 눈부터 붙이자."

새벽 동이 트기 직전에 다시 파티장에 나타난 라파엘이 해안가 도로를 따라서 두 사람이 있는 쪽으로 성큼성큼 다가왔다. 그는 의자 옆으로 지나가면서 톰의 어깨를 찰싹 때렸다.

"이리 와서 좀 도와줘." 그가 말했다.

열댓 명의 어부들이 배를 띄우고 그물을 끌기 위해서 물가에 나와 있었다. 톰과 라파엘은 모래 위에 밤새 뒤집힌 채 놓여 있던 소형 보트를 바로 세웠다. 칼이 선외 모터를 선미에 고정하고 나서, 세 사람은 힘을 모아 소형 보트들을 수심이 얕은 쪽으로 밀어냈다. 어부들은 즉시 소형 보트 위에 올라타더니 물살을 가르며 바다로 나갔고, 환한 빛 아래로 위풍당당한 몸뚱이가 드러났다. 칼은 물살을 헤치며 걷다가, 그물을 잡아당기는 것을 돕기 위해서 철벅거리면서 뒤를 따라가던 톰을 큰 소리로 불렀다. 두 사람은 그물을 끌고 물가로 걸어 나왔고, 어부들은 펄떡이는 고기들을 나름대로 선별하기 시작했다. 그리고 조그만 고기는 하얀 파도가 이는 물가로 던지고 덩치가 큰 놈들은 해안가 멀리 집어던졌고, 고기들은 눈과 비늘을 새하얀 가루처럼 펼쳐진 백사장 사이로 들이밀면서 쉴 새 없이 온몸을 펄떡이고 있었다. 물가로 나갔던 소형 보트들이 다시 돌아오자, 어부들은 머리 위로 갈매기들이 원을 그리며 유유히 날아다니는 사이에 잡은 물고기의 내장을 빼고 뼈를 발랐다. 톰은 무거운 다리를 이끌고 바닷가로 돌아와서 백사장 위에 누운 파올라 옆에 쓰러지듯 누웠다.

"잘했어. 보기만큼 약골은 아니네." 파올라가 말했다.

"이제 한숨 자야겠어."

"그렇게 해."

"남자친구가 피곤했나 봐." 라파엘이 두 사람 쪽으로 다가오며 이렇게 말했다.

"남자친구 아니거든, 아저씨. 실수로 봐줄게."

"나랑 같이 심부름하러 갈 데가 있어. 친구." 라파엘이 톰에게 말했다. "잠은 조금 이따가 자."

지저귀는 새소리에 다이앤이 잠에서 깼다. 알렉스가 침대에 있는 것을 느낀 그녀는 눈도 제대로 뜨지 못한 상태로 뒤에 벗어두었던 면 니트를 주섬주섬 꺼내서 맨살 위에 걸쳤다. 알렉스는 어제 입었던 카키색 바지에 검은 티셔츠 차림으로 머리 뒤에 양손을 고인 채로 멍하니 천장을 바라보고 있었다.

"일어났어요? 좋은 아침." 알렉스가 말했다.

"몇 시예요?"

"모르겠어요. 이른 시간인데."

"지금 왔어요?"

"온 지 꽤 됐어요. 잠깐 산책하고 왔어요."

"해변으로요?"

알렉스가 끄덕였다.

"산책 한 번 더 할래요?"

다이앤은 수영복 위에 검은색 살롱을 걸친 채 싱크대 가득 쌓인 설거지 더미를 지나서 알렉스를 따라나섰다. 두 사람은 발걸음을 죽이고 뒤뜰을 지나서 백사장으로 향했다. 낮게 드리운 태양에서 비추는 햇살은 뿌연 연무에 가려 또렷하게 보이지는 않았지만 어쩐 일인지 정오의 뜨거운 햇살보다 더욱 강렬한 기운을 뿜어내고 있었다. 해변도 서서히 살아나고 있었다. 인부들은 물가에서 갈퀴로 가득 쌓인 해초들을 긁어내고 있었고, 조깅에 나선 이들이 해변에 나타났다가 다시 사라졌다. 90미터가량 앞쪽에는 호텔과 바다 사이에 야자수 잎으로 엮은 지붕 아래, 사방으로 벽처럼 속이 훤히 비치는 얇은 천으로 가려진 낮은 간이침대가 놓여 있었다. 침대 위에는 꼬물거리는 꼬마 아이를 옆에 눕힌 채로 잠든 여자가 보였다. 아이의 두 발은 당장이라도 박차고 바다로 나갈 것처럼 엄마의 허벅지에 가지런히 놓여 있었다. 아이의 엄마는 아들의 갈비뼈, 그리고 폐와 가슴 위쪽으로 한 손을 가지런히 대고 있었다.

"저래도 될 정도로 안전한 곳이에요?" 다이앤이 물었다.

"아니요. 그렇지는 않아요." 알렉스가 대답했다.

"애들한테도 주의를 시켜야겠네요."

"어제 몇 시에 돌아왔는데요?"

"아직 안 왔어요. 그러고 보니 아침에 애들이 집에 있는지 확인해 본 사람은 나뿐인 것 같네요."

"맙소사. 혹시 애들한테 연락 왔어요?" 알렉스가 물었다.

"걱정 말아요. 새벽 4시쯤 톰한테 문자 왔었어요. 시내 어디 파티가 있어서 거기 갔다고. '밤을 새울 것 같다'고 하더군요."

"아무 일 없는 거죠?"

"그럼요. 우리 아들은 그동안 온갖 문제를 일으키고 해결한 경험이 있는 애거든요."

"그게 무슨 뜻이죠?"

"믿기지 않겠지만, 고등학교 때는 마약을 판매한 게 걸려서 경찰서에 잡혀간 적도 있었어요. 내 말 어떻게 들릴지 모르지만, 아무래도 아버지 혈통을 그대로 타고난 모양이에요. 어찌 보면 나로서는 타고난 천성과 후천적 양육의 문제를 겪은 셈이죠."

"놀랄 일이군요. 그러니까 마약을 팔았다는 게 말이에요."

"돌이켜 생각해 보면, 애초에 톰을 최고급 기숙학교에 보낸 것 자체부터가 실수였던 것 같아요. 다른 애들을 따라가려고 무던히 노력했겠죠. 어제 일은 어떻게 됐는지 솔직히 얘기해 줄 건가요?"

"잘 만나고 왔어요."

"자세히 얘기해 봐요."

"어떤 사람이 의뢰를 해왔어요. 난 거절했고. 거절하는 중이에요."

"무슨 일인데요?"

"하기 싫은 종류의 일이에요."

"뭔데요?"

"사람을 찾아서 배달하는 거죠."

"그런 걸 납치라고 하는 거예요. 그래서 하지 않기로 했어요?"

"네. 안 해요."

"지금까지 한 적도 없었고요?"

"네."

"그래서 그 일을 하면 보수는 얼마나 준대요?"

"6백만 달러, 비용 포함해서요."

"얼마요? 페소로요?"

"아뇨. 달러로. 솔직히 그 정도 액수면 최고가 수준이에요."

"6백만 달러요? 맙소사, 내가 직업 선택을 잘 못 했네요."

"마찬가지예요. 또 궁금한 거 없어요?"

"있어요. 잠깐만 이렇게 같이 앉아 있어요. 그냥 무슨 일이 있었는지 자세히 듣고 싶어요."

"방금 말했잖아요."

"어제 새벽 일 말고요. 그 사람한테 무슨 일이 있었는지, 클레이한테요."

알렉스는 주먹으로 하얀 모래를 한 움큼 쥐고 다른 손가락 사이로 천천히 흘려보냈다. "그리 듣기 편한 이야기는 아닐 거예요."

"이제 나도 성숙한 여자라고요. 만약 얘기하기 거북하면, 하지 않아도 돼요. 하지만 내 마음이 다칠까 봐 걱정돼서 그런 거라면, 그냥 얘기해 줘요. 지금까지 20년이 넘게, 온갖 흉악한 이야기를 상상하면서 살았는걸요. 진실이 뭐든 간에 나한테는 위안이 될 거예요."

"클레이가 무슨 일을 했는지는 알죠? 우리가 그 당시 어떤 일을 했는지."

"사실, 자세히는 몰라요."

"80년대 초반에 파산경매에 나온 오션 카운티 공항을 사들인 작자들이 있었어요. 의사랑 변호사들 같은 평범한 부자 무리였고, 부동산으로 한몫 챙기려고 했던 거죠. 처음 계획은 활주로를 분할에서 골프 코스와 컨트리클럽으로 개발을 하려고 했던 모양이에요. 그런데 그 무리 중에서 콜롬비아에 가족을 두고 마이애미에 사는 친구가 하나 있었어요. 그 친구라는 작자가 공항을 헐값에 샀다는 소식을 듣고, 부동산 가치가 어느 정도 오를 때까지 기다리는 동안 그 공항을 통해서 코카인을 반입하면 되겠다는 기발한 아이디어를 내놓은 거죠. 어차피 공항을 사들인 부자 놈들은 경찰들과 연줄이 있었고, 내가 아는 지역구 정치인까지 모조리 지인이라 꽤 가까운 사이였거든요. 그래서 다 함께 모여 앉아서 작당 모의를 시작하게 되었어요. 일단 공약부터가 그럴싸했어요. 오션 카운티 공항으로 마약을 들여오되, 절대로 거리로 퍼지지 않도록 할 것이고 단 한 건의 범죄도 일으키지 않을 것이며, 삶의 청결 즉 위생적인 면에서도 한치의 문제가 없도록 하겠다. 그러니까 여러분은 그냥 현명하게 의자에 앉아 고개를 돌리고 있으면서 돈이나 두둑이 챙겨라. 80년대가 어땠는지 기억할 거예요. 온갖 요구들이 터져 나오던 시기였잖아요."

"그런데 어쩌다가 클레이랑 그 일에 휘말리게 된 거죠?"

"처음 만났던 날, 클레이 눈이 시커멓게 멍들었던 거 기억해요? 어쩌다가 다쳤는지 얘기하던가요?"

"쇳덩이랑 의견 충돌이 있었다고 했던가, 아무튼 그랬어요."

알렉스가 큰 웃음을 터트렸다. "클레이다운 대답이네요. 술집에서 당신과 우연히 만나기 이틀 전인가, 트럼프 플라자 호텔 객실을 털겠다고 클레이와 함께 찾아갔었어요. 그 객실에 머물던 부부가 굉장히 화려한 보석을 많이 가지고 있었거든요. 그래서 클레이의 그 멍청한 전 여자친구에게 부부가 외출하면 문을 노크해 보고 진짜 나갔는지 확인을 해보라고 했어요. 부부는 손발이 묶인 채로 재갈이 물린 상태라, 당연히 노크 소리에 대답할 수가 없었겠죠. 우리보다 먼저 총을 들고 부부를 찾아간 놈들이 두 명이 있었거든요. 클레이도 총이 있었지만, 우리가 어찌할 바를 모르고 허둥대는 걸 놈들이 눈치채는 데는 10초도 걸리지 않았어요. 결국, 놈들이 우리를 덮쳤고. 우리도 맞서 싸웠죠. 그때 일이 그렇게 풀리지 않았어야 했는데. 어쩌다 보니 일이 그렇게 흘러가 버린 거죠."

"어쩌다 보니 그렇게 되다니요?"

"클레이는 총을 다루는 데는 젬병이었지만, 맨주먹으로 싸우는 데는 도가 튼 친구였거든요. 당시만 해도 우리는 매일 싸우는 법을 익히고 스파링을 하면서 시간을 보냈으니까. 그런데 예기치 못하게 싸움이 터지자, 평소 갈고닦았던 실력이 비로소 진가를 발휘하게 됐어요. 나중에 알게 된 바로는 우리가 구한 그 부부가 마약 수입 비즈니스에 가담한 장본인들이었고, 마약 밀매 지점으로 제안을 받은 공항의 상태를 직접 확인하기 위해서 멕시코에서 찾아온 사람들이었어요. 그런데 그 부인이 우리에게 일자리를 주겠다고 제안하더군요."

"자기 보석을 훔쳐가려던 사람한테요? 무슨 일이었는데요?"

"운전요. 물건을 배달하는 거였어요. 하루 두 번 마약을 실은 비행기가 착륙할 예정이었죠. 마약 운반 통로가 활짝 열린 셈이니까."

"그러니까 내가 당신을 만난 직후부터, 이 일을 시작하게 된 거라는 뜻이군요."

알렉스가 고개를 끄덕였다. "그 더럽고 좁은 비행기 격납고에서 함께 일을 했어요. 비행기가 도착하면, 짐을 풀고 다시 이륙하는 식이었죠. 클레이와 나는 뉴욕, 필라델피아. 애틀랜틱 시티, 심지어 보스턴까지 차를 끌고 마약을 배달했어요. 그러다가 어느 날 오후에는 일이 생겨서 클레이 혼자 배달을 하게 됐어요. 우리 어머니가 치료차 병원에 가게 되셨거든요. 그래서 짐을 옮기는 걸 도와드리러 가야 했고. 우리는 연락책을 통해서 그 소식을 전했어요. 그랬더니 그쪽에서 하는 말이 클레이 혼자서 배달을 맡으라고 하더군요." 알렉스는 스포츠 브래지어에 요가 바지를 입은 여자 둘이 빠른 속도로 눈앞을 스쳐

가는 동안 잠시 말을 멈추었다. "결과는 실패로 돌아갔죠. 그때 누가 전화가 와서 클레이가 어디 있냐고, 약속 장소에 도착하지 않았다고 하더군요. 곧바로 엄마 차를 끌고 고속도로를 탔죠. 그런데 차가 막혀서 몇 킬로를 꼼짝도 못 하고 도로에 갇혀 있었어요. 급한 마음에 갓길로 달리다가 경찰이 쳐놓은 벽을 치고 말았죠. 클레이가 탄 차는 95번 고속도로 근처 나무 아래 있었어요. 어떤 놈인지 클레이를 따라가서 총으로 쏴버린 거예요. 물론 마약도 전부 챙겨 가고."

다이앤은 무릎을 가슴 쪽으로 바짝 끌어당겼다. "클레이가 혼자 있다는 걸 아는 사람이 누구였는데요?"

"우리한테 일을 맡긴 윗사람들 말고는 아무도 몰랐어요. 물론 그렇다고 그 말이 새어나가지 않았다고 보장할 수는 없겠죠."

"그 사람들이 대체 누군데요?"

"우리가 처음 도둑질을 하려고 찾아갔던 부부였어요."

"그 사람들이 범인 아닐까요?"

"그 물건은 어차피 그 사람들 거였어요. 클레이와 나는 그 부부에게 엄청난 돈을 벌어다 주었고. 게다가 자기들 목숨을 구해준 것도 어찌 보면 우리 둘이잖아요."

"그러고 나서 어떻게 됐죠?"

"혹시 일이 틀어졌을 때, 뉴욕에 있는 변호사 사무실로 연락을 하기로 약속이 돼 있었어요. 전화했더니 멕시코로 가는 비행기를 알아봐 주더군요. 그래서 마리셀의 집에서 몇 주 동안 숨어 있었어요."

"마리셀이 누군데요?"

"그 부인이요. 멕시코 카르텔에서 마약 쪽을 완전히 장악하기 전까지는, 마리셀과 그 남편이 콜롬비아에서 미국으로 마약을 운반하는 일을 했거든요. 그 남편은 이제 고인이 됐지만, 마리셀과 나는 여전히 친하게 지내고 있어요."

"지금 하는 일도 그 마리셀이라는 여자가 소개해 준 건가요?"

"그런 셈이죠. 내가 그 집에서 지낼 때, 마리셀 남편이 집에서 파티를 열었어요. 본래 집에서 파티를 자주 하는 편이었는데, 남편의 생일 파티라 특별히 볼거리가 많았어요. 백구 호랑이 새끼가 페르시아산 카펫 위에다가 오줌을 싸지르고, 코카인이 사방에 널려 있고, 거실에서는 진탕 먹고 마시고 뒹구는 사람들이 즐비하고. 그렇게 며칠 동안 광란의 파티가 있었어요. 그러던 중에 내가 일자리를 잃었다는 이야기가 나오게 됐고. 그랬더니 벤이라는 사람에게 연락을 해보라고 누군가 말하더군요. 전직 라스베이거스 경찰인데 함께 일할 친구를 찾고 있다고. 처음 그 제안을 했을 때는 다들 농담하지 말라면서 웃고 말았어요. 나중에 그 사람에게 가서 진짜로 일해보고 싶다고 말을 했죠. 그때만 해도 난 겁에 질린 쓰레기였으니까. 그 일 말고 다른 일을 찾아볼 엄두조차 내지 못했어요."

"혹시 변명이랑 이유의 차이점이 뭔지는 정확히 알고 있나요?"

"그때가 내 인생에서 가장 빛나던 시절이라는 뜻은 아니에요."

"그래서 그 마리셀이라는 여자와 아직도 친하게 지낸다는 거죠?"

"오늘 같이 점심을 먹기로 했어요."

"무슨 이유로요?"

"이번 일을 더 부드럽게 거절하기 위해서죠. 아무래도 의뢰인과 잘 아는 사이일 것 같아서. 내가 철부지이던 시절부터 나를 많이 도와준 사람이기도 하니까."

"그 사람도 클레이를 알겠네요?"

“함께 일하자고 한 사람이잖아요. 그렇다고 해서 클레이를 잘 안다고 할 수는 없겠지만.”

“어쨌거나 클레이를 만났던 건 사실이잖아요.”

“한 번요.”

“클레이를 아는 사람들이 나 말고도 또 있다는 게 왠지 이상하게 느껴져요. 물론 내 친구나 가족들은 아무도 모르지만. 만약 톰이 없었다면, 클레이가 이 세상에 존재했다는 사실조차 의심하게 됐을 것 같아요.”

“클레이가 죽고 나서 그의 가족들을 찾아볼 생각은 안 해 봤어요?”

“처음 클레이 소식을 듣고 나서, 그 후로 몇 년 동안은 악몽 같은 시간을 보내야 했어요. 마음 한쪽에서는 나만 총알을 피해 빠져나온 것 같은 기분이 들었거든요. 그래서 내 인생은 물론이고 내 아이에게는 그런 끔찍한 기억이 닿지 않기를 바랐어요. 물론 빈털터리 신세이기는 했지만, 클레이가 남긴 돈을 받는다는 건 정말 죽기보다 싫었죠.”

“그랬겠네요. 충분히 이해해요.” 알렉스가 말했다.

“당신도 예전에는 이해하지 못했겠죠. 하지만 지금은 이해할 수 있게 된 거고, 맞죠?” 다이앤이 되물었다.

물통과 얼음 봉투, 차가운 맥주 그리고 발전기를 가동할 연료를 가지고 돌아온 톰과 라파엘은 영웅 대접에 가까운 환대를 받았다. 주방에서는 이탈리아인 무리가 환각성 물질이 든 마법의 버섯을 도로 아래 있는 음료수 매장에서 사 온 망고 주스에 갈아 넣고 있었다. 몇 시간 사이 발길이 뜸해졌지만, 파티장에는 사람들이 가득했고 무대에는 이제 막 도착한 낯선 얼굴들과 선글라스를 쓰고 잔뜩 신경이 곤두선 사람들 그리고 다양한 수준으로 헐벗은 사람들로 발 디딜 틈이 없었다. 후안 마누엘은 동이 튼 후로 집 뒤로 가 있었고, 톰은 집을 벗어나 눈부신 햇살 사이로 나서기 전 그와 하이파이브로 작별 인사를 대신했다. 어부 둘도 파티에 동참해, 한 사람은 기타를 들고 라틴풍의 컨트리 음악 란체라를 연주하고 다른 어부는 공터에 피운 조그만 모닥불 위에서 만세기를 굽기 시작했다. 샛노란 비키니에 조종사 스타일의 선글라스를 쓴 파올라는 해먹 의자에 누워서 톰에게 어서 오라고 소리쳤다. 톰이 그녀의 어깨에 팔을 두르자, 파올라는 그의 겨드랑이 쪽으로 코를 가져다 댔다.

"나만큼 냄새가 지독하네."

"비슷비슷해. 아주 심하지는 않고." 톰이 대답했다.

라파엘이 술잔과 자른 라임이 든 쟁반을 들고 집에서 나왔다. 톰은 당연히 테킬라인 줄 알고 쓰고 있던 선글라스를 벗어서 귀 뒤로 걸쳤다. 그리고 술잔에 담긴 것이 테킬라가 아니라 물에 녹인 엑스터시라는 것을 알아챈 순간, 온 얼굴의 근육이 오그라들고 말았다.

"하나님 맙소사. 진짜야? 또?" 톰이 말했다.

"그럼 뭔 줄 알았어?" 파올라가 물었다.

"술잔에 든 거? 당연히 테킬라인 줄 알았지."

"쟤 조심해야겠다." 라파엘이 파올라에게 말했다.

"내가 걱정되는 건 톰이 아니야." 파올라가 말했다.

라파엘의 보일락 말락 한 미소를 보자, 톰은 심장이 쫄깃해지는 기분이었다. 그 기분은 서서히 사라지고 씁쓸한 뒷맛만 남았다. 톰은 두 눈을 감고 메들리처럼 들려오는 새소리와 테크노 음악, 그리고 온갖 언어들로 뒤섞인 대화들이 자신을 쓸고 지나가는 것을 느꼈다. 그리고 파올라가 귓가에 대고 뭐라고 속삭이는 통에 잠에서 깼다.

"톰, 일어나. 마리카. 수영하러 가자."

톰은 눈을 뜨고 나서야, 왜 파올라가 그렇게 서둘러서 깨웠는지 이해할 수 있었다. 태양은 바로 머리 위에 있는 것처럼 뜨겁게 내리쬈고, 눈에 보이는 모든 것들이 불길에 활활 타오르는 것처럼 이글거리는 통에 마치 스파크가 튀어오르는 것처럼 보일 정도였다. 순간 약 기운이 올라오면서 자유롭게 낙하할 힘이 솟았다. 톰과 파올라는 자리에서 일어나 비틀거리면서 해안가 도로를 따라서 걸었고, 백사장을 가로질러 물가 근처로 가서 멈춰 섰다. 톰은 사각팬티를 벗고 파올라를 따라서 수심이 얕은 쪽으로 들어갔다. 차가운 물에 닿자 온몸의 감각이 다시금 되살아났다. 얼굴과 어깨 위에 와 닿는 후끈한 공기는 마치 뜨거운 욕조에 들어간 듯했지만 하체에 닿은 바닷물은 한줄기 시원한 바람처럼 느껴졌다. 파올라는 물속으로 몸을 던졌다가 바닷물에 흠뻑 젖은 머리카락을 뒤로 넘기며 톰의 앞에 모습을 드러냈다. 반짝이는 바닷물은 마치 깨진 유리처럼 눈부시게 빛났고 그녀의 얼굴은 마치 언젠가 들었던 낮은 콧노래처럼 강렬한 광채를 뿜어냈다.

"라파엘은 어디서 그런 걸 구했대?" 톰이 물었다.

"미리 귀띔해 주려고 했는데, 아무튼 라파엘은 조심해."

톰이 그 이유를 묻기도 전에 파올라는 다시 물속으로 다이빙을 하더니 옆으로 빙 돌아서 그의 다리 사이로 유유히 빠져나갔다. 그녀는 톰이 알지 못하는 많은 것들을 알고 있다는 걸 감지할 수 있었다.

"라파엘이 어떤 애인데?" 톰은 파올라가 다시 물 밖으로 나오자 이렇게 물었다. "나한테 꽤 잘해주던데."

"그야 네가 약에 취했으니까 그렇지."

"엄청나게 취해버렸지."

"기분 좋지, 안 그래?"

"응. 어쨌거나 만나서 반가워."

"우리가 어제 만난 사이라는 게 너무 웃기다."

"우리 부모님은 지난달에 만난 사이고."

"그전에도 만난 적 있어." 파올라가 말했다.

"그게 무슨 소리야?"

"아니야, 신경 쓰지 마. 혹시 엄마가 좋아하는 남자 타입이 있어?"

"예전에 만났던 사람들? 대부분 별로였어."

"예전에도 그렇고 지금도 그렇고."

톰이 웃었다. "사실 알렉스는 꽤 괜찮은 사람 같던데. 아빠랑 안 친한가 봐?"

"아니, 잘 지내는 편이야."

"하지만 썩 친해 보이지 않던데."

"어떤 면으로는 친하지. 서로를 이해하니까. 하지만 내가 어릴 적에 옆에서 오랜 시간 지켜봐 주지는 않으셨어."

"왜?"

"엄마가 아빠가 오는 걸 싫어했거든. 얘기하자면 길어. 넌 아빠랑 친했어?"

"아빠가 누군지도 몰라."

"전혀?"

"엄마랑 아빠랑 같이 산 적이 없었거든. 내가 태어나기 전에 돌아가셨어. 자동차 사고로. 그래서 한 번도 본 적이 없어. 사진조차도."

"어떤 분이었는지 엄마한테 들은 적 있어?"

"아빠 얘기는 한번도 한 적이 없어. 어린 나이에도 엄마가 그런 얘기를 꺼린다는 게 느껴질 정도였으니까. 두 사람은 식당에서 우연히 만나서 원나잇을 했대. 그런데 아들에게 무슨 말을 할 수 있겠어? 밤에 코를 골더라? 팁을 후하게 주더라?"

"아빠가 궁금하지는 않아?"

"별로."

"나한테 거짓말하는 거야, 아니면 자신에게 거짓말을 하는 거야?"

톰이 크게 웃었다. "이제 내 마음마저 읽으려는 거야?"

"얼굴에 쓰여 있어. 약에 취해서 아빠에 대해서 더 알고 싶은 마음이 있지만, 도저히 인정하지 못하겠다고. 만약 내 앞에서 그렇다고 말하기가 싫은 거라면, 그 정도는 이해해. 만난 지 얼마 안 됐으니까. 하지만 자신을 속일 필요는 없잖아."

"좋아." 톰이 말했다. "나도 인정해. 물론 알고 모르고는 큰 문제 아니라고 생각하지만."

"그건 네 말이 백 퍼센트 맞아. 그런다고 해서 달라지는 건 없겠지. 어느 순간에는 내가 어떤 사람이 되고 싶은지는 부모가 어떤 사람인지와는 전혀 상관없다는 걸 알게 될 테니까. 과거형이라고 해도 마찬가지고. 그리고 어떤 사람인지 알고 모르고는 전혀 도움이 안 돼, 그건 내 말을 믿어도 돼. 아. 더 물속에 못 있겠다. 나 좀 업어줄래?"

"물론이지."

파올라가 자신의 팔과 목에 찰싹 달라붙어서 발꿈치를 허벅지 위로 가져다 대자, 신선한 신경 화학적 작용이 퍼지면서 눈앞이 흐릿해졌고 톰은 짜릿함을 느끼며 온몸에 전율을 느꼈다.

"춥니?" 파올라가 물었다.

"춥냐고? 아니."

"아. 알겠다." 그녀가 대꾸했다. "아까는 거짓말했는데, 사실 네 살 냄새가 좋아."

톰 역시도 레드 와인과 비릿한 쇠 냄새가 뒤섞인 듯한 지금 파올라의 살 냄새가 좋았다. 고등학교 때 그가 사귀던 여자친구가 언젠가 그런 말을 한 적이 있었다. 다른 사람의 살 냄새가 좋아진다는 건 심오한 생물학적 호환이 가능하다는 걸 알려주는 거라고. 하지만 톰은 이런 사실을 혼자만 간직하기로 마음먹었다. 두 사람은 한 몸이 되어서 물속을 휘저으며 나아갔고, 까칠한 모래가 발바닥을 쓸어내리는 순간 시간 감각이 완전히 사라지는 기분이었다. 이제 태양이 보일러처럼 후끈거리며 타오르기 시작했다. 파올라는 톰의 등에서 내려오기 전, 이렇게 속삭였다. "너 때문에 온몸이 녹아내리는 것 같아."

"뭐라고?"

하지만 파올라는 다시 물속으로 뛰어들더니 해변 쪽으로 헤엄을 치기 시작했다. 백사장에 도착한 톰은 바닥에 벗어두었던 바지를 탈탈 털고 휴대전화를 확인했다. 엄마로부터 부재중 전화 세 통과 문자 메시지가 도착해 있었다.

"빨리 가자." 파올라는 머리를 비틀어 바닷물을 짜내면서 말했다. "레코드판을 챙기러 가야 해. 거기서 또다시 공연할 수는 없잖아. 두 분은 아쿠말에 돌아오셨대?"

톰이 끄덕였다.

"일단 차부터 타야겠네. 이쪽이야."

두 사람은 칼의 이웃집 뜰을 가로지르며 걸음을 옮겼고 오고 가는 차선 모두 텅텅 비어 있는 차도에 도착했다.

"어쩌지?" 톰이 물었다.

"인내심을 가져, 마리카." 파올라가 말했다. "믿음이 있어야지."

"그런데 '마리카'가 무슨 뜻이야?"

파올라는 큰 소리로 웃으면서 한 손으로 그의 머리카락을 쓸어넘겼다. "겁쟁이라는 뜻이야. 더 정확히는 '게이'라는 의미인데 진짜 그렇다기보다 귀엽게 표현한 거야."

21

북쪽으로 향하는 307번 고속도로는 3차선으로 된 주차장을 방불케 했다. 신문팔이와 창문닦이, 그리고 튀긴 돼지껍데기 치카론(chicharrones)을 봉투에 담아서 꼬리에 꼬리를 물고 이어지는 차량의 미로 속을 누비고 다니는 꼬마들의 몸뚱이는 후끈하게 피어오르는 열기와 배기가스 사이로 흐릿하게 반짝거렸다. '두려워 말라'라고 적힌 셔츠를 입은 뚱뚱한 사내가 알렉스가 탄 자동차 앞 유리에 세정액을 뿌리자, 그는 단호히 손을 저어 보였다. 알렉스는 초조하고 불안한 모습이었다. 마리셀은 기다리는 걸 좋아하는 편이 아니었다.

마리셀이 사는 지중해풍 맨션은 자그마치 4천 평에 달하는 외딴 해안가에 자리 잡고 있었고 양옆으로는 5성급 리조트와 좌초된 유조선처럼 보이는 바위지대가 펼쳐져 있었다. 마리셀과 남편은 한때 그 리조트에 있는 레스토랑의 단골이었는데, 어느 날 저녁 식사를 마치고 경호원들의 호위를 받으며 해변으로 산책하러 나갔다가 그곳 풍경에 완전히 매료되고 말았다. 마리셀이 마음속에 그렸던 그림은 리조트 소유의 바닷가와 국가로부터 보호를 받는 정글까지 포함되는 공간이었다. 당시 리조트의 부지를 담당하던 부사장은 마리셀이 호텔 땅을 사고 싶다고 말했을 때, 어이없는 웃음을 터트렸다. 그로부터 6개월 후, 마리셀이 고용한 건축 담당자들이 맨션 착공에 들어갔다.

마리셀의 남편은 맨션이 완성되는 모습을 볼 수 없었다. 로베르토 산도발은 둘째가라면 서러운 사교성에다가 참을성이라고는 없는 성격이었고 커피와 디저트, 그리고 마지막 한 잔에다가 차를 타고 가면서 마실 음료까지 들지 않고서는 레스토랑에서 나서지 못하는 인물이었다. 그가 71세의 나이에 세상을 떠났을 때, 타블로이드지에서는 70~80년대 코카인이라는 선풍적인 마약의 인기를 몰고 온 장본인이 대장암으로 세상을 떠났다는 건 지극히 부자연스러운 사인이 아닐 수 없다고 농담조로 기사를 썼을 정도였다. 로베르토는 엄청난 부를 누리다가 세상을 떠났다.

멕시코 남서부 연안의 항구인 아카풀코(Acapulco)에 있는 비좁은 술집에서 처음 마리셀을 만났을 당시, 로베르토는 멀쑥하고 잘생긴 스물한 살의 청년이었다. 알렉스는 두 사람이 처음 만났을 때의 이야기를 마리셀로부터 한 번 듣고 이후 로베르토로부터 또다시 전해 들을 수 있었다. 마리셀이 애타게 바텐더를 부르려고 애를 쓰고 있었는데 언제나 주위의 관심을 한몸에 받았던 로베르토가 그녀 자리로 샴페인 한 잔을 보냈다는 것이다. 누가 술을 보낸 건지 확인한 마리셀은 광이 나는 승마용 부츠에 하얀 청바지, 그리고 요란한 무늬가 그려진 셔츠를 복장뼈까지 풀어헤친 젊은 청년의 앞으로 뚜벅뚜벅 다가갔다. 로베르토는 그녀보다 키가 15센티미터나 더 컸지만, 눈 하나 깜빡이지 않고 똑바로 자신을 응시하는 태도에서 불안함을 느끼지 않을 수 없었다.

"술은 고맙지만," 그녀가 말했다. "친구들과 함께 술을 마시려고 온 거지 너랑 술을 마시러 온 게 아니거든."

주문을 기다리고 있던 바텐더는 로베르토의 호출에 곧바로 구석 자리에 앉은 한 무리의 젊은 여자들 테이블에 술 한 병을 가져다주었다. 그러고 나서 로베르토가 마리셀에게 말했다. "이제 친구들도 술을 마실 수 있게 됐네. 그쪽은 나랑 마시면 되겠는데."

마리셀은 보스턴 외곽에 있는 여자대학인 웰즐리(Wellesley) 대학에서 영문학을 공부하는 학생으로 크리스마스 연휴에 잠시 고향에 돌아온 참이었다. 대학을 졸업하고 나서 다시 아카풀코로 돌아와서 당연히 고등학교 때부터 사귄 남자친구와 결혼을 하리라고 마음먹고 있었다. 부동산 업계에서 일한다는 로베르토의 말에 그녀는 깔깔거리며 웃어버렸다. 두 사람은 한때 가톨릭 재단의 고등학교에 함께 다녔는데, 로베르토가 마약을 판매한 것이 적발되면서 학교에서 퇴학을 당했고, 젊은 치기에 벌인 일이 이제는 그의 직업이 되어버린 상황이었다. 로베르토는 그녀가 여느 여자들과는 달리 자신의 악당 같은 매력에 끌림을 느끼고 있다는 것을 감지했다. 그리고 평소대로라면 방금까지도 함께 뒹굴었던 늘씬한 금발의 미국 여성에게 끌렸을 자신이 왜 그녀 앞에서는 이리도 나약함을 보이는지 확실히 설명되지 않았다. 여러 해가 지난 후, 마리셀은 로베르토가 자신에게 매력을 느낀 것은 바로 자기보호의 본능 때문이라고 결론을 내렸다. 그는 이글거리는 욕망을 느낄 때만 욕구가 끓어오르는 타입이었고, 따라서 그녀의 차분한 영향력과 값진 조언 없이는 지극히 자연적인 사인으로 죽음에 이를 수 없었을 사람이었기 때문이다.

맨 처음 그녀에게 내민 도전장은 지극히 단순한 것이었다.

"만사니요(Manzanillo)까지 1시간 내로 가야 해. 나랑 같이 가자." 그가 말했다.

"글쎄. 원하는 모든 걸 가질 수는 없어."

"그 말을 믿어?"

그 순간까지만 해도 마리셀은 그렇게 믿고 있었다. 당시 그녀는 절망이라는 늪에 쉽사리 빠지는 삶을 살았고, 그렇게 수주 혹은 몇 개월을 하얀 연기처럼 우울함이 완전히 연소할 때까지 허덕거려야 했으니까. 그런 각각의 기간들은 실제보다 그녀를 더욱 바닥으로 끌어 내렸고, 때로는 삶이란 행복을 단계적으로 포기해가는 것이고 그렇게 조금씩 전쟁에서 패하는 것이 아닐까 궁금해질 정도였다. 그날 로베르토의 질문은 마리셀의 마음속에 무언가를 느슨하게 뒤흔들었다. 딱히 부족함 없는 삶을 살았으나, 그렇다고 특별할 것도 없는 그녀의 부모님이 딸을 위해서 준비해 둔 인생의 청사진은 정작 마리셀 본인이 살고자 했던 삶은 아니었다. 마리셀은 문학에 대한 자신의 관심을 현실도피로 결론 내렸다. 그래서 학문적 고통을 수반하는 가상의 현실을 탐구하고, 아카풀코나 웰즐리 대학, 매사추세츠 대신 책 속에서의 삶을 선택했으니까. 이제 그런 도피처는 필요치 않았다. 그녀의 앞에 젊은 청년이 바로 또 다른 세상으로 향하는 입구였기 때문이다.

"차에 라디오 있지? 내가 듣고 싶은 음악 듣게 해주면 같이 갈게." 그녀가 대답했다.

마리셀의 부모님은 중간급 불법 마약 거래상인 놈팡이와 딸이 암묵적인 약혼 관계가 되었다는 소식을 듣고, 당장 부모와 자식 간의 연을 끊겠노라며 협박했다. 일단 화려하게만 보이는 삶의 어두운 면, 말 못 할 폭력에 시달리는 여성들의 모습과 같은 것을 보고 나면 마리셀이 혐오와 패배감에 빠져 다시 부모의 품으로 돌아오게 되리라는 이유를 들면서. 하지만 책을 사랑하고 보스턴의 명문 사립 여대에서 학문을 갈고닦은 딸은 앞으로 펼쳐질 자신의 삶에 대한 환상 같은 건 전혀 가지고 있지 않았다.

로베르토는 얼마 지나지 않아서 자신이 선택한 인생의 동반자에게 무한한 감사를 하기에 이르렀다. 마리셀은 무식하게 힘만 센 남편의 뒤에서 브레인 역할을 담당했고, 그런 아내를 향한 사랑은 그 자신조차도 좀처럼 가능하리라고 생각되지 않았던 종류의 것이었기 때문이다. 마리셀은 결혼 초반에 느꼈던 그의 매력에 사뭇 놀랐지만, 그 이외에는 사실 별것이 없었다. 그녀는 남자들의 행동이 대부분 예측 가능하다는 걸 깨달았고, 그건 남성 위주의 산업에서 큰 이점으로 작용하게 되었다. 로베르토와는 미국 소설가 토마스 핀천에 대해서 토론을 벌일 수도 없었고, 교향악단의 연주를 보러 가서도 겨우겨우 버틸 수 있을 정도였다. 마리셀이 설명한 바에 따르면, 로베로토가 그녀에게 줄 수 있는 선물은 단 하나, 그녀를 완벽히 자아실현적 인간으로 만들어줄 수 있다는 것이었다.

마리셀은 한시도 지체하지 않고 알렉스 캐시디를 불러들였다. 클레이가 목숨을 잃은 후, 푸에르토 바야르타 공항에서 그를 만난 그녀는 언제까지라도 여기서 지내도 괜찮다고 말했다. 마리셀은 길고 긴 점심과 저녁 식사 시간 동안 창고에 있던 와인을 아낌없이 꺼내서 알렉스에게 와인에 대해서 자세히 가르치기도 했다. 알렉스는 제2 언어인 영어를 어색한 발음으로 말하거나 지나칠 정도로 정중한 어법을 사용하는 그녀의 말투에도 전혀 힘들어하는 기색을 보이지 않았다. 어느 오후, 수영장 근처에서 함께 시간을 보내던 알렉스는 혹시라도 로베르토가 두 사람을 이상하게 오해하지 않을까 싶은 심려를 드러냈다. 그러자 마리셀이 깔깔대며 웃었다. 남편은 오히려 다른 남자와 있는 자신의 모습을 보면서 즐거워한다는 것이었다. 대화를 나누는 모습을 볼 때만 그런 것도 아니라고 하면서. 그로부터 오랜 시간이 지난 후, 알렉스는 그녀가 로베르토의 정부를 개인적으로 선별해 낸다는 소문을 전해 들었다. 그러니까 남편과 즐기기 전에 그녀부터 먼저 즐겁게 만들어주는 여자를 고른다는 거였다. 소문은 사실로 밝혀졌다. 마리셀은 웰즐리 대학의 기숙사에서 여자 동기들과 함께 즐겼던 추억을 농담처럼 알렉스에게 이야기해 주곤 했는데 진실은 그보다 더한 것이었다. 마리셀의 이야기는 신중함과 희생이라는 겉모습으로 치장한 일종의 자아실현 행위로 묘사되었다. 그녀는 그 정도로 철두철미한 사람이었다.

알렉스는 얼굴을 가린 해병들이 보초를 서고 있는 고속도로 검문소에 도착했고 조종사 선글라스를 쓴 검문소 직원으로부터 정지하라는 신호를 받았다. 그는 선글라스 렌즈를 통해 해병이 보고 있는 모습을 확인할 수 있었다. 빌린 중형차를 몰고 나타난 중년의 미국인. 해병은 지나가라며 손짓을 했고 자동차들은 서서히 각자 갈 길로 흩어지기 시작했다. 오토바이를 탄 어느 젊은 여자의 모습을 보자, 어젯밤 파올라가 집에 돌아오지 않았다는 사실이 떠올랐다. 아침에 일어나서 아이들의 귀가 여부조차 확인하지 않았다는 사실에 죄책감이 느껴졌다. 다이앤이 형편없는 아빠라고 생각하지 않았을까? 알렉스는 다른 부모들이 꾸준하게 아이들에게 주의를 기울이는 모습과 아이의 부재가 순간적으로 부모에게 환각지를 불러일으키는 도화선으로 작용하는 방식을 볼 때면 내심 감탄하곤 했다. 알렉스는 태생적으로 부성애를 타고난 편은 아니었다. 일시적으로 아이를 보호할 수는 있지만, 마음 깊은 곳에서는 자신이 아버지로 적합한 타입은 아니라는 사실을 잘 알고 있었다. 다행스럽게도 파올라는 스스로 알아서 잘 챙기는 편이었다.

알렉스는 고속도로를 벗어나서 먼지가 가득한 도로를 활강하여 얼마 전 폭풍우로 군데군데 팬 포트홀과 쓰러진 나무를 피해서 달렸다. 마리셀의 저택으로 향하는 입구에 세워져 있던 단철문은 최근에 단조한 철제 판이 덧대어진 견목의 나무문으로 바뀌어 있었다. 알렉스는 어떠한 심경 변화가 있었기에 그 두꺼운 방탄문을 한 번에 걷어내 버릴 수 있었을지 궁금했다. 입구 경비실에 도착하자, 무장한 경호원이 뒤로 한 걸음 물러서 그를 맞았다.

출입문 앞에 설치된 카메라는 최근 들어 머리카락이 듬성듬성해지기 시작한 부분을 정확히 비추고 있었다. 산도발 부부를 오랫동안 챙겨온 가정부가 그를 맞이하더니 '세뇨라'가 곧 내려올 거라고 전해주었다. 알렉스는 마리셀이 계단 아래로 내려오기도 전에 그녀의 목소리부터 들을 수 있었다.

"어네스토에게 점심에는 두 코스로만 식사를 준비하라고 했어. 혹시 오후에 다른 일정이 있는지도 모르잖아. 배가 고프면 몇 가지 음식 추가하는 건 별문제 아닐 거야. 아침에 어부한테서 정말 물 좋은 방어 한 마리를 구해왔단다." 마리셀의 나이와 알렉스 자신의 나이를 절감할 수 있을 정도로 난간에 반쯤 기대다시피 한 채로 그녀가 말했다. "오는 길이 아주 험하지 않아야 했는데. 목요일에 도로를 정비하기로 했는데, 말만 그렇지 항상 늦어지는 거 알잖아." 마리셀은 손등으로 그의 이마를 짚고는 이렇게 말을 이었다. "몸 상태가 안 좋은 모양이네."

"조금 피곤해서요." 알렉스는 허리를 숙여 그녀를 안았다.

"이리 와서 앉아." 마리셀은 창문 벽 너머로 바다가 한눈에 보이는 식당으로 그를 안내했다. "언제 다시 돌아가는 거야?"

"월요일이요. 그 전에 뵙고 갈 수 있어서 다행이에요."

"그래, 그래." 마리셀은 주위의 휑한 공간을 손짓으로 가리키며 말했다. "내가 요즘 얼마나 바쁜지 알겠지?"

그녀는 길다란 유리 식탁에서도 바다가 보이는 자리에 있는 의자에 앉으라고 권했다. 알렉스는 바지에서 조그만 벨벳 봉투를 꺼냈다.

"이게 뭐야?" 마리셀은 그가 내미는 봉투를 받아 들며 물었다.

"생신이시잖아요. 작은 선물을 준비했어요. 물론 아직 조금 남기는 했지만."

"한참 남았지." 마리셀은 봉투에 걸린 걸쇠를 풀었다. 마리셀은 평소 자신이 포커페이스를 자랑하는 사람이었지만, 알렉스는 그녀의 눈빛이 반짝이는 것을 보며 미소를 지었다. 에메랄드는 그녀가 가장 좋아하는 보석이었다. 카탈리나가 에메랄드를 넘길 적임자가 있다고 말했지만, 알렉스는 개의치 않고 따로 챙겨두었다. 이런 모습을 구경할 수 있다면 1만 8천 달러는 아주 저렴한 가격이지 않은가.

"고마워. 정말 아름답네. 어디서 구한 거야?"

"정말 모르시네요?"

"그런 걸 내가 어찌 알겠어? 네가 하는 일이야 네 소관인데."

마리셀의 전담 요리사 어네스토가 토르티야 수프가 든 뜨끈한 그릇을 들고 나타났고, 알렉스는 첫 요리를 먹고 난 후에 비즈니스 얘기를 꺼내기로 마음먹었다.

"딸이 아주 아름다운 숙녀가 됐던데." 마리셀이 말했다.

"파올라를 만나셨어요?"

"여기 도착하던 날 칵테일 한잔 마시고 갔어. 정말 예쁘더구나. 하지만 오늘은 네 얘기부터 하자."

"만나는 사람이 생겼어요. 이번에 같이 왔어요." 그가 말했다.

마리셀은 어네스토에게 샴페인을 가지고 오라고 했다. "그럼 축배를 들어야겠네."

"감사합니다. 오늘 저녁에 아쿠말에 있는 라 부에나 비다에서 한잔 하려고요. 함께 해주시면 너무 감사하고요." 알렉스는 절대로 마리셀이 나타날 리가 없다는 걸 확신하고 있었고, 어쩌면 태어나서 한 번도 하프 문 베이에 있는 바닷가 술집에 가본 적이 없을 거라는 생각이 들었다.

"그러면야 너무 좋겠지. 꽤 진지한 사이 같은데?" 그녀가 물었다.

"맞아요. 그리고 복잡하기도 해요."

"뭐가?"

"혹시 제 친구 클레이 기억나세요?"

"물론이지. 정말 안타까운 친구였는데."

"그때 클레이의 아이를 가진 여자가 있다고 말씀드렸었는데, 바로 그 여자예요. 클레이의 아이를 가진 여자가 있다는 건 알고 있었지만, 처음에는 그 여자인 줄 꿈에도 몰랐어요. 지난달에 우연히 만나게 됐거든요. 서로 누군지 전혀 모르고 있다가, 아버지를 쏙 빼닮은 아들을 보고서야 클레이의 아들이라는 걸 알게 됐죠."

어네스토는 물방울이 송골송골 맺힌 샴페인과 잔 두 개를 들고 돌아왔다. 코르크 마개를 열자 피식하는 바람 소리와 함께 탄산이 몽글몽글 피어올랐다. 뽀얀 거품이 종잇장처럼 얇아서 마치 손에 든 건 술밖에 없는 것처럼 느껴지는 가느다란 수제 잔 속으로 꿀렁이며 흘러내려 갔다.

"건배, 사랑과 돈, 그리고 그 모든 걸 즐길 시간을 위하여." 마리셀이 말했다.

건강과 사랑, 돈 그리고 그 모든 걸 즐길 시간을 위하여. 알렉스는 정말로 맞는 말이다 싶었다. 그래서 여기까지 온 것이었으니까.

"애인 얘기를 더 자세히 듣고 싶은데. 물론 그것 말고 다른 일로 여기까지 찾아온 거겠지만." 마리셀이 핵심을 짚었다.

알렉스는 무릎에 있던 빳빳한 냅킨으로 입가를 닦아냈다. "어젯밤에 알렉산드로 익스토라는 자와 만났어요. 혹시 누군지 아세요?"

"물론 이곳에 사는 사람들이라면, 누구나 그를 알지. 본인 힘으로 엄청난 명성을 얻은 사람이잖아. 그래, 만나보니까 어땠니?"

"자기가 모시는 분을 위한 거라며 일을 하나 부탁하더라고요."

"그렇군. 너를 어떻게 알고?"

"저희가 마지막 했던 일이 라스베이거스 사건이잖아요. 그때 찍힌 동영상이 인터넷에 퍼졌거든요. 혹시 보셨는지 모르겠지만. 그때 챙긴 물건 중 일부를 그자의 부하들 통해서 들여왔어요. 아마도 그렇게 해서 저를 찾아낸 모양이에요."

"그럴싸한 추리구나. 이번 일은 보수가 섭섭지 않겠어."

"문제는 돈이 아니에요."

"그러면?"

"안 하고 싶어요."

"알렉산드로 뒤에 누가 있는지 알잖니."

"알죠."

"안다니 다행이다. 그래서 문제가 뭔데?"

"이번 건을 거절하는 방법이요."

"네가 뭘 원하는지는 중요치 않아."

"저를 대신해서 거절해 주신다면요?"

마리셀이 웃었다. "날 너무 과대평가하는구나. 이제 시대가 변했어. 알렉산드로의 윗선에서 지시가 떨어진 거라고 했나? 아마 멕시코 대통령도 그 사람의 질문에는 대답해야 할 게다. 하나의 시스템 안에서 일한다는 건 권력을 가진 자의 도구가 되는 것과 같아. 오래전부터 넌 그 시스템에 계약이 된 사람인 거고."

"시스템 안에서 일한 적 없잖아요. 저 혼자서 일했는데."

"알렉스, 말도 안 돼. 그런 철부지 같은 말이 어디 있니? 정말 그렇게 생각하고 있는 거야? 너는 당연히 시스템 안에서 일해 왔어. 심지어 로베르토조차도 그 사실은 이해했을 거다. 이제 와 생각해 보니, 너도 알렉산드로도 명성과는 달리 커다란 착각을 하는 모양이구나. 본인이 독립적인 존재라는 철없는 발상 말이다. 둘이 모이면 기막힌 팀이 되겠어."

"그 윗선이 누군지 아시는 거군요."

"당연히 알다마다. 먼저 알렉산드로라는 사람에 대해서 내가 아는 걸 설명해 주마. 본래는 오랫동안 툴룸에서 마음 다함 명상 센터를 운영했던 사람인데, 꽤 존경받는 명상 선생님이었어. 그러다가 2년 전에 수련하겠다면서 티베트 수도원으로 떠났지. 본래는 1년 동안 티베트에서 수련할 작정이었는데, 티베트에 도착한 지 6주 만에 어머니로부터 편지가 도착한 거야. 플라야 델 카르멘에 친구를 만나러 갔다가 도저히 알아볼 수 없을 정도로 도시가 변해버린 걸 깨달았거든. 경찰들이 뻔히 지켜보는 가운데서 5번가 대로에서 마약을 판매하는 남자들부터 말이다. 알다시피 예전에는 절대 상상조차 못 했던 일이잖니. 아주 오랜 세월, 이곳 해안은 성스러운 땅이었고, 권력을 가진 자들이 자신의 가족을 대피시킬 정도로 안전한 곳이었어. 그런데 관광객들이 툴룸이라는 곳을 발견하게 되면서 엄청난 기회가 찾아오게 된 거지. 알렉산드로에 대해 반드시 기억해 두어야 할 점이 있다면 바로 어머니에게 강력한 마야인의 피를 물려받았다는 거야. 이곳 해안의 발전은 지금까지 이 도시에 사는 마야인들을 엄청나게 비통하게 만드는 거란다. 이런 말이 우습게 들릴지 모르지만, 지금도 하루하루 그들의 선조들을 느끼는 건 물론이고 과거 스페인 사람들이 이곳에 왔을 때의 고통을 그대로 느낄 수 있기 때문이야. 바닷물이 쓰레기로 가득 차고 해안가에 리조트가 빽빽이 들어서는 바람에 역사를 되풀이하듯 유럽인들이 멕시코 땅을 파괴하는 모습을 다시 체험하게 된 셈이니까. 알렉산드로의 어머니가 한때 자기가 키우다시피 했던 꼬마를 거리에서 우연히 마주쳤는데, 인사를 했는데도 그냥 모른 척했다는 거야. 그제야 미국인들에게 코카인과 마약을 파는 중이라는 사실을 깨달았겠지. 자기 민족이 고작 페소 몇 푼에 고향을 파괴하고 있다는 사실을 눈 뜨고 보기는 힘들었을 거야. 그래서 아들에게 편지를 보냈고, 알렉산드로는 그 길로 고향으로 돌아왔어. 알렉산드로는 고향을 지키기 위해서 그 어떤 방법을 동원해서라도 질서를 바로 세워야 할 필요성을 느꼈단다. 그래서 카르텔의 최고 우두머리를 찾아가서 한 가지 제안을 했어."

"명상 선생님이라는 사람이 카르텔의 수장을 그렇게 쉽게 만날 수 있나요?"

"알렉산드로는 굉장히 독특한 방식으로 제안을 하는 사람이거든. 그는 필요한 것 세 가지, 즉 조직원과 무기, 정보를 요구했어. 그리고 어머니와 이모를 안전하게 모실 공간을 확보해 달라고 말했지. 그 대신 기존 카르텔을 싹 정리하고 해안 쪽을 완벽히 통제하고 움직일 수 있도록 해주기로 약속했고. 인간은 도저히 이해할 수 없는 걸 가장 무서워하는 법이잖니. 그러니 어머니와 이모를 정글에서 지내게 해 주는 대가 말고는 금목걸이는 물론이고 고급 자동차나 접대부 같은 데는 관심조차 주지 않고 자기 목숨을 걸겠다고 나오는 사람이 얼마나 무섭겠어? 결국, 카르텔에서도 그 원칙주의자의 확고한 의지를 알아보고, 부패한 마약 산업에 그를 끌어들이는 게 필요하고 동시에 탁월한 선택이라는 걸 인정하고 말았지."

"그래서 결과는 어떻게 됐죠?"

"기존에 있던 카르텔이 6개월 만에 두 손 두 발 들었지. 알렉산드로는 사방에 친구가 있고 눈과 귀가 있었으니까. 남녀노소를 가리지 않고 아무 대가 없이 그에게 정보를 가져다주었고 그런데도 알렉산드로는 그들에게 섭섭지 않은 대가를 줬어. 나름대로는 유능하고 공평한 사람인 셈이야. 규칙도 대단히 확실했단다. 저항하는 자에게 자비는 없다. 결국, 알렉산드로는 마약 유통 과정을 간소화하고 지저분하던 거리를 말끔히 청소해 버렸단다."

"마음 다함의 수련 선생이 멕시코 해안을 1년 만에 접수했다는 건가요?"

"오래전 네가 우리 집 문 앞에 도착했을 때도 주인에게 다리를 잘린 조그만 강아지 같았어. 겁에 질리고 모든 걸 의심하면서. 모든 게 속수무책이었지. 그리고 두 달 후에는 마이애미의 창고에서 꽤 짭짤한 정도의 현금과 예술품을 챙겨 나왔었고. 그렇게 짧은 시간 안에 그 정도 엄청난 임무를 완수할 수 있다는 건, 엄청난 동기와 능력을 갖추지 않고서는 불가능하다는 말을 내 입으로 설명하지 않아도 알겠지?"

"그럼요." 알렉스가 말했다. "알렉산드로라는 사람도 잘됐군요. 이런 방식으로도 수련을 이어나갈 수 있을 테니까."

"지금 그 사람의 인생은 예전에 상상했던 것과는 무척이나 다를 거야. 본인도 이 정도는 필연적으로 희생해야 한다는 걸 알고 있을 테고. 어젯밤에 만났다고 했나?"

알렉스는 알렉산드로가 방에 들어서자 광적인 복종을 하듯 두려움이 가득한 눈빛으로 도망치듯 몸을 피했던 두 소년의 모습을 떠올리며 조용히 끄덕였다.

"첫인상이 어땠는데?"

"집중력이 대단해 보였어요." 알렉스가 대답했다. "영적 지도자라는 말을 들으니, 왜 그랬는지 충분히 이해가 돼요. 저한테는 이상하다 싶을 정도로 겸손하게 굴던데요."

"겸손함을 갖춘 사람임은 분명하니까. 하지만 그런 모습을 나약함으로 착각한다면 그건 큰 실수야."

알렉스는 술잔을 다시 채우고 술잔을 홀짝이며 두려움이 위를 통해 폐까지 흘러내려 가도록 했다. 어네스토가 마야식 전통요리로 돼지고기를 바나나 잎에 싸서 석탄 아래 넣고 익혀서 만든 코치니타 피빌이 담긴 접시 두 개를 들고 다시 나타났다. 뭉개진 돼지고기 요리를 보자, 거듭된 악몽 속에서 보이는 손발이 잘려나간 뭉툭한 부분이 떠올랐다. 돼지고기에서 기름진 오렌지빛 묽은 액체가 흘러나와 그릇 가장자리까지 뭉근하게 퍼졌다.

"처음 만났을 때부터 표정이 안 좋은 걸 보니까 뭔가 다른 문제가 있는 것 같은데. 혹시 겁나서 그래?" 마리셀이 물었다.

"그냥 걱정돼서요."

"뭐가?"

"사람을 찾아서 데려오라고 하는데, 평소 제가 하던 일이 아니라서. 그 일을 하필 왜 나한테 의뢰하나 싶기도 하고. 여기서 뭔가 다른 일이 벌어지고 있는 것 같기는 한데, 밤새 생각을 해봐도 뭔지 모르겠더라고요. 제 말이 뭔지 이해가 되세요?"

마리셀은 냅킨으로 입 주변을 꾹꾹 눌렀다. "이런 문제를 더 고민하지 않아도 된다고 말하기는 힘들겠구나. 물론 그런 의문이 드는 게 당연해. 그리고 전혀 상관없는 일이기도 하고. 언제나 모른 채로 일을 하잖니. 이번 일이 왜 그렇게 마음에 걸리는 건데?"

"이제는 모든 게 다르게 느껴져서 그래요."

"상황이 달라진 건가? 아니면 네가 바뀐 거야? 지금 전화 한 통만 걸면 모든 일을 없던 거로 만들 수도 있을지 모르지만. 대체 어쩔 생각인 거니? 그 여자랑 함께 평범한 삶을 살고 싶은 거야?"

"전혀 예상치 못하셨어요?"

"그게 정말 너의 계획인 거니?"

"사람은 변하게 마련이잖아요."

"그럴 수도 있겠지. 물론 매우 드문 일이고 정도의 차이는 있겠지만. 만약 내게 준 귀걸이가 라스베이거스에서 온 거라면, 최근 라스베이거스 역사에 길이 남을 엄청난 일을 해낸 거나 다름없는 거잖아. 이번 세기에 들어서 가장 획기적인 사건이니까. 물론 칭찬을 하자는 건 아니지만 정말 짜릿한 사건이었어. 그 동영상 때문에 이번 일을 맡게 된 거겠지. 그리고 내가 컴퓨터에서 봤던 그 남자는 아직 은퇴할 때가 안 되어 보이더구나."

"제 실력을 온 세상에 떠벌리려던 건 아니었어요."

"그건 아무 문제도 안 돼. 칭찬하자는 게 아니라 그저 사실을 짚어 주려는 거야. 그쪽 분야에서 너처럼 솜씨가 뛰어난 사람들은 몇 되지 않아. 물론 카르텔에서 특별히 너를 지목한 데 다른 이유가 있을 수도 있겠지만, 아마도 이런 이유가 아닐까 싶구나. 카르텔은 뭐든 최고를 원해. 스포츠카든 무기든 하다못해 아프가니스탄에서 들여오는 양귀비 하나까지도." 마리셀은 포크와 나이프를 내려놓았다. "로베르토와 처음 만났던 날, 내가 뭐라고 했는지 이야기했었지?"

"그랬죠."

"원하는 모든 걸 가질 수는 없다고 말했을 때, 그이가 뭐라고 대답했는지 알려주마."

알렉스가 끄덕였다.

"오랜 세월이 흐르고 나서야 내 말이 맞았다는 걸 알게 됐어. 너 역시도 원하는 모든 걸 가질 수는 없단다. 내가 조언하고 싶은 건, 알렉산드로가 부탁한 일을 처리하고 그가 주는 돈을 챙기라는 거야. 만약 너를 대신해서 그 일을 거절해 달라고 부탁한다면, 그 결과가 어떻든 기꺼이 도와주마. 어네스토가 아주 맛있는 코코넛 셔벗을 준비했다는구나. 디저트 먹고 가겠니?"

새빨간 컨버터블 승용차가 알렉스의 콘도 앞에 멈춰 섰다. 미끄러지듯 멈춘 차에서 잠시 후 파올라가 해변 도로 위로 풀썩 뛰어내리더니, 엄지를 세웠다. 아래턱이 유난히 발달한 은색 머리카락의 운전자는 술에 취한 개구리들이 티셔츠와 술잔 위로 영사되는 화면이 그려진 것으로 유명한 칸쿤 공장의 주인 하비에르였다. 파올라는 그에게 고맙다는 인사를 전하고 톰을 따라서 위층으로 올라갔다. 침실에 도착한 그녀는 에어컨 전원을 켜고 발을 툴툴 털며 신발을 벗어 던졌다.

“시원한 물 줄까?” 톰이 물었다.

“아. 물 좋지. 그라시아스(Gracias).”

“금방 가져올게.” 그가 대답했다.

주방에서 병에 물을 채우고 있는데 난간에 서 있는 엄마가 보였다. 톰은 엄마가 담배를 피우고 있고 부디 여분의 담배도 가지고 있기를 간절히 바랐다. 약 기운이 떨어지는 동안 마치 느린 동작으로 추락하는 기분이 드는 통에, 침대에 쓰러져 잠들기 전에 짧게 니코틴을 보충해야겠다 싶은 기분이 들었기 때문이다. 다이앤은 문소리에 고개를 돌렸다. 그녀는 담배를 피우러 난간에 나간 것이 아니었다. 톰은 어젯밤 클럽에서 손을 흔들며 인사를 하던 때와 지금 엄마의 표정에서 뭔가 달라진 것을 느낄 수 있었다.

"왔구나. 안 그래도 걱정했는데." 다이앤이 말했다.

"알렉스 아저씨는요?"

"누구 좀 만나러 갔어. 점심 먹고 올 거야."

그녀는 아들을 와락 끌어안고 나서 더 자세히 보기 위해서 다시 뒤로 물러났다. 테킬라의 시큼한 악취에 전 땀 냄새부터 동공은 마치 뜨거운 태양을 꿀꺽 삼킨 블랙홀처럼 시커멓게 보였다.

"와우!" 다이앤이 놀란 목소리로 말했다.

"파티에 갔었거든요."

"그건 말 안 해도 알겠는데. 내 예상보다 두 사람이 공통점이 많았나 보다."

"애정 어린 잔소리인 거 알지만, 잠시 미뤄두시면 안 될까요?"

"알겠어. 대신 엄마 부탁 하나 들어줄래?"

콘도 아래쪽 해변에 도착한 다이앤은 바다 쪽으로 솔솔 불어오는 바람의 도움을 받아 모래 위에 리넨 천을 쫙 펼쳤다. 그녀는 아들의 등 뒤에 앉아서 두 팔로 아들의 허리를 감싸 안았다.

"여기 오니까 좋니?" 엄마가 물었다.

"좋아요."

"파올라랑 재미있게 놀았어?"

"네, 그럼요."

"난 파올라가 참 마음에 들어. DJ 볼 때 음악도 정말 좋더라."

"맞아요. 밤새 DJ를 보더라고요." "파티는 어땠니?"

"땀내 풀풀 풍기고 사람 엄청 많고 그랬죠. 아마 지금도 안 끝났을 걸요."

"눈은 좀 붙였어?"

"전혀요. 곧 기절할 거예요."

"그래, 푹 자야지. 지금 잠깐만 참아. 알겠지?"

톰은 바닷물 속에서 온몸을 부르르 떨었던 것처럼, 엄마의 몸이 떨리는 것을 느낄 수 있었지만, 엄마는 톰처럼 약 기운이 떨어져서 그런 게 아니었다. 다이앤이 울고 있었다.

"엄마, 왜 그러세요?"

"아냐, 아냐. 엄마 괜찮아. 그냥 앉아 있어."

"앉아 있기는 한데, 대체 무슨 일이에요?"

"너한테 꼭 해주고 싶은 말이 있어서."

"그럼 말하면 되죠."

"아가, 알렉스 아저씨가 너희 아빠를 알고 있어."

심장박동이 느려지다가 다시 미친 듯이 빠르게 뛰기 시작했고, 동시에 톰의 눈앞이 뿌옇게 흐려졌다.

"톰?"

"듣고 있어요."

"너희 아빠를 처음 만났을 때, 알렉스 아저씨도 같이 있었어. 물론 딱 한 번이었지만. 그냥 어디서 본 것 같은 얼굴이라고 생각했지만, 대체 어디서 마주쳤는지는 전혀 모르고 있었단다. 그러다 아저씨가 너를 보고, 옛날 기억을 떠올리게 된 거야. 너희 아빠 사진을 가지고 있었더라면 좋았을 텐데. 아빠랑 어찌나 닮았는지, 가끔 나도 놀랄 정도니까. 클레이와 알렉스 아저씨는 굉장히 친한 친구였어. 아빠가 알렉스 아저씨한테, 여자친구가 아이를 가졌노라고 말했었나 봐. 엄마인 내가 너를 얼마나 필요로 하는지 알기 때문에 네가 태어날 거라는 사실을 아빠도 알고 있었던 모양이야."

"아빠는 어떻게 돌아가신 건데요?"

"왜 그런 걸 묻는 거니?"

"엄마가 아빠 얘기할 때마다 궁금했어요."

"엄마가 뭔가 숨기는 것 같아서?"

"사실대로 대답해 주시면 안 돼요?"

"그래, 알았어. 총에 맞았어. 누가 총을 쏜 건지는 결국 밝혀내지 못했고."

톰은 온몸에 기운이 탁 풀리고 불안한 기분을 느끼면서도 지금 어떤 기분을 느껴야 하는 건지, 아니 어떤 기분이 들어야 정상인 건지 감을 잡을 수가 없었다. 청반바지를 입고 큼지막한 선글라스를 쓴 남자 하나가 삼색 얼룩 고양이에게 목줄을 걸고 산책을 나섰다가 두 사람을 보자 반갑게 오후 인사를 건넸다. 톰은 손을 흔들며 인사에 답하면서도 지금 눈앞에 보이는 장면이 현실인지 꿈인지 헷갈릴 지경이었다.

"마약 거래를 하다가 그런 거죠?" 톰이 물었다.

"맞아."

"알렉스 아저씨랑요?"

"그래. 두 사람 모두 지금 네 나이보다 어리고 철이 없었을 때였어. 알렉스는 그것 말고도 하지 말아야 할 행동을 많이 했고. 본인도 그 사실을 알고 있어. 그래서 지금은 노력 중이란다."

"그게 무슨 뜻이에요?"

"새로운 인생을 살기 위해서, 달라질 준비를 하고 있다고 해야 하나. 엄마의 인생에 아저씨가 들어오려면, 그러니까 우리 삶에 말이야. 그럼 먼저 다른 사람이 되어야 하니까 말이다."

톰은 이마에 흐르는 땀방울을 닦은 후 가슴에 손을 얹고 어떤 기분인지 느껴보려고 했다.

"아가, 하고 싶은 말 있으면 해봐."

"내가 이 얘기 들은 거 알렉스 아저씨도 알아요?"

"그건 네가 뭘 원하느냐에 달렸어. 아저씨가 꼭 알아야 한다고 생각하면 엄마가 이야기할 거야. 아니면 네가 직접 해도 되고. 어느 쪽이든 원하는 대로 하면 돼. 또 알고 싶은 거 없니?"

"한두 가지겠어요? 하지만 지금은 됐어요. 먼저 잠부터 자야겠어요."

"그러렴."

두 사람은 거의 동시에 일어섰고, 톰이 고개를 돌려 자신을 쳐다보는 순간 다이앤은 숨이 턱 막히는 기분이었다. 난간에서 마주쳤을 때도 얼굴이 핼쑥해 보였는데, 지금은 그때보다 더 시커멓고 지쳐 보였기 때문이다. 처음 해변에 나왔을 때보다 족히 5년은 더 나이가 들어보일 정도였다.

"사랑한다. 아들." 다이앤은 톰의 양쪽 어깨를 잡고 말했다. "엄마가 사랑하는 거 알지?"

톰이 고개를 끄덕였다.

"일단 눈부터 붙이렴."

톰은 얼마 전 다친 부위에 아릿한 통증을 느끼면서 천천히 계단으로 발을 내디뎠다. 욕실에 들어간 그는 벌겋게 그을린 피부를 살피고 소변을 보려고 했지만 결국 실패로 돌아갔다. 알렉스가 물을 조심하라고 말했는데도 불구하고, 톰은 수도꼭지에 입을 대고 물을 마시고 파올라의 칫솔로 이를 닦았다. 파올라는 문 쪽으로 등을 돌리고 부드럽게 코를 골며 잠들어 있었다. 톰은 침대로 올라갔고 조금 전 해변에서 느꼈던 묵직한 피로감이 어느새인가 아침 연무처럼 사라져버리고 과거의 추억이 스멀스멀 피어올랐다. 고등학교 시절, 마약을 팔다가 경찰에 체포되었을 때도 엄마는 이상하다 싶을 정도로 전혀 놀란 표정이 아니었다. 그때 엄마의 실망감과 분노는 톰을 완전히 포기한 것처럼 느껴질 정도였지만, 이제야 엄마가 왜 그런 태도를 보였는지 이해가 됐다. 아들이 그런 행동을 벌인 것을 두 눈으로 똑똑히 지켜본 엄마로서는 어쩌면 아버지로부터 물려받은 선천성 질환이 시작된 것처럼 느껴지지 않았을까. 톰은 침대에 누워 눈을 감기 전 마지막으로 휴대전화를 꺼내서 파올라가 바닷속에서 그에게 속삭였던 말을 영어로 번역해 보았다.

'너 때문에 온몸이 녹아내리는 것 같아.'

'맞아.' 톰은 생각했다. '일단 그 부분에서는 서로 생각이 같네.'

알렉스가 한아름 시장을 봐서 돌아왔을 때, 콘도 안은 쥐 죽은 듯 고요했다. 다이앤은 양손으로 커피 머그잔을 감싸 쥔 채로 주방 테이블에 앉아 있었다.

"왔어요? 점심은 어땠어요?" 다이앤이 물었다.

"괜찮았어요. 애들은 집에 왔고요?"

"물론이죠. 1시간 전쯤에 왔어요. 아주 질펀하게 취해서. 톰은 분명 취했더라고요. 둘 다 잠들었어요."

"안타깝지만 파올라 입장에서는 그것도 일종의 직업병 같은 거겠죠. 커피 남은 거 있어요?"

"이거 테킬라예요. 보니까 반 남은 게 있더라고요."

"무슨 일 있어요?"

"톰한테 아빠 얘기를 했어요."

"어떻게 됐어요?"

"사실 나도 잘 모르겠어요. 불쌍한 톰, 눈을 겨우 뜨고 버티더라고요. 그런 대화를 나눠야 했으니 절대로 즐거운 시간이었다고 할 수는 없는 거잖아요. 하느님 맙소사."

알렉스가 그녀가 앉은 의자 뒤쪽으로 다가오자, 다이앤은 두 눈을 꼭 감았다. 그가 엄지손가락을 그녀의 목 뒤에 뻣뻣하게 굳은 근육 사이로 서서히 밀어 넣자, 다이앤은 호수에 따스하게 내리쬔 햇살 아래 물 위에 떠 있는 것처럼 기분이 편안해지는 것을 느꼈다. 다이앤은 이제야 이 사람과 고통스러운 시간을 나누게 된 건가 싶은 생각이 들었다. 결혼한 친구들을 보며 유일하게 질투가 났던 순간은 힘든 고난의 시간을 마주했을 때, 부부가 함께 이를 공유하면서 조용한 연대감을 느끼게 된다는 점이었다. 다이앤은 알렉스가 넘어오지 못하도록 마음 일부를 걸어 잠그고 있었는데, 이제는 마법사가 관객 몰래 벽을 허물어둔 마술 속의 관처럼 그 조그만 벽마저도 와르르 무너져 내리고 말았다.

"자기 아빠에 대해서 나에게 뭔가 묻고 싶어 하지 않던가요?" 알렉스가 물었다.

"만약 그렇다면 본인이 직접 물어볼 거예요. 아마도. 물론 오늘 당장은 아니겠지만."

"오늘이든 아니든 어차피 달라질 건 없으니까요. 아무튼 톰이 사실을 알게 되었다니 다행이에요."

"그렇게 생각할 줄 알았어요. 하나 물어봐도 돼요? 역사상 가장 평온한 해변에 갔던 일은 잘된 거예요?"

"골치 아픈 일은 해결됐어요."

"누가 그래요?"

"오늘 밤 우리가 해야 할 일은 해변에 있는 술집에 가서 질펀하게 퍼마시는 것뿐이에요."

"어쩌죠." 다이앤이 머그잔을 들며 말을 이었다. "그때까지 못 참겠는데."

"기분 좀 괜찮아졌어요?"

"그럭저럭요. 일단 잔부터 가져와요. 직접 마셔보면 알아요."

파올라는 잠에서 깨기 직전, 한 남자가 하늘에서 추락하는 꿈을 꾸었다. 머리부터 몸까지 시뻘겋게 달아오른 철로 된 정장을 입은 남자. 그는 거대한 대양으로 곤두박질쳤고 깊숙한 바닥까지 서서히 곤두박질치고 말았다. 검게 그을린 무쇠의 열기를 식히기에는 역부족이었는지 주변의 바닷물이 서서히 부글부글 끓어오르기 시작했다. 수면 위로 피어오른 뿌연 열기가 몽글몽글 맺히면서 동그란 진주가 되었고 그 진주들은 비처럼 흩뿌려지면서 산을 이루는가 싶더니 곧이어 작은 군도가 되었다. 그렇게 진주는 서서히 하늘 높이 쌓이기 시작했고 이내 구름처럼 뿔뿔이 흩어져버리면서 잠에서 깨어났다.

톰이 침대 옆 스탠드에 벗어둔 롤렉스 시계가 틀리지 않았다면, 벌써 오후 5시가 다 된 늦은 시간이었다.

"부르주아 아저씨." 파올라가 속삭였다.

톰은 발목에 이불을 돌돌 감고 파올라 쪽으로 고개를 돌린 채 옆으로 누워 있었다. 파올라는 그가 누운 침대 가장자리에 우아한 자세로 앉아 있었다. 정신을 똑바로 차리려는 건지 아니면 계속 잠을 자려는 건지 모르지만 톰의 표정이 왠지 모르게 긴장되어 보였다. 그러더니 오른손을 쭉 뻗어서 서서히 그녀의 엉덩이 쪽을 더듬기 시작했고, 파올라는 그 모습이 한편으로는 절망적이고 다른 한편으로는 반갑기도 했다. 그녀는 톰의 팔을 천천히 들고 햇볕에 그을린 시뻘건 피부에서 느껴지는 후끈한 기운과 관자놀이에 붙은 모래 알갱이 6개가 보일 정도로 그의 옆으로 바짝 다가가서 누웠다. 파올라가 관자놀이에 붙은 모래 알갱이를 살살 털어내자, 톰이 정신을 차리고 눈을 격렬히 끔벅이기 시작했다.

"일어났어? 엄청 외로워 보이더라." 파올라가 말했다.

"지금 몇 시야?"

"오후 5시 막 지났어."

톰은 그녀를 보고서 잠시 마음을 놓는 듯했지만, 일순간 표정이 다시 어두워졌다.

"너희 아빠는 집에 오셨어?" 그가 물었다.

"그럴 거야. 주방에서 얘기하는 소리 들리던데. 잘 잤어?"

"내가 잤어? 하나도 잔 것 같지 않은데."

"아무 문제 없는 거지? 네 표정이 마치……."

톰은 파올라의 머리 뒤로 한 손을 쓱 뻗어서 그녀의 얼굴을 바짝 당겼다. 두 사람의 키스는 동이 틀 무렵, 톰이 궁금해하던 질문에 대한 해답이 되었다. 이게 두 사람의 첫 키스였다. 톰에게 바짝 몸을 대고, 윗니와 아랫니 사이로 그의 혓바닥을 깨무는 순간 파올라의 몸이 팽창되었다가 다시 수축하였고 완전히 새로운 기분이었다. 파올라는 두 다리를 벌리고 그의 몸 위에 올라타서 양팔을 쭉 뻗더니 달랑 하나 입고 잠들었던 티셔츠를 훌러덩 벗어 던졌다. 그녀가 톰이 입고 있던 속옷을 다리에서부터 발목으로 내리는 동안에도 두 사람의 혀는 뒤엉켜 있었고, 파올라는 발가락으로 발목까지 내려온 속옷을 확 잡아챘다. 그리고 갑자기 벌떡 일어나더니 손가락을 뻗어서 침대 스탠드에 놓여 있던 휴대전화를 들었다.

"뭐 해?" 톰이 물었다.

파올라는 침대의 박스스프링이 삐걱거리는 소리를 은폐할 요량으로 에티오피아 재즈 음악을 재생시키면서, 한 손가락을 입술에 가져다 댔다.

"콘돔 있어?" 잠시 후 그녀가 물었다.

톰이 고개를 가로저었다.

"멕시코에 오면서 콘돔도 안 챙겨왔단 말이야?"

"어른들이랑 함께 주말을 보내는 거잖아. 반드시 성관계를 가질 필요도 없고."

"아니, 당장 해야 해. 마리카. 절대로 삽입하지 않겠다고 약속해."

"알았어."

"맹세해."

"맹세할게."

파올라가 엉덩이를 들자, 갑자기 톰이 그녀의 몸속으로 파고들었다. 톰과 파올라는 돌처럼 굳어져 서로 눈을 맞추었고, 파올라는 그 상태로 들릴락 말락 숨을 머금은 채로 몸을 씰룩거리면서 톰의 몸 위로 엉덩이를 천천히 들었다가 놓기 시작했다. 어제와는 달리, 톰은 파올라와 완벽하게 리듬을 맞추면서 움직일 수 있었다. 잠시 후 그는 양손으로 파올라의 허리를 잡더니 공중으로 홱 들었다. 파올라는 잽싸게 엉덩이를 뒤로 빼더니 절정에 이른 그의 위로 몸을 포갰다.

"맙소사." 톰은 고군분투와 부끄러움이 뒤섞여 얼굴이 붉어진 채로 이렇게 말했다. "너무 빠르잖아."

"제발 콘돔 좀 가지고 다녀." 파올라가 말했다.

두 사람은 주방 싱크대에서 잔이 부딪치는 소리가 방으로 새어 들어오자 순간 입을 다물었다. 파올라는 키득거리면서 고개를 절레절레 흔들었다.

"알겠어." 톰이 말했다. "아직 마음의 준비가 된 건지 모르겠어."

파올라는 그의 가슴에 얼굴을 파묻었다. "맙소사, 우리 몸 냄새 장난 아니다. 샤워해야겠어. 너도 얼른 씻어."

"같이 샤워하면 안 되잖아."

"당연히 숙녀 먼저 해야지."

"서로 시차를 두고 나가는 건 어떨까?"

"뭔가 구린 데가 있는 사람처럼? 그냥 자연스럽게 행동해, 마리카. 넌 걱정이 너무 많아."

"우리가 방금 섹스를 했다는 사실을 너희 아빠에게 알리고 싶지 않아서 그래."

"우리 아빠가 무섭구나, 그렇지?"

"그게 이상한 건가?"

"아니." 파올라가 대답했다. "네 말이 맞아. 전혀 이상하지 않아."

주방으로 나가자, 다이앤은 2인용 안락의자에 앉아서 로맨스 소설을 눈으로 훑고 있었고, 그사이 알렉스는 아주 연한 청색의 셔츠 끝을 의자 끝자락에 걸쳐놓은 채로 테이블에 놓인 노트북을 빤히 쳐다보고 있었다.

"어머나, 이게 누구야." 다이앤은 톰과 파올라가 주방으로 나오자 이렇게 말했다. "용케 살아서 돌아왔구나."

"거의 돌아온 거 같아요." 톰은 어색하게 눈을 비비고서 온몸을 쭉 뻗었다.

“굿 이브닝. 어젯밤에 둘이 신나는 시간을 보냈다면서.” 알렉스가 말했다.

“그래서 외출 금지령이라도 내리시게요?” 파올라는 냉장고 쪽으로 성큼성큼 걸어가면서 이렇게 말했다.

하지만 알렉스는 뭔가 다른 생각에 사로잡힌 나머지 톰과 파올라 사이에 흐르는 묘한 긴장감을 전혀 눈치채지 못한 상태로 다시 노트북에 시선을 고정했고, 반대로 다이앤은 그 기류를 도저히 묵과하지 못했다. 톰은 엄마의 눈을 똑바로 바라보지 못했고, 두 사람 사이의 공간은 어딘지 모르는 분위기로 가득 차 있었으며 심지어 콧노래를 흥얼거리는 소리까지 들리는 것이 아닌가.

“술 한 잔 마실 사람?” 알렉스가 물었다.

그는 집으로 돌아오는 길에 마트에 들러서 잔뜩 곤두섰던 신경을 가다듬고 집의 안락함을 느낄 요량으로 가게에서 제일 비싼 샴페인 한 병을 사 왔다. 톰은 샴페인 코르크 마개를 따는 그를 빤히 쳐다보고 있었다.

“뭘 축하하는 거예요?” 톰이 물었다.

“독립. 아니면 노동절을 기념해도 좋고. 그냥 다 같이 한잔하고 싶구나.” 알렉스가 말했다.

그는 톰이 자신의 눈을 피하는 모습에 한편 안심이 되면서도 클레이에 대한 대화를 나눠야 하는 순간이 임박했다는 사실에 이렇게 불안해한다는 사실이 놀랍기도 했다. 톰은 술잔의 술을 반쯤 삼키고 나서야 파올라도 술을 급히 비우고 있음을 눈으로 확인할 수 있었다. 파올라는 죄책감이 어린 미소를 지으며 술잔을 기울였다. 알렉스와 다이앤도 급하게 술잔의 술을 비우고 있었다. 술병은 곧 바닥을 드러내고 말았다.

"그럼, 이제 산책을 가보자." 알렉스가 말했다.

라 부에나 비다로 800미터쯤 가면, 하프 문 베이의 남쪽 끝에 팔라야 지붕 아래로 호화로운 모래 바닥 위에 술집이 있었다. 그 술집은 등받이 없는 의자와 그네로 둘러싸인 거대한 반원 형태로 된 어두운 목재로 만든 장소였다. 천장에는 상상 속의 선사시대 바다뱀의 뼈대가 걸려 있었고, 회반죽으로 된 척추골과 이가 그대로 드러난 두개골이 낚싯줄에 대롱대롱 걸려 있었다. 디에고와 카탈리나는 입구 근처에 걸린 널찍한 그네에 함께 앉아 있었고, 바로 옆에는 맥주병을 든 벤과 크리스찬이 함께 있었다. 카탈리나는 그네에서 풀썩 뛰어내리더니 톰과 다이앤에게 근처를 구경시켜주겠다고 말했고, 톰은 슬쩍 자리에서 빠져나와 저만치 떨어진 바의 끝부분으로 걸어가서 바텐더에게 마르게리타를 주문했다. 태양이 저물고 시원한 바닷바람이 불어오기 시작했고, 급기야 재떨이 안에 작은 회오리바람이 일 정도로 강하게 불었다. 파올라는 톰의 옆으로 다가가서 그의 셔츠 주머니에 유리로 된 조그만 물약 병을 가만히 밀어 넣었다.

"디에고가 주는 선물이야. 정신이 바짝 들 거야." 파올라가 말했다.

"그라시아스. 같이 마시자."

"난 그딴 거 안 마셔. 잘못했다가는 그냥 잠들어 버릴 수도 있거든 너나 마셔."

"장난치지 마." 톰이 말했다.

파올라는 멀리 화장실 쪽을 손가락으로 가리켰다. 알렉스가 톰이 떠난 빈자리로 와서 앉자 그녀는 바텐더를 향해 손짓했다.

"톰이 즐겁게 지낼 수 있도록 해줘서 고맙구나." 비꼬는 기색이라고는 전혀 느껴지지 않는 말투였다. "아빠가 술 한잔 사줄까?"

"먼저 솔직히 고백부터 하시지 그래요?"

"뭘? 누구한테 말이니?"

"다이앤 아줌마요. 제 말 무슨 뜻인지 아시잖아요. 괜한 거짓말로 속이지 마시고요. 다이앤 아줌마는 좋은 사람이에요. 계속 거짓말을 할 거면, 그냥 좋은 사람 만날 수 있게 보내주세요."

"거짓말 안 했어."

"그럼 솔직히 얘기했단 말이에요?"

알렉스가 끄덕였다.

"그런데도 괜찮대요?"

"'괜찮다'고 말했다는 건 아니고. 내 얘기를 듣고 나서도 아직 떠나지 않았잖아. 그 얘기만 한 건 아니야. 그걸 지금 너에게도 얘기하려는 참이란다. 파올라, 아빠는 이제 그 일에서 손 뗄 거야. 영원히."

"거짓말하지 마세요."

"내가 거짓말하는 것처럼 보이니?"

파올라가 갑자기 두 팔로 껴안는 바람에 알렉스는 등받이 없는 의자에서 휘청거리며 내려서야 했다.

"그럼 이제부터 뭘 하시려고요?" 그녀는 아빠의 가슴에 고개를 파묻고서 이렇게 물었다.

"살아남아야겠지."

"잘됐어요. 정말 잘됐어요. 오늘은 제가 한잔 살게요."

톰은 코카인이 가득 든 두 개의 열쇠를 들고 화장실을 나서면서 달아오르는 약 기운을 이겨내고 정신을 차려보려고 애쓰고 있었다. 파올라에게 해야 할 얘기가 일곱 가지나 있었지만, 알렉스가 의자를 차지하고 있는 모습이 보였다. 바로 그때 카탈리나가 귀에 확 박힐 정도로 날카롭게 휘파람을 불었고, 바의 입구 도로 위로 천천히 들어서는 새하얗고 커다란 SUV 자동차를 향해 고갯짓을 했다. 알렉스는 곧바로 자리에서 일어나 엉덩이 부근으로 삐져나온 셔츠 끝을 말끔히 가다듬었고 바로 그때 톰은 허리춤에 꽂혀 있는 조그만 권총을 똑똑히 볼 수 있었다. 톰은 덩치가 산만 한 남자가 운전석에서 내려서 뒷좌석 문을 열고 화려한 색감의 스카프를 어깨에 두른 백발의 아담한 여자를 내리도록 하는 모습을 보고 얼음처럼 굳어졌다. 덩치 큰 남자는 천천히 계단으로 여자를 안내하면서도 주변 사람들을 눈으로 찬찬히 훑고 있었다. 알렉스는 꽤 놀란 눈치였지만 어느새 허리춤에 있던 총도 온데간데없이 사라져버린 후였다. 그는 급히 여자 쪽으로 가더니 에스코트를 자청했고, 바로 그때 다이앤도 해변에서 돌아와 바에 덩그러니 서 있는 톰을 발견했다.

"무슨 일 있니?" 다이앤이 물었다.

"알렉스 아저씨의 친구 같은데, 누군지 아세요?"

"글쎄다. 눈은 좀 붙였어? 별로 피곤해 보이지 않는구나."

"빨리 가서 잠 좀 자고 싶어요."

"그렇겠지. 그런데 네 행동이 정말 잘한 걸까?"

"무슨 말씀이세요?"

"모른 척하지 마."

"모른 척하기는요. 그냥 뭘 잘했다고 하시는 건지, 그게 제 얘기인지 엄마 얘기인지 알 수 없어서 그래요."

"재미있구나. 잘 들어. 너한테 이래라저래라 할 생각은 없지만, 제발 행동을 하기 전에 생각이라는 걸 먼저 했으면 싶구나."

"그게 전부예요? 행동하기 전에 생각하라? 이쯤에서 과거 얘기 좀 꺼내볼까요? 애초에 우리가 여기까지 오게 된 게 누구 때문이었죠?"

"목소리 낮춰."

"엄마, 누구 때문에 여기 온 거였는지 기억나요? 전과자 남자친구, 아니 알렉스 아저씨랑 멕시코에서 노동절을 보내야 한다고 멋대로 결론 내린 사람이 누구였죠? 저는 엄마 부탁 때문에 여기 온 거예요. 분명히 알렉스 아저씨 친구들이랑 우리뿐일 거라고 했잖아요. 알렉스 아저씨한테 딸이 있다고 미리 말했던가요? 아니, 딸이 있다는 사실을 알고는 계셨어요?"

"당연히 알고 있었지."

"미리 얘기해 줘서 정말 감사하네요. 그럼 알렉스 아저씨가 왜 지금 총을 가지고 있는 건지도 설명해 주실래요? 그리고 친구로 보이는 사람이 경호원까지 대동하고 나타난 이유도요?" 톰은 파올라의 담뱃갑에서 담배를 꺼내서 불을 붙였다. "제 말 틀렸어요? 그래서 우리가 여기 있는 거잖아요. 제가 도움이 됐나요? 아닐 것 같은데. 솔직히 말하면, 저도 제가 여기서 뭐 하는 짓인지 모르겠거든요. 그렇다고 해서 제 탓을 하실 생각은 마세요. 이건 엄마가 벌인 일이잖아요. 저는 그냥 따라 온 것뿐이라고요."

해변에서 아버지에 관해서 이야기한 후에 톰의 감정이 폭발할 거라는 사실은 어느 정도 예상하였기 때문에 마음을 단단히 먹고 있었다. 아무것도 아닌 일로 뭔가 혹평을 쏟아낼 수 있다는 것도 예상했었고, 아들이 화를 내는 원인이 뭔지 파악하고 엄마로서 용서하고 그냥 넘어갈 수도 있었다. 하지만 이건 아무것도 아닌 일이 아니었다. 톰의 말이 옳았다. 애초에 톰을 여기까지 데려오지 말았어야 했다. 길고 긴 주말을 알렉스와 단둘이 보내야 한다는 압박감 때문에 굳이 아들의 존재를 일부러 부각하려고 애썼다. 게다가 톰에게는 멕시코냐 롱아일랜드냐의 선택지가 분명히 존재하고 있었다. 다이앤은 아들에게 진심으로 사과하고 설명을 하기 위해서 고개를 돌렸다. 그런데 입을 벙긋하기도 전에 알렉스가 나타나서 그녀의 어깨에 손을 올리는 것이 아닌가.

"미안한데, 잠깐 나랑 같이 가주겠어요? 꼭 소개해주고 싶은 사람이 있어서요." 알렉스가 말했다.

"좋아요. 누군데요?" 다이앤이 물었다.

"마리셀이요." 바에 유일한 테이블 앞 의자에 앉아서 바로 옆에 있는 파올라의 머리카락을 쓰다듬고 있는 나이 든 여자를 손가락으로 가리키면서도 다이앤의 목소리가 왜 떨리고 있는지 궁금했다. "아침에 잠깐 얘기했었죠?"

운전사의 팔에 의지해서 걸음을 옮기던 마리셀의 모습을 봤던 터라, 다이앤은 그녀가 신체적으로 또 정신적으로도 노쇠했을 거라고 예상하였다. 하지만 다이앤이 걸어오는 모습을 날카로운 눈빛으로 바라보는 모습을 보자 오히려 본인이 더욱더 불안하고 긴장이 되는 것이었다. 마리셀은 환히 웃고 있었지만 그렇다고 해서 날카로운 시선을 부드럽게 만들어주지는 못했다.

"그냥 앉아 있어." 다이앤은 파올라가 자리를 피해 주자 이렇게 말했다. "만나뵙게 되어서 정말 영광이에요."

"나 역시 마찬가지랍니다." 마리셀이 대답했다. "이리 앉아요. 알렉스, 마실 것 좀 가져다줄래? 블랑코 테킬라에 얼음 두 개 띄워서.

부탁할게.”

“저도 같은 거로요.” 다이앤이 말했다.

“멕시코는 처음이에요?” 마리셀이 알렉스가 자리를 뜨고 나서 이렇게 물었다. “와보니까 어떤가요?”

“특별한 곳 같아요.”

“맞아요. 우리 남편은 이곳을 찾는 사람들이 바뀔 정도로 특별하다고 했었죠.”

“정말 그런 것 같아요. 벌써 저부터도 변화가 있는 것으로요.”

“그래서 많이 놀랐나요?”

“아니요. 생각해 보면 그리 놀라지는 않았던 것 같아요.” 다이앤이 심사숙고 끝에 이렇게 대답했다.

“지금까지 내 인생에서 가장 놀랐던 일들이 뭘까 생각해 보면, 결국 나 자신이 오랫동안 의심해 왔던 것들이 결국에는 나를 놀라게 했던 거더군요.”

“방금 아들에게 제가 했던 말이 그거였어요.”

“아들이 아주 잘생겼네요.”

“아빠를 닮아서요. 아빠가 누군지 얘기 안 해도 알고 계시지요?”

“그럼요.” 마리셀이 대답했다. “정말 유감이에요. 아들에게도 그렇고.”

“위로 감사합니다. 이미 오래전 일인걸요.”

“그렇기는 하죠. 다음 생이 또 있으니까. 게다가 듣기로는 결과적으로는 좋은 일이 생기기도 했으니까 말이에요.”

“저는 지금 삶에 만족하며 살고 있어요.”

“어차피 변화는 끝없이 이어질 테고, 아무것도 확실한 게 없다는 사실을 알고 있기 때문이겠죠."

"맞는 말씀이세요."

"그래요. 이런 말 해도 괜찮을지 모르겠지만, 뭔가 걱정이 있어 보이는 얼굴인데. 무슨 문제라도 있나요?"

"괜히 제가 과거 일을 들쑤셔서 아들을 힘들게 한 게 아닌가 싶어서요. 꼭 그랬어야 했나 싶기도 하고요."

"엄마의 역할이 이제는 어느 정도 달라져야 한다는 사실을 받아들이는 게 좋겠네요. 더불어 인생에서 아들의 역할도 어느 정도 변화하게 될 거라는 점도. 아이가 태어나는 순간부터 아이들에게 다가오는 위험을 감지할 수 있는 여자로서 말하는 거예요. 우리는 삶의 방향을 결정하고, 우리 주변의 위험으로부터 아이를 지키기 위해서 뭐든 할 수 있죠. 그저 엄마로서 진지하게 책임을 다하기만 하면 돼요. 그럼 아들도 기꺼이 엄마의 뜻을 따라줄 테니까."

"그래도 걱정이 돼요."

"만약 아들이 잘 버텨준다면요? 잘 이겨낼 거라고 보는데요."

"어차피 앞으로의 일은 모르는 거니까요. 그렇죠?"

"원하는 걸 좇을 권리는 누구에게나 있는 거니까. 그저 현명한 선택을 하기만 하면 되는 거잖아요."

알렉스가 술잔을 들고 돌아왔다.

마리셀은 술을 한 모금 마시고는 이렇게 말했다. "안타깝지만 나는 이만 가봐야겠구나. 알렉스, 나를 차까지 데려다주지 않겠니?"

알렉스는 술집 앞까지 마리셀을 에스코트했고 무장한 SUV의 문까지 열어주었다.

"이렇게 와주셔서 감사해요." 그가 말했다.

"초대해 줘서 내가 오히려 고맙지. 둘이 정말 잘 어울리더구나. 축하해. 일전에 부탁했던 일 말인데, 내가 연락을 해두었단다."

"그랬더니 뭐래요?"

"네 입장은 충분히 이해한다고 하더구나."

"그럼 완전히 해결된 건가요?"

"쉽게 얻을 수 없는 청신호이기는 하지."

"도와주셔서 감사해요."

"별것도 아닌데. 좋은 밤 보내렴."

운전사는 부인을 뒷좌석에 태우고 문을 닫았다. 알렉스는 털컥거리며 과속 방지턱을 올라갔다가 내려가 고속도로를 향해 천천히 달려가는 자동차의 꼬리등이 희미하게 보일 때까지 자리에서 지켜보았다. 알렉스는 출입문이 닫힐 때, 열차에 올라타서 다시 열차가 덜컹거리며 움직이기를 기다리면서 멀뚱히 서 있는 것 같은 느낌이 들었다. 이렇게 간단하게 그 일이 마무리되는 건가?

동이 튼 직후, 톰은 파올라의 팔과 다리로부터 슬그머니 몸을 빼내고 두 개의 침대 사이에 있는 창가에 잠시 멈춰 섰다. 우거진 정글 위로 흩뿌린 빗줄기가 뿌연 연무로 변했지만, 이른 아침의 햇살이 내리쬐는 하늘만은 어느 때보다 맑아 보였다. 내일이면 집으로 돌아가는 비행기를 탈 것이다. 금융시장과 포트폴리오 리뷰, 그리고 헝클어진 침대가 있는 뉴저지로 돌아가게 되는 것이다. 바로 눈앞에는 톰이 잠들었던 자리를 채우려는 듯 배 쪽으로 몸을 숙이고 곤히 잠든 파올라가 누워 있었다. 이번 만남 이후로, 언제 다시 그녀를 만날 수 있을지, 혹은 만나기는 하게 될지 그도 알 수가 없었다. 같이 직장에 다니는 친구로부터 문자가 와서 잘 지내냐고 묻기에, 톰은 엄마의 남자친구의 딸과 잤노라고 대답했고, 친구는 '그럼 엄마랑 더블데이트하는 거네, ㅋㅋㅋ'라고 답장을 보내왔다. 게다가 엄마가 두 사람의 사이를 눈치채 버린 게 확실했고, 알렉스는 모른 척 쇼를 하고 있거나 아니면 전혀 의식하지 못하거나 둘 중 하나일 것이다. 어제 사실이 탄로 나기 전, 파올라와 친구 이상의 사이가 되기 전까지만 해도 알렉스는 그를 불편하게 만드는 대상이었다. 순간 톰은 파올라를 깨워서 질문세례를 퍼붓고 싶은 충동을 느꼈다. 다이앤이 해변에서 그에게 말했던 사실을 파올라는 처음부터 알고 있었을까? 알렉스는 총을 왜 가지고 다니는 걸까? 그리고 두 사람 사이에는 지금 무슨 일이 벌어지고 있는 건가? 앞으로 24시간 후면 톰은 공항으로 떠날 테고, 길고 긴 주말 동안 온갖 사건들로 정신없이 보냈기 때문에 오늘은 또 무슨 일이 벌어질 것인지 궁금하기만 했다. 톰이 누웠던 이불은 파올라의 이불과는 반대로 이제 바삭하고 시원하게 말라 있었고, 결국 톰은 자리에 누워서 누군가 방문을 노크할 때까지 깜빡 잠이 들고 말았다.

"해가 중천에 떴어." 알렉스가 문을 살짝 열고 말했다.

"아니, 아니야." 파올라는 베개를 얼굴까지 올리고 투덜거렸다.

"아침이라니까." 알렉스가 대꾸했다. "빨리 일어나. 다 함께 해변에 갈 거야. 10분 내로 준비해."

"이리 와서 누워." 파올라가 속삭였다.

톰은 손가락을 휘휘 저으며 대답했다. "너희 아빠 말씀하시는 거 들었잖아."

주방에는 갓 내린 커피의 향기가 가득했고 테이블에는 베이컨과 아침 식사용 타코가 준비돼 있었다. 톰은 파올라가 함께 나눠 먹을 음식을 그릇에 담는 사이 커피를 머그잔 두 개에 나눠 담았다.

"진짜 그러고 나가시게요?" 파올라는 네온 초록색의 "세뇨르 개구리"가 그려진 조그만 가방을 허리에 두른 알렉스를 보며 경악해서 물었다. "그러니까 진짜 미국인 관광객처럼 보이잖아요."

"누가 놓고 간 거야." 알렉스가 대답했다. "관광객으로 보이는 것쯤이야 감당해야지. 자, 다들 나갈 준비됐지?"

네 사람이 자동차에 도착했을 때, 늘씬하게 뻗은 구릿빛 피부의 커플이 모자까지 맞춰 쓰고서 환히 웃으면서 녹슨 자전거를 타고 지나갔다.

"날이 정말 좋네요!" 남자가 소리쳤다.

"그러게요!" 알렉스가 화답했다.

발가락 슬리퍼에 수영복 바지, 라 부에나 비다의 기념 티셔츠까지 입고 허리에 조그만 주머니를 두른 알렉스의 모습은 영락없는 미국인 관광객이었지만, 다이앤은 지금도 반자동 권총과 여분의 탄창이 그 안에 있다는 사실을 깨달았다.

구름 한 점 없이 맑은 하늘 아래, 남쪽으로 알렉스가 차를 모는 사이 파올라는 아이폰에 저장돼 있던 부드러운 테크노 음악을 틀었다. 툴룸까지 절반쯤 간 후, 그는 고속도로로 차를 틀었고 다시 좌회전해서 별다른 표지판도 없이 끝도 없이 이어진 먼지투성이 도로로 달리기 시작했다. 자동차가 도착했을 때, 경비초소에 있는 경비원은 턱을 가슴까지 숙인 채로 곤히 잠들어 있었다. 알렉스는 경적을 울렸고, 등받이 없는 의자에서 단잠을 자던 경비원이 용수철처럼 튀어나와 우호적인 미소를 지으면서 초소 앞에 걸려 있던 소금투성이 밧줄을 올렸다. 스카셀(Xcacel)은 자연보호구역으로 정글로 둘러싸인 말발굽 모양의 해안선 안쪽으로 깊숙이 자리 잡은 곳이었다. 주차장에는 아직 차가 한 대도 없었고 해변에도 인적이 느껴지지 않았다. 파도는 꽤 높이 들이쳤고, 알렉스는 다이앤이 작은 볼일을 해결하기 위해서 새하얀 파도 사이로 첨벙거리며 들어간 사이 준비해 온 물건들을 물가에 내려놓았다. 다이앤이 돌아왔을 때는 이미 하얗고 빨간 비치용 우산이 활짝 펼쳐져 있었다. 알렉스는 그늘에 등을 대고 둥글게

만 수건을 머리 뒤에 받치고 눕더니, 손을 뻗으면 닿을 거리에 허리에 차고 왔던 주머니를 내려놓았다. 톰과 파올라는 얕은 물가에 나른한 자세로 누워서 철썩이는 파도 소리 사이로 숨죽여 대화를 나누고 있었다.

알렉스가 고개를 들더니 이렇게 말했다. "둘이 잘 지내는 것 같아서 참 보기 좋네요."

진심인가? 다이앤은 생각했다. 어떻게 눈치가 저리 없을까? 자기 딸한테 벌어지고 있는 일을 눈을 뜨고도 제대로 보지 못한다고? 순간 손바닥으로 그의 얼굴을 비비고 싶었지만, 지금은 먼저 의논해야 할 일이 있었다.

"그 총은 사창가에서 가지고 온 거예요?" 그녀가 물었다.

"잠깐 빌린 거예요. 비행기 탈 때는 안 가지고 가요." 알렉스는 자리에서 일어나 선글라스를 벗었다. "모두 여기 두고 갈 거예요. 진짜로요."

다이앤은 알렉스의 몸 위로 올라타더니, 그를 바닥에 눕히고 목덜미와 입 그리고 이마까지 차례대로 입을 맞추었다. 마침내 그의 몸에서 내려왔을 때, 위쪽 주차장에서 경비원이 휴대전화로 누군가와 통화를 하는 모습이 보였다. 톰과 파올라는 해변에서 달리기하다가 모래사장 위로 고꾸라지듯이 쓰러졌다. 두 사람은 담배를 나눠 피우고 뜨거운 태양 아래서 몸을 말리면서 소형 헤드폰을 한 짝씩 나눠서 꼈다.

"당신 말이 맞아요." 다이앤이 속삭이듯 말했다. "둘이 잘 지내니까 보기 좋네요."

정오가 되기 직전, 파올라는 톰을 데리고 세노테(카르스트 지형에서

흔히 발견되는 거대한 구멍)에 가겠노라고 선언했다.

"어디에 간다고?" 톰이 되물었다.

"석회암 구멍 말이야. 안에 깨끗한 물이 가득 차 있거든. 커다랗고 파란 눈동자처럼 생긴 곳이야. 저기 정글 안에 가면 있어. 별로 안 멀어."

"그래, 다녀와." 알렉스가 말했다. "그동안 짐을 정리하고 있을 테니까, 다녀와서 같이 점심 먹으러 가면 되겠네. 도로 아래쪽에 해산물 잘하는 식당에 예약해 놨어."

"완벽하네요." 파올라가 대답했다. "금방 올게요."

세노테로 가는 길은 발바닥 하나가 들어가고 조금 남을 만한 정도로 좁았고, 진흙이 펼쳐진 사이로 작은 구멍이 뻥뻥 뚫려 있었다. 파올라가 조금 앞서 걸었고, 모기가 머리 위로 윙윙거리며 날아다니자 톰이 손가락 끝을 휘적거렸다. 길의 끝에는 가운데 가파른 구멍이 뚫린 공터가 보였다. 파올라는 수면 위로 120센티미터 정도 높이에 툭 튀어나온 석회암 바위 쪽으로 톰을 이끌었다.

"다이빙할 수 있겠어?" 톰이 물었다.

파올라는 다이빙으로 대답을 대신했다. 톰은 그 뒤를 따라 몸을 던졌고, 두 사람은 몇 초 후에야 추위를 이기지 못하고 숨을 헉하고 들이쉬며 수면 위로 떠올랐다. 파올라는 톰을 가까이 끌어당기더니, 입술을 맞추었고 그러면서도 고개를 물 위로 내밀고 물속에서 발을 계속 휘젓고 있었다.

"깊이 들어가 보자." 파올라가 말했다.

두 사람은 깊이 숨을 들이마시고 서로 깍지를 낀 채로 수면 아래로 잠수를 했고, 내쉬는 숨에 새하얀 거품이 뽀글뽀글 피어올랐다. 그런데 수면 아래로 깊숙이 내려갈수록 시야가 흐려져 급기야 서로의 얼굴이 보이지 않을 정도가 되었다. 결국, 두 사람은 깍지를 풀고 다시 발을 힘껏 차면서 수면 위로 올라왔다. 톰이 눈가에 물기를 닦아내고 나니, 파올라가 그의 얼굴 위로 뭔가를 빤히 쳐다보고 있는 모습을 볼 수 있었다. 톰이 고개를 돌렸다. 라파엘이 처음 보는 남자 셋과 함께 툭 튀어나온 절벽 위에 서 있었다.

"라파엘," 톰이 외쳤다. "여기는 웬일이야?"

다이앤은 우산 아래 그늘에 배를 깔고 엎드려서 파도를 따라 부드럽게 불어와 온몸을 어루만지는 바닷바람을 느끼면서 잠시 의식이 흐릿해졌다가 깨어나기를 반복하고 있었다. 바로 옆에 있던 알렉스가 벌떡 일어나 톰과 파올라가 사라진 쪽을 쳐다보고 있을 무렵에야 정신이 번쩍 들었다.

"왜 이렇게 안 오죠?" 그가 말했다.

"정말 답답해서." 다이앤이 몸을 굴리더니 환히 웃으며 그를 올려다보았다. "정말 모르는 거예요. 아니면 모르는 척하고 싶은 거예요?"

"뭐가요?"

"두 사람, 그 방에서 한 침대를 썼다고요."

"한 침대를. 뭐라고요?"

"하나 물어봐도 돼요? 오토바이를 타고 대낮에 보석 가게를 털 정도의 남자가 어떻게 자기 딸이 코앞에서 뭘 하는지도 눈치채지 못하는 거죠?"

"그저 급속도로 친해진 사이라고만 생각했는데."

"지나치게 친해졌죠. 당신이 데리고 올래요. 아니면 내가 갈까요?"

"내가 갈게요." 알렉스가 대답했다.

"좋아요. 최대한 시끄러운 소리 내는 거 잊지 말고요. 아빠가 근처에 왔다는 걸 알려야 하니까."

다이앤은 머리 위에 펼쳐두었던 우산을 접으면서, 발을 쿵쾅거리고 쭈뼛거리면서 걷고 있을 알렉스를 떠올리면서 빙그레 미소를 지었다. 10분 후, 알렉스는 정글 밖으로 나와서 한 손으로 햇볕을 가리고서 바닷가 위아래를 두리번거리면서 모습을 드러냈다.

"가봤는데 없어요." 그는 빠른 걸음으로 다이앤 곁으로 다가왔다.

다이앤이 가방을 툭 하고 내려놓았다. "'없다'니 그게 무슨 소리예요?"

"세노테에 없어요."

"잘 찾아봤어요?"

"당연히 구석구석 다 찾아봤죠. 샅샅이 뒤졌다고요."

"좋아요." 다이앤이 차분한 목소리로 대답했다. "그렇다면 애들이 어디로 갔을까요?"

"저쪽에 도로로 이어지는 길이 있기는 한데, 그쪽으로는 안 갔을 거예요. 어제 툴룸에서 히치하이킹을 했다고 하던데. 혹시 뒷길로 가서 다른 차를 얻어타지 않았을까요?"

"그럴 이유가 없잖아요."

"그야 모르죠." 알렉스가 말했다. "그냥 이런저런 가능성을 생각하는 거예요. 일단 콘도로 돌아가는 게 좋겠어요."

"애들이 어디로 갔을지 짚이는 데는 없어요? 혹시 우리가 떠나고 나서 여기로 돌아오면 어쩌죠?"

"경비원에게 부탁하고 가면 되겠네요."

"말도 안 돼." 다이앤이 말했다. "애들이 우리한테 말도 없이 갈 이유가 어디 있겠어요? 대체 어떻게 된 걸까요?"

"모르겠어요. 아마 무슨 이유가 있겠죠."

알렉스는 모래사장을 가로질러 주차장 쪽으로 걸어가면서 식당에 전화를 걸었지만, 예약자 이름으로 먼저 도착한 손님은 없다고 했다. 주차장에 세워진 차량의 앞 유리가 작렬하는 태양에 이글거리며 후끈 달아올라 있었다. 경비초소도 텅 비어 있었고, 말뚝에 밧줄이 돌돌 말려 있었다.

"톰한테 전화를 걸어봐요." 알렉스는 고속도로를 타고 북쪽으로 달리면서 말했다.

"방금 걸어봤어요. 꺼져 있어요. 아무래도 집에 두고 간 모양이에요. 혹시 애들한테 무슨 일이 생긴 건 아니겠죠?"

"무슨 일요?"

"그야 모르죠. 어제 이곳이 그렇게 안전하지 않다고 했잖아요."

"밖에서 잠을 청해도 될 정도로 안전하지 않다는 뜻이었죠. 어디를 가든 노상에서 잠을 자면 위험한 법이니까."

알렉스와 다이앤이 탄 차가 아쿠말의 콘도에 도착했을 때, 젊은 부부와 아이들이 탄 미니밴이 3번 자리에 차를 세우고 있었다. 알렉스는 젊은 아빠가 건네는 인사조차 무시한 채로 종종걸음으로 계단으로 향했고, 두 사람은 약속이나 한 듯 계단을 두 개씩 성큼성큼 뛰어 올라갔다. 위층에 도착한 그는 문손잡이를 돌리려다가 문득 자물쇠가 채워져 있다는 걸 깨달았다. 그는 깊은 한숨을 내쉬고는 두 눈을 질끈 감아버렸다.

"여기 있나 봐요." 그가 말했다. "파올라한테 열쇠가 있거든요."

"잘됐네요. 하느님 감사합니다." 다이앤은 알렉스를 따라서 복도를 걸어가면서 말했다. "대체 무슨 생각으로 이런 짓을 하는지. 톰을 만나면 따끔하게 혼을 내줘야……."

알렉스가 갑자기 멈춰 서는 바람에 다이앤이 그의 등 뒤에 부딪히고 말았다. 그는 두 팔로 다이앤의 앞을 막아서면서 주춤거리며 주방으로 들어섰다.

"물러서." 그는 한 손으로 허리춤에 있는 주머니를 더듬으면서 경고조로 말했다. "당장."

알렉산드로가 과일 그릇에 있던 라임을 양손으로 굴리면서, 주방 테이블에 앉아 있었다. 라파엘과 팜 트리에서 카우보이 신발을 신고 있던 남자가 무표정한 얼굴로 자동 소총을 손에 든 채로 그의 등 뒤에 서 있었다.

"알렉산드로, 여자는 보내줘." 알렉스가 낮은 목소리로 말했다. "다이앤, 차에 가서 기다리고 있어요."

"얼마 안 걸릴 거예요." 알렉산드로가 말했다. "굳이 나가서 기다리지 않아도 돼요."

"원하는 게 뭐야?"

"내가 원하는 게 뭔지는 잘 알 텐데요. 당신 대답을 듣기 위해서 왔어요."

다이앤은 미친 사람처럼 집 안을 두리번거리기 시작했다.

"애들은 여기 없습니다." 알렉산드로가 말했다. "제가 다른 곳에 데려다 놨거든요."

"뭐라고? 대체 왜? 알렉스, 저 사람이 지금 뭐라는 거예요? 대체 무슨 소리를 하는 거냐고요?"

"알렉스, 무슨 일인지 설명해 주지 그래요?" 알렉산드로가 말했다. "싫다고요? 그럼 내가 설명하죠. 사실 저희가 알렉스 씨에게 정당한 대가를 지급하기로 하고 한 가지 사건을 의뢰했는데 말입니다. 그걸 거절하셨어요. 그러니 더는 귀한 대접을 해드릴 수가 없게 됐다는 거죠. 일이 마무리되는 대로 자제분들을 돌려보내 드리죠. 지금으로서는 저희가 데리고 있을 수밖에 없어요."

"안 돼." 다이앤이 말했다. "안 돼요. 제발요. 아이들을 데려갈 수는 없어요."

"그럴 리가. 이미 저희가 잘 데리고 있습니다." 알렉산드로가 자리에서 일어나더니 테이블 위에 대포폰 한 대를 올렸다. "이건 당신을 위한 겁니다." 그가 알렉스에게 말했다. "나와 통화할 수 있는 번호가 저장돼 있어요. 48시간 후에 이번 사건에 대한 추가 정보를 이 전화로 알려드리죠. 굳이 따님과 아드님까지 데리고 가는 번거로운 수고를 했다는 건, 이번 일에 대한 비용이 없다는 것을 의미하는 겁니다. 하긴 아이들과 함께하는 행복한 삶을 오랫동안 영위하는 것만큼 즐거운 일이 어디 있겠습니까?"

"저를 데리고 가세요." 다이앤이 말했다. "제발요. 뭐든 시키는 대로 할게요. 그럼 저 사람도 시키는 대로 할 거예요. 제발 아이들만 풀어주세요. 이렇게 애원할게요. 제발 아이들을."

"세뇨라," 알렉산드로가 말했다. "죄송하게도 그냥 여기 계셔달라는 말씀밖에 드릴 말씀이 없습니다."

"만약 일이 뜻대로 흘러가지 않는다면?" 알렉스가 물었다.

"일이 꼬이더라도 여기서 무슨 일이 벌어질지는 걱정하지 않아도 될 겁니다. 아무 일도 없을 테니까. 만약 그를 놓치면 다시 찾아내면 돼요. 필요하다면 몇 번이고 시도해야 하겠죠. 팀을 꾸리는 데 4일을 드리죠. 스페인에 가보셨나요?"

"그래."

"잘됐네요. 다음에는 마르베야(스페인 남부 해변 도시)에서 만나기로 하죠."

알렉산드로와 그의 수행단이 주방을 가로질러 반쯤 걸어갔을 때, 다이앤은 알렉스의 조그만 주머니 쪽으로 돌진을 하더니 그 안에 든 권총을 꺼내기 위해서 손가락을 더듬거리며 지퍼를 풀기 시작했다. 라파엘과 파트너는 매우 놀란 표정을 주고받으면서 곧바로 알렉스 쪽으로 총구를 겨누었다. 알렉스는 다이앤의 손목을 잡아 틀더니 그녀의 등 뒤로 단단히 고정했다.

"싸움을 두려워하지 않으시는군요." 알렉산드로가 만족스러운 듯 말했다. "저 여자분도 합류시키면 되겠는데요."

알렉산드로 일행이 문을 닫지 않고서 내려간 탓에 도로로 이어지는 계단을 내려가는 도중에 누군가 큰 소리로 껄껄 웃는 소리가 그대로 전해졌다. 다이앤을 품에 안고서 알렉스는 그녀를 2인용 소파로 데려가서 앉히고 그녀의 발치에 쭈그리고 앉았다.

"다이앤, 내 말 들어요. 이번 일을 처리하려면 당장 비행기를 타고 여기서 떠나야 해요. 아이들을 반드시 데리고 올 거예요. 맹세할게요. 그러니까 당신은……."

찰싹 하는 소리가 그의 말허리를 잘랐고, 이어서 그의 얼굴이 홱 하고 돌아갔다. 알렉스는 눈을 감은 채로 연달아 뺨을 두 대 더 맞았고, 그제야 참았던 눈물을 터트리며 울부짖는 다이앤의 손목을 붙잡았다.

“잘 들어요. 지금 당장…….” 알렉스가 입을 열었다.

“싫어요.” 다이앤의 얼굴이 시뻘겋게 달아올랐다. “당장 애들을 데리고 와요. 애들을 찾아내지 못할 거면 차라리 죽어버리라고요. 아니, 그보다는 애들을 데리고 온 후에 죽는 게 낫겠네요.”

“알겠어요.” 알렉스가 말했다.

다이앤은 저리 비키라는 듯 손을 거칠게 휘젓더니 자리에서 일어나서 비틀거리는 걸음으로 난간 쪽으로 향했다. 침실로 돌아간 알렉스는 그녀의 짐을 챙겼고, 마치 테트리스 게임을 하듯, 세면도구를 챙기고 최대의 실용성을 위해서 돌돌 만 옷가지도 차곡차곡 가방 속에 정리했다. 마침내 여행용 가방을 복도로 끌고 나왔을 때, 아이들이 쓰던 침대 사이 바닥에 놓인 파올라의 레코드판과 톰의 고무바닥이 붙은 운동화가 보였다. 비좁은 손님용 침실에서는 축축한 수건과 에센셜 오일의 냄새가 진동했다. 나중에 집에 가려면 여권이 필요할 텐데, 알렉스는 나이트 스탠드 맨 위 서랍에 나란히 들어있던 여권을 챙겼다. 파올라는 억지로 웃음을 참으면서 사진을 찍은 것 같았다. 하지만 여권에 적힌 딸아이의 생년월일을 보는 순간, 갑자기 아드레날린이 불끈 치솟는 것 같았다. 그는 마치 술으로 걸러진 위스키가 그의 시야를 흐릿하게 만들고 다시 또렷하게 만들듯이, 뜨거운 아드레날린이 혈관으로 순식간에 퍼져서 골수로 촉촉이 스며드는 듯한 기분을 느꼈다. 이제 알렉스도 발사 준비가 됐다. 손가락 끝이 간질거리는 것이 당장이라도 싸우고 싶어 안달이 날 정도였다.

그는 마리셀의 휴대전화로 연달아 세 번 전화를 걸었고 곧이어 문자 메시지까지 보낸 후, 집 전화를 눌렀다. 가정부는 세뇨라가 잠드셨다고 말했지만, 알렉스는 당장 마리셀을 깨워줄 것을 지시했고, 가정부는 시키는 대로 했다.

"여보세요?" 마리셀 목소리였다.

"놈들이 애들을 데려갔어요."

"뭐라고?"

"알렉산드로 익스토. 그 자식이 1시간 전에 스카셀에서 파올라와 톰을 납치했다고요. 제가 할 수 있는 게 아무것도 없어요."

"알겠어."

"뭘요?"

"아무것도 할 수 없다는 말이 무슨 뜻인지 알겠다고. 나 역시 아무것도 해줄 수 없다는 걸 알고 있을 거다. 알렉스, 정말 큰일이구나."

"어디로 데리고 갔을까요?"

"물론 알지도 못하지만, 설령 내가 안다고 해도 어딘지 말할 수 없다는 거 알잖니. 아이들을 찾아가 봤자, 문제가 해결되지도 않을 테고. 알렉산드로가 어떻게 하라고 말을 해줬을 텐데."

"4일 내로 이번 일을 처리할 팀을 꾸리라고 하더군요. 그 자식이 스페인에 있나 보더라고요."

"4일이면 충분한 거니?"

"당연히 아니죠."

"내가 뭐 도와줄 건 없어?"

"이건 정신 나간 짓이라고, 이렇게는 일할 수 없다고 좀 전해주세요. 그때 알아듣게 설명했다고 하셨잖아요?"

"이해한다고 대답했으니까. 그 이후로 뭔가 달라진 모양이구나."

"뭔가 달라졌다고요? 모든 게 달라진 거겠죠."

"알렉스, 그날 점심을 먹으면서 내가 하고 싶었던 이야기가 바로 이거였단다. 그 사람들이 뭔가 부탁한다고 해서, 그걸 진짜 부탁하는 것으로 받아들이면 안 돼. 알렉산드로가 이번 일을 처리한다는 걸 고맙게 생각해야 할 게다. 물론 함께 일하는 사람들은 믿을 수 없지만, 알렉산드로가 아이들을 무사히 돌려보내 주겠다고 말했다면 자기가 한 말은 분명히 지킬 테니까."

"이건 악몽이에요."

"아니, 악몽에는 논리가 통하지 않아. 이건 거래란다. 불운한 거래지만, 분명 거래는 거래니까. 네 역할을 완수해. 그리고 알렉산드로도 그렇게 해줄 거라고 믿으렴. 뭐든 내가 도와줄 일이 있으면 연락하려무나."

"네, 감사해요."

"행운을 빈다."

알렉스는 타들어 가는 담뱃불을 멍하니 쳐다보며 서 있는 다이앤을 발견했다.

"짐 다 쌌어요. 차를 타고 가면서 항공사에 전화를 걸어서 표를 예약하려고요."

"나도 같이 갈래요."

"공항까지는 같이 갈 거예요."

"스페인으로요."

"스페인까지 함께 갈 수는 없어요. 미안하지만 다른 선택의 여지가 없어요." 그가 대답했다.

"나를 데려가지 않으면, 당장 FBI에 신고할 거예요."

“왜 그런 말을 하는지는 충분히 이해해요. 다이앤, 나를 믿어요. 그리고 FBI에 신고해서 해결될 일이라면, 당장이라도 내 발로 찾아가서 자수했을 거예요. 다이앤, FBI에서 나선다고 해도 우리를 도울 수는 없어요. 게다가 당신이 FBI에 신고한 걸 그자들이 아는 날에는 일이 더 엉망이 되고 말 거예요. 끝장나는 거죠. 아이들의 소식을 다시는 들을 수 없게 될 거예요.”

“그렇다면 나를 스페인에 데려가든가 아니면 죽이든가 해요. 안 그러면, 당장 휴대전화를 켜고 당신이 내 옆에 있는 자리에서 FBI에 전화를 걸고 말 테니까. 세상에서 하나뿐인 아들 문제예요. 유일한 혈육인데. 내 인생에서 가장 소중한 존재라고요. 톰을 찾기 위해서라면 당신과 함께, 아니, 누구랑 함께라도 뭐든 할 거예요. 당신이 선택해요.”

쉐보레 서버번이 급히 회전을 하더니 관성을 이용해서 멈춰 섰다. 엔진이 꺼지고 앞문이 벌컥 열렸다가 닫혔다. 홀로 차 안에 남은 톰은 가까워지는 목소리들을 똑똑히 들을 수 있었다. 옆문이 벌컥 열리는 소리에 몸이 움찔거렸다. 손 하나가 결박당한 톰의 양손을 붙잡더니 푹신한 모랫바닥으로 안내했다. 앞서 라파엘의 동료들은 톰의 이마를 차 지붕에 처박고 눈을 가리고 손을 묶어서 강제로 차에 태웠는데, 지금 느껴지는 이 부드러운 손길이 웬일인지 아까보다 더욱 불안하게 느껴지는 것이었다. 톰은 마치 사형장으로 가는 마지막 길에 베푸는 온정 어린 손길 같다고 생각했다. 짭짤한 내음, 살랑거리며 불어오는 시원한 바닷바람이 축축하게 젖은 그의 셔츠를 식혀주었다. 꽁꽁 싸맨 눈가리개 사이로 따스한 오후의 햇살 한 점이 새어들었다.

지금 톰의 주변에서 들리는 목소리들은 스페인어를 떠들어대고 있었는데, 너무 빨라서 도저히 무슨 뜻인지 알아들을 수가 없었다. 그의 바로 옆에 있는 남자는 껄껄 웃었고, 다른 남자는 코웃음을 치더니 침을 퉤 뱉었다. 톰은 두려움에 서서히 녹아내리는 것처럼 느껴지는 두 다리가 언제까지 자신을 지탱해 줄 수 있을지 궁금했다. 손 하나가 그의 이두박근을 움켜쥐더니 뜨거운 햇살이 비추고 시원하고 어둡고 메아리가 울려 퍼지는 막힌 공간의 축축한 그림자로 홱 하고 밀쳐냈다.

"조심해." 계단에서 휘청거리는 톰에게 누군가 말했다. 계단 끝으로 가자 더 넓고 밝은 공간이 나왔다. 누군가 그의 눈가리개를 풀었다. 눈앞에 자동 소총을 든 10대들 사이에 둘러싸인 파올라의 모습이 보였다. 키가 작은 남자는 파올라 정도의 키에 몸집이 엄청나게 컸고 넓적하고 시커먼 얼굴에 머리카락을 말끔히 넘긴 자였다. 그 옆에 있는 동료는 근육질에다가 문신이 많고, 마치 별자리처럼 볼에 여드름 흉터가 선명한 자였는데 그가 톰을 보며 이렇게 말했다.

"혹시 스페인어 할 줄 알아?"

톰이 고개를 가로저었다.

"그러니까 너희는……." 그는 파올라를 보며 말했고, 파올라는 아무 말 없이 그를 쏘아보았다.

"파올라." 톰이 입을 열었다. "내 말 그대로 전해."

"미친 자식들." 파올라가 말했다. "미친 새끼, 너희 엄마나 엿 먹으라고 해."

남자는 씩 웃더니 손가락에 '부자'라는 문신이 적힌 손으로 그녀의 볼을 툭툭 두드렸다. 파올라는 꿈쩍도 하지 않았다.

"밥은 매일 챙겨줄 거야. 혹시라도 도망치려고 했다가는 어떻게 되는 줄 알지?" 그는 총을 만지작거리며 이렇게 말했다.

그들은 문을 닫고 나가서 자물쇠를 걸었다. 파올라는 톰의 양손을 결박하고 있던 끈을 억지로 뜯어냈고, 두 사람은 가쁘고 낮은 호흡을 몰아쉬며 포옹을 했다.

톰이 속삭이듯 말했다. "여기가 어디일까?"

"나도 모르겠어." 파올라가 대답했다. "한번 살펴보자."

두 사람이 갇힌 감옥은 정글 속 깊은 곳에 있는 2층짜리 손님용 객실로, 아직 공사가 끝나지 않은 1층 방 위에 있는 공간이었다. 플라스틱 덮개에 싸인 매트리스가 사다리 옆으로 한쪽 벽에 기대어 있고 뜯지 않은 천장 선풍기 상자도 두 개나 놓여 있었다. 창문에는 온통 합판이 덮여 있고, 페인트 냄새가 어찌나 지독한지 머리가 어질어질할 지경이었다.

"남쪽으로 가다가 동쪽으로 이동을 했으니까, 아마도 생물 보호구역 어딘가로 끌고 온 모양이야. 이쪽은 본래 건축이 금지된 곳인데." 파올라가 말했다.

"대체 우리가 무슨 일을 당한 거야? 라파엘이 왜 이런 짓을 하는 거지?" 톰이 물었다.

"라파엘은 멕시코 카르텔 밑에서 일해. 내가 라파엘 조심하라고 말했던 거 기억하지? 이럴까 봐 경고한 거야."

"잘 들어. 나한테 돈이 조금 있어. 그리 많지는 않지만, 20~30만 달러 정도. 컴퓨터만 있으면 당장이라도 그 돈을 이체시킬 수 있어. 만약 돈이 더 많이 필요하다고 하면, 우리 상사에게 부탁하면 되는데 먼저 나와 연락을 해야 해. 혹시 라파엘에게 내 말을 전해줄 수 있겠어?"

파올라는 깊고 씁쓸한 웃음을 내뱉었다. "돈은 잘 가지고 있어. 그런다고 해서 우리 목숨을 구할 수 있는 건 아니니까. 넌 지금 무슨 일이 벌어지고 있는지 전혀 모르는구나."

"무슨 일인데?"

“너희 어머니의 새 남자친구, 알렉스 때문에 이렇게 된 거야. 뭔가 큰일이 벌어지고 있는 것 같아. 느낌이 와. 바보들.”

“대체 무슨 소리를 하는 거야?”

“우리 아빠에 대해서 전혀 모르는구나?”

“아빠랑 함께 일했다는 건 알아.”

파올라가 끄덕였다.

“너도 알고 있었어?”

“아빠가 어젯밤 술집에서 얘기해 주더라. 알렉스, 그러니까 우리 아빠는 도둑이야, 마리카.”

“뭐?”

“도둑, 물건을 훔친다는 뜻이야. 몇 주 전에 라스베이거스에서 보석을 털어서 달아난 사람들 동영상이 유튜브에 떴잖아. 오토바이를 타고.”

“지금 장난해? 그거 우리 상사가 보내줘서 봤는데.”

“바로 그 주인공이 알렉스랑 카탈리나 아줌마야. 물론 벤 아저씨도 있고. 하는 일이 바로 그런 거야.”

“그런데 그게 우리가 끌려온 거랑 무슨 상관인데?”

“카르텔의 물건을 훔쳤거나, 아빠가 가진 물건을 카르텔이 뺏으려고 하는 모양이야. 둘 중 어느 쪽인지는 나도 잘 모르겠지만.”

“우리를 죽일 것 같아?”

파올라가 으쓱해 보였다. “나 같은 유색인종 여자애를? 어차피 하루가 멀다 하고 죽어나가는걸. 신문에는 기사조차 안 나가. 만약 기사를 썼다가는 카르텔이 몰려와서 더 많은 사람이 죽일 테니까. 너는 어떨까? 아마도 안전할 거야. 롤렉스를 차고 다니는 부잣집 미국인

도련님을 죽였다가는 아주 큰 문제가 될 테니까."

"이제 어떻게 하지?"

"뭘 하겠어? 아무것도 할 수 없어. 마리카. 그냥 여기서 숨이나 제대로 쉬고 있으면 돼."

라미레즈 반장으로부터 걸려온 전화벨이 울리며 휴대전화가 반짝거릴 때, 해리스 요원은 미라지(Mirage) 골프코스의 9번 홀을 마치려던 참이었다. 해리스는 일행에게 양해를 구하고 잔잔한 워터 해저드 가장자리로 내려가서 한 손에 퍼터를 들고 다른 손으로 휴대전화를 받았다. 그의 이웃인 특수요원은 기업보안 전문가 쪽으로 고개를 돌리더니, 이번이 절호의 기회라고 크게 소리쳤다.

"메리 크리스마스예요." 라미레즈가 말했다.

"뭐라고요?"

"참, 생일 축하해요."

"뭐요?"

"축하한다고요. 크레이그가 오늘 아침에 차고에서 자전거를 고치고 있었는데 전화가 왔다는군요. 윈 호텔 사건 때 크레이그를 영입했던 자가 이번에는 멕시코에서 대포폰으로 전화를 했다는 거예요. 이번에 누가 일을 꾸미고 있는지 궁금하지 않아요?"

해리스는 어깨 너머로 고개를 돌리고 동반자들이 전화 내용이 들리지 않을 정도로 먼 거리에 있는지 확인했다.

"지금 장난해요? 멕시코라고요?" 그가 되물었다.

"놀라기엔 일러요. 그보다 좋은 소식과 나쁜 소식이 있는데요. 먼저 좋은 소식은 놈들이 라스베이거스로 돌아오지 않을 거라는 사실이고, 나쁜 소식은 작전 수행을 위해 멀리 떠나야 한다는 사실이에요. 크레이그한테 내일 당장 비행기를 타고 말라가로 와달라고 했다는군요."

"아프리카로? 하느님 맙소사."

"아니죠. 해리스. 말라가는 스페인의 도시예요."

3부

Marbella

(마르베야_스페인)

폭력은 무능력자들의 마지막 피난처이다.

— 아이작 아시모프

27

뉴어크에서 말라가로 향하는 642편 항공은 예약자가 정원을 넘어섰다. 게이트 앞에서는 어린 꼬마들이 비행객으로 가득 찬 긴 의자를 빙글빙글 돌며 뛰어다녔고, 얼굴이 벌게진 부모들은 아이를 쫓고 있었다. 바깥 활주로에 세워진 757 항공기는 늦은 오후의 햇살을 한몸에 받아 반짝이고 있었는데, 다이앤의 눈에는 그 모습이 마치 날개 달린 거대한 총알처럼 보였다. 공항으로 출발하기 직전, 다이앤은 알렉스의 조그만 더플백을 가리키며 이렇게 말했다. "짐이 달랑 그거뿐이에요?" 체육관에서 그를 봤던 터라, 최소한 방탄복과 공격용 총기들이 가득한 커다란 군인용 가방이라도 챙길 거라고 예상했기 때문이다. 사실 다이앤이 한 말의 의미는 '운동화와 티 쪼가리, 겨드랑이 냄새 제거제만 가지고 내 아들을 살려낼 수 있냐'는 것이었다.

"필요한 물건은 전부 거기 있어요." 알렉스는 대답했다. "나를 믿어요."

두 사람은 동이 트기도 전, 알렉스로서는 거의 겁탈로 느껴질 정도로 급작스럽게 다이앤이 시작한 거칠고 반쯤은 무의식적으로 벌어진

6분가량의 섹스 이후로 서로의 몸에 손을 대거나 대화조차도 거의 나누지 않고 있었다. 한창 수평선 위로 구불거리며 길게 뻗은 호수가 하늘을 가득 채우고 있는 꿈을 꾸고 있던 찰나, 다이앤이 그의 몸 위로 올라가더니 마치 뿌리를 바로 세우려는 사람처럼 손을 위아래로 움직이면서 반쯤 딱딱해진 물건에 피가 잔뜩 쏠리도록 만들었다. 알렉스는 졸음과 놀라움으로 기분이 썩 좋지 않았으나, 그의 몸만은 다이앤의 손길에 반응을 보였다. 그녀는 움직임 하나하나 종단속도를 경신하려는 사람처럼 있는 힘을 다해서 엉덩이를 그의 물건 위로 힘껏 내리찧었다. 다이앤의 손바닥이 그의 복장뼈 위를 누르고 있었기 때문에 마침내 그녀가 절정에 이르렀을 때, 온몸으로 전해지는 찌릿한 경련은 그에게는 가슴을 강하게 압박하는 것처럼 느껴졌다. 알렉스가 양손을 그녀의 엉덩이에 가져다 대자, 다이앤은 그의 손길을 매몰차게 걷어냈다. 그리고 고개를 푹 숙이고 머리카락으로 얼굴을 가린 채로 가쁜 호흡을 가다듬으면서, 그대로 침대 위에 쓰러지더니 그를 향해 등을 돌리고 누웠다. 알렉스는 그때부터 창문에 쳐진 블라인드 사이로 아침 햇살이 비추어 방 안을 가득 채울 때까지 계속 눈을 뜨고 있었다.

곧이어 일등석 승객들의 탑승을 알리는 구내방송이 울려 퍼졌다.

"우리 차례예요." 알렉스가 말했다.

다이앤은 지금까지 한 번도 일등석에 타본 적이 없었다. 선실 정중앙에 조그만 섬처럼 덜렁 놓인 일등석 좌석은 서로 일정한 거리를 두고 떨어져 있었지만, 머리 받침만 돌리면 동행과 조용히 대화를 나눌 수 있게 되어 있었다. 두 사람은 머리 위 선반에 가방을 집어넣고 탑승 안전 동영상이 흘러나오는 사이에 아무 말 없이 의자에 앉았다.

"점등된 조명을 따라서 비상구 쪽으로 나가시면 됩니다." 승무원 복장을 한 멀끔하게 생긴 배우가 열심히 설명을 이어나갔다. "산소 호흡기를 착용하시면 산소가 공급됩니다." 알렉스는 "자녀분들과 함께 비행하시는 부모님들께서는"이라는 부분에서 미간을 잔뜩 찌푸렸고, 고개를 돌리자마자 다이앤이 무릎 위에 놓인 주먹을 불끈 쥐고 있는 것을 볼 수 있었다.

비행기는 활주로를 따라서 이륙했고 석양을 향해 속도를 높이며 동쪽으로 비행을 시작했다. 비행기 승무원이 복도를 따라 이동하면서 따뜻하게 데운 견과류와 탄산수를 승객들에게 제공했다.

"애들을 굶기거나 하지는 않겠죠?" 다이앤이 물었다.

"당연하죠."

"그걸 어떻게 알아요?"

"그냥 알아요."

"당신 말은 못 믿겠어요."

"고맙네요." 알렉스는 승무원을 부르더니 칵테일 잔이 든 쟁반에서 작은 샴페인 잔 두 개를 재빨리 낚아챘다.

"난 샴페인 안 마시거든요." 다이앤이 말했다.

"이걸 마시면 잠이 올 거예요."

다이앤은 그 말을 듣고 잠시 고민하더니 마치 독주를 마시듯 샴페인을 한입에 털어 넣었다.

"잘 들어요." 알렉스가 나지막이 말했다. "만약 확신이 없다면 나도 이런 말 절대로 안 했을 거요. 아무도 애들에게 손끝 하나 대지 못해요. 포시즌스처럼 고급 호텔에 있지는 않더라도 최소한 애들은 안전할 거예요."

1시간 후, 승무원이 다가와 두 사람의 좌석에서 손끝 하나 대지 않은 저녁 식사 쟁반을 치웠다. 알렉스와 다이앤은 의자를 뒤로 젖히고 안전띠 표지가 점등된 머리 위를 멍하니 쳐다보고 있었다. 주변 승객들은 눈가리개를 쓰거나 수면제를 먹거나 잡음 제거 이어폰을 쓰고 레드 와인을 마시느라 각자 분주해 보였다. 다이앤은 좀처럼 잠이 오지 않았고 바로 옆에 있던 알렉스도 자신과 같음을 감지할 수 있었다.

다이앤이 속삭였다. "이런 종류의 일은 한 번도 해보지 않았다고 했잖아요. 그 말 거짓말이죠?"

"거짓말 아니에요."

"그래도 어떻게 하는 건 줄은 알잖아요."

알렉스가 자신 있게 고개를 끄덕였다. "수면제 한 알 줄까요? 눈을 좀 붙여야 할 텐데."

"비행기가 착륙하고 난 후에는 어떻게 되죠?"

"할 일이 많아요."

"눈뜬장님이 된 것 같은 기분이 들지 않도록 모든 걸 자세히 설명해 줄 거죠?"

"물론이죠."

다이앤은 다시 몸을 눕히고 눈을 감았다. 하지만 비행기 엔진 소음이 마치 머릿속에서 들리는 것처럼 머리가 울렸다. 담요를 덮지 않으면 한기가 느껴지고 덮으면 너무 더워서 견딜 수가 없었다. 그녀는 다시 자리에서 일어나 알렉스의 어깨를 툭 쳤다.

"대체 비법이 뭐예요? 무엇 때문에 이런 일을 잘하게 된 거죠?" 그녀가 속삭이는 투로 물었다.

알렉스는 과거 자신이 일궈낸 성공을 간단히 설명할 만한 비법 같은 건 한 번도 생각해 본 적이 없었다. 비법이 있다고 해서 쉽게 성공할 수 있는 일은 아니었으니까. 알렉스는 비법 같은 걸 숨기고 있지도 않았고, 그저 타고난 본능과 강박증에 가까운 준비 과정 말고는 그녀에게 풀어내거나 제시할 답안 같은 건 없었지만 눈을 가린 채로 하늘을 날고 있을 다이앤에게 그 사실을 그대로 말할 수도 없는 노릇이었다. 다이앤은 오점 하나 없는 승리를 일궈낸 비밀스러운 조리법을 듣고 싶어 했으니까. 그러자면 알렉스 스스로 적당한 대답을 지어내는 수밖에 없었다. 그는 번뜩 머릿속에 떠오르는 아이디어를 이용해서 그럴듯한 이야기를 지어내기 시작했다.

"내가 하는 일이 뭔지 알고 나면, 사람들은 모두 똑같은 질문을 해요." 그가 입을 열었다. "'상대방의 약점이 무엇인가? 취약한 부분은 어디일까?' 이런 건 전부 다 틀린 질문이에요. 내 경우에는 상대방의 약점 같은 건 전혀 개의치 않거든요." 그는 고개를 돌리고 그녀의 귓가에 대고 이렇게 속삭였다. "난 한 가지만 관심이 있어요. 상대방의 강점이 무엇인가? 그 자신감의 원천은 무엇인가? 그리고 그 원천을 제거했을 때, 그에게 무엇이 남는가?"

"라스베이거스에서 당신이 생각한 강점은 뭐였는데요?"

"단열 구조요. 한쪽으로는 카지노가 들어서 있고, 반대편에는 수천 톤의 콘크리트 벽이 쳐져 있잖아요. 그런 종류의 일을 처리하기에는 완벽한 공간이 아닐 수 없었죠. 도로에 있지만 않다면, 누구라도 혹시나 무슨 일이 생길까 봐 걱정하지 않는 법이니까요."

"그래서 도로에서나 당할 법한 일을 건물 내에서 벌인 거로군요."

"그러니까, 맞아요. 바로 그렇게 한 거예요."

"스페인에서 만나기로 한 그 사람들 말인데, 그 사람들의 강점은 뭘까요? 뭘 숨기고 있는 거죠?"

"그건 아직 몰라요. 일단 만나봐야 알 수 있어요." 알렉스가 대답했다.

비행기 기장이 기내 방송을 통해서 난기류를 지나갈 것을 알리고 모든 승객에게 자리에 앉아줄 것을 안내했다. 다이앤은 씁쓸한 미소를 지으며 안전띠를 맸다.

"정말 재미있네요. 예전부터 나를 일등석에 태워줄 멋진 남자를 만나면 좋겠다고 기도했는데. 당신도 기도할 때는 조심해요."

매커런 국제공항의 경찰 본부 내부에 있던 마약 탐지견이 크레이그 홀링거를 보자 좋아서 어쩔 줄을 몰라 했다.

"착하구나." 크레이그는 까만색 래브라도 리트리버의 귀 뒤를 긁으며 말했다. "나쁜 놈들 잡으러 가는 거야?"

"크레이그, 영어 읽을 줄 모르는 거 알겠는데 그래도 마약 탐지견은 건드리면 안 되지." 라미레즈가 잔소리를 했다. "그 목 뒤에 만지지 말라고 적혀 있잖아. 제발 규칙이라는 걸 한 번만이라도 지키면 안 되는 건가? 이리로 와."

크레이그는 머쓱한 듯 탐지견을 향해 어깨를 으쓱해 보이고는 해리스와 라미레즈가 있는 냉각기 옆 테이블로 향했다. 그는 스페인에서의 임무를 위해 대기 중이었다. 대머리 남자가 말라가 코스타 델 솔 공항에서 차로 40분 거리에 있는 마르베야에 있는 호텔의 이름을 알려주었다. 크레이그가 받은 지시 사항은 호텔에 체크인하고, 프런트 데스크에서 받은 휴대전화를 충전한 후에 전화를 기다리는 것이었다. 마르베야의 국민 경호대 측에서는 길 건너 호텔에 방을 두 개

잡고 대기할 예정이었다. 몇 주간 이어진 불필요한 요식 행위와 관료적 절차들은 인터폴 연락 담당자인 라울 푸엔테스가 이번 사건을 맡으면서 곧바로 매듭 지었다. 그는 마르베야의 사령관에게 라스베이거스의 사건 동영상을 보내서 그 범죄 무리가 사령관의 고향 마을을 엉망으로 만드는 걸 멈추려면 앞으로 남은 시간이 3일 밖에 없다고 전했다. 푸엔테스는 FBI와 라스베이거스 경찰국 그리고 스페인 수사단체의 협력 구조를 조직화하는 역할을 맡았다. 해리스는 크레이그가 미확인 범죄를 예방하기 위해 조직된 특별 프로젝트팀에 합류한 직후에 비행기를 타고 따라갈 예정이었다.

"호텔 이름은 정확히 기억하고 있겠지?" 해리스가 물었다.

"종이에 전부 적어뒀어요." 크레이그가 대답했다.

"잘했어. 세관 신고가 끝나는 즉시 호텔로 가서 휴대전화를 충전하도록. 무슨 일이 있어도 호텔 방을 벗어나면 안 돼. 그쪽에서 연락이 올 때까지 룸서비스로 끼니를 때우고. 이번 건의 자세한 사항을 우리에게 빨리 전달해야 해. 그들이 누군지, 어디에 있는지, 대체 스페인에서 무슨 짓을 벌일 작정인지 하나도 빠짐없이 알아야겠으니까. 놈들이 도둑질하기 전에 최대한 모든 정보를 알아낼 수 있도록 협조해야 할 거야. 만약 우리 쪽에 100% 이상 협조하지 않는다는 의심스러운 정황이 포착될 경우, 애초에 우리가 작성했던 원조 조약의 내용이 담긴 서류를 내 손주들에게 던져주고 색칠 공부를 하도록 할 테니까. 안전한 비행이 되길 비네, 크레이그."

29

다이앤은 비행기가 하강할 것이라는 기장의 안내 방송이 들릴 무렵에야 잠에서 깨어났다. 목덜미가 뻣뻣하게 뭉쳤고 막 잠에서 깨서인지 눈이 퉁퉁 부어 있었다. 커피와 생수, 애드빌(진통제) 모두 별 도움이 되지 않았다. 그녀는 비행기가 방향을 바꾸어 활주로로 서서히 들어서자 창문 너머로 보이는 거대한 대양과 무미건조하게 늘어서 있는 기념비를 흘낏 내려다보고 있었다. 뒷좌석 너머로는 이코노미석 첫 줄에 앉은 텍사스에서 온 여행객들이 아침부터 맥주를 마시면서 일주일 내내 술에 떡이 되어보자는 시답잖은 농담을 지껄이고 있었다.

“여기가 어디죠?” 다이앤이 알렉스에게 물었다. “뭐 하는 동네예요?”

“코스타 델 솔이라고 휴양지예요. 여기서부터 지브롤터 해협까지 길게 이어져 있죠. 80년대에는 이곳 코스타 델 솔을 범죄자들의 도시라고 불렀어요. 법적 문제에 휘말린 영국인들이 이곳에 호화 빌라를 사들여서 성형수술을 하고, 수영장에서 숨이 넘어갈 때까지 술을 퍼

마시고는 했으니까. 온갖 것들이 바로 이곳에서 유럽으로 흘러가기도 했고요."

"멋지네요." 다이앤이 대답했다. "그 정도 말솜씨면 선거에 나가도 되겠어요."

다이앤이 그의 발치에 놓인 물병으로 손을 뻗으려는 찰나, 알렉스가 그녀의 손목을 잡으며 말했다. "목이 조금 칼칼하네요."

"어디 아픈 거 아니에요?"

"그건 아닐 거예요. 뭐 하늘에 맡겨보죠."

알렉스는 더플백을 다이앤의 트렁크 위에 올리고서 인파로 북적거리는 공항 터미널을 유유히 빠져나갔다. 세관 신고를 할 때도 나란히 서 있었다.

"방문 목적은요?" 젤을 발라 머리카락을 뾰족하게 세운 톰 정도 나이의 세관 직원이 질문을 던졌다.

"여행 왔어요. 휴가차." 알렉스가 대답했다.

이곳에서 즐겁게 지낸다는 생각을 하는 것만으로도 다이앤은 구역질이 날 지경이었지만, 세관 직원과 눈이 마주치자 그녀는 애써 억지 미소를 지어 보였다.

두 사람을 태운 택시는 마을 외곽으로 향했고 코딱지만 한 술집 앞에서 빨간 플라스틱 테이블에 앉아 조그만 술잔에 든 맥주를 홀짝이고 있는 나이 든 남자들이 모인 곳에 두 사람을 내려주었다. 술집 안에는 다이앤이 태어나서 처음 보는 온갖 시커먼 술병들이 가득 했다. 누가 봐도 잔혹한 고문 도구처럼 보이는 큼지막한 절인 앞다리 하나가 덜렁 놓여 있고, 철제로 된 죔쇠가 발목뼈를 고정한 가운데 두꺼운 막대기가 묵직한 허벅지 살을 지탱하고 있었다. 카탈리나는 화이트 진에 홀치기 염색을 한 탱크 톱을 입고 모퉁이에 앉은 스페인 여자들 무리에 금방이라도 합류할 준비가 된 사람처럼 자연스럽게 바에 기대서 있었다. 벤은 카키색 카고 반바지에 수분 흡수가 빠른 메시 재질의 남색 티셔츠 차림이었다. 다이앤은 사람들의 눈길을 사로잡는 그의 옷차림과 완벽히 미국적인 존재감에 반가움을 금치 못했다. 그녀는 시차 적응과 새로운 나라, 그리고 낯선 술을 보고 느껴질 불안감에 대해서는 미처 예상하지 못하고 있었다.

"잘 왔어요." 벤은 두 팔을 벌리며 말했다. "얼른 해치우고 집에 갑시다."

다이앤은 당장이라도 그 넓은 가슴에 몸을 던지고 얼굴을 묻은 채로 안도감을 느끼며 엉엉 울고 싶은 심경이었다. 카탈리나는 벤과 알렉스가 포옹하며 인사를 나누는 사이 다이앤의 두 볼에 입을 맞추는 것으로 반가움을 나누었다.

"크레이그 도착했어?" 알렉스가 물었다.

"여권 때문에 문제가 좀 있었어. 내일 도착할 거야." 벤이 대답했다.

"크레이그가 누군데요?" 다이앤이 물었다.

카탈리나는 그 질문에 대놓고 불편함을 드러내며 움찔거렸다. 애초에 다이앤을 이곳까지 데려오는 걸 원치 않았기 때문이다. 알렉스도 그 점에 대해서는 미리 경고했었다.

"크레이그는 아직 새파랗게 젊고 별로 멋지거나 하지도 않은 호주인인데 항상 말썽을 피우는 편이에요. 어쨌든 빨리 출발하는 게 좋겠어. 30분 후에 이쪽에 사는 친구랑 점심 약속을 해 놨거든."

알렉스가 눈썹을 치켜뜨며 물었다. "점심?"

"응, 점심. 오래된 친구야. 마르세유에 있을 때, 한동안 그 친구 신세를 졌어. 마지막 순간에 무슨 일이 있었는지 기억나지? 그때 이 친구가 짜잔 하고 나타났잖아. 인맥도 좋고, 스페인 국민경호대에 연줄도 있어. 처음부터 끝까지 서비스가 확실해서, 뭐든 필요한 것만 얘기하면 알아서 딱딱 처리해 준다니까. 그 친구가 만났으면 하더라. 특히 알렉스 너 말이야."

"저번에 그 얘기 들었어. 여기서 마무리 짓자고 했잖아." 알렉스가 대답했다. "그 친구가 우리가 하려는 일이 뭔지는 대강 알아?"

"묻지 않던데. 아마도 보석인 줄 알고 있을 거야."

"그럼 그렇게 생각하게 내버려둬."

"알겠어. 우리가 지급할 비용이 있으니까 점심값 정도는 그 친구가 내겠지."

일행은 은색 SUV 차량에 타고 도심을 벗어나 남서부로 향했고, 삼면이 산으로 둘러싸인 지대를 따라서 메마른 갈색 땅 위에 군데군데 죽은 피부처럼 낮은 산등성이 곳곳을 뒤덮고 있는 새하얀 아파트 단지를 지나갔다. 곧이어 도로가 좁아지면서 내리막 1차선으로 바뀌었고, 목적지에 도착해서 차량이 가까워지자 철제로 된 슬레이트 출입구가 한쪽으로 접혔다. 정원사는 삽질하면서도 도시와 바다가 한눈에 내려다보이는 절벽으로 이어지는 진입로로 이동하는 차량에서 눈을 떼지 않았다. 벤은 올리브 나무 사이로 수수한 분홍빛 페인트가 칠해진 빌라 앞에 차를 세웠다. 빌라 안에서 사람 손에 길들여지지 않은 듯한 성난 강아지의 짖는 소리가 들렸다. 다이앤은 집 안으로 향하는 알렉스의 팔에 손을 올리며 말했다.

"여기는 왜 온 거예요?" 그녀가 속삭였다. "마르세유 얘기는 또 뭐고요?"

"미안해요. 총 얘기였어요." 그가 대답했다.

개들이 어찌나 이중 문을 세게 긁어대는지 당장이라도 문을 뚫고 나올 것 같았다. 태양에 그을려 주름이 지고 60대 정도로 보이는 흰 머리가 섞인 적갈색 단발머리 여자가 문을 열고 고개를 빼꼼히 내밀었다.

"좀 짖기는 해도 붙임성이 좋은 애들이에요." 여자는 개들을 저지하며 이렇게 말했다. "잠깐 냄새 좀 맡을 수 있게 가만히 서 계시면 돼요."

근육이 불끈불끈 튀어나온 저먼 셰퍼드 개들이 꼬리와 귀를 쫑긋 세운 채로 그녀를 제치고 달려 나왔는데 새까맣고 긴 얼굴에 까만 눈동자가 이글거렸다. 개들은 얼음처럼 굳어져 꼼짝도 하지 않고 서 있는 손님들을 빙글빙글 돌면서 뭔가 탐색하는 듯 그르렁거렸고, 손과 사타구니의 냄새를 한참 맡더니 이제 어느 정도 만족했는지 나란히 여주인의 뒤쪽으로 종종거리면서 사라졌다. 노란색 홈드레스에 하얀 앞치마를 두른 여자가 복도 쪽으로 가서 서더니 이리 오라는 듯 손님들에게 손짓했다.

"페르난도가 조금 늦을 것 같다고 연락이 왔어요. 자, 이쪽으로 들어오세요. 저는 이사벨라라고 해요."

입구부터 높이 솟은 화분과 뿌리 덮개의 묵직한 냄새가 가득해서 마치 온실에 들어선 기분이 들었다. 입구 너머로 보이는 방에는 골동품 가구들이 듬성듬성 놓여 있었고 낡아서 올이 다 드러난 페르시안 카펫이 대리석을 골재로 만든 테라초 바닥에 깔렸다. 다이앤은 한 줄로 나란히 걸린 사진에 눈길을 빼앗기는 바람에 걸음이 느려졌다.

바다에 있는 두 명의 소녀들, 야회복을 입고 나선형 계단에 서 있는 안주인 이사벨라의 사진, 그리고 에펠탑 아래서 찍은 가족사진까지. 마지막 사진은 흑백이었는데 네모진 턱선에 어깨가 떡 벌어진 젊은 남자가 한 손에는 뿔을 다른 손에는 장총을 들고 쓰러진 물소 옆에 무릎을 꿇고 있는 사진이었다.

"아. 이제 도착했나 봐요." 이사벨라가 말했다.

저먼 셰퍼드들이 부리나케 문으로 달려갔고, 페르난도는 집 안에 들어서면서 애정이 가득 섞인 잔소리를 하면서 녀석들과 마주했다. 여전히 떡 벌어진 어깨, 강인한 가슴과 피부에 두툼하게 튀어나온 뱃살이 손에 든 손때가 타고 기름 자국이 난 엽총 덮개와 기가 막히게 잘 어울렸다.

"페르난도는 클럽에서 사격 프로그램을 운영해요." 이사벨라가 메시 재질의 사격용 조끼와 땀에 흠뻑 젖은 사파리 셔츠를 눈으로 가리키며 말했다. "그 일을 무척 진지하게 생각하거든요."

"진지하게 해야 정상이야." 페르난도가 아내를 보며 활짝 웃었다. "기다리게 해서 정말 미안합니다."

"방금 도착했어. 잘 지내는 것 같은데." 벤이 대답했다.

"나야 여전하지. 아주 잘 지내고 있어." 페르난도가 말했다.

주방 조리대 위에 걸린 모니터에는 집 주변 도로와 진입로 그리고 집 뒤 언덕을 비추는 CCTV 영상이 나오고 있었다. 페르난도는 식욕을 돋워줄 시원하고 구름처럼 새하얀 화이트 와인을 다이앤의 술잔에 따라주었다. 식당에 놓인 긴 식탁 위에는 이사벨라가 직접 해체해서 쩌놓은 농어 두 마리의 두툼한 살덩어리가 놓여 있었다. 다이앤은 농어의 완전히 생명력을 잃은 눈과 쩍 벌린 입을 한참 동안 쳐다보고 있었다. 식사가 진행되는 사이, 다이앤은 외과의 버금가는 정교한 솜씨로 생선을 잘라서 구운 회향에 얹어서 한입씩 입에 넣는 알렉스의 모습을 슬쩍슬쩍 살피는 페르난도의 모습을 알아차릴 수 있었다. 그녀는 알렉스의 모습이 왠지 모르게 짜증이 났고 페르난도가 느끼는 흥미로움에도 어느 정도 동의했다. 대체 왜 멕시코 카르텔에서 저 남자를 끌어들이고 싶어서 안달하는지 그녀도 최대한 이해하고 싶은 심정이었기 때문이다.

"혹시 도와줄 사람이 필요해?" 페르난도가 물었다.

"아마도. 오늘 오후가 돼봐야 정확히 알 수 있어. 혹시 염두에 둔 사람이라도 있나?" 벤이 물었다.

"아주 흥미로운 사람들이 많지. 문제가 터지기 직전에 론다에 있는 투우 아카데미에서 훈련을 마친 투우사들 말이야. 최근 몇 년간 내가 본 중에서 최고의 실력자들인데, 막상 투우사로서 데뷔 무대를 앞두고 투우장이 갑자기 파산하면서 월급이 말도 안 되는 수준으로 떨어져버렸어. 워낙 어릴 때부터, 거의 소년일 때부터 투우사 훈련을 받아서 동물을 다루는 법 말고는 별다른 기술이 없는 채로 성인이 돼버리고 말거든. 물론 소를 잡는 법도 배우지만. 현재로서는 달리 할 일이 없는 상태라고 볼 수 있어."

알렉스와 벤, 그리고 카탈리나가 포크를 내려놓았다.

"몇 명이나 되나요?" 알렉스가 물었다.

"추천할 만한 사람은 한 서넛 정도 되는데, 아카데미에 있을 때부터 내가 개인적으로 후원을 했어요. 운동신경이야 말할 나위 없이 훌륭하고, 그보다 기술도 굉장해요. 평생을 엄청난 위험 속에서 버텨온 터라, 두려움과 위험에 맞서는 기술이 탁월하죠. 예전에는 그쪽 일도 했던 경험이 있고."

"지금 어디 있는데?" 벤이 물었다.

"마르베야 외곽에 있어."

"언제쯤 만날 수 있지?"

"저녁 식사 후에 다른 약속이 있나?"

"지금은 선약이 있어요." 카탈리나가 대답했다.

점심 식사가 끝난 후, 알렉스 일행은 페르난도의 하얀 랜드 크루저를 타고 길게 뻗은 오르막 비포장도로를 따라 이동했고 마침내 산비탈로 이어지는 동굴들이 일렬로 늘어서 있는 곳에 도착했다. 일행은 머리 위로 보이는 거대한 철제문을 보자마자 저절로 입이 다물어졌다. 아까 봤던 정원사가 30대 정도의 몸이 날렵한 북아프리카인과 함께 그들을 기다리고 있었는데, 남자는 피우던 담배를 홱 집어던지더니 페르난도와 긴 포옹을 하며 인사를 나누었다.

"제 친구 오마르라고 해요." 페르난도가 말했다.

반짝이는 초록색 눈동자와 칼날처럼 매끈한 콧날, 여성스러운 입매까지 누가 봐도 매력을 느낄 만큼 대단한 미남이었다. 새하얀 정장 셔츠의 단추를 복장뼈까지 풀어헤치고, 다이앤이 태어나서 두 번째로 맡는 진한 나뭇잎 향의 애프터셰이브 냄새를 풀풀 풍기고 있었다. 예전에 필라델피아에 있는 스시집에 그녀를 데리고 갔던 소개팅 상대에게서 처음 맡았던 향기를 스페인 말라가 외곽의 언덕에서 만난 모로코인 총기 밀반입자로부터 다시 한 번 느끼게 된 것이다.

"준비됐지?" 페르난도가 물었다.

정원사는 제일 마지막에 있는 문을 열기 전에 좌우를 살피고는 손짓을 하더니, 형광등 조명 아래 새까만 기름처럼 보이는 까만 술병이 나란히 놓인 좁은 방으로 일행을 안내했다. 일행이 들어간 뒤로 우르릉 소리와 함께 문이 닫혔다. 방 한가운데 칸칸이 나뉜 테이블 위로 수십 개의 총기가 놓여 있었다. 알렉스와 카탈리나는 테이블 주위를 천천히 돌면서, 탄창을 뺐다가 껴보기도 하고 총기를 이리저리 뒤집어 살피기도 했다. 다이앤은 저 묵직하고 믿음직한 물건을 하나씩 살피면서, 자신이 신선하고 향긋한 것들로 가득 찬 시장에서 쇼핑할 때처럼 즐거워하는 건지 궁금해졌다. 물론 다이앤의 머릿속에 완벽한 코스 요리라는 결과물을 만들어내는 것만이 가득할 때의 이야기이기는 하지만. 뭘 해야 할지 난감해진 다이앤은 문가에 서 있는 벤의 옆으로 다가갔다. 총기로 가득 찬 테이블에 있던 알렉스는 은색 반자동 소총의 탄창을 확인하더니, 자신의 시야에서 가장 먼 벽을 겨누고는 방아쇠를 당겨보았다. 다이앤은 격침이 뒤로 와서 부딪히면서 들리는 딸깍 소리만 듣고도 온몸을 움찔거렸다.

"담배나 한 대 피우죠." 벤이 말했다.

두 사람은 문 아래 쭈그리고 앉아서 작렬하는 태양과 뜨겁고 건조한 오후 햇살 사이로 고개를 내밀었다.

"바보 같은 질문이지만, 지금 기분이 어때요?" 벤이 물었다.

"아이들 생각이 머릿속에서 떠나지를 않아요. 지금쯤 뭘 하고 있을까, 무슨 생각을 할까. 지금 얼마나 무섭겠어요."

"물론 알렉스가 얘기했겠지만, 아이들을 건드리는 건 선택 사항에 없어요. 그저 담보 같은 거죠. 알렉산드로도 그 사실을 잘 알고 있고. 아셨죠?"

"자제분이 없으신 게 분명하네요."

"사실은 있어요. 둘이나. 믿으실지 모르지만, 20대에 가정을 꾸린

적이 있거든요."

"애들 이름이 뭐예요?"

"로버트랑 릴리요."

"가족끼리 여행을 갔는데 해변에서 애들의 머리에 총구를 겨누고 납치를 해갔다면, 아이들에게 나중에 뭐라고 말하겠어요?"

"만약 아이들이 돌아오게 된다면, 정말 미안하고, 너희를 지키기 위해서 내 힘이 닿는 한 모든 걸 하겠노라고 말하겠죠. 정말 그럴 거고요. 다이앤도 그렇겠죠. 그래서 우리가 여기 모인 거니까."

"뭐라고요? '얘들아. 노동절에 그것도 멕시코에서 카르텔에 붙잡혀 가게 해서 정말 미안했다. 거기 소금 좀 줄래?'라고요? 벤, 맞아요. 그렇게 말하면 퍽 이해하겠네요." 다이앤은 고개를 절레절레 흔들면서 담배 한 모금을 빨았다가 길게 내쉬었다. "이런, 정말 미안해요. 당신이 뭘 잘못한 것도 아닌데. 내가 왜 당신한테 짜증을 내고 있죠?"

"그야 겁이 나서 그렇죠. 충분히 이해할 수 있어요. 그건 그렇고, 혹시 알렉스가 미리 얘기했는지 모르지만, 미리 알아두셔야 할 게 있어요. 알렉스가 참 기분 나쁠 정도로 차분하게 보이죠?"

"그래서 더 미칠 것 같아요."

"내 말 잘 들어요. 겉보기만 그렇지 절대 차분해서 그런 게 아니에요. 보통 사람들이 스트레스를 받을 때 보이는 반응이 알렉스의 겉모습에서는 전혀 드러나지 않아요. 만약 몸뚱이에 드라이버를 쑤셔 넣는다고 해도, 최소한 겉보기에는 아무렇지도 않은 표정을 지을 사람이에요. 지금까지 당황한 표정은 한 번도 본 적이 없을 정도니까. 하지만 속마음이 어떨지는 전혀 다른 문제예요. 한시가 급한 일을 코앞에 둔 상황에서 이렇게 차분한 모습을 보인 적이 없었는데. 아마도 지금 알렉스의 머릿속은 지옥일 거예요. 내 말이 이해가 되세요?"

"글쎄요. 한 가지만 부탁해도 돼요? 보통 이런 일은 얼마나 걸리죠? 계획을 짜고 준비하는 과정 말이에요."

"몇 달. 심지어 몇 년이 걸릴 때도 있어요. 물론 윈 호텔을 쳤을 당시에는 3주 이내에 처리해야 했지만."

"그런데 이번에는 사흘밖에 없네요."

"정확히는 나흘이에요."

"알렉스가 얼마나 솜씨가 좋은지는 상관없어요. 이건 미친 짓이에요."

"이상적이라고 볼 수는 없죠. 정말 성공할까 싶죠? 당연히 성공할 거예요."

"만일 알렉스에게 문제라도 생기면요?"

"그럼 우리가 남아서 일을 처리할 거예요."

"갑자기 사라지거나 하지는 않겠죠?"

"사라지다니요? 절대로. 만약 그런 최악의 상황이 오면 알렉산드로와 직접 협상을 해야겠죠."

"그 사람도 스페인에 있다고 했죠?" 다이앤이 부드러운 어조로 물었다.

벤이 시계를 확인하고는 고개를 끄덕였다.

"언제 만나러 가는 거예요?"

"이것만 끝나고요."

다이앤은 벤이 운전하는 차에 몸을 싣고 마르베야의 남서쪽을 향해 달리면서 무거운 눈꺼풀과 씨름을 했다. 마르베야는 파티로 유명한 항구 도시로, 길게 늘어선 정박지에는 여름이면 하나둘 모여서 술값과 명품 옷에 엄청난 돈을 퍼붓는 중동과 유럽의 금권정치가들 소유의 요트들이 빽빽이 들어찬 곳이었다. 다이앤은 칸쿤 국제공항 활주로에서 착륙을 기다리면서 찍었던 핸드폰 사진을 보면서, 당시만 해도 주변 풍경이 얼마나 평화롭고 아름답게만 보였는지 떠올렸다. 알렉산드로는 인도에 놓인 카페 테이블로 발 디딜 틈이 없는 이 복잡하고 얽힌 거리 어딘가에 있을 것이다. 다이앤은 자기 손으로 그를 죽이는 상상을 끝도 없이 떠올려보았다. 진동하는 드릴을 관자놀이에 가져다 댄다거나, 치과용 죔쇠로 입을 고정하고 표백제를 목구멍까지 들이붓거나 하는 상상을 말이다. 그런데 한편으로는 그자를 직접 대면한다는 것이 이상하게도 기대가 됐고, 혹시나 나타나지 않으면 어쩌나 싶어서 걱정되기도 했다. 아마도 톰과 그녀를 이어주는 유일한 연결고리이기 때문에 불편한 친밀감 같은 것이 그녀의 마음속에 존재하게 된 것 같았다. 그보다는 조금 덜하지만, 알렉스를 볼 때도 비슷한 기분이 들었다. 분통하고 후회막심하지만, 일단 그가 시야에서 사라지면 걱정이 되고 난감하고 두려우면서도 도저히 그에게서 벗어날 수 없는 기분.

벤은 새하얀 페인트를 칠한 아파트의 원형 진입로 앞에서 일행을 내려주었고, 다이앤이 알렉스와 카탈리나를 따라서 텅 빈 대리석 로비로 들어가서 엘리베이터를 타고 올라가는 사이에 혼자 주차장에 차를 세우러 갔다. 줄무늬가 쳐진 은색 벽지와 하얀 가죽으로 된 아파트에는 침실이 세 개 있었는데 언젠가 다이앤이 갔던 저지 해안의 콘도를 떠올리게 하는 모습이었다. 알렉스는 그녀를 가장 큰 침실로 안내했고, 다이앤은 침대에 얼굴을 파묻고 쓰러졌다.

"마실 것 좀 줄까요?" 그가 물었다.

다이앤은 벌써 잠이 들고 말았다. 알렉스는 그녀의 신발을 벗기고 조용히 방문을 닫고 나왔다. 벤과 카탈리나는 말없이 주방 테이블에 앉아 있었다.

"기절했어?" 벤이 물었다.

알렉스가 끄덕였다.

"2시간 후면 도착이야."

"알아."

"그자가 무슨 말을 하더라도 차분하고 신사적인 태도를 보여야 한다고 따로 부탁하지 않아도 되겠지?"

"그런 말 안 해도 돼."

"이번 일이 끝나고 놈을 잡으러 가겠다고 하면, 내가 도와줄게. 하지만 오늘만큼은 모두의 목표를 위해서 노력하자."

“알았어.”

“저 여자도 괜찮대?” 카탈리나가 끼어들었다.

“카탈리나, 진정해.” 벤이 휴대전화를 확인하며 그녀를 만류했다. “크레이그가 탄 비행기가 정시에 도착했대. 내일 아침 일찍 이쪽으로 올 거야.”

“오케이. 나 잠깐 나갔다 올게.” 알렉스가 말했다.

“다이앤한테 담배 좀 사다 줘. 그리고 술도. 나라면 술이랑 담배 둘 다 필요할 것 같아.”

주름처럼 쭈글거리는 구름 한 조각이 마을 위로 지도를 그리듯 하늘에 펼쳐져서 한낮의 뜨거운 열기를 누그러뜨리고 있었다. 알렉스는 짠 기운이 감도는 바다 내음과 경유 냄새를 따라서 요트 정박지 쪽으로 걸음을 옮겼다. 주변으로 정박 중인 요트의 후갑판과 나란히 늘어선 카페와 식당 그리고 가게 사이로 검은 지붕이 쳐진 바닷가 산책로가 이어져 있었다. 깡마른 나이지리아 남자들이 명품 부티크 앞 인도에서 가짜 명품 가방과 시계를 팔려고 이리저리 움직이고 있었고, 그사이 동유럽인들은 대낮부터 술에 취한 상태로 이탈리아 레스토랑의 바에 앉아서 스페인과 독일의 축구 경기를 보는 러시아 관광객들의 눈길을 끌기 위해 서로 경쟁을 벌이고 있었다. 알렉스는 코딱지만 한 카페로 들어가서 에스프레소를 주문했고, 잠시나마 아파트 밖으로 나와 숨을 돌릴 수 있어서 참 다행이다 싶었다. 이번 일은 케타민에 취했던 날 봤던 화물열차의 환영과 비슷했다. 뭔지 모르지만 마치 시커먼 암흑 속에서 그를 향해 돌진하는 멈추지 않는 화물열차와 같았으니까. 모든 일이 순식간에 벌어지고 말았다. 평소에는 일을 어떻게 처리할지 추후의 상황까지 모두 더해서 완벽히 구상이 이

뤄질 때까지 충분히 조사하고 계획을 짜는 편이었다. 이번에는 일을 처리하겠다는 의지는 앞섰지만, 필요한 정보가 그다지 충분하지 않았다. 그런 불확실성 탓인지 누군가 그의 신경세포 위에 산욕을 붓는 것 같았고, 이륙 직전에 항상 그렇듯이 목구멍이 따끔거리는 느낌이 시간이 갈수록 더해졌다. 바텐더가 다른 손님과 한가롭게 노닥거리는 모습을 보자, 내 에스프레소는 언제 줄 건가 싶은 생각이 들었다. 이곳 사람들의 나른한 태도는 사람을 미치게 했다. 그는 오직 다음 식사 메뉴와 차 마실 시간, 그리고 태닝을 어떤 순서로 할지만 머릿속에 가득 차서 바닷가 산책로를 따라서 터벅터벅 걸음을 옮기는 휴양객들을 보며 속으로 욕지기를 내뱉었다. 바텐더가 에스프레소 잔을 가지고 나타난 후에야 그는 몽롱한 기분에서 깨어날 수 있었다. 현실을 직시해, 알렉스가 자신을 다독였다. 정신 차리자. 후회의 강으로 돌아가는 것을 멈추고, 불확실성과 두려움의 자욱한 연기 속으로 걸음을 내디뎌야 했다. 자신의 삶이 도저히 깨어날 수 없는 악몽 같다고 느끼기 시작한 것도 벌써 수십 년 전 애기였다. 그래도 그때보다 조금은 나아진 거 아니냐고 스스로 다독이면서 혀가 델 정도로 뜨거운 커피를 한입에 삼키고서 바에 2유로를 올려놓고 밖으로 나섰다.

31

알렉스가 화이트 와인과 말보로 라이트 두 갑, 그리고 줄이 쳐진 황색 메모 용지 한 묶음을 사 가지고 돌아올 무렵에야, 다이앤은 잠에서 깨어났다. 술을 권하는 그에게 어색한 미소를 지어 보이고서, 미지근한 술잔에 와인을 따르고 TV 앞에 앉은 벤과 카탈리나 쪽으로 가서 합류했다. 벤이 더빙판 〈로앤오더 성범죄조사반(Law&Order: SVU)〉에 채널을 고정하고 있는 모습에 다이앤은 고개를 돌려 그를 빤히 쳐다보았다. 하지만 납치 계획을 짜고 있는 와중에 수사 드라마를 본다는 아이러니한 상황이 그에게는 별 의미가 없어 보였다. 다이앤이 다시 술잔을 채울 무렵 문을 노크하는 소리가 들렸고, 그녀는 그대로 척추가 굳어져버렸다. 복도에는 그녀의 아들을 납치한 남자가 예전과 똑같은 옷, 똑같이 차분한 표정 그리고 무언가 자세히 관찰하는 눈빛으로 서 있었고 한 손에는 일회용 휴대전화로 보이는 걸 들고 있었다. 그는 알렉스에게 고개를 끄덕여 보이고, 소파에서 벌떡 일어나 그를 막아서는 벤을 완전히 무시하고 다이앤 쪽으로 뚜벅뚜벅 걸어갔다. 알렉산드로는 그녀에게 휴대전화를 내밀었다.

"이게 뭐……. 오, 하느님 맙소사." 다이앤은 외쳤다. "당장 내놔요. 여보세요?"

"엄마, 저예요." 톰의 목소리였다.

다이앤은 창문 쪽으로 가더니 한 손으로 입을 틀어막았다. "우리 아들 맞니? 괜찮은 거야? 어디 아픈 데는 없고?"

"네, 괜찮아요. 저희 둘 다 잘 있어요."

"파올라랑 같이 있니?"

"바로 옆에 있어요."

"밥은 제대로 먹고 있는 거야?" 다이앤은 그 질문을 던지고는 두 눈을 꼭 감고서 소리 죽여 흐느끼기 시작했다.

"네. 패스트푸드로 하루 두 번씩 먹고 있어요."

"혹시 너희들을 때리거나 하는 건 아니겠지?"

"그런 거 없어요."

"그냥 엄마 안심시키려고 하는 말이 아니라고 말해 줘." 다이앤은 눈을 가늘게 뜨면서 아들의 목소리에서 뭔가 감지하려고 애쓰는 표정을 지었다.

"그런 거 전혀 없어요. 엄마 어디 있어요?"

"스페인. 알렉스 아저씨, 아니 다들 너희를 구하기 위해서 뭐든 하려고 애쓰고 있어. 이 사람들이 뭘 부탁했는데, 그걸 해주면 너희들을 돌려보내 주겠다고 해서. 아가? 톰? 여보세요?"

전화가 끊어졌다.

"고마워 죽겠네요." 다이앤은 눈물범벅이 된 휴대전화를 청바지에 닦으면서 알렉산드로에게 말했다.

"천만에요. 어디서 얘기를 나누면 좋을까요?"

다섯 사람은 커피 테이블 주위에 모였고, 벤은 노트북을 펴고 알렉스는 무릎 위에 메모 용지를 올렸다.

"어디로 가면 되죠?" 벤이 물었다.

"점심이에요." 알렉산드로가 대답했다.

"뭐라고요?"

"점심 식사 자리로 가면 돼요. 내일모레 '달콤한 꿈(Sweetest Dreams)'이라는 보트가 이곳 정박지에 도착할 겁니다. 선체에는 엄청난 양의 펜타닐이 숨겨져 있죠. 판매상 리 지엔롱이 배를 타고 도착하면……."

"와우, 잠깐만요. 리 지엔롱이라고요?" 알렉스가 놀라 되물었다.

"그렇습니다."

알렉스와 벤, 그리고 카탈리나는 서로의 얼굴을 번갈아 쳐다보았다.

"지금 뭐하자는 거요? 이게 무슨 수작이냐고?" 알렉스가 알렉산드로에게 따져 물었다.

"그 사람 때문에 여기 온 겁니다."

"리 지엔롱이 누군데 그래요?" 다이앤이 물었다.

"라스베이거스에서 훔친 목걸이 주인이에요." 벤이 대답했다. 그리고 알렉산드로에게 말했다. "설마 우리가 잡아야 하는 사람이 그 사람이라는 말은 아니겠죠?"

"그에 대해서 얼마나 아십니까?" 알렉산드로가 물었다.

"광저우 출신." 알렉스가 회상조로 말을 시작했다. "화학약품과 부동산 쪽에서 돈을 벌어들였고, 상하이와 말레이시아의 팡코르섬에서 주로 시간을 보내죠. 다음 달이면 52세가 되고. 최근에 결혼했어요."

"리 지엔롱은 거대한 화학약품 회사를 운영합니다." 알렉산드로가 말했다. "그 회사 중 일부에서 꽤 질이 좋은 펜타닐을 생산하고 있는데, 그걸 우리 쪽에 독점 공급하기로 약속했습니다. 아직 펜타닐 생산이 중국에서 합법인데 그 원료가 미국에 있는 우리 쪽 사람들에게는 매우 중요한 생산물이 된 상황이죠. 2억 달러어치 정도 되는 엄청난 양의 원료를 배로 공급받기로 했는데, 조그만 의견 충돌로 인해 배송 지연이 발생했어요. 우리는 그 생산품이 예정대로 도착하기를 바랍니다. 맞습니다. 여러분이 훔친 목걸이의 주인을 내 눈앞에 데려다 달라는 뜻입니다."

"어떻게 그런 일을 가능하게 만들 수 있는지 방법부터 알려주지 그래요?" 알렉스가 받아쳤다.

"팜 트리에서 당신이 말했던 것처럼, 그 부분에서는 제가 도울 길이 없겠네요. 이제는 그런 질문을 할 위치가 아닌 거로 아는데요."

"그래서 우리한테 줄 수 있는 정보가 뭡니까?" 벤이 물었다.

"판매자가 누군지는 이제 다 아실 테고. 구매자는 드미트리 소콜로프, 러시아인입니다. 러시아 구매자 측 인원이 묵는 마르베야 클럽 호텔에서 돈이 넘어가는 사이, 두 사람은 수상 레스토랑에서 만나 점심을 먹기로 돼 있어요. 부두 쪽으로 돈을 가지고 와서 러시아 측에서 마련한 다른 배에 돈을 옮겨 싣고 나서, 리 지엔룽은 그 보트를 타고 출발하게 될 겁니다. 원한다면 리 지엔룽이 싣고 온 물건을 가지고 가도 좋습니다. 단, 그 물건이 리 지엔룽이나 러시아 측 어느 쪽에도 흘러가지 않아야 합니다. 1,500만 달러가량의 돈 역시, 여러분이 찾아낼 수만 있다면 얼마든지 가져도 좋습니다. 저희가 원하는 건 리 지엔룽, 하나입니다. 단, 숨이 붙어 있는 상태로 데리고 와야 하고요."

알렉스가 코웃음을 쳤다. "배에 싣고 온 물건을 훔치고, 현금다발을 챙기고, 대낮에 멀쩡한 사람을 납치해서 눈앞에 데려다 놓으란 겁니까? 사건을 의뢰한다더니, 알고 보니까 세 가지나 되는 일을 떠맡기려는 거군요."

"함께 이동하는 어깨들은 몇이나 되죠?" 카탈리나가 물었다.

"점심 식사 자리에 최소 두 사람이 동행하고, 보트를 타고 이동할 때는 그보다 더 많은 인원이 함께할 겁니다. 해외로 나갈 때는 중국인과 미국인 보안요원을 섞어서 데리고 다니는데 정식으로 훈련받은 전직 군인들입니다. 식당에 예약된 인원이 6명인 것으로 보아. 드미트리 소콜로프가 두 명 정도는 대동하고 나올 것으로 보이고요. 식당 이름은 보드카 이름이랑 똑같은 벨베데레입니다."

알렉스는 산책 중에 그 레스토랑을 보았던 것이 떠올랐다. 바닷가 산책로의 남쪽 끝자락에 있는 세 개의 식당 중에서 하나로 물 위에 테이블을 만들어놓고 여행객들을 유인하는 곳이었다.

"우리에게 주어진 기회는요?" 알렉스가 물었다. "이곳에 얼마나 머물 예정인가요?"

"보트를 타고 이곳에 도착해서 점심을 먹고 다른 보트로 옮겨 탈 겁니다. 아마도 1시간가량, 그보다 빠를 수도 있고요."

"당신은 이 모든 정보를 어떻게 알고 있죠?"

"리 지엔롱과 가까운 사람에게서 들었습니다."

"그 정보원이 당신을 곤란하게 하려는 게 아니라는 걸 어떻게 확신하죠?"

"지금까지 여러 번 좋은 정보를 가져다준 사람입니다."

"그자를 당신에게 데려다준 후에는 어떻게 되는 거죠?" 벤이 물었다.

"우리에게 리 지엔롱을 데려다주시면, 되도록 차량에 태워 오셨으면 좋겠는데, 그걸로 모든 임무는 끝입니다. 그자가 어떻게 생긴 사람인지는 다들 아실 거라고 믿습니다. 드미트리라는 자의 사진은 바로 보내드리도록 하죠. 내일 오후 2시, 러시아 측 사람들이 호텔에 체크인할 예정이니까 원한다면 호텔에 직접 가서 얼굴을 확인할 수도 있겠죠. 리 지엔롱의 세부적인 일정에 대해서는 자세히 알지 못하지만, 점심시간에 맞춰서 보트를 타고 도착할 것으로 보이고, 러시아 측 사람들의 뒤를 밟으면 그자를 만날 수 있을 겁니다. 다른 질문은 없으신가요?"

"하나 있는데요." 다이앤이 말했다. "우리 아들은 언제쯤 만날 수 있죠. 이 나쁜 놈아!"

알렉스 일행은 알렉산드로가 떠난 후에 다시 주방 테이블에 모여 앉았다.

"지금 무슨 일이 벌어지고 있는 건지 아는 사람, 제발 뭐라고 말 좀 해봐." 알렉스가 말문을 열었다.

벤이 양손을 쳐들며 대답했다. "그냥 어쩌다 보니까 하필 우리가 라스베이거스에서 훔친 목걸이의 주인을 쫓게 됐다? 이건 말도 안 되는 우연이야. 일부러 그자를 우리한테 데려오게 한 거던가 아니면 다른 꿍꿍이가 있는 게 아닐까?"

"그 두 가지 중 어느 쪽도 가능성이 크지 않잖아." 알렉스가 대답했다. "리 지엔롱이 펜타닐 쪽에 손대고 있다는 걸 우리가 알고 있었나?"

벤이 고개를 저었다. "우리한테 그 목걸이에 대해서 정보를 준 자는 배달업체 측 직원이었어. 파리에서 라스베이거스로 목걸이를 배송하기로 했던 업체 말이야. 샌디에이고 쪽 회사고. 알렉산드로나 그 쪽 카르텔 사람들과는 전혀 알지도 못하고, 배송 관련 정보 말고는 전혀 아는 게 없었어."

"어디서 얻은 정보였는데?" 알렉스가 되물었다.

"그건 말 안 했어."

"만약 목걸이에 대한 정보를 흘린 자가 알렉산드로에게 리 지엔롱에 대한 정보를 흘린 자와 같은 인물이라면요?" 다이앤이 말했다.

"우리한테 목걸이에 관해 얘기하고 알렉산드로 쪽에 펜타닐에 대한 정보를 흘릴 확실한 이유가 없잖아요." 카탈리나가 끼어들었다.

"그야 알 수 없죠." 다이앤이 말했다. "혹시 관계가 있지 않을까요? 어떻게 이런 일이 가능하죠? 그 목걸이는 누구한테 팔았어요?"

"멕시코 쪽 휴대전화 업계 거물이요." 벤이 대답했다. "완벽한 은둔형 타입인데, 기이한 취향을 가진 자예요. 이유는 모르지만 주로 공룡 화석이나 진귀한 곤충 그리고 고급 장식품 같은 걸 모으는 사람이에요. 내가 아는 바로는 멕시코 카르텔 쪽과는 전혀 관련이 없고. 도저히 연관성을 찾을 수가 없거든요. 아마 그 목걸이를 사 간 사람과 전혀 연관이 없을 거예요."

"내가 보기에도 그래." 알렉스가 거들었다. "둘 사이에 무슨 연관성이 있을까? 일단 그 생각은 잠시 접어두자. 그것 말고 다른 건 없어? 아무거나 생각나는 대로 말해 봐."

"바닷가 쪽이라서 관광객들이 많을 것 같아." 벤이 말했다. "그러니까 만에 하나의 사태가 터지더라도 절대로 실수의 여지가 없다는 뜻이지."

"스페인 경찰들은 실력이 대단해." 카탈리나가 말했다. "사방에 깔려 있기도 하고."

"수십 년 동안 이런 일을 밥 먹듯이 해온 자들이야." 알렉스가 말했다. "자신들이 무슨 일을 하는지 정확히 알고 있을 테지. 리 지엔룽도 뒤를 봐줄 든든한 사람들이 있을 거야. 사실 러시아 측 사람들은 크게 걱정되지 않아. 물론 아주 걱정할 필요가 없다는 뜻은 아니지만."

"다른 건 생각나는 거 없어?" 벤이 물었다.

"리 지엔룽은 매우 신중한 사람이야." 알렉스가 대답했다. "스페인에 직접 오는 경우도 흔치 않을 거야. 보트를 타고 와서 부두에서 만난다. 그것도 대낮에 사람들이 우글거리는 식당에서. 현물거래를 최대한 피하겠다는 뜻이겠지. 게다가 레스토랑 고르는 눈도 바닥이고. 아까 산책하러 나갔다가 그 레스토랑이 어딘지 봤거든."

"제일 걱정되는 부분이 뭐예요?" 다이앤이 물었다. "그러니까 정말 끔찍한 악몽 같은 일이라는 건 알겠는데, 그중에서도 가장 염려되는 부분이 있지 않겠어요?"

"알렉산드로가 우리를 속였을 가능성이죠." 알렉스가 말했다. "그보다 최악은 알렉산드로가 다른 사람에게 속았을 가능성도 있겠죠. 이제부터는 온갖 가능성을 미뤄두고 정신 똑바로 차리고서 일을 성공으로 끌어내는 데 집중해야 해. 그럼 확실한 몇 가지 사항을 빼고는 다른 미심쩍은 부분은 없는 거지?"

"다른 카르텔 요원들이 로비에서 기다리고 있었을까?" 카탈리나가 물었다.

"알렉산드로 말이에요?" 다이앤이 물었다. "멕시코에서 만났을 때는 부하들과 함께 오지 않았었나요? 우리 애들을 납치해갈 때도 부하들과 함께 있었겠죠. 그런데 오늘 혼자서 여기 찾아온 게 이상한 건가요?"

"혼자 온 건지 아닌지는 확실치 않잖아." 벤이 말했다. "그냥 오늘 잠깐 혼자일 수도 있는 거니까."

"그런데 굳이 부하를 호텔에 두고 올 필요가 있었을까요?" 다이앤이 되물었다. "알렉산드로라는 사람 위치가 어느 정도예요? 카르텔에서 아주 중요한 인물이라도 되나요?"

"칸쿤 쪽 해안가를 장악하려면 알렉산드로가 필요하죠." 카탈리나가 대답했다. "알렉산드로는 누구도 건드릴 수 없는 인물이에요. 대체 불가능한 인물이죠."

"바보 같은 질문인 거 아는데. 카르텔에서 원하는 걸 벌써 얻었다면 왜 알렉산드로를 대체할 사람이 없다고 믿는 걸까요?" 다이앤이 물었다.

카탈리나가 입을 열었다가 다시 꾹 다물었다.

"평화를 오래 유지해야 하니까요." 벤이 대답했다. "그리고 바보 같은 질문 아니었어요."

"잠깐." 알렉스가 끼어들었다. "여기 모여 앉아서 밤새 토론을 벌일 수도 있겠지만. 일단 우리가 들은 내용 중에서 확실한 사실만 다시 정리해 보자. 리 지엔롱이 보트를 타고 도착해서 식당에서 점심을 먹고 또 다른 보트에 옮겨 타고 떠난다는 것까지가 사실인 거지? 사실 다른 것도 아니고 보트라는 점이 마음에 안 들어. 부두 쪽은 막다른 길이나 다름없는 데다 몇 킬로 전방까지 시야가 완전히 트인 곳이니까."

"만약 일이 틀어지기라도 하는 날에는 90분 정도면 놈들이 아프리카 쪽으로 도망쳐 버리고 말 거야." 벤이 대답했다.

"그 정도 더러운 돈을 가지고 아프리카 쪽으로 갔다가는 정말 큰 일이 나고 말 거야." 카탈리나가 말했다. "그러니까 리 지엔룽을 얼른 잡아서 그런 나쁜 일을 당하지 않도록 도와줘야지."

"돈 때문에 이러는 게 아니잖아." 알렉스가 말했다.

카탈리나는 벤을 한 번 쳐다보고 다시 알렉스 쪽을 쳐다보았다. "정말 그렇게 생각하는지 다수결로 결정해 볼까?"

"만약 우리가 리 지엔룽을 붙잡았을 때, 그자의 주머니에 거금의 우편환이 들어 있다고 하면 완벽한 일이겠지." 알렉스가 말했다. "하지만 3~400파운드의 현금다발을 가지고 다닌다? 그걸 가지고 다니기가 얼마나 불편하겠어. 언제 어디서 덮쳐야 할지도 알 수 없고, 리 지엔룽도 우리가 무작정 총질을 할 수 없을 정도로 주위에 사람들이 많아질 때까지는 절대로 돈 근처에도 가지 않을 거야. 지금으로서는 이번 일을 도와줄 인력이 충분하지가 않아."

카탈리나가 얼굴을 찌푸렸다. "그냥 장난으로 하는 말이지? 벤? 대체 어떻게 하자는 거야?"

"잘 들어. 알렉산드로를 만나자고 나를 멕시코까지 불러들이지만 않았어도 애초에 이런 일은 벌어지지도 않았어. 지금 파올라가 어디 붙잡혀 있는지 알아? 모르지? 나도 몰라. 이번 건은 돈과는 별개로 하는 거라고. 내 얘기는 여기까지야."

32

페르난도는 오후 11시가 조금 넘어서 일행이 머무는 숙소에서 몇 블록 떨어진 곳에 도착했노라고 연락을 했다. 벤과 다이앤은 그릇을 내팽개치고, 다 함께 근처 모퉁이 쪽으로 향했다. 화려하게 차려입은 20대들이 진과 토닉 술병을 손에 쥐고서 술집에서 쏟아져나오더니 뿌연 담배 연기와 지독한 향수 냄새를 풍기며 인도로 걸음을 옮겼다. 다이앤은 세상이 온통 20대 아이들로 가득 차기라도 한 건지, 아니면 톰이 납치된 상황이라서 눈에 보이는 게 온통 20대 아이들뿐인 건지 도무지 알 수가 없었다. 하얀 랜드 크루저가 길 건너에 멈추고, 페르난도가 차를 향해 다가오는 일행을 향해 고개를 끄덕여 보였다. 자동차의 안전띠 경고등이 전부 고장 나 있어서 그런지 다이앤만 출발 직전에 안전띠를 착용했다.

투우사들은 마을 외곽에 제멋대로 뻗은 하얀 아파트 단지에 살고 있었다. 그룹의 막내인 후안 카를로스의 부모님이 불경기가 한창일 때 헐값으로 사들인 외부인 출입금지 주택지였다. 후안의 부모님은 투우사 아카데미 출신 친구들과 일자리를 구하기 위해서 고군분투

하는 아들에게 그 아파트를 흔쾌히 내주었다. 덕분에 네 명에서 일곱 명 정도 되는 청년들이 일종의 마르크스주의자의 피터 팬 유토피아를 누리며 침실 두 개짜리 콘도에서 지내고 있었다. 각자 자신의 능력을 발휘하면서(식당에서 서빙을 하거나, 마약을 팔거나, 거리 공연을 하거나 절도를 저지르거나), 자신의 필요를 충족시키면서(진통제를 사고, 자동차 타이어를 바꾸고, 모발용 제품을 사거나 낙태 수술 비용을 마련하거나) 말이다. 청년들은 멀끔한 정장부터 시작해서 항생제까지 모든 걸 공유했다.

아파트 6B 호실은 외부인 출입제한 주택지의 고요함 가운데 시끌벅적한 나이트클럽을 방불케 했다. 페르난도는 노크하고 나서 더 크게 문을 두드렸다. 후안 카를로스가 현관문을 열기 직전에 누군가 음악 소리를 줄였고, 후안 카를로스는 긴 갈색 머리카락을 뒤로 넘기고서 매끈하게 면도를 한 잘생긴 얼굴을 드러냈다. 새카맣게 탄 피부와 젖살인지 술살인지 모르지만 볼이 토실토실했다.

"죄송합니다. 대장님." 그는 멋쩍은 미소를 지으며 말했다.

그 뒤로는 주방 카운터에 수북이 쌓여 있던 맥주캔을 허둥지둥 쓰레기봉투에 집어넣는 두 청년의 모습이 보였고, 그 사이로 뿌연 담배 연기로 가득 찬 작은 화장실에서는 젊은 여자 셋이 화장을 고치는 모습이 보였다. 페르난도는 장난기 섞인 표정으로 못마땅하다는 듯 고개를 절레절레 흔들고는 후안 카를로스와 서로 펀치를 날리는 시늉을 하더니, 곧바로 청년을 붙잡고서 와락 끌어안았다. 알렉스는 지금 이 모습이 페르난도의 20대 초반 모습이 아닐까 싶은 생각이 들었다. 두려움이라고는 없는 무일푼의 자유분방한 젊은이. 후안 카를로스는 알렉스 일행을 향해 고개를 까딱했지만, 따로 자기소개를 하지는 않았다.

“들어가시죠.” 페르난도가 말했다.

그는 일행을 데리고 아파트 내부를 지나서 외부로 이어지는 좁은 공간으로 안내했다. 아파트 앞뜰에 있는 수영장은 주변 입주민들과 함께 사용하는 공간이었지만, 오늘 밤은 투우사들의 놀이판으로 바뀌어 있었다. 그중 둘은 밝은 분홍색 망토와 나무 손잡이에 연결된 소뿔을 들고 가상의 투우판을 벌이고 있었다. 수영복 차림의 한 투우사는 라이터로 맥주병 뚜껑을 따더니 엄지손가락으로 술병 주둥이를 막고서 뒤로 공중제비를 돌아 수영장으로 점프를 하기도 했다. 어느 정도 어둠 속에 익숙해지고 나서야, 그녀는 앞뜰에서 뛰노는 청년들의 몸에서 두드러진 흔적을 발견할 수 있었다. 팔과 다리에 난 상처가 멍울져 뭉쳐 있기도 하고, 만화 속에서나 볼 법한 번개 표시처럼 지그재그로 상처가 나 있기도 했다. 그러다가 좌측 장딴지의 살점이 뭉텅이로 떨어져 나간 피부가 검고 매끈한 몸매의 한 청년이 후안 카를로스와 조그만 방수 스피커에서 흘러나오는 음악을 두고 옥신각신하기 시작했다. 두 사람의 말싸움은 곧이어 레슬링 시합으로 이어졌고, 두 사람은 곧바로 시합 태세에 돌입했다. 후안 카를로스가 상대방의 기술에 걸렸다가 겨우 몸을 비꼬아서 빠져나오더니 허둥지둥 균형을 잡고 일어섰다. 두 친구는 힘껏 손바닥을 부닥쳤고, 후안 카를로스는 때를 놓치지 않고 친구의 손목을 잡고 한 걸음 바짝 다가가서 그의 팔을 허리 뒤로 돌려버렸다. 그러다 살사 춤이 시작되었고, 수영장 가장자리를 따라서 누가 먼저랄 것도 없이 몸을 회전하더니 하나둘씩 물속으로 몸을 날리기 시작했다. 알렉스는 보고도 믿기지 않는 듯 껄껄 웃었다.

"이거 실화 맞아요?" 다이앤이 물었다.

"아니요." 알렉스가 대답했다. "우리는 지금 벤의 몽정을 보고 있는 거예요."

"헛소리하지 마, 알렉스. 지금 누가 불평을 하는 거야?" 벤이 대꾸했다.

"아직 철이 없어서 정신이 하나도 없어 보이지만, 일단 수고비만 쥐어주면 일은 기가 막히게 하는 애들이에요." 페르난도가 말했다. "루이스라고 방금 후안 카를로스와 함께 수영장에 점프한 아이는 제가 두 번째로 추천하고 싶은 친구예요. 후안이랑 둘이 손발이 아주 잘 맞거든요."

"이렇게 지낸 지 얼마나 된 거죠?" 알렉스가 물었다.

"여기서요? 6개월 정도 됐어요. 하지만 여기 오기 전에 농장에서 소와 말을 훈련하고 동물들을 돌보면서 수년간 함께 지낸 애들이라서 살짝 정신이 나갈 정도가 되기는 했죠."

"내일부터 이틀 동안 두 친구를 대기조로 쓰려면 선금을 얼마나 지급하면 될까요?"

"선금은 됐고, 인당 100유로 정도면 될 겁니다." 페르난도가 대답했다.

"1천 유로 준다고 하고, 필요하면 다른 애들도 더 데려다가 쓸 거라고 전해주세요. 단, 지금부터 충분히 쉬고 최대한 맑은 정신을 유지해야 한다고 전하시고. 그 정도면 괜찮겠죠?"

페르난도는 고개를 끄덕이고는 앞뜰로 이어지는 계단으로 내려갔다.

"무슨 계획이라도 세운 사람처럼 얘기하네." 벤이 알렉스에게 말했다.

“귀가 안 좋은 것 같은데 병원에 가봐.” 알렉스가 대답했다.

“그저 요리 재료를 고른 것뿐이다?”

알렉스가 끄덕였다. “아직 저녁 메뉴는 정하지 못했어.”

다이앤은 침실에 반쯤 켜진 블루라이트 불빛에 눈을 떴고 창문가에 비친 사람의 형상을 보고 터져 나오는 비명을 꿀꺽 삼켰다. 눈을 제대로 뜨지도 못한 상태로 더듬거려보았지만, 알렉스가 창가에 서서 길 건너편 어두운 아파트 단지를 내다보고 있어서 침대 옆이 텅 비어 있었다. 다이앤은 천천히 몸을 일으키더니 이불을 가슴까지 끌어당겼고, 손바닥 아래로 심장이 쿵쾅거리며 뛰었다.

"불이라도 좀 켜지 그래요." 그녀가 말했다.

"불, 뭐라고요? 아. 괜찮아요. 좀 더 자요. 나 때문에 깨게 해서 미안해요."

다이앤은 그의 목소리를 듣고 주변 세상의 소음을 완전히 지우고 어딘가로 시선을 고정한 채로 잠시 다른 세상에 있다가 이제야 현실로 돌아왔다는 걸 감지할 수 있었다.

"말해 봐요." 그녀가 말했다.

알렉스는 최대한 공손하게 그녀의 제안을 거절하려고 어깨 너머로 고개를 돌렸지만, 그녀의 표정에서 뭔가를 감지하고 곧바로 마음을 고쳐먹었다.

"놈들을 놀라게 할 만한 게 떠오르지 않아서요." 그가 말했다.

"그게 무슨 뜻이에요?"

"경호를 위해서 그자들이 고용한 사람들은 수십 년 동안 매복을 해온 경험자들이거든요. 언제 어디서든 싸울 준비가 돼 있고, 전투에 나설 태세를 갖춘 자들이죠. 그래서 리 지엔롱이 여기서 위험에 빠진다면 상황이 매우 악화할 거예요."

"그러면 괜히 벌집을 쑤시면 안 되겠네요."

"맞아요. 그럴 수도 없고. 그건 불가능한 일이에요."

"그럼 어떻게 하죠?"

"모르겠어요." 알렉스는 두 손을 유리잔에 대고 텅 빈 거리를 찬찬히 살폈다. "아직 모르겠어요."

다이앤은 손에 쥐고 있던 이불을 놓고 머리카락을 뒤로 넘겼다. "그러니까 언제든 싸울 태세를 갖췄다는 거죠? 그자들이 기다렸던 상황이 시작된다면 어떻게 나올까요?"

"그동안 훈련했던 실력을 발휘하겠죠. 최선을 다해서 정면으로 맞설 거예요."

"게다가 실력도 엄청날 테고요? 그럼 애초에 싸움을 걸면 안 되겠는데요?"

"카지노 보안요원은 업장 내에서 방아쇠를 당기는 사람이 생기지 않는 대가로 월급을 받아요. 이자들은 총알받이를 하는 대가로 돈을 받죠. 결국 싸움이 그자들의 생업인 셈이죠. 총격이 벌어지는 건 당연하고. 일단 나는 수십 명의 여행객이 사망하기를 원하지 않을뿐더러 리 지엔롱이 죽어버리면 아무 쓸모가 없어지잖아요."

"좋아요." 다이앤이 말했다. "일단 뭐든 상황이 벌어진다고 가정해 보면, 그 후에는 어떻게 될까요?"

"상대의 위협을 무력화시키고, 리 지엔롱을 데리고 안전한 곳으로 이동하겠죠."

"그 후에는 어떻게 되죠?"

"다시 일행들과 팀을 꾸리겠죠."

"그럼 잠깐 쉬겠네요? 경계를 늦추고."

"아뇨, 그렇지 않을 거예요."

"일단 한바탕 싸웠으니 힘이 빠질 거잖아요. 아드레날린을 온전히 쏟아부을 테니까. 그들도 사람이잖아요."

"무슨 말을 하려는 거예요?"

"일단 상대를 놀라게 하면 안 된다는 말은 이해했어요. 그렇다면 전혀 놀라게 하지 않는다면 어떨까요? 상대가 예상했던 각본 그대로 행동한다면요?"

"그러고 나서?"

"운전 교육받아 봤죠?"

"네, 20년 전에."

"그때 우리가 배웠던 공식 기억나죠? 대부분 교통사고는 집 근처에서 생긴다는 거. 집에 도착해서 진입로에 들어서면 긴장이 풀리고 경계심이 흐트러지게 마련이니까."

"계속해요."

"누군가로부터 위협을, 그러니까 심각한 위협을 느꼈다고 가정해 보면, 그자들은 리 지엔롱을 안전하다고 생각하는 곳으로 데리고 가지 않겠어요?"

알렉스는 눈썹을 치켜뜨고 다이앤의 옆자리로 다가와서 앉았다.

"그런데 또 다른 사건이 빵하고 터지는 거죠. 안전하다고 생각했던 공간이 아니라, 바로 그 직전에서. 거의 다 도착했다고 생각하는 순간, 또 다른 위협에 빠지게 되는 거죠." 다이앤이 말했다.

"괜찮은 아이디어네요. 일단 도주로를 열어주고, 골라인으로 도망치도록 놔준다. 그러고 나서 진짜 공격을 시작한다."

"골라인이 어딘데요?"

"놈들이 타고 갈 보트요. 보트에 도착하기 직전에 리 지엔룽을 차에 태워서 데리고 가면 돼요. 바로 그 지점으로 호주 꼬마를 부르면 되겠어요."

"호주에서 꼬마애를 불렀어요?"

"라스베이거스에서 오는 거예요. 거기 살고 있어서. 오토바이 경주를 가르치는 친구거든요. 바퀴 달린 걸 기가 막히게 잘 다루는 친구예요."

"같이 타본 적도 있어요?"

"있죠."

"어땠어요?"

"총에 맞은 와중에 스트립 거리의 한가운데 몰렸는데도 우리를 데리고 안전히 탈출하는 데 성공했어요. 눈앞에는 경찰 둘이 버티고 있고, 등 뒤로는 특수기동대가 바짝 쫓아오고 있었거든요. 15㎝ 정도 간격만 남기고서 반대편에서 달려오는 차들 사이로 기가 막히게 회전을 하더군요. '꽉 잡아요. 친구.' 그 꼬마가 했던 마지막 말이 그거였어요."

"벤은 왜 그 꼬마를 싫어하는 거죠?"

“건방지다고 생각하나 봐요. 크레이그라는 꼬마는 그저 철부지 어린애일 뿐인 것 같은데. 벤이 젊은 세대를 참고 견뎌줄 정도의 인내심을 가진 친구가 아니라서.”

“그래도 사람의 성격을 파악하는 재주는 있던데요.”

“맞아요. 하지만 크레이그를 여기 불러서 우리 팀원으로 훈련하려는 게 아니잖아요. 그저 운전대를 잡아줄 친구가 필요한 거예요. 그 꼬마가 운전 기술 하나는 탁월한 편이니까.”

“또 다른 재료로군요?”

“마지막까지 사용하지 않는다고 해도, 일단 확보해 두고 싶은 비장의 카드라고 해두죠. 물론 당신이 말한 계획에 필요치 않다고 해도 말이에요. 다이앤, 이건 당신이 제안한 계획이기는 하지만 그 사실은 굳이 말하지 않으려고 해요. 괜히 카탈리나가 불평하는 걸 듣고 싶지는 않거든요. 카탈리나의 말이 옳다는 게 아니라 더 수월하다는 뜻이에요.”

“맙소사.” 다이앤이 그를 밀치며 말했다. “지금 내가 말도 안 되는 소리를 지껄인다는 거예요? 내가 원하는 건 아들을 되찾는 것뿐이에요. 제발 내 말 좀 믿어요.”

“좋은 아이디어 맞아요.”

“됐어요. 그럼 성공하기나 해요.” 다이앤이 말했다.

"이번에 새로 만난 여자랑 코스모폴리탄 호텔에 있는 스페인 요리 전문점에서 데이트를 했는데요." 새롭게 추가된 사항을 전하기 위해 해리스가 전화를 걸자, 라미레즈가 이렇게 말했다. "조금 비싸기는 해도 나쁘지 않더군요. 우리 친구 크레이그는 잘 지내나요?"

"호텔에 갇혀서 꼼짝도 못 하고 있어요. TV를 하도 많이 봐서 스페인어 실력도 꽤 늘었을걸요."

"아직 소식은 없어요?"

"전혀. 그놈들이 노리는 게 대체 뭔지 알아내려고 이쪽 사람들을 통해서 백방으로 수소문을 해봤어요. 절도사건 담당 부서에 연락해서 근처 시계와 보석상 쪽에 미리 언질을 주라고 전했고. 그런데 대체 놈들이 왜 스페인까지 찾아온 건지는 아무도 모르는 것 같아요. 물론 보안을 강화하고 쇼핑센터 주변에 경찰 인력을 증강하기는 했죠. 이쪽 은행에서는 그렇게 큰 현금을 보관하고 있지 않더라고요. 큰 규모의 개인 금고가 있는 은행들이 있어서 조금 걱정이 되기는 하는데, 일단 특히 주의를 기울이라고 해뒀어요. 정박지에는 호화 요트들이 가득 들어차 있고 차도에 달리는 차들이 한 대 건너 한 대가 페라리라니까요. 예술품, 호화 보트, 몰래 숨겨둔 마약 혹은 현금 뭐든 놈들의 표적이 될 수 있는데. 이곳에는 온갖 종류의 현금들이 흘러들어오니까요. 물론 전부 더러운 돈이기는 하지만."

"라스베이거스랑 비슷하네요." 라미레즈가 말했다. "그래도 라스베이거스는 종류가 한정돼 있는데 말이에요."

마르베야 클럽 호텔의 체크인 시간이 되자, 로비에는 막 도착한 손님들과 짐가방들로 발 디딜 틈도 없이 복잡해졌다. 벤과 알렉스는 티셔츠와 테니스 반바지를 입고서 라켓 백을 사이에 두고 긴 의자에 나란히 앉아 있었다. 좌측에는 오늘 오전 루이스와 1층 객실에 투숙한 후안 카를로스가 삐딱하게 벽에 기대어 있었다. 두 사람은 교대로 로비에 있는 바에 가서 음료수를 마시다가 러시아 측 일행들이 호텔에 들고나는 상황을 벤에게 알리라는 지시를 받았다. 알렉스는 호텔 외부에 나가서 도착 지점을 살피던 카탈리나로부터 전화를 받았다.

"친구들이 도착했어. 막 호텔로 들어가려는 중이야. 정장 입은 경호원 하나, 그리고 남자가 들어간다." 그녀가 말했다.

"알겠어." 알렉스는 대답했다. 그러고 나서 벤에게 말했다. "시작하자."

호텔 출입구의 회전문이 열리자, 연한 파란색 셔츠에 상어 가죽처럼 거친 재질로 된 양복을 입고 키가 훤칠하고 어깨가 넓은 남자 하나가 선글라스를 이마까지 올리고서 로비를 찬찬히 살피더니 고개를 돌려 까딱하고 신호를 보냈다. 다시 문이 돌아가더니 이번에는 드미트리 소콜로프가 들어왔다. 땅땅한 몸에 무표정한 얼굴, 볼록 튀어나온 배에다가 초록색 벨벳 천으로 된 운동복을 걸친 남자로 말 재갈 모양의 장식이 달린 로퍼를 신었고, 듬성듬성한 머리카락은 회색빛 검정으로 염색을 한 모양이었다. 그는 엘리베이터 쪽으로 걸음을 옮겼고, 알렉스는 서둘러 시선을 바닥으로 깔았다.

"방금 느꼈어?" 벤이 선글라스 뒤로 눈동자를 숨긴 채로 이렇게 물었다. "고개 들지 마."

"뭐가?" 알렉스가 되물었다.

"네 쪽을 똑바로 바라보더라. 나는 눈에 보이지도 않는 것처럼."

알렉스는 드미트리 소콜로프의 형상을 머릿속으로 떠올리고서 마음속으로 그를 뚫어져라 쳐다보았다.

"됐어. 이제 갔어." 벤이 말했다.

두 번째 경호원은 살짝 등이 굽은 데다 바싹 올려 깎은 회색 머리카락 아래로 깊은 주름이 자글자글한 자였다. 세 번째 남자는 창백한 낯빛에 얼굴이 무척 앳되고 아무리 봐도 스무 살이 넘지 않은 자였는데, 여권 한 움큼을 들고 저벅저벅 걸어서 안내 데스크 쪽으로 걸어갔다.

"괜찮아?" 알렉스가 후안 카를로스에게 말했다. "누군지 봤지?"

후안 카를로스는 휴대전화를 보다가 고개를 들고 대답했다. "당연하죠."

목표물과 적당히 거리를 둔 상태에서 벤과 알렉스는 호텔 뒤쪽 바닷가 산책로로 이어지는 뒷문으로 몸을 피했다.

"뭔가 느낌이 싸했어." 벤이 말했다. "너를 똑바로 바라보는 그 눈빛 말이야."

"그래 봤자 3초 남짓이잖아. 너무 신경 쓰지 마." 알렉스가 대답했다.

"별거 아닌 것 같았으면, 내가 이런 말도 하지 않았을 거야."

두 사람은 테니스 코트 입구에서 하늘 높이까지 철책을 엮어서 만든 담장 옆에 모인 사람들 무리 근처에서 아이들이 테니스 레슨을 받는 모습을 지켜보는 양 행동하고 있던 카탈리나를 발견할 수 있었다.

카탈리나는 풍선껌을 크게 불며 말했다. "뚱보가 껴 있어서 괜히 반갑던데?"

"너무 과소평가하지 마. 체격도 괜찮아 보이고 걸음이 날쌔서 움직임이 빠르겠더라. 아마도 통역 담당인 거 같아. 그런 체형의 남자들이 매트에서 꽤 잽싸게 움직이는 걸 백 번도 넘게 봐서 말이야. 상황이 극에 달하면, 러시아 놈들은 호텔로 돌아오거나 아니면 마약이 있는 쪽으로 이동할 거야. 리 지엔롱과 무리는 곧바로 보트로 갈 텐데, 그 의미는 내가 짜놓은 장소로 이동한다는 뜻이고, 벤이 바로 뒤에서 지키고 있을 거야. 일단 리 지엔롱의 경호원들을 떼어내고, 놈을 차 트렁크에 실은 다음 최대한 빨리 도망쳐야 해. 카탈리나, 너까지 합류해 주면 더 좋지만 일이 다 안 끝났으면 신경 쓰지 말고 네 일을 하면 돼."

"최대한 빨리 움직여볼게. 하이라이트를 놓치고 싶지는 않으니까." 카탈리나가 말했다.

"좋아. 그럼 나는 레스토랑 쪽으로 이동할게." 알렉스가 말했다.

"우리는 부두 쪽을 둘러볼게. 점심 맛있게 먹어." 벤이 대답했다.

푸에르토 바누스 부두는 거대한 직사각형 모양의 유역이 해안 쪽으로 새겨진 모양으로 삼면이 검은색 지붕의 해안가 산책로와 맞닿아 있었다. 길게 이어진 부두에 늘어선 요트들은 검은색 지붕 바로 옆에서 행인들과 바닷가에 주차된 고급 승용차들과 조화를 이루고 있었다. 긴 곡선의 거친 바위 지대로 형성된 방조제는 정박지의 남서쪽 모퉁이에서 멈춰 있었고, 그 형상이 마치 길고 구부러진 손가락이 해안가를 두드리는 모습을 방불케 했다. 벨베데르 레스토랑은 타일을 붙인 콘크리트 조각부터 좁은 수로까지 한눈에 내려다볼 수 있는 위치에 있었고, 레스토랑 안의 바와 주방은 산책로 옆 야외석을 사이에 두고 양옆으로 나뉘어 있었다. 웨이터들은 쟁반을 들고 산책로의 유동인구를 빙 둘러서 빨간색과 하얀색 우산으로 된 캐노피 그늘에 앉은 바닷가 테이블까지 쉴 새 없이 누비고 다녔다. 알렉스가 도착했을 때, 이제 막 점심시간이 되어 손님이 몰리기 시작했다. 후안 카를로스가 낮에 근무하는 떠돌이 루마니아 출신의 여자 웨이트리스와 잘 아는 사이라서, 별다른 요청을 하지 않았는데도 내일 예약 손님 목록과 좌석 배치도를 알아서 가져다주었다. 그녀는 알렉스의 목표물이 내일 예약한 좌석 근처에 그의 자리를 골라두었다. 오늘 알렉스가 주문한 메뉴는 여러 가지 요리를 섞어놓은 것으로, 마르게리타 피자와 프랑스 니스 스타일의 니스와즈 샐러드, 조개를 곁들인 링귀네 파스타, 그리고 모둠 타파스였다. 앞으로 20분 후면 다이앤이 그를 만나러 올 것이다. 알렉스는 홀로 테이블에 앉아서, 메모지 위에 스케치를 끄적였고, 자신이 앉을 자리에서 다른 경로를 이용해서 화장실로 갔다가 돌아올 수 있는 예상 이동로를 구상해 두었다. 목구멍만 칼칼하던 것이 이제는 턱까지 욱신거렸고, 종일 체온이 꾸준히 오르는 기미를 보였다. 다이앤이 슬슬 걱정되려던 찰나, 그녀가 빽빽이 들어선 손님들 사이를 비집고 그가 앉은 테이블로 걸어오는 모습을 발견했다. 다이앤은 2시간 전에 아파트에서 출발하면서, 오늘 오후 한 번만 알코올과 기분전환용 쇼핑을 일종의 마취제로 삼아서 자신의 죄책감과 공포심을 잊어보자고 결심한 터였다. 산책로 주변 카페에서 아페롤 스프리츠 칵테일 한 잔을 마신 그녀는 하얀 실크 재질에 가슴 바로 아래부터 길게 버튼이 달린 민소매 드레스를 사 입었다. 그래서일까, 지나가는 모습에 테이블에 둘러앉아 있던 이탈리아인 남자들이 대화를 멈추고 고개를 돌리고 약속이라도 한 듯 동시에 그녀의 모습을 쳐다볼 정도였다. 알렉스는 재빨리 자리에서 일어나 다이앤이 앉을 의자를 빼주었다.

"왔어요? 정말 예쁜데요." 그가 말했다.

"당신이야말로 정말 볼 만한데요? 부탁인데 제발 테니스는 배우지 말아줘요." 그녀가 대답했다.

"이건 엄격히 비즈니스 때문에 입은 거예요. 러시아 측 사람들이 정확히 제시간에 도착했어요. 지금도 감시 중이고."

다이앤은 충분히 동의한다는 듯 고개를 끄덕이고 웨이터가 메뉴판을 내밀자, 아페롤 스프리츠를 한 잔 더 주문했다.

"러시아어가 정말 많네요." 다이앤이 스페셜 메뉴를 살피며 말했다. "아랍어도 있고, 브라질어도 있어요."

"취향보다 지갑이 더 풍부한 유럽의 중심 도시에 오신 걸 환영합니다."

"난 생선 요리로 할래요."

"탁월한 선택이에요."

"그리고 화이트 와인도 한 병요."

"난 술은 사양할게요. 당신은 마셔도 돼요." 알렉스가 말했다.

"너무 멀쩡해 보여서 그게 오히려 이해가 안 돼요. 함께 점심을 먹는 게 이번이 마지막일 수도 있는 거잖아요. 아니면 당신에게 마지막 식사가 될지도 모르고. 내일이면 당신은 싸늘한 시체가 됐거나 아니면 어디 교도소에 갇혀 있을 수도 있어요. 그러니까 나는 술을 한 잔 마셔야겠어요. 만약 파올라가 어디 있는지 까맣게 잊고 살 수 있다면, 그것도 나름은 축복이겠어요. 어떻게 그럴 수가 있는지 나로서는 상상조차 안 되는데."

알렉스는 눈을 깜빡이며 의자 뒤에 등을 붙이고 앉았다. 멕시코에서부터 그녀가 내뱉는 분노의 말들을 듣고도 꿈쩍하지 않고 여러 번 견뎌낸 그였지만, 다이앤이 느끼기에도 이번에는 자신이 도를 넘었구나 싶은 생각이 들었다.

"화가 많이 났군요." 그가 말했다. "물론 당연히 그럴 만해요. 우리가 여기 온 거 자체가 내 실수 때문이니까. 그러니까 화를 내는 게 도움이 된다면 얼마든지 나를 비난해도 좋아요. 그런데 정말 도움이 되기는 하는 거죠? 차라리 그 분노를 다른 쪽에 쏟아보는 게 어때요? 어젯밤에 당신이 기발한 아이디어를 냈던 것처럼."

다이앤은 아무 말 없이 그를 빤히 쳐다보았다. 알렉스는 그녀와 싸우는 법을 잘 알고 있었다. 그녀가 가끔 터트리는 분노의 화살을 받아치거나 완전히 무시하는 대신 참을성을 가지고 그대로 받아들이면서 말이다. 다른 상황이었다면, 그런 자질은 매우 매력적으로 느껴졌을 테지만 오늘만큼은 그런 알렉스의 모습이 더 밉살스럽게 느껴졌다. 웨이터가 펜을 들고 그들이 앉은 자리로 돌아왔다.

"도버 서대기 요리로 하죠. 새우랑 시저 샐러드, 그리고 샤블리 화이트 와인 한 병하고." 알렉스가 말했다.

"처음 나를 만났을 때, 무슨 생각을 했어요?" 다이앤이 웨이터가 떠나자마자 이렇게 물었다. "어릴 때 말고 말로리 박사의 집에서 말이에요."

"우리 어머니가 마약 중독자였다고 얘기했었나요?"

"아니요. 괜히 말 돌리지 말아요."

"어릴 때 어머니 주변에 온갖 종류의 사람들이 있었어요. 바텐더, 웨이트리스, 카지노 딜러, 코카인 딜러까지. 그러다가 엄마 친구 중에 함께 트로피카나에서 일하던 사람이 있었는데 가끔 나를 돌봐주던 클레어 라발레라는 칵테일 웨이트리스였어요. 나는 클레어랑 친해졌어요. 열 살짜리 꼬마랑 서른이 넘은 여자랑 친구가 된다는 게 조금 이상하게 들릴지도 모르지만. 아무튼 주방에 모인 사람들이 약에 취해서 잔뜩 흥분한 상태가 되면, 클레어는 몰래 내 방으로 들어와서 어른들이 시끄럽게 떠드는 것에 대해서 미안하다고 말하면서, 학교에서 무슨 일은 없는지 요즘 특별한 문제는 없는지 묻곤 했죠. 그러던 어느 날 밤, 나는 우리 엄마가 왜 마약을 끊지 못하는 거냐고 물었어요. 클레어는 그 질문에 대한 확실한 대답을 해주지 못했고, 나는 클레어도 마약을 하느냐고 다시 물었는데 그렇다고 하더군요. 그래서 지금 마약을 하고 왔냐고 물었더니 그렇다고 하더군요. 사실 나는……."

웨이터가 와인잔에 뿌연 거품이 뽀글뽀글 피어오르는 와인을 따르자, 알렉스는 술잔을 다이앤 쪽으로 밀었다.

"고마워요." 다이앤이 대답하고 다시 알렉스를 향해 말했다. "계속

해봐요."

"나는 클레어에게 마약을 하면 어떤 기분이냐고 물었어요. 그랬더니 오랜 여행 끝에 집으로 돌아온 기분이고, 세상에 존재하리라고 생각하지 않았던 매우 아름답고 새로운 곳에 도착한 기분이라고 하더군요. 그 얘기를 듣고 오랫동안, 클레어가 했던 말이 무슨 뜻인지 궁금했어요. 클레어가 느꼈던 그 기분이 어떤 걸까 싶었죠. 그래서 여러 종류의 마약을 해봤는데, 나는 그런 비슷한 기분조차 느끼지는 못했거든요. 그 후로 아주 오랫동안 그때 일을 까맣게 잊고 있었어요. 그러다가 린제이의 집에서 저녁 식사를 했던 그날, 밖에서 우리가 키스했을 때 클레어가 했던 말이 문득 떠오르더군요. 당신 질문에 대한 대답이 아니라는 거 알아요. 사실 말로리 박사 집에서 당신을 보고 무슨 생각을 했는지 기억이 나지 않아요."

"우리 애들이 돌아오기 전까지는 감상적인 얘기는 접어두기로 해요." 다이앤은 부드러운 목소리로 말했다. 그녀는 테이블 너머로 한 손을 뻗어서 그의 이마를 짚고 다른 손은 자신의 이마에 가져다 댔다. "맙소사, 완전 불덩이네요. 몸 괜찮아요?"

"심각할 정도는 아니에요. 곧 나아질 거예요." 그가 대답했다.

주문한 음식이 나오자, 알렉스는 음식을 먹으면서 메모지에 스케치를 계속했고 문득 다른 사람들이 보기에 결혼한 지 오래돼서 별다른 대화거리가 없는 사람처럼 보이겠구나 싶은 생각이 들었다. 다이앤은 웨이터에게 화장실이 어디냐고 물었고, 알렉스는 그녀가 화장실로 걸어가는 사이 자기 잔에 있던 와인을 그녀의 잔에 따랐다. 그가 휴대전화로 일기예보를 확인하고 있는데 누군가 태양을 등지고 그의 앞으로 다가와 멈춰 섰다.

"잠깐 앉아도 되겠나?"

역광 탓에 그가 누구인지 알아보는 데는 조금 시간이 걸렸다.

"데릭, 물론이지." 알렉스가 대답했다.

데릭 새런트는 다이앤의 의자에 앉았다. 그는 알렉스 정도의 키에 덥수룩한 수염, 그리고 15년 전 두 사람이 처음 만났을 때보다 훨씬 더 근육질의 몸매로 변했다. 두 번째로 함께 임무를 수행했을 때, 데릭은 세도나의 창고에서 부츠 바닥에 등을 밟히고 머리 뒤에는 총구가 겨눠진 채로 바닥에 엎드려 있었다. 알렉스가 매복하다가 창고로 되돌아가서 예상치 못하게 나타난 보안요원을 무장해제시켰을 때야 그는 비로소 곤경에서 벗어날 수 있었다. 그 사건은 데릭에게 엄청난 충격을 가져다주었다. 알렉스는 그로부터 10년이 넘는 세월 동안 그를 볼 수 없었고, 짧게 자른 머리에 끝부분이 굽어진 선글라스를 쓴 것으로 보아 지금은 어디 보안 업체 같은 곳에서 일하는 모양이었다. 스페인에 온 이유도 청부살인이라는 비즈니스 차 온 걸 테고. 알렉스는 언젠가 데릭이 군대 측에서도 비밀리에 붙이려고 애썼던 카불 시장에서 있었던 총격 사건에 연루되어 있다고 말했던 벤의 이야기를 떠올렸다.

"마르베야에는 웬일로 온 거야?" 데릭이 먼저 물었다.

"알잖아. 내가 뜨거운 태양을 좋아하는 거. 그러는 자네는 웬일로?"

"이봐, 괜히 말장난할 시간 없으니까 본론부터 얘기할게. 내가 자네를 위해서 계획을 짜놨어. 당장 짐을 싸서 집으로 돌아가. 여기서 뭘 하는 건지 모르지만, 또 알고 싶지도 않지만 앞으로 6시간 내로 짐 싸서 당장 여기서 떠나도록 해. 기장한테 어디든 묻지도 따지지도 않고 데려다주라고 말해놓을 테니까."

"이렇게 아름다운 도시를 왜 떠나야 하는데?"

"그게 자네에게 최고의 한 수일 테니까." 데릭이 말했다.

"그건 어렵겠는데, 친구. 호텔 요금이 환불 불가라서. 자동차도 빌렸단 말이야."

"상식적인 선에서 원하는 액수를 말해 봐."

"세 장."

"세 장? 미쳤군. 단단히 미쳤어."

"뭐가 미쳤다는 거야? 내가 300만 달러라고 말한 줄 알았어? 나로서는 가장 상식적인 액수를 말한 건데. 데릭, 자네 돈 따위는 필요하지도 않아."

"알렉스, 이봐. 난 자네에게 빚을 졌어. 우리 둘 다 그걸 알잖아. 그래서 일부러 자네를 찾아온 거야. 여기서 험한 꼴을 당하고 싶지는 않을 거 아냐. 적어도 이번 주에는."

"내 질문에 아직 대답 안 했어."

"무슨 질문?"

"여기 왜 왔냐는 질문."

"그건 말할 수 없다는 거 알잖아."

"분명히 일 때문에 온 건데. 내가 들은 바에 따르면, 요즘 하는 일이 아주 최악은 아닌가 보던데. 내가 무료로 조언을 해주겠네. 가서 쇼핑이나 해. 제대로 된 옷이나 한 벌 사 입으라고. 나는 먹고살기 위해서 어떤 사람을 데려다줘야 하니까. 그렇다고 자네랑 함께 일할 수는 없잖아."

"나 역시도 같이 일할 생각 없어." 데릭이 받아쳤다. "나도 내 일이 있으니까."

"데릭, 자네 일이라는 게 대체 뭔데?"

"사람들을 안전하게 지키는 거."

"정말? 무고한 시민들과 꼬마들에게 총질을 해대서 수십 명의 변호사가 네 뒤치다꺼리를 하느라고 골머리를 썩이는 줄 알았는데. 신문 보니까, 네가 하는 일이라는 게 바로 그런 거던데. 동지."

"알렉스, 당장 짐 싸서 비행기 타고 떠나. 알겠지? 다른 데 가서 휴가를 만끽하라고. 친구로서 마지막으로 충고하는 거야."

"내가 먹고살기 위해서 뭘 하는지 알아?"

"그걸, 뭐? 그래 알아. 그래도 나는……."

"뭔데?"

"자네는 남의 물건을 몰래 빼돌리는 일을 하잖아."

"맞아. 얼마 전까지는 그랬지. 하지만 진짜로 내가 하는 일은 줏대 없고 게을러터지고 제대로 실력을 갈고닦지도 않은 데다가 상상력도 부족한 너 같은 놈을 위한 거야, 데릭. 내가 그놈들 본때를 보여주려고. 온 세상에 네가 어떤 사람인지 보여주겠어. 아픈 데를 골라서 때리고, 또다시 때리고 때려줄 거야. 내 능력 밖의 일에 얽힌 거로 보여? 넌 내 능력의 반도 못 봤어. 내가 여기 있는 걸 네가 알게 돼서 정말 다행이야. 앞으로 어떤 일이 벌어질지 똑똑히 지켜봐. 그런다고 해서 달라지는 건 아무것도 없을 테니까." 알렉스는 자리에서 벌떡 일어나더니 냅킨을 테이블 위에 던졌다. "오늘 밤 불이 나서 내가 불에 타 죽기를 기도하는 편이 좋을 거야. 그거야말로 네가 가진 마지막 기회일 테니까. 사냥 잘하라고. 점심 잘 먹었어."

화장실 쪽으로 절반쯤 걸어갔을 때, 다이앤이 드레스 양옆을 고르게 가다듬으면서 밖으로 나왔다.

"나가요." 알렉스가 그녀의 팔꿈치를 잡고 가던 길로 몸을 돌리며 말했다. "이쪽이에요."

"계산은 했어요? 갑자기 왜요?"

"점심값은 걱정하지 말고, 나를 따라와요."

알렉스는 서둘러 그녀를 데리고 바닷가 산책로로 가더니 제일 가까운 호텔 뒤쪽으로 가서 멈춰 섰다.

"지금부터 내가 하는 말 잘 들어요. 당장 호텔로 들어가서 앞에 대기 중인 택시 말고 안내 데스크에 부탁해서 다른 택시를 불러요. 택시가 도착해서 프런트 데스크로 연락이 올 때까지 기다려요. 택시가 도착하면 곧바로 차로 걸어가서 올라타면 돼요. 나는 바로 뒤따라 갈 거예요. 하지만 그전까지는 이 문 안쪽에서 기다리고 있을게요. 혹시 누군가 당신에게 접근한다거나 말을 건다거나 하면, 최대한 빨리 내가 있는 쪽으로 걸어오면 돼요. 할 수 있겠어요?"

"대체 왜 이러는 건지 설명해준다면요."

"레스토랑에서 우연히 아는 사람을 만났는데, 혹시나 누가 우리 뒤를 따라올까 봐 걱정돼서 그래요."

호텔 안내 데스크에서는 다이앤의 요청에 동의하며 고개를 끄덕였다. 알렉스는 데릭의 모습이나 그 외 예의주시하는 사람도 없음을 확인할 수 있었다. 과거 함께 일했던 동료가 그를 찾아와서 진실을 말한다는 게 가능키나 한 일일까? 그렇게 우연히 알렉스를 발견하고, 상관에게 이를 보고해서 엄청난 가치를 가진 목표물을 보호하는 동안 다른 예기치 못한 사건이 터지지 않도록 굳이 비행기까지 빌려주겠다고 나서는 것이? 알렉스는 무엇을 믿어야 할지 알 수가 없었다. 곧이어 안내 데스크에서 전화를 받더니 다이앤을 향해 택시가 도착했다는 신호를 보냈고, 다이앤은 고마움을 표하고 공회전 중인 차량으로 향했다. 알렉스는 운전기사에게 길 아래쪽 호텔 앞에 내려달라고 말했고, 그곳에서 또 다른 택시를 불렀다. 다이앤은 알렉스가 발렛파킹 안내 데스크 뒤쪽 길 건너편까지 꼼꼼히 살피는 사이에 잠시 택시 안에서 기다려야 했다. 두 번째 택시에 타고 나서야 두 사람은 미행하는 사람이 없음을 확인했고, 알렉스는 아파트 근처 주소를 택시 기사에게 일러주었다.

"누가 당신을 알아봤는데 그래요?" 다이앤이 물었다.

"예전에 함께 일하던 동료요."

"우연히 여기서 마주친 거예요?"

"그렇게 말하더군요."

"당신은 그 말을 믿고 있고요?"

"러시아 쪽 일행과 한편은 아닐 테고, 리 지엔룽은 내일이나 돼야 도착할 거예요. 그 친구가 여기에 왜 왔는지는 알 수 없지만, 내가 왜 왔는지는 어느 정도 확실히 밝혀뒀어요. 이 일은 우리 둘만 아는 거로 해요. 알겠죠?"

두 사람이 아파트 문으로 들어섰을 때, 벤과 카탈리나는 주방 테이블에 앉아서 카드게임 중이었다.

"점심은 어땠어?" 벤이 물었다.

"그럭저럭. 내가 생각했던 것보다 레스토랑이 괜찮더라. 내일 쓸 자동차는 구했어?" 알렉스가 물었다.

"곧 준비될 거야. 그 꼬마들이 내일 아침까지 우리가 원하는 차종과 가장 비슷한 거로 무조건 구해줄 수 있다고 장담을 하더라고." 벤이 대답했다.

"잘됐네. 크레이그한테 연락해 봐."

벤은 전화를 걸고 나서 스피커 폰으로 연결했다.

"여보세요?"

"크레이그, 오래간만이야. 비행은 어땠어?" 벤이 말했다.

"세상모르고 잤어요."

"어떤 차를 몰고 싶어?"

"이번에는 차예요?"

"하나만 골라. 어떤 차를 몰아보고 싶었어?"

"BMW 3시리즈나 5시리즈, 수동 기어로 너무 오래 탄 건 안 되고 타이어가 적당히 길든 거요. 터보 기능이 있으면 더 좋고요."

"일단 한번 찾아볼게. 내일 아침 11시, 주제 사라마구 로터리의 남동쪽 하드락 카페로 걸어와. 식당 맞은편 주차장에, 조수석에 시커먼 머리를 한 꼬마애가 탄 차가 있을 거야. 자동차 유리에 손바닥을 가져다 대면, 너라는 신호인 걸로 알아들을 거고."

"이번에는 무슨 일인지 물어봐도 돼요?"

"당연하지. 잠깐만. 다른 사람 좀 바꿔줄게."

"크레이그, 반갑다. 내가 누군지 알아?" 알렉스가 말했다.

"네. 당연하죠." 크레이그가 대답했다.

"혹시 노트북 가지고 있어?"

"아니요."

"프런트 데스크로 가서 주변 지도랑 펜을 빌려달라고 해."

로비로 내려간 크레이그는 전화기 너머로 알렉스가 들을 수 있도록 하면서 충분히 시간을 끌었고, 호텔 직원이 지도를 찾으러 간 동안 창문으로 뛰어가서 팔을 흔들었다. 도로 건너편에 있던 해리스와 사복 경찰이 창문이 없는 하얀 밴에서 조심스럽게 걸음을 내디뎠다. 두 사람이 거리를 건너는 사이, 크레이그는 창문에 비친 자신의 모습을 볼 수 있었다. 크레이그가 눈을 깜빡이는 사이, 반투명한 형상 안으로 법을 수호하는 직원 둘이 구보로 재빠르게 이동하는 모습까지. 호텔 직원이 지도를 들고 사무실 밖으로 나왔다. 크레이그는 다시 위층 객실로 올라가서, 휴대전화 스피커 버튼을 누르고 침대 위에 지도를 펼쳤다.

"크레이그, 듣고 있어?" 알렉스가 물었다.

"네. 잠깐만요. 친구." 크레이그가 대답했다.

"왜 그래?"

"지도 좀 펴느라고요. 잠깐만요. 친구."

알렉스는 벤과 카탈리나를 번갈아 쳐다본 다음, 다시 시선을 거두었다. "별일 없는 거지?"

"당연하죠. 계속 얘기해 봐요."

"푸에르토 바누스 정박지라고 보이지?"

"네."

"바닷가를 따라서 해안도로가 나 있는 게 보일 거야. 정박지와 건물 사이로 바닷가 산책로가 있어."

"보이네요."

"남쪽 끝에 벨베데르라는 레스토랑이 있는데. 내일 1시, 카레 트라모 데 유니온(Calle Tramo de Union)에 최대한 가까이, 레스토랑 근처 산책로 부근에 차를 세우고 기다려. 트렁크는 열어두되, 뚜껑까지 열지는 말고 문은 잠그지 말고. 총 세 명이 탈 거고 트렁크에 들어갈 짐이 하나 있을 거야. 일단 우리가 차에 타고 나면, 최대한 빨리 340번

국도를 타야 해. 호세 바누스 대로로 가면 곧바로 갈 수 있는데, 일단 내일 오후까지 국도와 정박지 사이의 모든 도로를 손바닥 보듯 훤히 꿰뚫고 있도록. 차량의 흐름, 신호 간격, 거리의 방향, 우회도로까지 전부. 알아듣겠지?"

"당근이죠. 친구."

"그래. 지금 나가서 근처를 좀 둘러보든가."

"알겠어요. 그럼 내일 만나요."

알렉스는 어딘지 걱정스러운 표정으로 전화를 끊었다.

"왜 그래?" 벤이 물었다.

"계속 '잠깐만요. 친구'라고 하는데? 그날 오토바이에 나를 태웠을 때처럼 말이야. 뭔가 말하고 싶은 게 있는 사람처럼."

"무슨 말? 그게 본래 말버릇이겠지." 벤이 말했다.

36

스페인 국민경호대 본부의 회의실, 해리스는 휴대전화를 귀에 대고 걷고 있는 인터폴 소속의 라울 푸엔테스의 모습을 지켜보고 있었다.

"그렇죠." 그가 말했다. "네, 물론 알고말고요. 아닙니다. 괜찮습니다. 감사합니다." 통화가 끝났다. "알려줄 수 없대요. 할 수 있는 모든 걸 동원하고 다른 방법도 시도해봤어요. 이게 마지막 기회였어요."

"완벽하군요. 그럼 우리는 완전히 우습게 된 거네요." 해리스가 대답했다. 벤이 크레이그에게 걸었던 전화번호를 입수한 후부터 2시간 가까이 스페인의 통신회사 텔레포니카의 보안 담당자와 옥신각신하며 한창 열을 올렸고, 결국 실시간 위치 정보 조회에 대한 그들의 요청은 난관에 봉착하고 말았다. 통신회사 측에서는 생명을 위협할 정도로 긴박한 상황이 아닌 다음에는 정보를 공개할 수 없다며 강하게 맞섰다. 폭력적인 공격자에 의해서 아이가 납치당했다? 텔레포니카 측에서는 기꺼이 도움을 줄 수 있다. 테러 용의자로 의심되는 자가 공격 음모를 모의하고 있다? 수십 번이라도 즉각적인 도움에 응할 것이다. 하지만 미정의 목표물을 노리는 잠재적인 강도 사건의 경우는 스페인의 높은 법망을 쉽게 통과할 수가 없었다. 라울 푸엔테스는 통신회사 측에 마지막으로 읍소를 해보았지만, 방금처럼 거절이라는 최종 평결이 떨어지고 말았다. 결국 남은 건 레스토랑의 이름과 예정된 탈출 경로뿐이었고, 해리스가 라울에게 말한 것처럼 아무것도 모르는 것보다는 낫지만 그걸로는 충분치 않았다.

"이제 우리가 할 수 있는 건 현장에 최대한 많은 인력을 동원하는 것뿐이에요." 해리스가 말했다. "내일 오후 정박지 곳곳에다가 경찰 인력을 배치해야 합니다. 그게 우리로서는 유일한 방법이에요."

37

오전 10시 36분, 카탈리나는 아파트 문을 열고 유명한 PT 선생님처럼 은색 운동복에 군복 무늬가 그려진 민소매 티셔츠를 입고 온 오마르를 맞았다. 그는 벤의 지시에 따라서 구해온 물건들을 주방 테이블에 조심스레 올렸다. 더플백에는 여분의 탄창과 탄약, 휴지 아래 숨겨온 반짝이는 쇼핑백 안에는 전투용 방탄조끼 세 벌이 들어 있었다. 오마르는 맨 아래 있던 작고 검은 플라스틱 상자를 꺼내서 조심스럽게 카탈리나에게 건네주었고, 그녀는 상자를 보자 눈을 반짝거렸다. 벤은 커피를 권했지만, 그는 전 부인의 집에 아이를 데리러 가야 하는데 벌써 늦었노라고 말했다. 오마르가 밖으로 나가려는데, 카탈리나는 아이를 데리고 정박지 근처로 점심을 먹으러 오라고 말했다. 그러자 오마르는 다른 계획이 있다고 대답했다.

"정말 잘됐네요." 카탈리나가 말했다.

무기 거래상은 고마움의 표시로 몸을 살짝 숙여 인사를 하고는 아파트 복도로 유유히 빠져나갔다. 알렉스가 수건으로 젖은 머리를 말리면서 욕실에서 나왔다. 다이앤은 그녀의 앞을 지나서 주방으로 향하던 그의 팔꿈치를 붙잡았다.

"혹시 내 린스 썼어요?"

"네. 괜찮죠?" 그가 되물었다.

"당연하죠."

알렉스가 린스까지 사용해 머리카락을 부드럽게 만들면서까지 샤워를 했다는 사실을 듣고 나자, 다이앤은 희망이 샘솟았다. 만약 죽음을 목전에 둔 사람이라면 린스까지 쓸 마음의 여유가 없을 거야, 그녀는 생각했다. 아니, 혹시 죽음을 예상하고 그런 거라면? 어쩌면 이게 마지막이라는 생각 때문에 욕실 안에 있는 온갖 것들을 사용하면서 최대한 샤워 시간을 길게 끌었을 수도 있다. 어젯밤에 제대로 잠이나 잔 걸까, 다이앤은 궁금했다. 두 사람은 커피 테이블에 앉아서 시간 가는 줄도 모르고 계획의 세세한 부분들을 점검했고, 수정했으며 혹시나 모를 잠재적인 구멍이 있는지 살피고, 최악의 시나리오까지 예상하면서 예측할 수 없는 것들까지 상상 속에서나마 예측해 보려고 애썼다. 카탈리나는 열 번 넘게 입으로만 상황을 재연해 본 후에도 어느 정도 준비가 된 듯 보였다. 하지만 알렉스는 마치 눈가리개라도 한 사람처럼 자신은 물론이고 파트너의 상황까지 끝없이 의문을 제기하면서 처음부터 다시 곱씹어 보는 것이었다. 내일 그들이 해야 할 임무가 손바닥 위에 올려진 하나의 물건과 같아서, 구석구석까지 꼼꼼하게 만져봐야만 제대로 이해할 수 있는 사람처럼. 그렇게 새벽 2시가 넘어서야 다이앤은 침대로 향했고, 요동치는 심장을 가라앉히기 위해서 신경안정제 반 알을 삼키고 잠이 들었다. 그로부터 1시간 후, 낯선 목소리에 잠이 깬 그녀는 거실 복도 쪽으로 고개를 내밀었고 카탈리나의 어깨 너머로 노트북을 빤히 내려다보고 있는 루이스와 후안 카를로스의 모습을 볼 수 있었다. 다이앤이 다시 잠에 빠져들려는데, 알렉스가 그녀의 머리카락을 귀 뒤로 넘기더니 잠시 정박지에 다녀오겠노라고 말했다. 만약 새벽에 잠깐 침대에 돌아왔다고 해도 다이앤이 깨지 않도록 조심했을 것이다. 다이앤은 6시 정각 알람을 끌 때까지도 침대에 혼자였고, 그제야 커피 테이블 옆에 양반다리를 하고 양손을 무릎에 올리고 두 눈을 감은 채로 살짝 입술을 벌린 채로 앉은 알렉스를 볼 수 있었다. 그런데 지금의 알렉스는 누구보다 평범하고 전혀 위협적이지 않은 모습이었다. 군살 없는 몸매, 상의를 걸치지 않은 중년의 남자가 양손에 커피잔을 든 채로 쏟아져 내리는 햇볕을 받으며 서 있는 모습. 카탈리나는 스포츠 브래지어에 라텍스 장갑을 끼고 무선 헤드폰을 쓴 채로 마치 축제를 준비하는 사람처럼 무기를 꺼내서 주방 테이블 위에 가지런히 펼쳐 놓고 있었다. 그녀는 헤드폰 너머로 들리는 음악 소리에 몸을 가볍게 흔들면서 총을 하나씩 들어 일일이 분해하더니 방아쇠를 당기는 부분에다가 기름 한 방울을 떨어트리고 다시 조립하기 시작했다. 역시나 장갑을 낀 벤은 여분의 탄창을 챙기고 있었다. 그 어느 때보다 고요한 분위기와 불안함이 감도는 에너지를 감지한 그녀는 어릴 적 오빠들이 큰 레슬링 대회를 앞두고 체중을 잰 후에 수분과 영양분을 보충하면서 도복을 입고 주방에서 스트레칭을 하던 모습이 떠올랐다.

벤은 엽총과 손잡이가 달린 엽총을 주방 싱크대 아래 조심히 집어넣었고, 나머지 준비해 온 무기들은 허리 밴드와 테니스 라켓 백, 그리고 발목에 차는 권총집 속으로 사라졌다. 카탈리나는 포장돼 있던 작은 튜브로 된 초강력 접착제를 꺼내서 권총 두 개와 접이식 삼단봉

그리고 보온병 싸개, 오마르가 가지고 온 조그만 플라스틱 상자가 든 핸드백 속에다가 집어넣었다. 알렉스는 남색 카고바지를 입고 시선은 천장 선풍기에 고정한 채로 창문 옆에서 가슴을 무릎에 가져다 대고 스트레칭을 했다. 벤은 전화를 받더니 상대방에게 고맙다고 말하고 전화를 끊었다.

"크레이그가 차에 탔대. 이제 출발하자." 벤이 말했다.

알렉스는 머리를 숙인 채로 좌우로 움직이면서 윗몸일으키기를 한 다음 천천히 자리에서 일어났다. 그가 쇼핑백에 든 방탄조끼를 꺼낼 때가 되어서야, 다이앤은 이 일이 더는 돌이킬 수 없고 마침내 현실이 되리라는 걸 감지할 수 있었다. 벤은 야구모자에 선글라스까지 써서 누구도 알아볼 수 없을 정도로 보였고, 그사이 알렉스는 방탄조끼에 긴 팔을 넣고 갈비뼈 위로 넓적한 찍찍이 끈을 단단히 고정했다. 그는 조끼 위에 하얀 티셔츠를 입고, 그 위에다가 회색 폴로 티를 입고 아랫단을 바짝 끌어당겨서 조끼가 보이지 않도록 단단히 옷을 여몄다. 다이앤은 뭐라고 말을 걸고 싶었지만 혹시나 집중을 흩트릴까 싶어서 입을 다물고 있었다. 만약 세 사람이 그녀를 까맣게 잊으면 어쩌지? 혹시라도 아무 말 없이 그녀만 두고 나갔다가 길거리에서 총에 맞아서, 앞으로 평생 그녀만 이곳 낯선 나라 빈 아파트에 홀로 남게 되어버린다면? 카탈리나는 무릎을 세우고 앉아서 신발 끈을 이중 매듭으로 단단히 묶었다. 다이앤은 숨조차 제대로 쉴 수가 없었다.

"다이앤, 이리 와요." 알렉스가 말했다.

그는 침실 문을 닫더니 몸을 돌리고 다이앤 앞에 양팔을 가지런히 내린 채 말했다. "이번 일이 끝날 때까지, 어디 가지 말고 여기 있어주면 좋겠어요. 일단 아이들이 안전하다는 사실만 확인되면 언제든 떠나도 좋아요. 그 후에는 당신이 원한다면 전세기를 구해서라도 톰을 태우러 갈 수 있도록 해줄 수도 있고, 벅스 카운티에 있는 내 집을 팔아버리고 다시는 당신을 찾아가서 말을 걸지도 않을게요."

"그게 당신이 원하는 건가요?"

"당연히 아니죠. 만약 내가 원하는 대로 할 수 있다면, 이번 일이 끝나면 우리는 매일 함께 지낼 거예요. 우리 아이들이 서로 잠자리까지 하는 문제 가정이고, 난 마흔한 살에 은퇴를 해버렸지만, 당신은 언제든 은퇴하고 싶을 때 해도 괜찮아요. 캘리포니아, 노바스코샤, 쿠알라룸푸르 어디든 가서 살 수 있어요. 당신만 내 곁에 있어준다면 아무 상관 없어요. 이번 일이 끝나면 당신이 원하는 건 뭐든 할게요."

"고양이 두 마리요."

"뭐요?"

"고양이 두 마리를 키우고 싶어요. 두 마리를 함께 키우면 가구를 긁거나 망가트리지 않을 거예요."

"200마리라도 괜찮아요."

"두 마리면 돼요."

"고양이 두 마리, 알겠어요."

"그리고 개인 사우나요. 최고급은 아니라도 집 뒤쪽에 장작을 피워서 쓸 수 있으면 좋겠어요. 물론 당신이 아이들을 찾아온다는 가정하에. 만약 실패하면 내 손으로 당신을 죽일 거예요."

알렉스가 보일락 말락 웃어 보였다.

다이앤은 그를 와락 껴안았지만, 그의 몸에서 뿜어져 나오는 강력한 에너지 탓인지 몸이 닿자마자 찌릿하고 정전기가 일었다. 다이앤은 그를 안은 두 손을 꽉 잡았다가 더듬거리며 그의 허리를 두 팔로 감싸 안았고, 방탄조끼 위쪽으로 그의 얼굴에 한쪽 뺨을 가만히 가져다 댔다.

"아직도 몸이 불덩이에요. 많이 아픈 거예요?" 그녀가 물었다.

"조금요. 하지만 중국인 친구를 데려오는 걸 포기할 정도는 아니에요."

"알렉스, 무서워 죽겠어요."

"그래요. 무섭겠죠. 마음 단단히 먹어요. 하지만 내가 돌아올 거라는 사실을 꼭 믿어야 해요."

"알겠어요. 자, 이만 가봐요. 제발 이 악몽을 멈춰줘요."

벤과 카탈리나의 얼굴을 차마 볼 수 없었던 그녀는 침실에서 그들이 떠나는 모습을 지켜보았다. 일행 중 누군가 밖에서 아파트 문을 단단히 잠갔다.

38

엘리베이터가 천천히 내려가다가 3층에서 멈췄고, 알렉스와 벤, 그리고 카탈리나는 분홍색 운동복에 선글라스를 쓴 중년의 여성과 함께 타게 되었다. 여자는 알렉스 일행 쪽으로 등을 돌리고서 새로운 사람들에게 관심을 보이는 포메라니안을 향해 쉭 소리를 내고 목줄을 당기면서 강아지를 달래려고 했다. 엘리베이터가 로비에 도착하자, 카탈리나는 강아지와 여자가 먼저 건물 밖으로 나갈 수 있도록 열림 버튼을 누르고 기다렸다. 대리석이 깔린 로비의 절반쯤 갔을 때, 알렉스는 테니스 라켓 백을 어깨에 두르고 벤과 카탈리나의 사이로 끼어들더니 양손으로 두 사람의 목덜미를 부드럽게 움켜쥐었다. 세 사람은 나란히 서서 정면을 응시한 채로 아무 말 없이 걸음을 멈추었다. 그러고 나서 알렉스는 어깨에 올렸던 팔을 내리고 동료들의 앞으로 걸어 나와 출입구를 지나서 거리로 나섰다.

알렉스는 강렬한 태양빛을 받으며 흑색종 피부암을 떠올렸고, 새카만 암세포들이 피부 세포를 변형시켜 그를 산 채로 잡아먹는 상상을 했다. 그는 머릿속에 떠오르는 죽음에 대한 생각을 밀어내고 주변을 다시 확인했다. 짭짤한 바다 내음, 어깨 위에 전해지는 묵직한 가방의 무게, 저만치 앞에 보이는 스타벅스에서 나오면서 큰 소리로 까르르 웃는 10대 여학생들의 웃음소리. 몸이 펄펄 끓어오르는 상태인 걸 제외하더라도 이미 주변의 공기는 숨이 턱턱 막힐 정도로 후텁지근했다. 어젯밤 아파트 근처 약국에서 사서 온 체온계로 재본 바에 따르면 그의 체온은 계속해서 39.5도 정도를 유지하고 있었다. 양 옆구리로 땀방울이 주르르 흘러내렸고 척추에서 흐르는 땀이 등의 잘록한 부분을 흠뻑 적시고도 남을 정도였다. 알렉스는 라스베이거스에서의 임무가 마르베야를 준비하는 데 좋은 연습이 되었다는 생각이 들었다. 2년 전 좁은 거리와 북적이던 여름 휴가객들이 있던 마르세유에서의 임무 역시도 마찬가지였다. 결론이야 어떨지 모르지만, 아무튼 그의 마지막이 될 오늘 임무를 위한 일종의 확장판 훈련 같은 것이 된 셈이었으니까. 다시 죽음이라는 단어가 그의 머릿속으로 스멀스멀 파고들었다. 알렉스는 이번에도 죽음에 대한 생각을 밀어내고, 레스토랑을 향해서 바닷가 산책로로 발을 내디뎠고 카레 트라모데 유니온 부근에 조용히 엔진을 윙윙대며 주차 중이던 BMW를 지나서 계속 걸음을 옮겼다.

마르베야 클럽 호텔의 1층, 엘리베이터 문이 열리더니 막 면도와 샤워를 마치고 트렁크에 넣었을 때의 주름이 그대로 남은 구겨진 드레스 셔츠를 걸친 러시아인들이 쏟아져 나왔다. 러시아인들은 로비를 가로질러 안내 데스크로 가서 잠시 대화를 나누더니, 호텔 뒷문으로 나가서 햇빛 가리개 밑에서 그날 처음 피우는 담배에 불을 붙였다. 루이스는 벨베데르 건너편에 있는 카페의 옥외 테이블에 앉아서 신문으로 얼굴을 가리고 있는 벤을 못 본 척하면서, 바닷가 산책로를 따라서 러시아인 일행을 멀찍이 뒤쫓아가며 휴대전화 버튼을 눌렀다.

"도보로." 루이스가 수화기 너머의 알렉스에게 말했다. "2분."

푸에르토 바누스의 남쪽에 자리 잡은 조그만 상업용 정박지, 후안 카를로스가 두 다리를 쩍 벌린 채로 한 발은 발밑 공간에 또 다른 발은 출렁이는 부양식 독에 걸친 채로 제트스키를 타고 대기 중이었다. 바닷바람이 그의 폴로셔츠 깃을 뒤집고 머리에 쓰고 있던 모자마저 벗겨버릴 기세로 불어닥쳤다. 그는 자갈 위로 요란하게 울려 퍼지는 자동차 바퀴 소리에 고개를 돌렸고, 카탈리나가 택시에서 내려 주차장을 가로질러 바닷가 쪽으로 걸어오는 모습이 보였다. 그녀는 몸을 낮추고 조심스레 제트스키에 올라와 후안 카를로스의 뒷좌석에 앉더니 가지고 온 핸드백을 두 사람 사이에 놓고, 양손을 그의 허리춤에 올렸다.

"출발해." 그녀가 말했다.

후안 카를로스는 고개를 끄덕이고는 천천히 부두에서 멀어지기 시작했다.

어제 알렉스가 점 찍어둔 벤치는 석조 판으로 된 긴 의자로 별다른 장애물 없이 벨베데르 레스토랑을 한눈에 볼 수 있는 장소였다. 그런데 오늘 아침에는 한 젊은 커플이 그 벤치를 먼저 선점하고 있었다. 알렉스는 근처 가로등 기둥 아래로 걸음을 옮겼고, 젊은 커플 중 남자가 여자에게 뭐라고 귓속말을 하자 여자가 동의한다는 듯 고개를 끄덕였다. 그리고 알렉스가 내심 바랐던 대로, 젊은 커플은 벤치에서 일어나서 저만치로 사라졌다. 알렉스는 벤치에 앉아서 라켓 백의 지퍼를 열고서 두 다리 사이에 가만히 내려놓았다. 꼬리를 물고 이어지는 생각들을 조금이나마 잠재울 요량으로 그는 머릿속으로 자신의 몸을 찬찬히 살피기 시작했다. 먼저 머리부터 시작해서, 긴장이나 불편함이 느껴지는 부위를 살피며 서서히 내려갔고, 오늘따라 온몸 구석구석에서 긴장과 불편한 기운이 전해지는 것 같았다. 만약 리 지엔룽이 시간 약속을 칼같이 지키는 자라면 앞으로 20분 남짓이면 오늘 임무가 시작될 테고, 라스베이거스에서 크레이그의 오토바이를 타고 창고에서 리스본 대로까지 도착해서 이삿짐 트럭에 들어가기까지 걸린 시간보다 족히 두 배 정도 되는 충분한 시간이었다. 알렉스는 주머니에 달린 지퍼를 만지작거리면서, 벤치에 앉은 상태에서 리 지엔룽이 급히 바닷가 산책로를 따라 내려가고 벤이 그 뒤를 따라가는 모습을 머릿속으로 그려보기 시작했다. 경호원 중 두 명은 심장 쪽에 그리고 나머지 한 명은 머리에 맞히고, 아스팔트 도로에 그들이 쓰러지기 전에 곤봉으로 리 지엔룽을 가격하고 결박하여 자동차 트렁크에 머리부터 쑤셔 넣는 그림까지. 알렉스는 이마에 송골송골 맺힌 식은땀을 닦아내고 부디 열이 떨어지기를 기도했다.

아파트에 남은 다이앤은 멍한 눈으로 냉장고를 쳐다보고 있었다. 케첩과 올리브, 반쯤 남은 화이트 와인과 음식 포장 용기 한 묶음. 냉장고 안에 무엇이 있는지도 알고 있었고, 딱히 원하는 것도 없었지만 자기도 모르게 텅 빈 임시 아파트 안을 혼란스러운 상태로 빙빙 돌게 되는 것이었다. 그녀는 냉장고 문을 닫고 주방 테이블에 앉았다가 소파 쪽으로 걸어갔다. 전원이 켜지지 않은 텔레비전을 한참 쳐다보던 그녀는 소파에 누워서 회전을 멈춘 천장 선풍기를 올려다보았다. 그리고 조금 전 알렉스가 천장을 멍하니 쳐다볼 때는 무슨 생각을 했는지, 그리고 지금은 무슨 생각을 하고 있을지, 아니, 그런 질문을 할 기회가 오기나 할는지 궁금했다. 손바닥에서 배어 나온 땀방울이 가죽 쿠션 커버를 촉촉이 적셨다. 이대로는 더 견딜 수가 없었다. 도저히.

카탈리나와 후안 카를로스는 푸에르토 바누스 정박지의 입구 근처 물 위에 둥둥 떠 있었다. 작렬하는 한낮의 태양이 두 사람의 머리카락과 어깨를 후끈하게 달궜고, 제트스키 아래쪽 공간으로 바닷물이 밀려와 두 사람이 신고 있던 신발을 적셨다. 후안 카를로스는 밀물 때문에 제트스키가 울퉁불퉁한 방파제 쪽으로 떠내려가지 않도록 연료조절판을 계속 만지작대고 있었다. 큼지막한 어선 두 대가 정박지를 등지고서 바다를 향해 서서히 속도를 높이기 시작했고, 커다란 돛대를 펄럭이며 스쿠너 범선 한 대가 부두 쪽으로 천천히 이동하는 모습이 보였다. 후안 카를로스는 남쪽에서 부두 쪽으로 이동하는 범선을 보며 부드럽게 휘파람을 불었다. 강인해 보이는 선체를 따라 둥근 창이 나란히 보이는 길고 새하얀 파워 요트. 선장이 연료조절판 작동을 멈추자, 엔진이 쿨럭이더니 이내 푸드덕 소리를 내며 꺼졌고 그 상태로 정박지 입구 쪽으로 이동하기 시작했다. 카탈리나는 선미에 새겨진 금색 이름을 확인하고, 핸드백에 있던 휴대전화를 꺼내서 문자를 보냈다. 요트가 안전하게 방파제 안으로 진입하는 것을 확인한 후안 카를로스는 요트의 항적을 따라서 움직이기 시작했다. '달콤한 꿈'이라는 요트가 제일 가까운 부두의 끝자락에 찬찬히 미끄러지듯 들어서는 사이, 제트스키는 울퉁불퉁한 모퉁이 쪽으로 빙그르르 회전했다. 남자 둘이 선체 양옆으로 고무로 된 범퍼를 내리고 나서 후갑판으로 가더니 손에 밧줄을 든 채로 대기 자세로 서 있었다. 엔진이 완전히 꺼지자, 그들은 갑판으로 뛰어내려서 보트를 부두 쪽에 고정했다. 객실에서 연한 노란색 버튼 다운식 셔츠에 면바지, 그리고 반사 렌즈가 달린 선글라스를 쓰고 목에는 네오프렌 재질의 선글라스 끈을 맨 리 지엔룽이 모습을 드러냈다. 알렉스의 말처럼 꽤 조심스러운 성격인가 보네, 카탈리나가 생각했다. 하지만 완벽히 조심스럽다고는 할 수 없었다. 리 지엔룽은 좌우를 살피더니 구름 한 점 없는 맑은 하늘을 올려다보았다. 카탈리나는 다시 문자 메시지를 전송했다.

알렉스는 손에 든 휴대전화를 확인한 후, 고개를 돌리지 않은 상태로 부두 쪽으로 눈동자를 고정했고 눈가로 리 지엔룽과 아시아인 남자 하나, 백인 남자 하나가 바닷가 산책로로 가는 문을 통과하는 것을 확인했다. 둘 중에 데릭은 없었다. 알렉스가 본 리 지엔룽의 얼굴 사진은 강한 턱선, 넓은 광대뼈, 그리고 깔끔하게 가르마를 탄 머리 스타일이었는데 실제로는 사진 속의 근엄한 모습과는 달리 키가 작고 왜소한 체형이었다. 그는 고개를 숙인 채로 휴대전화 메시지를 보내면서 경호원 뒤로 몇 미터 떨어져서 움직였고, 알렉스 바로 옆으로 지나갈 때는 그가 새끼손가락에 낀 반지에 박힌 각지고 묵직한 다이아몬드까지 한눈에 들어올 정도였다. 68~72kg 정도, 경호원을 대동하고 있다는 것 말고는 그다지 눈에 띄는 외향은 아니었고 도보에 밀려든 인파 사이에서는 식별이 힘들 정도였다. 벨베데르 식당의 점원은 리 지엔룽과 일행을 예약석으로 안내했고, 기다리고 있던 러시아 일행이 자리에서 일어나 그들을 반겼다. 잠시 후 웨이터가 메뉴판과 재떨이를 가지고 테이블로 향했다. 리 지엔룽이 바닷가 산책로를 찬찬히 둘러보는 사이, 조금 전 벤치에 앉아 있던 커플이 벨베데르 바 근처 가로등 아래 기대어 서 있는 모습이 눈에 들어왔다. 남자가 고개를 돌려 여자에게 뭐라고 귓속말을 하는데, 알렉스의 눈에 남자의 목을 따라서 길게 이어진 무선 이어폰의 연결선이 똑똑히 보이는 것이었다.

"카푸치노 더 드릴까요?"

벤은 신문을 보다가 고개를 들었다. "아니요. 괜찮아요. 계산서 좀 주세요." 그는 웨이터에게 말했다.

젊은 청년이 계산서를 내밀며 대답했다. "계산은 안쪽에서 하시면 됩니다."

좁은 카페로 들어가는 입구 바로 안쪽에 서 있던 두 남자와 한 여자가 계산대로 향하는 벤의 길목을 막고 있었다. 옆으로 돌아서 그들을 지나려는데 순간 남자들이 입은 셔츠 깃 아래로 반짝이는 군번줄 같은 목걸이가 보였다. 벤이 걸음을 멈추고 뒤를 돌아보았다. 럭비 셔츠를 입은 터라 여자의 목 부분은 제대로 볼 수 없었지만, 여자가 무게 중심을 한쪽에서 다른 발로 옮기는 찰나, 셔츠 자락 아래로 묵직한 권총집의 형태가 그대로 드러나고 말았다. 사복 경찰 셋이 셔츠 아래 너무도 엉성하게 경찰 배지와 권총을 숨기고서 벨베데르 레스토랑 옥외 테이블 쪽을 빤히 쳐다보고 있는 것이었다.

"손님?"

벤이 고개를 돌리자 바텐더가 그의 손에 쥐고 있던 계산서를 가리키고 있었다.

"정말 감사합니다." 벤이 테이블 위에 50유로짜리 지폐를 놓고 돌아서자, 바텐더가 그의 뒤통수에 대고 이렇게 소리쳤다.

후안 카를로스가 '달콤한 꿈' 쪽으로 천천히 제트스키를 돌리자, 카탈리나는 핸드백에서 맥주 덮개를 꺼내고 초강력 접착제의 뚜껑을 제거했다. 후안 카를로스가 엔진을 끄고 손을 길게 뻗더니 관성을 이용해서 요트 쪽으로 더욱 바짝 접근했다. 그는 선박의 용골 부분을 잡고 있었고, 그사이 카탈리나는 핸드백 속에 있던 검은 플라스틱 상자의 좀쇠를 열고 M14 테르밋 수류탄 두 개를 꺼냈다. 맥주병 크기 정도 되는 투박한 국방색 원통형 용기였다. 그녀는 수류탄을 맥주 덮개에 넣고, 네오프렌 소재의 덮개에 접착제를 발랐고, 바로 그때 거대한 보트가 일으킨 물결이 제트스키의 앞부분을 때리는 바람에 제트스키와 요트가 충돌하고 말았다. 후안 카를로스가 미처 대처할 틈도 없이 선체끼리 부딪치면서 날카로운 마찰음을 연이어 일으키고 만 것이다. 객실 문이 벌컥 열리고 두 남자가 갑판 아래로 풀썩 뛰어내리더니, 손에 총을 든 채로 선체와 부두에 높이 쌓인 짐 사이를 유심히 살폈다. 카탈리나가 입으로 수류탄의 핀을 뽑는 동안, 후안 카를로스는 제트스키의 머리 부분을 반대로 돌리고 대기하고 있었다. 카탈리나는 한 손은 후안의 머리에 대고 발가락을 세운 불안한 자세로 몸을 뻗어서 수류탄을 선체의 앞 갑판에 고정했다.

"가자." 카탈리나가 털썩 자리에 주저앉으며 말했다.

후안 카를로스는 정박지를 등지고 조절판을 열고 총알처럼 달려 나갔고, 곧바로 수류탄이 폭발하면서 새하얀 화염과 스파크가 사방으로 튀는 바람에 등 뒤에서 소리를 지르는 남자들의 고함마저 그대로 삼켜버리고 말았다. 알루미늄 가루와 산화철이 뒤섞여, 섭씨 1100도 정도의 불길을 뿜어냈고, 그 불길은 수류탄의 화기가 무쇠를 녹이고 섬유 유리도 액화시키면서 거대한 배의 선체를 타고 뜨겁게 타오르기 시작했다.

알렉스는 차갑고 축축한 피부 아래 쐐기풀이라도 박힌 것처럼, 아드레날린이 폭발하는 것을 느끼며 자리에서 벌떡 일어섰다. 그는 주변에 있는 인파를 찬찬히 살피다가, 모퉁이 테이블에 이어폰을 낀 또 다른 남자가 있음을 확인했고, 그의 목표물로부터 고작 테이블 두 개를 사이에 둔 다른 남자의 귀에 꽂힌 이어폰도 똑똑히 볼 수 있었다. 알렉스는 부두 쪽에서 폭발음이 들리자 몸을 홱 틀었고, 곧이어 엔진이 최고 속도에 달했을 때처럼 귀가 찢어질 듯한 윙윙 소리가 들리더니 권총의 발사음이 이어졌다. 손에 들고 있던 휴대전화 진동이 울렸고, 벤에게서 문자 메시지가 도착했다.

'사방에 경찰이 깔렸어. 도망쳐.'

다이앤은 유모차를 끄는 부부와 쇼핑백을 손에 가득 든 관광객, 그리고 팔짱을 끼고 나란히 걷는 노부부를 요리조리 피해서 정박지 쪽으로 빠르게 걸음을 옮겼다. 바다 쪽에서 요란한 폭발음이 울리자, 사람들의 시선이 모두 한쪽으로 향했다. 다이앤은 잠시 주춤거리며 뒤로 물러서서 눈앞에 줄지어 늘어선 가게 위로 피어오르는 시커먼 불기둥을 멍하니 바라보았다. 그녀는 다시 마음을 가라앉히고, 허리에 찬 권총을 매만지고서 바다 쪽으로 최대한 빨리 달려가기 시작했다.

알렉스는 수류탄이 터지면 그의 목표물들이 자리에서 일어설 거라고 예상하였다. 하지만 그들뿐만이 아니었다. 레스토랑 안에 있던 남자와 여자들이 마치 용수철이 달린 인형처럼 자리에서 튕기듯이 일어나더니, 셔츠 아래 숨기고 있던 경찰 배지와 권총을 꺼내 드는 것이 아닌가. 리 지엔룽은 경호원과 러시아인들이 자리에서 일어나 권총을 꺼내 들고 몸을 돌리는 사이, 바닥으로 바짝 수그리고 앉았다. 그들 주변에는 사복 경찰들이 쫙 깔렸고, 제복을 입고 어디를 조준해야 할지 어리둥절해하거나 레스토랑과 연기가 피어오르는 요트 쪽으로 달리는 경찰들로 정신이 없었다. 각국의 언어가 뒤섞인 외침은 총알이 발사됨과 동시에 멈추었고, 엄호를 위해서 허리케인이 몰아치듯 테이블과 의자, 화분을 연달아 뒤집는 경찰은 물론이고, 안전을 확보하기 위해서 사람들이 광분의 돌진을 하기 시작하면서 식당 안은 그야말로 아수라장이 되고 말았다. 사람들은 파도처럼 알렉스 쪽으로 쏟아져나왔고, 테니스 라켓 백에서 초미니 돌격 소총을 꺼내 든 그는 리 지엔룽이 사라진 쪽으로 움직이기 위해서 수많은 인파와 몸싸움을 벌이기 시작했다. 그러던 중 경찰 둘이 총을 든 알렉스를 발견하고, 서로를 향해 뭐라고 소리를 지르며 목표물을 알렸다. 알렉스는 바닥에 쭈그리고 앉아서 몸을 돌리고서 움직이는 인파를 따라서 이동하기 시작했고, 최대한 넘어지지 않고 균형을 유지하려고 애쓰면서도 눈동자만은 사방을 분주히 살피고 있었다. 두 명의 경관은 알렉스의 뒤를 계속해서 쫓기 시작했고, 주변 어디에도 리 지엔롱의 모습은 보이지 않았다. 이제 갈 데라고는 바닷가 산책로 모퉁이에서 여전히 대기 중이던 자동차밖에 없었다. 꼬마를 부르기를 잘했어. 알렉스는 생각했다. 크레이그를 투입한 건 신의 한 수였다.

후안 카를로스는 미로처럼 꼬불거리는 정박지 안으로 제트스키를 몰아서 카탈리나를 BMW에서 가장 가까운 사다리 앞에 내려주었다. 불길에 휩싸인 선체의 갈라진 틈 사이로 수 킬로그램에 달하는 펜타닐을 쏟아내고 있는 정박지로부터 두 블록 정도 떨어진 곳이었다. 카탈리나는 재빨리 사다리를 올라가다가 제일 높은 위치에서 갑자기 몸을 푹 숙였다. 전투 장비를 갖추고 그녀가 매달려 있는 사다리 위를 지나서 레스토랑으로 향하는 경찰의 재빠른 출동에 사뭇 놀란 모습이었다. 곧바로 아스팔트 도로 위로 고개를 쑥 내밀고 살펴보았지만, 자동차만 보이고 목표물이 보이지 않았다. 그녀는 경찰이 파도처럼 밀려와 눈앞으로 지나가는 것을 잠시 기다린 다음, 사다리를 넘어서 권총이 든 핸드백을 한 손에 들고 바닷가 산책로로 걸음을 옮겼다.

BMW를 향해 전력 질주하던 벤은 반대편 방향에서 걸어오는 카탈리나의 모습을 발견했다.

"너도 못 봤어?" 벤은 한 손은 자동차 후드에 다른 한 손은 지퍼를 채운 라켓 백을 들고서 거친 숨을 몰아쉬었다.

"리 지엔롱? 아니, 이쪽으로 안 갔나 봐. 너는?"

"사람들이 워낙 많아서 놓쳤어." 그는 레스토랑 쪽에서 들리는 총격 소리에 놀란 듯 몸을 움찔했다.

"이게 무슨 일이야? 알렉스는 어디 있어?" 카탈리나가 말했다.

"부두 쪽에 있겠지." 벤은 크레이그의 창문을 두드리며 말했다. "꼼짝 마."

바로 그때 자동 소총을 든 남자 둘이 카레 트라모 데 유니온 근처에 주차돼 있던 하얀색 밴에서 내리더니 두 사람이 있는 등 뒤로 다가와서 벤이 방금 한 말을 영어와 스페인어로 반복했다. 우람한 체격의 미국인이 벤과 카탈리나에게 양손을 들라고 지시했다.

"마음 같아서는 당장이라도 대가리를 한 방에 날려주고 싶으니까, 죽고 싶으면 언제든 말만 해." 그가 말했다.

모두가 폭발에 정신이 팔린 사이에 해리스와 스페인 경찰 하나만이 용의자가 모인 방향으로 천천히 전진했고, 무릎을 꿇고 고개를 숙인 채로 인도에 양팔을 벌리고 엎드리라고 명령했다. 용의자들이 아스팔트 바닥에 엎드리자, 그는 로사리오에게 자신이 엄호할 테니 용의자에게 쇠고랑을 채우라고 지시했다. 로사리오가 남자의 어깨를 무릎으로 고정하고 오른쪽 손목을 잡자, 해리스의 눈에 팔뚝을 가득 채운 문신과 수염 그리고 야구모자 아래 숨겨진 민머리가 그대로 드러났다. 라스베이거스 부동산 업자가 묘사했던 모습 그대로였다. 그 남자의 옆에 엎드린 여자는 크레이그의 추측이 맞다면, 바로 사건 당일 유일한 여자였던 용의자와 동일인일 가능성이 컸다. 그렇다면 용의자 셋 중 하나가 사라진 셈이었다. 해리스는 다른 사람보다 머리 하나는 더 키가 큰 자가 바닷가 산책로를 서성이고 있지는 않을까 싶은 마음에 주위를 샅샅이 훑어보기 시작했다.

방금 경찰의 추적을 따돌린 알렉스는 성큼성큼 달려서 인도로 올라갔고, 카레 트라모 데 유니온으로 향하는 모퉁이를 돌아가려다가 바닷가 산책로 바닥에 엎드린 카탈리나의 모습을 발견했다. 순간 심장이 멈추는 듯했고, 알렉스는 최악의 상황을 예측하였다. 하지만 바로 그때 사복 경찰이 벤의 등을 짓누르고 하얀색 바람막이를 입은 미국인이 총구를 카탈리나에게 고정한 채로 경찰 본부에 지원 요청을 하는 모습이 보였다. 알렉스는 하얀색 밴의 활짝 열린 문 뒤로 몸을 최대한 낮추었고, 스페인 경찰은 벤의 왼쪽 손목을 그의 등 뒤로 확 비틀더니 오른쪽 손목과 함께 쇠고랑을 채웠다. 나머지 경찰 인력은 모두 아수라장이 된 레스토랑과 부두에서 난 선박의 화재 현장에 집중돼 있었지만 일단 인력 지원을 요청한 이상, 지금의 기회도 곧 사라지리라는 것을 예측할 수 있었다. 그는 재빨리 자동차 뒤로 몸을 피해서 인도로 향했고, 길가에 일렬로 주차된 차들의 뒤로 몸을 바싹 낮추고 산책로 방향으로 신속히 이동했다. 카탈리나는 도로 쪽으로 고개를 돌린 채로 바닥에 엎드린 상태였기 때문에 곧바로 알렉스의 모습을 발견했고, 그는 조용히 하라는 신호로 손가락을 입술에 가져댄 다음 허리춤에 차고 있던 권총을 꺼냈다. 알렉스가 빨간 메르세데스 벤츠의 후드 위로 팔꿈치를 올렸을 때, 어딘가에서 불어오는 바닷바람에 미국인이 입고 있던 바람막이 속에 감춰진 두툼한 방탄조끼가 그대로 모습을 드러내고 말았다. 죽지는 않겠군, 알렉스는 속으로 생각하면서 그를 정확히 겨냥했고 목표물은 방탄조끼를 입은 채로 몸이 돌아가더니 순간 복근의 두툼한 살집이 그대로 드러나 보였다. 순간 손에 쥐고 있던 총이 그대로 아스팔트 바닥에 떨어졌다. 스페인 경찰이 허리춤에 차고 있던 총으로 손을 뻗으려는 찰나 카탈리나가 아스팔트 바닥에서 코브라처럼 몸을 비틀고 일어나더니 무릎으로 그를 한 방에 제압해 버렸다. 카탈리나는 바닥에 떨어진 권총을 경찰의 손이 닿지 않은 곳으로 발로 걷어차 버리고 말았다.

권총이 떨어진 쪽으로 슬금슬금 기어가던 해리스는 누군가에게 발목을 밟히고 곧이어 힘껏 머리 쪽을 걷어차이고 말았다. 그의 총신으로 머리 뒤를 누른 상태로 한 손은 그의 주머니를 뒤져서 배지와 신분증이 든 지갑을 꺼냈다.

"FBI였어?" 라이더 1이 말했다. "어떻게 여기까지 찾아왔는지 궁금하군."

그는 팔로 해리스의 목을 감싸고서 BMW가 주차된 쪽으로 몸을 틀었다. 해리스의 두 눈이 조수석 창문 너머에 있던 크레이그의 눈과 마주쳤고, 곧바로 둘 사이로 권총이 올라갔다. 크레이그는 곧바로 자동차에 기어를 넣었지만, 총알이 자동차 유리를 명중하면서 그대로 옆자리로 쓰러졌다. 잠시 후 창문이 산산조각이 나서 완전히 떨어져 나간 후에야 머리에 세 발의 총을 맞은 22세의 호주인 비밀정보원의 모습이 완전히 드러났다.

"엿이나 먹어." 해리스는 등에 떠밀리듯 바닷가 산책로를 건너며 말했다. 이제 총구는 그의 관자놀이를 정확히 겨누고 있었다.

"오늘은 안 되는데."

"나를 죽인다고 해서 문제가 해결될 것 같아? 어디 죽여봐, 이 나쁜 새끼야. 그리고 어떻게 되나 보자고."

발가락 끝을 아스팔트 가장자리에 대고, 해리스는 바닷가 산책로와 '루신다의 실수(Lucinda's Folly)'라고 적힌 요트 사이의 빈 곳을 내려다보면서 세상을 떠나기 전에 마지막으로 보는 모습이 시커먼 기름이 둥둥 뜬 바닷물인 건가 싶은 생각이 들었다.

"꽤 멀리까지 쫓아왔네." 라이더1이 말했다. "기분이 괜찮았어? 이번에도 기분이 꽤 괜찮을 거야."

해리스는 엉덩이를 강하게 걷어차이고 가장자리 너머로 쓰러졌다. 그는 사지를 버둥거리면서 2미터 가까이 되는 높이에서 바닷물로 떨어졌고, 물에 빠지기 전에 요트의 선수 갑판에 턱이 스치는 바람에 눈앞에 별이 보일 정도였다.

바닷가에서 풍덩 소리가 들리는 와중에도 카탈리나는 발치에 쓰러져 있는 경찰의 머리를 발로 세 번이나 강하게 걷어찼고, 그것도 모자라 정신을 잃은 몸뚱이 위에 퉤 하고 침을 뱉었다.

"벤, 정신 차려. 빨리 가야지." 그녀가 말했다.

아무 반응이 없었다. 수갑이 채워진 손을 잡고 몸을 일으키자, 피가 주르르 흘러내렸고 눈 바로 위로 총알이 박힌 자리에서 피가 쏟아지기 시작했다. 스페인 경찰이 쏜 총알이 눈 위에 사입구를 남기고 만 것이다. 카탈리나는 벤을 가만히 바닥에 눕히고 손가락 두 개를 목 근처에 가져다 댔다.

"차에 타." 알렉스는 차에 타고 있던 크레이그의 안전띠를 풀고 시체를 끌어내리면서 이렇게 말했다. "벤은 어디 있어?"

카탈리나는 자동차 지붕 위로 알렉스를 쳐다보면서 고개를 좌우로 흔들었다.

"카탈리나, 벤을 차에 태워. 아니, 내가 할 테니까 넌 운전해."

"알렉스. 12시 방향." 카탈리나가 말했다.

제복을 입은 스페인 경찰 두 명이 아스팔트 바닥을 향해 총구를 내린 채로 알렉스와 카탈리나가 서 있는 바닷가 산책로를 향해 빠른 걸음으로 달려오고 있었다. 알렉스는 재빨리 권총을 숨기고, 운전석 쪽 위로 방금 훔친 FBI 배지를 높이 들었다.

"FBI다. 방금 용의자 중 하나를 잡았는데 심하게 총상을 입어서 구급차를 기다릴 시간이 없어. 지금 차에 태우고 병원으로 수송할 예정이다. 영어 알아듣나? 스페인어?"

카탈리나가 벤의 시신을 뒷좌석에 태우려는데, 바닷물에 빠졌던 진짜 FBI 요원이 첨벙거리는 소리를 내면서 바닷물이 목에 걸린 상태로 도움을 요청하는 소리가 들리는 것이 아닌가. 스페인 경찰 두 사람은 걸음을 멈추고 소리가 들리는 쪽으로 고개를 숙였다. 그중 하나가 산책로에 쓰러져 있는 크레이그의 시체를 발견하고, 벤의 시신을 차에 태우는 카탈리나를 보면서 바로 옆에 있는 동료의 옆구리를 쿡 찔렀다.

"출발해." 카탈리나는 운전석 옆으로 비집고 들어왔고, 알렉스는 뒷문이 열려 벤의 발이 밖으로 삐져나온 상태로 차를 출발시켰다. 스페인 경찰이 차를 막아서려고 몸을 던지려는 찰나, 알렉스는 우측으로 급히 핸들을 틀었고 자동차 후미가 좌우로 미끄러지더니 그대로 카레 트라모 데 유니온을 등지고 사라졌다.

정박지에서 북쪽으로 여섯 블록 떨어진 마르베야의 도심은 비명을 지르며 도로를 가로지르는 은색 BMW 안의 장면이나 멀리 바닷가에서 벌어진 대학살의 현장과는 무관하게 제 일을 해나가고 있었다. 우여곡절 끝에 벤의 다리를 차 안으로 끌어당기고 문을 닫은 후, 카탈리나는 그의 몸 위에 올라타서 한 손으로는 그의 코를 막고 다른 한 손은 창문에 댄 채로 그의 입술에 자신의 입을 대고 인공호흡을 시작했다. 어느새 뒷좌석은 시뻘건 피로 흥건하게 젖었다. 카탈리나가 세 번째 흉부 압박을 시도하려는 찰나 알렉스가 두 바퀴로 급회전을 했고, 결국 그녀는 문으로 쿵 하고 밀리고 말았다.

"바르가스 요사(Vargas Llosa)에 가면 병원이 있을 거야." 알렉스는 기어를 바꾸며 말했다. "1킬로 정도만 가면 돼."

"병원에 간다고? 벤은 벌써 죽었어. 알렉스. 똑똑히 보라고."

"고속도로만 나가면 바로야. 병원 앞까지만 가면 되잖아."

"알렉스, 잘 들어. 나를 봐. 등 돌리라니까."

알렉스는 홱 하고 핸들을 틀어서 버스 차선으로 들어섰고 급브레이크를 밟는 와중에도 양손으로 핸들을 잡고 도로 쪽으로 시선을 고정한 채로 끼익 소리를 내며 자동차를 세웠다.

"확실한 거야?" 그가 물었다.

"확실해."

"병원에 안 가도 된다는 거지."

"소용없어."

"다른 차를 타야 해. 그러고 나서 다시 정박지로 돌아가자. 아직 거기 있을 거야. 느낌이 그래. 어차피 지금은 배를 타고 도망칠 수도 없는 상황이니까 주변을 샅샅이 뒤져서라도 놈을 찾아야겠어."

그들을 감시하는 사람이 없다는 것을 확인하기 위해서 두 사람은 빌린 SUV 자동차 옆을 네 번이나 지나쳐 갔다.

"차 안을 깨끗이 정리할 방법이 없겠어." 그는 BMW를 길 건너편에 주차하며 말했다.

카탈리나는 핸드백에 있던 자동차 열쇠를 그에게 건네주고는 이렇게 대답했다. "가서 차 가지고 모퉁이 쪽에 가 있어. 이쪽은 내가 알아서 할 테니까."

근처 교차로에 차를 세운 알렉스는 빌린 차량의 룸미러를 통해서, 카탈리나가 여분의 수류탄을 BMW 뒷좌석으로 던지고 문을 닫는 모습을 확인할 수 있었다. 그녀는 수류탄이 폭발함과 동시에 전력 질주를 해서 교차로 쪽으로 달려 나왔고, 요란한 경보음과 함께 자동차 창문이 터지고 시커먼 불길이 솟더니 세단형 자동차와 지붕이 화염에 휩싸이고 말았다. 자동차로 하는 바이킹 장례식이군, 알렉스는 가장 친한 친구의 시신이 훔친 차의 뒷좌석에서 타들어 가고 있을 이미지를 애써 떠올리지 않으려고 애쓰며 이렇게 생각했다.

"다이앤한테 다시 걸어봐." 그는 카탈리나가 조수석에 타기가 무섭게 이렇게 말해다. "그리고 지금까지 쓰던 휴대전화들은 전부 버려야 해."

"벌써 걸어봤어. 그런데 안 받아. 잠깐, 이게 누구야?"

알렉스는 윙윙 소리를 내며 진동하는 휴대전화를 집어 들었다. "여보세요?"

"나예요." 다이앤의 목소리였다.

"당장 아파트에서 나와요. 그리고……."

"지금 밖이에요."

"잘 들어요. 일이 완전히 어그러졌어요. 알고 보니까……."

"알아요. 나도 봤어요." 그녀가 대답했다.

"뭘, 봤다고요?"

"저도 거기 있었어요. 일단 페르난도 씨 집으로 와요."

"안 돼요." 알렉스가 말했다. "말도 안 되는 소리. 페르난도가 우리 정보를 놈들에게 흘린 걸 수도 있다고요."

"페르난도 씨는 아니에요." 그녀가 대답했다.

"그걸 어떻게 알죠?"

"내가 지금 페르난도 씨 집에 있으니까요. 후안 카를로스도 함께 있어요. 빨리 오기나 해요. 오기 전에 휴대전화 버리는 거 잊지 말라고 하네요. 이만 끊을게요."

"잠깐만. 지금 정박지 쪽으로 돌아가는 길이에요. 먼저 놈부터 찾아야 해요." 알렉스가 말했다.

"아니요. 알렉스. 당장 여기로 와요. 이번에는 내 말 좀 믿어줘요.

그럼 끊을게요."

알렉스는 어리둥절한 표정으로 카탈리나 쪽을 돌아보았다. "다이앤이 페르난도의 집에 있대."

"뭐? 지금 뭐라고 했어? 어떻게?"

알렉스는 자동차 핸들을 급히 틀었고 곧바로 고속도로 쪽으로 달렸다. 국도의 북쪽으로 향하는 도로는 차량통행이 원활한 편이었지만, 도저히 끝이 보이지 않을 정도로 길게 이어져 있었다. 길게 뻗은 도로는 서서히 오르막으로 이어졌고 파도처럼 굽이치는 길이 끝나자 더욱 긴 내리막이 나오고 다시 수평선 너머로 부드럽게 곡선 도로가 나 있었다. 구급차와 소방차, 그리고 경찰차가 반대편 도로에서 요란하게 사이렌을 울리며 빠른 속도로 지나쳐 갔다. 마침내 출구가 보였다. 카탈리나는 핸드백에서 권총을 꺼내더니 탄창을 장전했다.

"무슨 일이 있을지 모르니까 준비 단단히 해." 알렉스는 비좁은 산길을 쏜살같이 달리면서 이렇게 말했다.

다이앤은 페르난도와 정원사, 그리고 자동 소총을 손에 쥔 보초병 둘과 함께 집 앞 자갈길에 서 있었다. 뒤로는 알렉스가 처음 보는 빌린 르노 세단 차량이 세워져 있었다. 후안 카를로스가 운전석에서 내려 활짝 열린 문에 기대어 서는 동안, 다이앤은 트렁크 옆에서 담배에 불을 붙였다. 그녀의 머리카락과 앞으로 흘러내린 잔머리에는 군데군데 피딱지가 묻어 있었고, 알렉스는 그녀의 허리춤에 차고 있는 권총이 앞서 벤이 아파트에 몰래 숨겨둔 것임을 한눈에 알아볼 수 있었다. 그는 차가 미처 멈추기도 전에 바닥에 발을 디뎠다. 알렉스가 주춤거리며 다이앤 쪽으로 두 팔을 벌리고 다가가자, 그녀는 입에 물고 있던 담배를 빼더니 르노 차량의 트렁크를 열었다. 환한 햇살이

트렁크 안에 있는 노란색과 카키색 구겨진 천에 싸인 큼지막한 몸뚱이를 비추었다. 알렉스는 놀라서 입을 쩍 벌리고 멈추어 섰다. 리 지엔롱의 콧대는 산산조각이 났고, 얼굴도 엉망으로 짓이겨 있었다. 끈적한 연골 부분의 틈새로 시커멓게 굳은 피가 고여 있고 허벅지 상처에서 흘러나온 시뻘건 피가 바지의 좌측 다리 부분을 축축하게 적셨다. 눈은 감고 있었지만, 호흡은 정상이었고, 의식도 있어 보였으며 분명히 숨이 붙어 있는 것 같았다.

알렉스가 말했다. "대체 어디서, 어디서 찾았어요?"

다이앤이 담배를 한 모금 빨더니 어깨 너머로 고개를 돌리며 후안 카를로스를 쳐다보며 말했다. "그게 무슨 상관이에요? 데려왔으면 된 거지."

카탈리나는 깔깔 웃으며 양손을 무릎에 가져다 댔다.

"리카르도가 잘 치료해 줄 거예요." 페르난도가 말했다. "그럼 다들 안으로 들어가시죠."

거실에 켜진 TV는 헬리콥터에서 촬영한 정박지의 영상을 소개하는 뉴스 채널에 고정돼 있었고, 부두와 산책로에는 경찰의 저지선과 제복을 입은 경찰들로 북새통을 이루고 있었다.

"만약 이런 내막을 알고 있었다면 우리 집 진입로에 도착했을 때 곧바로 당신 여자친구를 쏴버렸을 겁니다. 어쩌자고 우리 집까지 이런 문제를 끌어들이는 건지."

"계획에 없었던 일이에요. 미안하게 됐습니다. 어떻게든 충분히 보상하겠어요."

"그래야죠. 방금 수수료가 세 배 올랐어요."

"물론이죠. 부탁이니 도와줘요."

"스페인 국민경호대에 연줄이 있어서 일단 우리 집 쪽으로는 경찰이 출동하지 않았다는 사실은 확인했어요. 당신이 누구인지 어디에 있는지 전혀 알지 못하는 상태입니다. 문제는 그 운전을 하는 자였어요. 라스베이거스에서부터 경찰에 매수됐다는군요. 경찰을 끌어들인 것도 그자고요."

"그쪽은 이미 처리했어요. 그리고 벤도 죽었고."

페르난도가 알렉스의 어깨에 손을 올렸다.

"위로는 나중에 받죠. 지금은 당신의 사유지에서 놈을 산 채로 데리고 가서 의뢰인에게 넘기는 것이 급선무니까."

"경찰의 바리케이드가 사라지기 전까지는 아무 데도 못 갑니다."

"그럼 일단 전화 한 통만 할 수 있을까요?"

알렉스는 잠시 대포폰을 켜고 알렉산드로의 전화번호를 확인한 다음, 페르난도가 준 휴대전화로 통화 연결을 시도했다.

"누구시죠?" 알렉산드로는 전화를 받자마자 이렇게 말했다.

"누군지는 잘 아실 텐데요."

"어떻게 된 거요?"

알렉스가 다이앤 쪽을 바라보며 말했다. "놈을 잡았어요."

"그게 가능합니까?"

"사진이라도 보낼까요? 신문을 들고 찍은 거로? 전화를 바꿔줄 수도 있지만, 지금 당장은 통화가 쉽지 않겠네요."

"다쳤나요?"

"괜찮을 겁니다."

"그럼 당장 이리 데리고 와요."

"아니, 그쪽에서 이리 와야겠는데요. 지금으로서는 무리하게 이동하는 위험을 감수할 수는 없어요. 여기 제 친구가 위치를 알려줄 겁니다."

홀로 수영장 마루로 나간 알렉스는 저택의 그림자가 드리워진 긴 의자의 가장자리에 앉았다. 잠시 침묵의 시간이 흐른 뒤, 그는 몸을 돌리고 적갈색의 항아리 가장자리를 손으로 붙잡고서 흙바닥에 대고 헛구역질을 했다. 손으로 입가를 닦아내고 있는데, 저먼 셰퍼드 한 마리가 딱딱한 빨간색 고무공을 그의 무릎에 툭 던졌다. 알렉스는 벤과 크리스찬이 몇 해 전에 구조해서 키우던 지독히 말을 안 듣는 핏불 잡종 강아지 몰리가 떠올랐다. 지금쯤 총격전이 벌어졌다는 소식은 국제 뉴스가 되었을 텐데, TV 앵커와 긴급 재난 문자를 통해서 벤의 죽음을 접하게 될 크리스찬의 모습을 떠올려보았다. 당장이라도 크리스찬에게 전화를 걸어 소식을 전하고 싶은 마음이 굴뚝같았지만, 그런 위험을 감수할 수는 없었다. 저먼 셰퍼드가 그의 허벅지에 코를 문지르자, 알렉스는 침 범벅이 된 장난감 공을 멀리 던지는 척했다. 강아지는 홱 돌아서 움직이려다가, 거짓말인 걸 눈치채고 급히 멈춰 서더니 발톱으로 슬레이트 합판을 긁기 시작했다. 이번에는 자리에 쭈그리고 앉더니 으르릉거리면서 자동차 와이퍼처럼 꼬리를 좌우로 힘껏 흔들었다. 알렉스는 다시 공을 던지는 시늉을 했다.

"나라면 그러지 않을 텐데요." 페르난도가 집 밖으로 나오면서 말했다. "그렇게 계속 약을 올리면 나중에는 주인인 내 말도 듣지 않을 거예요."

알렉스는 저 멀리 수영장 끝 깊숙한 곳으로 공을 집어 던졌고, 저먼 셰퍼드는 가장자리까지 부리나케 달려갔다가 수영장 물을 내려다보면서 처연하게 끙끙거렸다.

"그러니까 의뢰자, 이름이 알렉산드로라고 했나요? 여기 도착하려면 아주 오래 걸릴 겁니다." 페르난도가 말했다. "지금으로서는 도로 근처에 얼씬도 하지 않는 편이 신상에 좋으니까요. 리카르도가 트렁크에 있던 남자를 치료하고 있어요."

"의사인가요?"

"예전에 수의사 교육을 받은 적이 있어요. 다행히 총상을 입은 부위도 그리 깊지 않고. 어떻게 그 사람이 여기 오게 됐는지 궁금하지 않은가요?"

"다이앤이 얘기하던가요?"

"아내가 다이앤의 상처를 치료해 줬는데, 그때 설명을 했다는군요. 다행히 다친 곳은 없어요. 머리카락에 묻은 피는 그 남자의 피였어요. 당신을 따라서 레스토랑으로 갔는데, 폭발 직후에 도착했답니다. 곧바로 총격이 시작됐는데 그 남자가 사람들 사이로 도망을 치길래 부두까지 계속 따라갔다고 해요. 총에 맞은 것 같아서 내심 걱정을 했는데, 끝까지 싸우려고 들길래 결국에는 남자 얼굴을 그 지경으로 만들고 말았다고. 후안 카를로스가 바다에 있다가 그 모습을 보고는 마침 제시간에 도착했고요. 둘이 차를 타고 도망치려던 남자를 끌어내려서 이리로 데리고 온 거예요."

알렉스는 큰 소리로 웃으며 고개를 절레절레 흔들었다.

"우리 애들이 잘할 거라고 예상은 했는데." 페르난도가 말했다. "여자친구분이 그 정도일 줄은 미처 몰랐어요."

"저도 마찬가지예요."

"처음에는 여자친구분을 보고 조금 걱정했어요. 우연히 이런 일에 휘말린 사람처럼 보였으니까."

"그건 맞는 말이에요."

"이제는 아니죠." 페르난도가 말했다.

주방으로 가자, 이사벨라가 알렉스에게 새로 갈아입을 깨끗한 옷가지를 가져다주고 그가 궁금해할 것을 미리 눈치채고는 먼저 말을 꺼냈다. "다이앤은 방에서 쉬고 있어요. 복도 끝에 있는 방이에요."

알렉스는 페르난도의 딸들이 사용하는 어린이 침실로 조용히 들어갔고, 다이앤이 두 개의 침대 중 하나에 등을 돌리고 누운 것을 확인했다. 학교에서 찍은 소녀들의 사진, 햇빛에 그을린 흑갈색 머리에 깊은 보조개, 새카만 눈동자를 한 아이들의 사진이 축구 대회에서 받은 트로피와 봉제 인형이 놓인 선반 아래에 빼곡히 걸려 있었다. 알렉스는 반대편 빈 침대로 가서 앉았다. 이불에서 먼지 냄새가 풍기고 침대 매트리스 끝부분이 발목에 닿았지만, 이렇게 머리를 대고 누울 수 있다는 사실이 그 어느 때보다 감사하게 느껴졌다.

"갑자기 시간이 천천히 갈 때가 있지 않나요?" 다이앤이 여전히 벽을 바라본 상태로 말했다.

"있죠. 항상 그런 건 아니지만, 매번 느낌이 조금씩 다르지만. 당신이 무슨 말을 하는지는 알겠어요."

"리 지엔롱이라는 자가 몸을 숙이고 도망치길래 계속 쫓아가다가 갑자기 놓쳤어요. 아무래도 배를 타러 갈 것 같지는 않다 싶었죠. 그때부터 모든 게 느린 동작처럼 느껴지는 거예요. 고개를 돌렸는데 정면에 그자가 있었어요. 어떻게든 그를 찾게 되리라는 걸 내 몸이 알고 있었나 봐요."

"나도 그랬어요."

"왜 그쪽에 누워 있어요?"

"글쎄요."

다이앤은 고개도 돌리지 않고 알렉스가 누울 공간을 마련하기 위해 몸을 바짝 당겼다. "예전과 똑같은 기분이에요." 알렉스가 자신을 향해서 바짝 몸을 붙이자 그녀가 말했다.

알렉스는 잠에서 깨어나서야 열이 뚝 떨어지고 이불이 땀으로 범벅이 된 것을 알아차렸다. 아직 밖은 깜깜했고, 혼자서 얇고 푹신푹신한 매트리스 위에 누워 있었다. 그가 잠든 사이 누군가 창문을 살짝 열고 침대 머리맡에 있는 얇은 분홍색 커튼을 쳐두어서 바람이 방 안으로 들어오면 풍성하게 부풀어 올랐다가 다시 열린 창문 틈으로 커튼이 나부꼈다. 침실용 탁자에 놓인 시계가 새벽 2시를 가리키고 있었다. 알렉스는 눈을 감고 마음과 몸의 상태를 가늠해 보려고 애썼지만, 자꾸만 시커먼 가죽 시트에 힘없이 늘어져 있던 벤의 생기 잃은 시신이 떠오르는 것이었다. 아직 아니야, 그는 생각했다. 애도의 시간은 모든 일이 끝난 후에 가져야 했다. 발소리가 가까워지더니 침실 바로 앞에서 멈추었다. 페르난도가 문을 똑똑 두드리고는 주방에서 모두 기다리고 있다고 말했다. 알렉스는 탁자 위에 있던 다이앤의 권총을 허리에 쏙 들어간 부분에 끼워 넣었다.

다른 사람들이 모두 주방 테이블에 모여 있었고, 알렉스는 카탈리나와 페르난도 사이에 알렉산드로가 앉아 있는 걸 보고 순간 멈칫

했다.

"푹 쉬셨나요?" 알렉산드로가 물었다.

"우리 친구는 잘 있겠죠?"

"리카르도가 말끔히 씻겼어요. 몇 바늘 꿰매기는 했지만 여행 전에 새 옷으로 갈아입었죠."

"여행의 끝이 어디죠?" 알렉스가 물었다.

"먼저 대화를 나눠야 해요." 알렉산드로가 말했다. "그러고 나서 그를 데리고 여기서 북쪽으로, 지브롤터 해협 근처에 있는 라 리네아로 갈 겁니다. 이미 협상은 끝났고, 물건을 선적한 배가 항해 중이에요. 리 지엔룽이 타고 가기로 예정되었던 배가 그를 태우기 위해서 우리 쪽으로 올 겁니다."

"'우리'라니요?" 알렉스가 되물었다.

카탈리나가 걱정스러운 눈빛으로 페르난도 쪽을 쳐다보고, 다시 알렉스 쪽으로 시선을 돌렸고 다이앤은 양손에 쥐고 있는 컵을 빤히 쳐다보고 있었다.

"당신과 나 말입니다." 알렉산드로가 말했다.

"말도 안 돼. 꿈도 꾸지 말아요. 맨입으로 원하는 걸 가지게 해줬더니. 당장 애들부터 풀어줘요. 우리 거래는 이걸로 끝이에요." 알렉스가 버럭 화를 냈다.

"인질을 교환하는 자리에 나와 함께 가줄 사람이 필요해요. 다른 지원자가 없으니 당신이 같이 가줘야겠어요. 배에 탄 후에 자녀분들을 데리고 있는 사람에게 전화를 걸도록 하죠. 그때는 당연히 아이들을 돌려보내 주겠지만 그 전까지는 안 됩니다."

알렉스는 허리춤에 차고 있던 권총을 꺼내서 알렉산드로의 미간을 정확히 겨누었다.

"진정해요. 진정해." 페르난도는 테이블 뒤로 물러서서 괜히 아내를 감싸려는 것처럼 손을 들고 말했다.

"그런 일은 절대로 없을 거요. 애초에 거래에 없던 일이니까." 알렉스가 말했다.

"그건 총격전도 마찬가지였어요. 그 역시도 당신이 끌어들인 운전하는 꼬마 때문에 벌어진 일입니다." 알렉산드로가 커피를 한 모금 마셨다. "지금 나를 죽인다고 해서 당신에게 도움이 되는 게 있을까요?"

"후안 카를로스 친구 중에 라 리네아에 사는 배를 가진 친구가 있어요." 페르난도가 설명했다. "벌써 얘기해 놨습니다. 제발 그 총 좀 치워요. 우리 집 식탁에서 사람이 죽어나가는 꼴은 절대 없어야 하니까."

뒤뜰에서 리카르도가 등장하자, 모든 이들의 시선이 그리로 향했다.

"준비됐습니다." 그가 양손을 바지에 문지르며 이렇게 말했다.

"네, 고마워요." 알렉산드로가 대답했다. 그리고 알렉스를 향해 말했다. "자, 이제 경품을 확인하러 가볼까요?"

"나도 가야겠어요." 다이앤이 말했다.

세 사람은 리카르도를 따라서 집 뒤쪽에 있는 언덕으로 올라갔다. 정원사가 철제로 된 납작한 문이 달린 붉은 다용도 헛간의 문을 열자, 한 쌍의 눈부신 형광막 아래 눈가리개를 한 채로 의자에 묶여 있는 리 지엔롱의 모습이 보였다. 잘 마르는 재질의 카키색 바지, 사파리 문양이 그려진 셔츠를 입은 모습이 마치 시골에 사는 낚시꾼 같았다. 그는 끼익 하고 문이 열리는 소리와 그 뒤로 이어지는 발소리를 듣자 몸을 움찔거렸다. 알렉산드로가 의자 옆으로 바짝 다가가서 한 바퀴를 빙 도는 동안, 알렉스와 다이앤은 조용히 벽에 기대어 있었다. 리 지엔롱은 발걸음 소리를 따라서 마치 테니스 경기를 보는 사람처럼 머리를 앞뒤로 움직이기 시작했다.

"중국에서 미국 영화 많이 봤겠지, 안 그런가?" 알렉산드로가 말했다. "제목은 잊었는데, 언젠가 봤던 영화 속 대사가 떠오르는군. 증권중개인을 하는 남자가 한 대사인데. '탐욕은 선한 거야. 잘 통하거든'이라는 거였어. 혹시 그 영화 본 적 있나?"

리 지엔롱이 고개를 저었다.

"하지만 당신은 그 말을 믿고 있잖아."

다시 거세게 고개를 저었다.

"우리가 당신에게 느낀 바로는 그게 아니던데. 탐욕은 선한 것이 아니야, 친구. 결국, 탐욕이 잘 통하는 바람에 당신이 다리에 총을 맞고 여기까지 끌려오게 된 거니까. 상하이에 돌아가면 친구들에게 떠들어댈 기막힌 얘깃거리가 생긴 거 아닌가? 사냥 중에 사고를 당했다고 해. 당신이 사냥을 당한 건 사실이니까." 알렉산드로가 벽에 붙은 작업대 쪽으로 걸어가더니 철제로 된 날 부분 군데군데가 시뻘겋게 녹슨 작은 톱을 집었다. "지금까지 몇 번이나 경고했더라?"

리 지엔롱이 고개를 돌리고 말했다. "한 번이요."

"한 번? 그럴 리가." 알렉산드로는 그가 입고 있는 사파리 셔츠를 벗기더니 톱날을 리 지엔롱의 목과 어깨 사이 승모근에 가져다 댔다. 순간 리 지엔롱은 몸서리를 치더니 연이어 침을 꿀꺽 삼켰다. "그렇게 경고를 하고 세금까지 물렸는데도 여전히 탐욕이 너를 지배하도록 가만히 내버려두다니. 우리한테 독점권을 넘기는 대가를 톡톡히 챙기고서도 말이지. 그 정도 대우를 받았으면 약속을 지켰어야지. 경쟁자 쪽에 물건을 팔고 물건 배송을 일부러 지연시킨다? 무슨 생각으로 그런 거야?"

리 지엔롱은 말을 더듬으면서 만다린어와 영어를 섞어가며 뭐라고 중얼거렸고, 알렉산드로는 톱날을 가만히 살점에 가져다 대더니 묵직한 날이 제 역할을 하도록 했다. 날카로운 톱날이 서서히 리 지엔롱의 살갗을 뚫고 근육으로 파고들었다. 알렉산드로는 톱날을 살짝 들었다가 다시 똑같은 과정을 반복하기 시작했고 상처가 난 부위를 파고 또 파서, 점점 더 깊숙이 들어갔다. 마침내 경동맥과 90도 각도 부분에 날카로운 톱날이 닿을 때까지 그는 톱질을 계속했다. 리 지엔롱의 비명은 마침내 과호흡 증상으로 이어졌다. 알렉스는 눈을 크게 뜨고 꼼짝도 하지 않은 채로 톱날을 바라보고 있는 다이앤 쪽으로 고개를 돌렸다.

"이번 일로 뭘 배웠는지 말해 봐." 알렉산드로가 말했다.

"네? 뭐든지, 뭐든 말씀하시는 걸 배웠습니다."

"우리가 원했던 건, 그리고 네가 동의했던 건 딱 하나였어. 약속을 소중히 여기는 것. 약속은 지키라고 있는 거야. 만약 약속을 어기는 날에는 언제든 네가 어디에 있든 너를 잡으러 갈 거야. 혹시 네 딸이 밤마다 찰스강에서 오랜 시간 달리기를 한다는 사실을 알고 있나? 귀에다가 이어폰을 꽂고 어둡고 긴 밤길을 달리는 거야. 만약 너에게 적이 없다면 밤마다 달려도 아무 문제가 없겠지. 아빠가 탐욕스러운 행동만 하지 않는다면 말이야."

"제발 부탁이에요." 리는 드디어 울음을 터트렸고 여전히 톱날은 그의 살갗에 닿아 있었다. "무슨 뜻인지 충분히 이해했습니다."

"그 말 믿어보겠어." 알렉산드로가 말했다. 그는 조그만 톱을 작업대 위에 조심스럽게, 정성스럽다 싶을 정도로 가만히 내려놓고 페르난도가 빌려준 셔츠로 리 지엔롱의 목덜미에 흐르는 혈흔을 가만히 닦아냈다. "몇 시간 내로 너는 안전하게 배에 타게 될 거야. 목에 난 상처는 탐욕을 부리면 해를 입는다는 교훈을 떠올릴 수 있는 증거로 남겨두지."

그로부터 1시간 후, 사람들이 알렉산드로가 타고 온 말끔하고 새하얀 세단 승용차 뒤 범퍼 주위로 모였다. 리카르도는 트렁크를 열고, 손목을 결박당하고 입에 테이프가 붙여진 상태에도 불구하고 쌔근쌔근 잠든 리 지엔롱의 모습을 확인했다.

"잠 들었나요?" 알렉스가 물었다.

리카르도는 고개를 젓더니 알렉스에게 근육주사 5개와 작은 물약병을 건네주었다.

"케타민인가요?" 알렉스는 상표를 살피고 다시 물었다. "케타민 맞아요?"

"네, 맞습니다. 사용법은 아시죠?"

"네, 물론이죠." 알렉스가 대답했다.

리카르도는 알렉스에게 행운을 빌어주고는 다시 언덕 위로 올라갔다. 알렉산드로와 후안 카를로스는 벌써 차에 타고 있는 상태였다. 카탈리나와 페르난도는 먼저 작별 인사를 하고 다이앤과 알렉스만 남기고 자리를 비켜주었다.

"'어디든 갈 수 있다'는 말의 반대말이 뭔 줄 알아요?" 그가 말했다.

"말해 봐요."

"이번에는 아무 데도 가지 말고 내 옆에 있어요."

"그럴게요. 기분이 어때요?"

"피곤해요. 두렵고."

"다행이에요. 정말 끔찍한 일이에요. 아침에도 말했지만, 다시 한 번 할게요. 가서, 끝장을 내버리고 와요." 이번에는 손을 부들부들 떨지도 목소리에서 떨림이 느껴지지 않았다. 다이앤은 그의 얼굴을 가까이 끌어당기더니 빠르고 뜨겁게 키스를 했다. "당장 출발해요. 결승선이 코앞이에요. 식은 죽 먹기라고요. 잘 다녀와요." 다이앤이 말했다.

알렉스 일행은 집 뒤쪽으로 나가서 국도 위로 길게 뻗은 비좁은 180도 커브 도로로 이동하기로 했다. 국도에는 이미 바리케이드와 경찰들이 쫙 깔려 있었기 때문이다. 후안 카를로스는 함께 사는 친구 중 하나를 미리 선발대로 보내서 산 쪽 도로에 경찰이 없음을 확인했다. 알렉스는 옆자리에 알렉산드로를 태우고 미처 어둠이 걷히지 않은 새벽길을 따라 차를 몰았고, 어린 투우사는 뒷좌석에서 열심히 길을 안내했다. 길 안내 중간중간, 후안 카를로스는 하비라는 친구에 대한 소개도 덧붙였다. 그는 배를 가지고 바닷가에 사는 모로코 출신 집시로 고향과 제2의 조국 사이로 물건을 운반하는 일을 한다고 했다. 지금 아파트에 집시 플라멩코 음악가들을 불러서 파티를 열고 있는데, 후안 말로는 집시들이 스페인 국민경호대에 가서 말을 흘릴 일은 절대로 없을 테니까 알렉스더러 아무 문제 없을 거라고 했다. 배는 하비의 건물 근처에 있는 부두에서 출발하게 될 예정인데, 미리 뇌물을 먹여놓으면 해안 경비대에서도 알렉스 일행이 탄 배는 물론 접선하게 될 배 역시도 못 본 척할 거라고 했다. 후안 카를로스는 산길을 벗어나는 도로를 안내했고, 그들이 탄 자동차는 마르베야의 남쪽으로 수 킬로미터 떨어진 곳까지 달려서 차량통행이 드문 고속도로를 가로질러서 표지판이 없는 도로로 들어섰다. 800미터가량을 달리자 아스팔트 도로가 먼지 길로 바뀌었고, 그 길은 코앞으로 바다가 보이는 가파른 언덕 위에 떡하니 버티고 서 있는 아파트 주차장까지 이어져 있었다. 알렉스는 주차장의 어둑한 모퉁이에 차를 세웠고, 세 사람은 함께 트렁크 쪽으로 향했다. 리 지엔롱은 오랜 주행에도 그다지 방해를 받지 않고 곤히 잠들어 있었다. 알렉스는 트렁크를 닫기 직전, 혹시나 모를 상황에 대비하기 위해서 펜타닐 주사를 꺼내서 그의 어깨에 꽂았다.

후안 카를로스는 비좁은 계단으로 이어지는 길로 두 사람을 안내했고, 세 사람은 해안선에 바짝 맞닿은 길을 따라서 이동했다. 아파트 아래층은 사람들이 오가는 미닫이문을 제외하고는 깜깜한 어둠 속에 묻혀 있었다. 알렉스는 후안 카를로스에게 담배 두 개비와 3천 유로가 든 말보로 담배를 건넸고, 어린 투우사는 뿌옇게 피어오른 물담배의 연기 속으로 사라졌다. 집시 플라멩코 밴드는 바로 문 안쪽에 연주대를 준비하고 있었다. 알렉스는 프릴이 달린 블라우스에 높은 굽이 달린 부츠를 신은 중년의 연주자들을 예상하였지만, 딱 달라붙는 청바지에 티셔츠를 입은 남매로 보이는 남자 하나와 여자 기타리스트, 그리고 그사이에 카혼을 치는 어린 소년 하나로 구성된 10대 트리오들이었다. 열린 문틈으로 새어 나오는 노래는 알렉스가 지금까지 들었던 곡들과는 사뭇 달랐다. 애절하고 마치 최면을 거는 듯하고, 몽환적이면서 세 사람의 노력이 더해진 것이었다. 특히 임의로 울려 퍼지는 보컬 부분에서는 각각의 목소리가 가사에 더해지면서 사랑과 상실, 그리고 구원에 대한 끝없는 이야기를 만들어내는 것이었다. 새처럼 가냘프고 예쁘장하게 생긴 기타를 치는 소녀는 왼쪽 눈을 가린 새까만 머리카락 한 줄만 남기고 나머지는 완전히 민머리였는데, 유리문 밖에서 그들을 바라보던 알렉스를 빤히 쳐다보았다. 후안 카를로스가 엄지손가락을 들며 아파트 출입구 밖으로 나오자, 플라멩코 밴드는 연주를 멈추고 잠시 휴식 시간을 가졌다. 그는 알렉스와 알렉산드로를 물가 쪽으로 데리고 내려갔다. 알렉스는 지도를 통해서 라 리네아가 지브롤터 해협의 북쪽에 있는 곳임을 확인한 상태였지만, 실제로 다른 대륙과 이어진 낮고 메마른 산맥이 눈부시게 빛나는 바다 위를 가로지르는 모습을 보자 감탄을 금치 못했다. 작은 부두의 끝자락에 새로 파란 페인트로 내부를 칠하고 선외 모터가 달린 하얀색 소형 보트가 세워져 있었다.

"마음에 드세요?" 후안 카를로스가 물었다.

알렉산드로가 고개를 끄덕였다. "1시간 후에 저기에서 만나기로 했어요." 그는 꼭대기에 불빛 하나가 반짝이는 거친 바위투성이 노두를 손가락으로 가리키며 말했다.

세 사람은 누군가 부두 쪽으로 다가오는 소리에 동시에 몸을 돌렸다. 기타를 치던 소녀가 불을 붙이지 않은 담배를 입에서 내리면서 그들을 향해 걸어오고 있었다.

"라이터 있어요?" 그녀가 알렉스에게 물었고 그는 고개를 저었다.

후안 카를로스가 성냥을 내밀자, 소녀는 고맙다고 말하면서 키가 큰 미국인에게 그대로 시선을 고정하고 있었다.

"우리 연주 괜찮았어요?"

"응. 정말 좋던데. 그 곡들은 사람들이 다 아는 곡이니, 아니면 직접 만든 곡이야?"

"둘 다예요. 아는 곡도 연주할 수 있고, 그냥 마음으로 느끼는 곡도 연주할 수 있는 거니까."

"마지막으로 연주한 곡은 뭐였어?"

"둘 다예요." 소녀가 미소를 지으며 대답했다. "'사이렌'에게 배가 무사히 귀환할 수 있도록 기도하는 여자의 얘기인데, 자신이 선장이 되고 싶어 하죠."

"그래서 결국 어떻게 됐어?"

"별로 좋게 끝나지는 않아요. 사이렌은 배를 그녀 가까이 데려오는 것보다 그냥 두는 게 더 안전하다고 생각하니까."

"구원받지 못하겠네."

소녀는 숨을 내쉬며 아리송한 눈으로 그를 쳐다보았다. "우리를 구원할 수 있는 건 아무것도 없어요."

소녀가 다시 아파트 쪽으로 돌아가자, 알렉산드로는 후안 카를로스에게 트렁크에 있는 짐을 보트로 옮기는 동안 부두 근처에 아무도 얼씬대지 못하도록 하라고 지시했다.

주차장에 도착한 알렉산드로는 트렁크 문을 열더니 매캐한 암내와 줄줄 새어 나온 소변의 지독한 악취를 피해서 옆으로 비켜섰다. 손이 결박당하고 재갈이 물린 중년의 남자가 남의 옷을 걸치고 태아 자세로 움츠린 모습을 보자, 알렉스는 동정심 비슷한 무언가가 깨어나는 기분이었다. 두 사람은 리 지엔룽을 발부터 끌어당겨서 범퍼 위에 똑바로 앉혔다. 리 지엔룽은 정신이 혼미하고 몸을 제대로 가누지 못해 비틀거렸지만, 다친 다리를 지탱하기 위해서 한쪽 팔을 알렉산드로의 어깨에 걸치고 부두 쪽으로 이어지는 계단을 내려갈 때는 그런 대로 협조적이었다. 일행은 천천히 그리고 멈칫거리면서, 리 지엔롱을 배에 태워서 제일 가운데 있는 의자에 앉혔다. 알렉스가 몸을 숙이고 뱃머리에 있는 작은 삼각형 의자로 가서 앉자 알렉산드로가 엔진에 시동을 걸었다. 후안 카를로스는 배가 시야에서 완전히 사라질 때까지 부두에 선 채로 우스꽝스러운 자세로 경례를 붙이며 서 있었다.

페르난도의 집에 있는 수영장에 놓인 작은 연철 테이블, 다이앤과 카탈리나는 차가운 커피와 담배 너머로 석양이 저무는 모습을 바라보고 있었다. 두 사람 사이에는 페르난도가 새로 구해준 새 휴대전화가 놓여 있었다. 발치에서 꾸벅꾸벅 잠들었던 강아지들은 이제 고개를 들고 입을 쩍 벌리고 하품을 한 다음, 코를 킁킁대기 시작했다.

"디에고는 뭘 하고 지내요? 그러니까 그 일을 하는 동안 말이에요." 다이앤이 물었다.

"내가 일을 하는 동안에는 스튜디오에 처박혀서 미친 사람처럼 일만 하죠. 밥 먹을 때만 밖에 나오고. 물론 그 사람으로서는 힘들겠지만, 본인이 감내하기로 한 거니까. 나한테 변화를 강요하지 않아요. 어차피 안 될 거라는 걸 알 거든요."

"혹시 내 얘기를 하고 싶은 거라면, 나 역시도 누구에게 변화를 강요하는 사람은 아니었어요."

카탈리나가 미소를 지었다. "결국 디에고가 바라는 대로 되지 않았어요. 한참 동안 그러기를 바라긴 했었는데. 나도 느꼈지만 그냥 무시해버렸어요. 그게 사실이 아니기를 바랐으니까요."

"당신 마음은 어떤데요? 앞으로도 계속 이 일을 할 생각이에요? 벤에게 그런 일이 생겼는데도?"

"이게 내가 하는 일인걸요."

"앞으로 크리스찬은 어떻게 될까요?"

"언젠가 크리스찬이 술이 많이 취해서 나한테 조용히 말하더군요. 벤이 끔찍한 최후를 맞을 것 같다고. 그래서 너무 겁이 난다고. 하지만 그걸 누구한테도 말할 수가 없다고. 심지어 벤에게도 말이에요. 그냥 다시는 이런 일을 해야 하겠냐고, 도저히 말하지 않고는 못 견디겠다고, 결국 이 일이 벤을 산 채로 잡아먹고 말 거라고 말이에요. 그래서 내가……."

두 사람 사이에 놓인 테이블 위에 놓인 카탈리나의 새 휴대전화가 전화가 걸려왔음을 알리며 징징대며 돌아갔다. 그녀는 휴대전화 화면에 찍힌 전화번호를 보며 깔깔대고 웃었다.

"알렉스예요?" 그녀가 물었다.

"아뇨. 디에고요. 방금 음성 메시지를 남겼거든요. 자기야? 혹시 추적당할지 몰라서 전화번호를 바꿨……. 뭐라고? 디에고, 천천히 말해 봐." 카탈리나가 몸을 움찔거렸다. "뭐라고? 어디서 들은 거야? 뭐, 누가 그랬다고? 그냥 거짓 소문이겠지. 글쎄, 나도 잘은 모르겠는데. 알겠어. 얘기해 봐. 그래, 듣고 있다니까." 혼란스럽던 표정은 이내 어둡고 근심 섞인 표정으로 딱딱하게 굳어졌고, 카탈리나가 천천히 자리에서 일어섰다. "어디서 그런 얘기를 들었는지 똑바로 얘기해 봐. 아니. 말도 안 돼. 무슨 헛소리야. 디에고, 그 여자는 은퇴했어. 그래, 그렇다니까. 그것도 오래전에." 이제 다이앤까지도 카탈리나를 향해 거의 고함을 치는 디에고의 목소리를 똑똑히 들을 수 있을 정도였다. "디에고, 잘 들어. 부탁이야. 내가 알아들을 수 있도록 설명해 봐. 그러니까 누가 온다고?" 카탈리나는 수평선 너머로 보이는 은빛 해안을 가만히 쳐다보더니, 디에고의 목소리가 여전히 쩌렁쩌렁 들리는 휴대전화를 가만히 아래로 내렸다.

"뭐래요? 뭔데 그래요?" 다이앤이 물었다.

"오, 하느님 맙소사." 그녀가 말했다.

태양이 라 리네아의 수평선을 환히 비추고 아침 햇살이 광대하게 뻗은 탁한 옥색의 대서양을 환히 비추었다. 알렉산드로는 바닷물을 한 움큼 퍼서 얼굴을 적시고 젖은 손바닥으로 목덜미를 두드렸다.

"배는 어디 있죠?" 알렉스가 물었다.

"곧 나타날 거예요."

"협상이 빨리 진행됐네요."

"우리 조건이 수용됐고 배송비도 치렀으니까요. 더 왈가왈부할 게 없죠. 기분이 어때요?"

"나쁘지 않아요." 알렉스는 몸을 숙이고 리 지엔롱의 상태를 확인했다. 그는 의식이 왔다 갔다 하는 상태로 턱을 가슴에 대고 의자에서 쓰러지지 않으려고 가끔 몸을 움찔거렸다. "저 사람보다는 낫죠."

"지난 몇 시간 동안 리 지엔롱이 뭘 느꼈을지 궁금하네요. 케타민은 정말 강한 약이거든요. 멕시코에서는 수의용품점에서 매우 쉽게 구할 수 있는 약품이죠. 나 역시도 어릴 때, 친구들과 함께 바닥에 누워 약에 취해서 여행을 떠난 적이 있었죠. 혹시 케타민 경험이 있나요?"

"네, 역시 친구들과 거실 바닥에서요. 의사인 친구가 구해줬거든요."

"우리는 이름 말고도 비슷한 점이 많군요."

"얼마 전에 다른 사람도 그런 얘기를 했었어요."

"그게 누구죠?"

"그건 중요치 않아요. 어차피 헛소리니까." 알렉스가 말했다. "우리는 비슷한 점이 전혀 없거든요. 남의 아이를 납치하는 건, 내 사전에 소아성애자보다 더 저속한 일이라서. 만약 내가 은퇴만 안 했어도 당신을 아주 천천히 죽였을 거예요."

"이번이 마지막인가요?"

"물론이죠." 알렉스는 주머니에서 휴대전화를 꺼내서 카탈리나와 연락을 해보려고 했지만, 집을 떠나기 전에 충전하는 걸 깜빡한 터라 배터리가 하나도 없었다. "지금까지 내가 누릴 수 있는 건 모두 누렸어요."

"지금까지 납치를 한 번도 해 본 적이 없다니, 오히려 내가 놀랄 정도네요. 그날 밤 팜 트리에서 만났을 때도 내가 예상했던 사람과는 아주 달랐죠."

"그게 무슨 뜻이죠?"

"비록 능력은 뛰어날지 모르지만, 완전히 잘못된 직업을 선택한 사람처럼 보였거든요. 전혀 안 어울리는 직업을 가진 사람 같다고 할까. 그래서 호기심이 생겼죠. 혹시라도 그걸 정당화시킬 이유가 있지는 않을까? 혹시 본인에 관해서 얘기하고 싶은 게 있나요?"

"그만하죠." 알렉스가 말을 잘랐다. "나에 대한 그 어떤 것도 말하고 싶지 않아요."

알렉산드로는 어깨를 으쓱하더니 수평선 너머를 찬찬히 살폈다. 바람이 점점 거세게 불기 시작했다. 파란 하늘 아래로 작고 까만 새 한 마리가 내려오더니 우측 뱃전에 자리를 잡고 앉았다. 새는 고개를 까딱거리면서 배에 탄 사람들을 찬찬히 살폈다. 배의 선장, 의식이 오락가락하는 승객, 그리고 어정쩡한 자세로 뱃머리에 앉아 있는 키가 큰 남자. 작은 새는 배 안을 조용히 살피고 육지 쪽으로 훨훨 날아가 버렸다.

“라스베이거스에서 초반에 했던 일 중 하나가, 바로 창녀를 데려다가 흠씬 두들겨 패고, 현금다발을 뿌리고 객실에서 쫓아낸 사우디 왕자에게 본때를 보여주는 거였어요. 그 사우디 왕자라는 자는 몇 달 후에 다시 라스베이거스에 왔고, 수행원 중 하나가 예전에 이용했던 콜걸 업체에 다시 연락한 거죠. 물론 실수로 그런 거였겠지만. 아니면 사우디아라비아에서는 콜걸을 불러다 뜨거운 쇠꼬챙이로 지지고 나서 다음 데이트를 신청해도 별문제가 없는 건지도 모르죠. 아무튼 연락을 받은 마담이 벤에게 돈을 주면서, 그 사우디 왕자가 엄청난 현금과 귀중품을 가지고 여행을 다닌다는 점을 일러주면서, 콜걸이 그 객실로 들어갈 수 있도록 도움을 줄 거라고 했어요. 심지어 현찰과 귀중품을 챙기는 것에 대한 수수료도 원치 않는다면서. ‘제발 그 나쁜 자식에게 미국인이 믿는 하느님의 공포가 얼마나 무서운 건지 느끼게 해달라’고 하더군요. 그래서 우리는 시키는 대로 했죠. 카메라를 챙겨 가서, 객실에서 나오기 전까지 약간의 사진을 연출했죠. 창녀들과 뒹구는 왕자의 모습, 코카인 덩어리를 자르는 왕자의 모습까지. 그리고 혹시라도 허튼짓을 했다가는 이 사진들을 당신 부인들에게는 물론이고 아이들과 대사관, 경쟁자와 전 세계 모든 언론사에 뿌리겠노라고 엄포를 놨어요. 심지어 우리는 복면도 쓰지 않고 야구 모자에 선글라스만 끼고 있었거든요. 사우디 왕자의 돈을 왕창 뜯어내고 그자의 거짓 신앙심을 지렛대 삼아서 다시는 입도 벙긋하지 못하도록 만든 거죠. 지금까지 내가 한 일 중에서 가장 정당했다 싶은 일이기도 하고요."

"그러니까 야구 모자와 선글라스가 호텔에서 임무를 수행할 때의 특별한 복장 같은 건가요? 매번 더 높은 목표를 노리나 보죠? 지난번 라스베이거스에서 벌였던 일은 어땠어요?"

"그라프 보석상 말인가요? 블러드 다이아몬드 딜러들은 1960년대 이후로 전부 사라지지 않았나요? 우리는 매장을 털었고, 매장에서는 고개를 돌려서 자기가 입은 손실을 다른 사람들을 등쳐 돈을 긁어모으는 보험회사 측에 떠넘겼으니까. 모두가 원상태를 회복했는데, 애팔래치아에서 고등학생들에게 마약 과다복용을 하도록 만들어 돈을 쓸어 담은 여기 우리 친구만은 그렇지 않게 됐어요. 윤리적으로 말하자면, 난 그 일 이후로 완전히 손을 씻었어요. 게다가 솔직히 말하면, 나는 흠 없는 도덕적 미적분 따위는 필요치도 않은 사람이고. 로빈 후드의 명연설 같은 건 칵테일 파티에나 어울리는 거 아니겠어요? 나 같은 사람에게는 전혀 필요치 않은 얘기니까."

"그럼 뭐가 필요한데요?"

"통제요. 혼란을 벗어난 질서. 혹은 혼란 속에서의 통제."

"폭풍의 눈 속에서의 평온함 같은?"

"맞아요."

"혹시 혼란스러운 유년시절을 보냈나요?"

"평탄치는 않았죠."

"그래서 다른 사람의 인생을 혼란스럽게 만드는 일을 하는군요. 당신이 겪었던 혼란을 다른 사람도 느끼게 하려고."

"그만하죠. 친구. 획기적인 통찰력을 가졌다는 점만은 인정할게요. 지금 하는 일이 싫증 나면 사회복지 쪽으로 한번 고려해 봐요."

"벌써 오래전 일이에요. 나 역시도 다른 관점에서 일을 시작한 거라. 그러니까 ……."

바로 그때 엔진 소리가 들렸고, 저만치서 요트 한 대가 모습을 드러냈는데 일행이 타고 있는 소형 보트와 1.5킬로 정도 떨어진 지점이었다. 알렉산드로는 손으로 햇빛을 가리고 선외모터를 작동시켰다.

"정확히 시간 맞춰 왔군요. 저쪽으로 가서……."

"잠깐." 알렉스가 말했다. "잠깐만요. 방금 뭐라고 했죠?"

"저기 도착할 때까지 내가 계속 떠들도록 하고 싶은 모양이군요."

"아니, 그 전에요. 야구모자에 선글라스를 쓰는 게 호텔에서의 특별한 복장이냐고 말했었죠? 맨 처음 일을 시작했을 때, 바로 그 복장이었는데. 누가 당신에게 그 얘기를 한 거죠?"

"당신이 말했잖아요."

"아니요." 알렉스가 단호히 잘랐다. "그런 말 한 적 없어요."

"그럼 벤이 얘기했나 보죠."

"벤은 그 자리에 있지도 않았어요. 게다가 이틀 내내 우리 셋이 함께 있었잖아요. 벤이랑 당신이 얘기할 시간 자체가 없었다고요. 어디서 그 얘기를 들은 거죠?"

알렉산드로가 어깨를 으쓱했다. "그야 당신의 전설 중 일부니까요. 신화처럼."

"누가 얘기했느냐고요?" 알렉산드로는 알렉스의 어깨 너머로 서서히 가까워지는 요트를 바라보며 대답했다. "기억이 나지 않아요."

"거짓말. 그 얘기를 아는 사람은 넷뿐이에요. 그중 둘은 죽었고, 나머지 둘 중 하나는 나예요. 내 질문에 대답해요."

"어디선가 들은 것 같아요. 그게 큰 문제라도 되나요?"

"누구한테 들었는지 알 것 같아요. 그게 왜 문제인지 당신도 잘 알 텐데요."

"내가요?"

"마리셀이 왜 당신에게 우리가 처음 만났던 날에 관해서 이야기했을까요? 나한테는 당신을 모른다고 했는데."

"무슨 소리인지 모르겠군요."

"휴대전화 내놔요." 상대방의 보트는 800미터 거리 근처까지 와있었다. 알렉스는 알렉산드로를 향해 총을 겨누며 다시 말했다. "주머니에서 휴대전화 꺼내라고요."

"총으로 위협하는 건 충분히 했잖아요. 알렉스. 시체라도 나오면 저 사람들한테 뭐라고 설명할 건데요?"

"리 지엔롱만 멀쩡하다면 다른 사람이야 어찌 되건 상관없을걸요. 휴대전화를 내놓지 않는다고 해도, 어차피 내가 이긴 게임이에요." 알렉스는 발사장치를 까딱이며 말했다. "시간 끌지 말아요!"

알렉산드로는 고개를 절레절레 흔들고서 순순히 그가 시키는 대로 했다. 한 손에는 총을, 다른 손에는 휴대전화를 든 알렉스는 통화 목록을 확인하고, 시선은 서서히 가까워지는 보트와 알렉산드로 사이에 고정한 채로 멕시코 지역번호가 찍힌 첫 번째 번호를 눌렀다. 신호만 가고 전화를 받지 않았고, 음성 메시지로 넘어가지도 않았다. 두 번째 전화번호를 누르자, 세 번 벨이 울리고 여자의 목소리가 들렸다.

"여보세요? 알렉산드로?"

어디서 들어도 알아들을 법한 그 목소리. 전화기 너머로 들리는 강한 바람 소리에 알렉스는 마리셀이 달빛을 받으며 침실 난간에 서 있는 모습을 그려보았다.

"알렉산드로? 일은 잘됐어?"

"당신이라고 말하지 그래요? 전화 받았나요? 이제 다 끝났다고 전해줘요." 알렉산드로가 말했다.

"일은 잘 끝났어요." 알렉스가 말했다.

"누구야?"

"한번 맞혀보세요."

침묵. "그렇구나. 다 끝났다고? 지난번 통화에서는 약간의 문제가 생겼다고 하던데."

"다 해결됐어요."

"아주 잘됐구나. 알렉산드로 좀 바꿔주겠니?"

알렉스는 총을 높이 든 상태로 휴대전화를 넘겨주고, 마리셀에게 더 담보를 붙잡아둘 필요가 없다고 재차 확인시키는 알렉산드로의 목소리를 유심히 듣고 있었다.

"당신을 가장 먼저 추천하더군요." 알렉산드로가 전화를 끊고 이렇게 말했다. "'완벽한 도구란다.' 당신의 능력을 꽤 높이 평가하는 모양이었어요."

"당장 배 돌려요." 알렉스는 어깨 너머로 요트를 확인하고 이렇게 말했다. "다시 부두로 돌아가야 하니까."

"일을 마무리하지 않고서요?"

"저 보트에 누가 타고 있죠? 리 지엔롱을 데리러 오는 사람이 누구예요?"

"그야 리 지엔롱을 지켜주기로 약속한 자들이겠죠. 우리가 무슨 짓을 할 수 있는지 알고도 저들이 우리를 건드릴 수 있을 거라고 생각해요? 진정해요. 모든 협상은 끝났어요. 저쪽 사람들도 전문가고 불가지론자들이라고요. 일단 물건만 받고 나면 여기서 모든 게 끝날 거예요."

"그걸 어떻게 확신하죠? 마리셀이 그러던가요?"

"네."

"나를 팔아넘길 수 있는 사람이면, 당신도 팔아넘겼을 수 있잖아요."

"그렇지 않을 거예요."

"당장 배 돌려요!"

"알렉스, 그냥 흘러가는 대로 놔둬요. 여기서 끝을 봅시다."

근처로 다가온 보트는 엔진을 끄고 소형 보트의 옆으로 미끄러지듯 다가왔고 선체 아래로 엄청난 물살이 밀려들었다. 갑판에도 다리에도 사람이 보이지 않았다. 마치 유령선처럼. 알렉스는 리 지엔롱이 있는 가운데 긴 의자로 올라가서, 한쪽 팔을 그의 목에 두르고 총구를 관자놀이에 가져다 댔다. 바로 그때 데릭이 환하게 미소를 지으며 무기가 없는 상태로 후갑판에 모습을 드러냈다.

"알렉스, 반가워. 이제 총 같은 거 필요 없지 않나?" 그가 말했다.

"서로 아는 사이인가요?" 알렉산드로가 물었다.

"오랜 친구죠." 데릭은 이렇게 대답하고 리 지엔롱을 가리키며 물었다. "약 때문인가? 아니면 기절한 건가?"

"진정제 때문이에요. 몇 분 내로 깨어날 겁니다. 알렉스, 리 지엔롱을 보내줘요." 알렉산드로가 말했다.

"다른 물건은요?" 데릭이 말했다. "하나 더 가지고 올 거라고 하던데."

"다른 물건?" 알렉스가 물었다.

알렉산드로가 바지 주머니에서 초록색 펠트 천에 싸인 보석을 꺼내더니 데릭 쪽으로 던졌다. 데릭은 눈을 크게 뜨고 커다란 포물선을 그리며 바닷물을 가로지르며 날아오는 보석을 쳐다보았다.

"그게 뭔데?" 알렉스가 물었다.

데릭은 주머니에서 조심스럽게 목걸이를 꺼내더니 두 달 전 라스베이거스에서 훔친 하얀색과 샴페인 다이아몬드가 주르륵 달린 목걸이를 청량한 아침 햇살 아래로 높이 들어 보였다.

"어제 세금을 매겼다고 했잖아요. 그러니까 당신이 그 세금을 걷는데 일조한 셈이죠." 알렉산드로가 말했다.

"한 가지 더. 리 지엔롱 씨가 그쪽 경쟁자에게 물건을 팔지 않겠다고 약속했다고 들었는데, 이제는 경쟁자에게만 물건을 넘기기로 했다는군요." 데릭이 말했다.

알렉스는 총알 세 발이 알렉산드로의 가슴과 복부에 발사되어 뒤로 쓰러지기 직전, 가장 근접한 선체의 둥근 창 너머로 총신이 번쩍이는 것을 발견했다. 알렉산드로는 손으로 복부를 움켜쥐었고, 두 번째 총알이 머리에 명중하는 순간 피를 내뿜으며 그대로 옆으로 쓰러졌다. 알렉스가 방아쇠를 당기자, 데릭은 갑판 위로 몸을 던졌고 그가 쏜 총알은 창문을 산산조각내고 유리섬유 위에 동그란 구멍을 만들고 말았다. 총격 소리에 놀라 눈을 뜬 리 지엔롱은 알 수 없는 만다린어를 중얼거리면서 알렉스의 손에서 벗어나기 위해 몸을 꿈틀거리기 시작했다.

"이봐, 진정해." 데릭이 자리에서 일어나 무기가 없는 빈손을 알렉스 쪽으로 보이며 말했다. "그쪽에 이제 몇이나 남았나, 둘? 아니면 셋? 이제 그만 리 지엔롱 씨를 풀어줘. 내가 자네를 쏠까 봐 걱정돼?

그럴 거면 저번에 식당에서 만났을 때, 죽였을 거야. 그때 부탁했던 것처럼 리 지엔롱 씨를 태우고 빨리 뜰 수 있도록 협조해. 어차피 이번 일은 자네랑 상관도 없는 거잖아."

"좋아. 마음대로 해. 난 갈 테니까. 다시는 내 소식을 들을 일 없을 거야." 알렉스가 말했다.

알렉스는 뒤쪽 긴 의자에 권총을 내려두었고, 데릭은 소형 보트 쪽으로 밧줄을 집어 던졌다.

"잘하는데?" 알렉스가 밧줄을 잡아당기자, 데릭이 말했다. "난 자네를 쏘지 않을 거야. 다른 사람이 쏘지."

알렉스는 옆으로 몸을 날리느라 권총이 어디 있는지는 제대로 보지 못했다. 하지만 총알이 발사됨과 동시에 귓가에 첫 번째 총알이 발사되는 소리가 크게 울려 퍼졌다.

41

알렉스는 코와 입으로 피와 담즙을 쏟아내면서 정신을 차렸다. 태양은 이제 머리 바로 위까지 떠올라 살을 뜨겁게 그을리고 있었다. 그는 배의 바닥 가운데 긴 의자와 뱃머리 사이에 몸이 낀 채로 종아리는 의자 쿠션에 올리고 턱은 가슴까지 숙인 자세로 누워 있었다. 총알은 방탄조끼를 뚫고 그의 갈비뼈를 부러뜨렸고, 그 때문인지 호흡이 탁탁 막혔다. 척추 아랫부분이 후끈해서 물에 잠겨 있는가 싶었지만, 사실은 셔츠의 앞부분이 온통 피로 범벅이 돼 있었고 엉덩이 윗부분의 사입구 부분에서 짜릿한 통증이 맥박처럼 벌렁거렸다. 바닷바람이 보트를 살랑살랑 흔들었지만, 알렉스는 태양을 정면으로 마주한 상태로 구름 한 점 없이 맑은 하늘에 뜬 둥근 태양을 바라보고 있었다.

알렉스는 뜨거운 태양을 막아볼 요량으로 오른손을 들었고, 그제야 손바닥이 거의 두 동강이 나서 새끼손가락과 약지가 손목 부분까지 벌어져 있고 그의 움직임과 보트의 출렁임에 따라서 함께 덜렁거린다는 걸 깨달았다. 왜 손에서 통증이 느껴지지 않았을까 궁금해지려는 찰나, 곧바로 찌릿한 통증이 손목을 따라서 팔과 가슴 그리고 어깨 부위까지 퍼져나가는 것을 느낄 수 있었다. 그는 비명을 질렀지만, 목구멍이 턱 하고 막혀서 끙 하는 소리와 함께 비명도 잦아들고 말았다. 목소리도 나오지 않고 휴대전화도 없다. 수평선 어디에도 배를 찾아볼 수 없었다. 이렇게 끝나는 거로군, 그는 생각했다.

알렉스는 허벅지 쪽으로 불룩하게 튀어나온 부분을 빤히 내려다보다가 바지 주머니에 케타민 주사가 들어 있다는 사실을 떠올렸다. 다른 무엇보다 그를 고통으로부터 구원해 줄 유일한 것이었다. 그는 다리로 팔을 뻗어서 주사를 꺼낸 다음, 목에 주사기를 대고 피에 젖은 엄지와 집게손가락으로 누름대를 잡았다. 그리고 이로 물약 병의 뚜껑을 뜯은 다음, 그나마 멀쩡한 손으로 주삿바늘을 고무 막 사이로 끼워 넣었다. 그나마 남아 있던 오른손의 감각이 빠르게 사라지고 있었고, 이제 2밀리 정도 남은 양만 주사기에 넣으면 된다 싶었는데 순간 약병이 손바닥 사이로 미끄러지더니 보트 바닥으로 데구루루 떨어지고 말았다. 그는 주사기를 움켜쥔 손을 들고 허벅지 위로 휘적이다가 직각으로 떨어트렸다. 주삿바늘이 바지를 뚫고 살갗 사이로 파고들었다. 알렉스는 액체가 근육 사이로 파고드는 것을 느끼며 누름대를 끝까지 밀어 넣었다.

바닥에 누운 알렉스는 실제로 온몸이 갈가리 찢긴 상황에서도 꿈속에서 자신의 몸뚱이가 찢기는 형상을 보게 될지 궁금해졌다. 그는 호흡에 정신을 집중했고, 아직 몸에 피가 충분히 남아서 뇌까지 진정제의 기운을 불어넣을 수 있기를 기도했다. 헬리콥터 소리가 들려서 눈을 번쩍 떠봤지만, 남쪽으로 향하는 해안경비대의 순찰 헬리콥

터였고 그마저도 곧 저만치로 사라져버렸다. 푸드덕 돌아가는 헬리콥터 날개의 메아리만이 드럼 비트처럼 물결 위로 울려 퍼졌다. 알렉스는 툴룸의 클럽에서 DJ를 보던 파올라의 모습과 파올라와 다이앤이 깍지를 낀 채로 턴테이블 위에서 신나게 몸을 흔들던 모습을 떠올렸다. 서서히 의식이 희미해지는 것을 느낀 그는 진정제 주사를 맞은 것을 후회하면서, 머릿속에 떠오르는 형상들을 어떻게든 놓지 않으려고 노력했다. 알렉스는 다시 눈을 떴고, 어떻게든 멀쩡한 정신 상태를 조금 더 유지해 보려고 했다. 눈앞에 보이는 태양이 조금씩 흔들리더니, 좌우로 늘어났다가 다시 줄어들었고, 앞으로 가까워졌다가 멀어지는 것처럼 보였다. 그러고 나서 시야 가장자리부터 하늘이 서서히 어두워지기 시작했고, 블루블랙의 시커먼 기운이 천천히 눈앞의 형상들을 까맣게 덮어버리고 말았다. 알렉스는 눈을 깜빡이며 다시 집중해보려고 애썼지만, 이제는 눈을 뜬 건지 감은 건지도 확실히 알 수가 없었다. 이제 그의 시야에 보이는 거라고는 아릿하고 흔들리는 자그마한 빛뿐이었다. 다시 열차가 보이는 거로군, 그는 생각했다. 이번에는 그 불빛마저도 꺼지고 말았다.

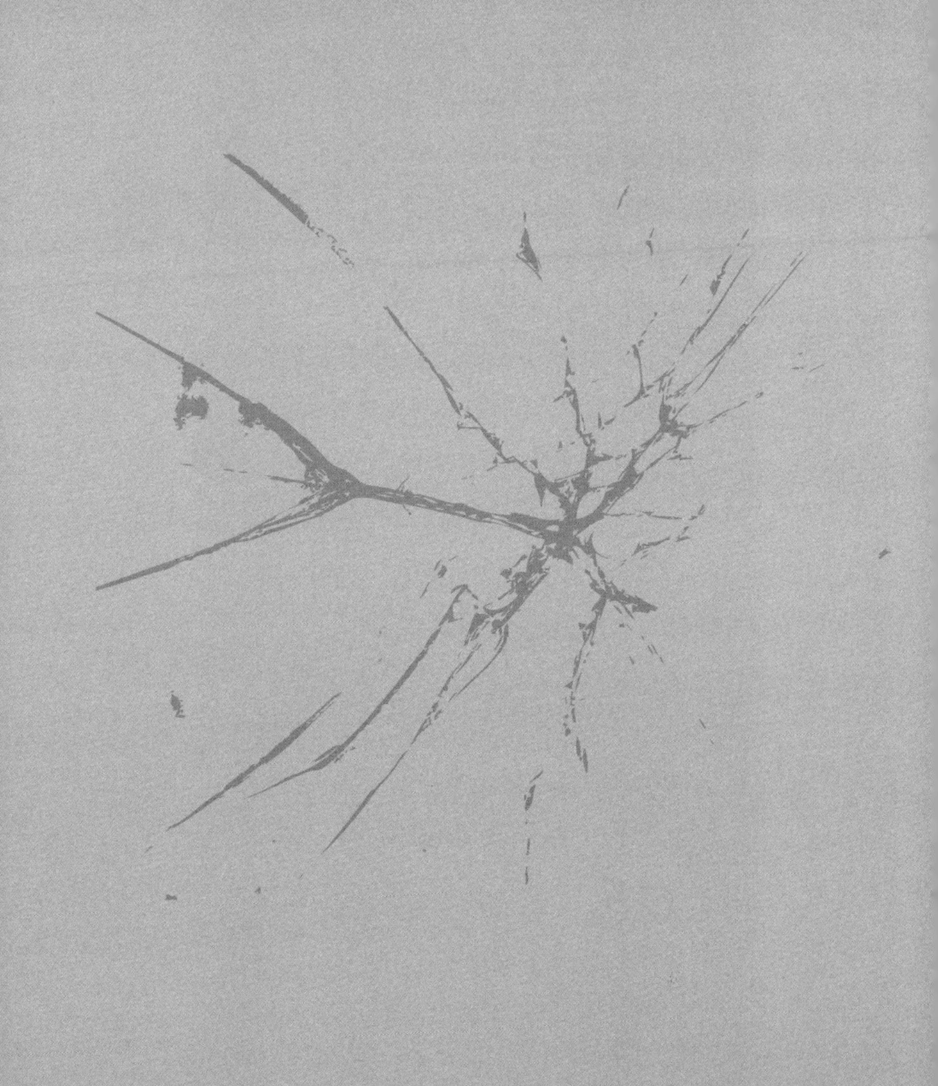

에필로그

| 에필로그 |

어네스토는 오늘 아침 어부한테 직접 사서 온 신선한 참치에 키라임과 크림소스를 곁들인 요리를 준비했다. 마리셀이 경호원들과 함께 해변으로 산책하러 갔다가 돌아오자, 테이블에 점심 식사가 준비돼 있었다. 주치의가 그녀의 혈당 수치가 높다고 걱정을 한 탓에 오늘 식사에는 와인이 빠져 있었다. 하지만 어네스토는 '아주 달달하고 맛있는 걸 준비하겠습니다.'라면서, 와인 대신 특별한 디저트를 준비하겠다고 호언장담했다. 마리셀은 식사를 하는 동안, 어네스토가 주방에서 설거지하는 소리를 듣고 있었다. 점심 식사를 마치고 나서는 큰딸과 통화를 하기로 돼 있었다. 이틀 전 율리아나가 차에서 내려라 호야의 콘도로 향하던 중에 누군가로부터 등을 떠밀려서 인도에 쓰러지고 말았다. 마리셀의 네 살 난 손녀 사브리나는 엄마를 붙잡고 있던 손이 떨어지자, 꽥 하고 비명을 지르기 시작했다. 율리아나는 바닥에 쓰러진 상태에서 헬멧을 쓰고 오토바이에 탄 남자가 권총으로 자신의 머리를 정확히 겨누고 있음을 깨달았다. 그는 율리아나의 손목에 걸려 있던 악어가죽 핸드백을 홱 하고 낚아채더니 다시 오토바이에 올라타고 로메로 대로를 따라서 바람처럼 사라져버렸다. 지금까지 수년간, 마리셀은 딸에게 개인 경호원을 데리고 다니라고 설득했지만, 이번에는 강력하게 경호원을 붙이라고 말할 작정이었다. 뭐라고 얘기를 할까, 머릿속으로 떠올리고 있는 찰나, 주방의 타일 바닥으로 철제 프라이팬이 떨어지는 요란한 소리가 들렸다. 마리셀은 음식을 집던 포크를 멈추고 어네스토의 이름을 불렀다. 의자에서 반쯤 몸을 일으키려는데, 다이앤이 주방에서 걸어 나오면서 총을 들지 않은 손으로 머리카락을 뒤로 넘겼다.

"안녕하세요. 그냥 앉아 계세요." 다이앤이 마리셀의 건너편 의자로 가서 앉더니 유리로 된 테이블 위에 권총을 올렸다.

주방 쪽에서 다시 꿍 하는 신음이 들리더니 벽과 바닥으로 묵직한 몸뚱이가 쓰러지는 소리가 들렸다. 마리셀은 주방으로 향하는 문 틈새로 카탈리나의 모습이 빠르게 지나가는 모습을 얼핏 볼 수 있었고, 다이앤은 그 나이 든 여자가 모든 방어막이 허물어지고 이제는 그녀를 구해줄 사람이 하나도 남지 않았음을 깨닫는 모습을 가만히 지켜보고 있었다.

"알렉스 일은 정말로 안됐어." 마리셀이 말했다.

"진심이세요? 참 고맙네요."

"아들을 다시 만나니 기분이 어땠어?"

"당신이 마음속의 신적인 존재를 잃었을 때와 비슷했어요. 모든 일이 수포로 돌아갔으니 다른 선택의 여지가 없었겠죠. 당신이 만들어낸 문제보다 더 끔찍한 건 두 아이가 차가운 시체가 되는 것이었을 테니까."

마리셀은 참치 한 조각을 잘라서 포크로 집어서 소스를 적셔 입에 넣고 천천히 씹어 먹었다. 생선 살이 목구멍으로 스르르 넘어갔다.

"맛이 어때요?" 다이앤이 물었다.

"아주 맛있어. 주방에 남은 게 있을 텐데, 이제 직접 차려 먹어야겠네."

"고맙지만 이 일을 끝내고 나서 점심을 먹으러 갈 거라서요. 한 가지 궁금한 게 있어요. 왜 다시 돌아온 거죠? 지루해서? 명예 때문에? 한 가지 말해 두는데, 알렉산드로를 이 일에 끌어들인 건 정말 기발한 생각이었어요. 비록 알렉산드로 본인이 바라는 대로 되지 않았지만."

마리셀은 계속 식사를 이어나갔다.

"라스베이거스에서 그 목걸이를 훔친 이유는 뭐였죠? 마지막 경고 같은 거였나요? 그 중국인 친구에게 보내는 경고장? 그런데도 그자는 당신의 경고를 무시하고 물건 배송을 지연시킨 거군요. 그래서 콧대를 꺾어줄 요량으로 개인적으로 리 지엔룽의 뒤를 캔 거고. 하지만 그 사람들은 당신의 그 잘난 삼류 세계 카르텔을 완전히 무시하고, 알렉산드로를 죽이고 당신에게 한 방 먹이고 말았네요. 내가 보기에는 아이들을 납치한 것도 엄청난 계산 착오였고. 아무래도 판단력을 완전히 잃으신 것 같은데요."

마리셀은 끝이 무딘 나이프에 소스를 찍어서 포크에 꽂힌 참치살 위에다가 발랐다.

"클레이도 당신이 죽인 거죠?" 다이앤이 물었다.

그제야 나이 든 여자는 접시 위로 고개를 들었다.

"알렉스를 당신 곁에 두고 싶었는데, 그때는 클레이와 알렉스가 바늘과 실처럼 붙어 다니는 단짝이었으니까. 그래서 단짝 친구를 죽이고 마치 고속도로에서 강도를 만난 것처럼 꾸민 거예요."

"공항에서 벌인 작전은 아주 오랫동안 이어졌어." 마리셀이 말했다. "물론 직원 구성이 조금 바뀌기는 했지만. 나는 알렉스를 다른 일에 이용하고 싶었어."

"다른 일?"

"알렉스는 잘 모르고 있었겠지만, 오랫동안 그 애는 알게 모르게 나를 위해서 일해왔어. 당시 공항에서 벌인 사업은 애초에 그 일을 우리에게 제안했던 사람들이 감당하기에는 규모가 꽤 커졌어. 그래서 동업자들이 그 일에서 손을 떼도록 해야 했고, 물론 클레이도 마찬가지였고. 알렉스를 살려둔 이유는 그 애가 쓸모가 있을 거라는 생각 때문이었어. 내 생각이 옳았지. 네 아들의 아버지를 제거한 후에 멕시코에 찾아왔던 알렉스의 모습을 너도 봤어야 했는데. 어디로 가야 할지도 모르고, 자기 그림자조차 두려워하던 모습. 그래서 벤과 함께 일을 해보라는 권유에 곧바로 그 일에 뛰어들게 된 거야. 두 사람은 합이 잘 맞았어. 손발이 잘 맞는 팀이었지. 그래서 나는 두 사람에게 임무를 던져주기 시작했어. 사실 알렉스가 그 사실을 전혀 눈치채지 못했다는 게 나로서도 조금은 놀라워. 그런데 갑자기 독립하겠다는 바보 같은 생각을 하고, 본인 표현에 따르면 새로운 삶을 살겠다고 나서는 게 아니겠어? 그 모습을 지켜보고 있자니 가슴이 찢어지는 것 같았어. 내가 시키는 건, 누구 지시인 줄도 모르면서도 묵묵히 해내던 아이였는데. 군대는 돈만 있으면 누구든 살 수 있어. 그보다 값진 것은 다각도의 자산을 완벽하게 빼돌릴 수 있는 소규모 팀이었지. 채권, 선박, 보석, 예술품까지. 우리처럼 사업을 하는 사람들은 감당할 수 없을 정도로 현찰이 늘어나면 그런 물건에다가 투자하게 마련이거든. 바로 그걸 훔치는 임무를 알렉스와 그 일당들이 맡게 된 거야. 덕분에 우리 경쟁자들은 불안함을 느끼게 되었고, 물론 리지엔룽도 마찬가지고."

"그렇게 오랜 시절을 함께했는데 왜 알렉스를 배신한 거죠?"

"우리가 어떻게 만났는지 그 애가 얘기하던가?"

다이앤이 끄덕였다.

"어떻게 내 물건을 훔쳐서 달아날 생각을 한 건지부터가 나는 도저히 이해할 수가 없었어. 호텔 방으로 쳐들어와서 내 물건들을 훔쳐가려고 했던 아이에게 내가 왜 그렇게 친절하게 대해 줬겠어? 알렉스는 누군가 자신을 보살펴줄 사람이 있다고 믿고 싶었던 거야. 예전에는 그런 적이 없었으니까. 그게 알렉스의 유일한 약점이었겠지. 불운하게도 그것 때문에 모든 걸 잃고 말았지만."

"모든 건 아니죠."

마리셀이 은으로 된 포크를 가만히 내렸다.

"아. 죄송해요. 아직 알렉스가 죽은 거로 알고 계시죠? 저랑 같이 왔어요. 당신을 보면 죽일 수도 있다고 하길래, 그냥 밖에서 기다리라고 했어요."

"거짓말."

"거짓말이라고요?"

"그래, 알렉스는 어떤데?" 마리셀이 미심쩍은 투로 물었다.

"당신 딸은 어떤데요? 팔은 괜찮대요?"

마리셀은 눈가를 움찔한 것을 제외하고는 평정심을 유지하려고 애썼다.

"오, 마리셀. 그게 우연일 거로 생각했어요? 스페인에서 그 일이 터지고 열흘 후에 어떤 소매치기가 당신 딸의 핸드백을 훔쳤는데? 그 핸드백은 제 친구한테 줬는데, 그래도 이건 당신에게 돌려줄 수 있겠네요." 다이앤은 빨간 가죽 지갑을 테이블 위에 올려놓았다. "이제 당신 딸이 어디에 있는지, 분명히 알게 됐어요. 당신 아이들이 전부 어디에 사는지도 알고 있고. 율리아나가 어느 동물병원에 다니는지, 라울이 토팡가에 있는 히피 10대 애인이랑 뒹굴지 않는 일요일에는 어디서 골프를 치는지도 알고 있어요. 당신 손주들도 모조리 꿰뚫고 있죠. 이 일을 시작한 지 얼마 안 돼서 그런지 하루하루가 놀라움의 연속이에요. 그런데 진짜 나를 놀라게 했던 게 뭔 줄 알아요? 전문 킬러로서 당신 아이들을 죽였을 때의 비용이 얼마인지를 알게 된 거예요. 아이들과 정치인들, 아시죠? 물론 죽이는 건 문제가 아닌데, 비용이 아주 형편없더군요."

"너는 절대로 못 할 거야. 아이들을 죽인다니. 아이들을."

"규칙은 당신이 만든 거예요. 우리는 그대로 따르는 것뿐이고, 나는 손가락 하나 까딱할 필요도 없어요. 만약 우리 중 누군가에게 무슨 일이라도 생기면, 자동으로 당신 가족들이 하나씩 죽어나가게 될 테니까. 재산을 상속하는 것과 비슷하다고 생각하면 돼요." 다이앤은 마리셀의 눈동자의 작은 움직임 속에서 그녀의 가슴속에서 왱왱 경고음이 들리고 있음을 감지할 수 있었다. "물론 경호원을 투입하고, 가족들과 손주들을 멀리 이사시켜서 그들의 인생을 엉망진창으로 만들 수도 있겠죠. 하지만 그게 어디든 끝까지 쫓아가서 찾아내고 말 거예요. 그래야 내 인생을 제대로 살 수 있을 테니까."

"원하는 대로 되지는 않을 거야."

"당신 몫을 제대로 해낸다면 그런 일은 없을 거예요. 스페인 일로 우리한테 빚진 게 있잖아요? 애초에 주기로 했던 수수료에다가 벤의 동거인을 위해서 500만 달러를 더해서 갚아요. 앞으로 48시간을 드리죠."

"내가 그 정도 돈을 구할 능력이 있을 것 같아?"

"그거 알아요? 그딴 건 알 바 아니거든요. 내 문제가 아니라고요. 당신이 빚진 거잖아요. 골동품이라도 내다 파시던가. 기부금이라도 모아보든가. 어쩌면 당신 가족 중 하나가 펀드라도 만들자고 제안할 수도 있겠네요. 만약 돈을 갚지 않으면 당신 가족의 숫자가 점점 줄어들게 될 거예요. 물론 돈 때문에 당신 손주들까지 죽이는 건 내키지 않을 수도 있겠죠. 하지만 당신 자식들을 죽이는 거라면 얘기가 다르죠. 우리 아이들에게도 그랬으니까. 이틀이면 충분할 거예요."

마리셀이 포크와 나이프를 들자, 다이앤은 권총을 집었고 마리셀은 일부러 못 본 척했다.

"하긴 나 같은 게 이런 말 해봤자 장난처럼 들리겠죠?" 다이앤이 말했다. "사실 이걸 어떻게 쏘는 건지도 잘 모르는 사람이니까."

점심 케이터링 중에 작은 사고를 겪으면서 다이앤은 커다란 유리로 된 테이블에 대해서 한 가지 교훈을 얻었다. 정중앙에 물건을 떨어트리면 유리는 산산조각이 난다는 것. 다이앤은 테이블 위로 몸을 숙이더니 권총의 손잡이 부분을 정중앙 쪽으로 떨어트렸다. 두꺼운 유리가 하얀 눈이 덮인 연못처럼 쩍 하고 금이 가더니 산산조각이 나서 바닥으로 와르르 떨어져 내렸다. 다이앤은 난장판이 된 유리 조각들을 밟고 두 눈을 감고 손을 바들바들 떨면서 무릎에는 유리 조각이 쌓인 채로 의자에 앉아 있는 마리셀 쪽으로 다가갔다. 그리고 총신의 끝부분을 마리셀의 턱에 대고 고개를 들었고, 두 사람의 눈이 마주쳤다.

"아이들을 생각해요. 나도 그랬으니까." 다이앤이 말했다.

그녀가 앞문으로 걸어 나오자, 하얗고 넓적한 계단에 앉은 카탈리나와 집 아래로 드리워진 그림자 속 기둥에 몸을 기대고 서 있는 알렉스가 기다리고 있었다. 알렉스의 오른쪽 손에는 두툼한 붕대가 둘려 있었고, 왼쪽 손에 소음기를 장착한 권총은 바닥을 향하고 있었다. 콧대 부근에 2도 화상을 입어 껍질이 군데군데 벗겨져 있었다.

바다 위에서 한바탕 총격이 있는지 6시간 후, 후안 카를로스는 두 번째 소형 보트를 타고 바다로 출격했고 알렉스가 첫 번째 보트 바닥에 엄청나게 피를 흘리며 제대로 숨도 쉬지 못하고 누워있는 것을 발견했다. 방탄조끼에는 놋쇠를 입힌 총알이 박혀 있었고 뜨겁게 태양이 내리쬐고 있었지만, 손만 대봐도 피부가 차갑게 식어버렸음을 느낄 수 있을 정도였다. 오른손은 살점이 그대로 드러나고 뼈가 으스러진 상태로 퉁퉁 부어 있어서 몰래 부업으로 출장을 나온 외과 의사조차도 절단해야 한다고, 예전으로 회복하는 건 불가능하다고 말했다.

"마지막으로 전하고 싶은 말 없어요? 마음의 준비는 한 것 같던데." 다이앤이 물었다.

"하고 싶은 말은 전부 다 했죠?"

다이앤이 끄덕였다.

"그럼 더 할 말 없어요. 갑시다." 알렉스가 말했다.

그는 다이앤의 입술에 키스하고 경비실을 지나서 바닥에 깔린 시체를 밟고 넘어가서 출입구 문을 닫는 버튼을 눌렀다.

거리는 양방향 모두 텅 비어 있었고, 들리는 소리라고는 머리 위로 나부끼는 종려나무 잎사귀가 딸깍거리며 부딪히는 소리뿐이었다. 다이앤은 청바지 허리띠에 권총을 끼우고, 알렉스와 카탈리나와 나란히 걸으면서 담배에 불을 붙였다. 100m 정도 도로를 따라 내려가자, 정글 안쪽으로 오토바이 옆에 주차된 은색 중형 렌터카 한 대가 보였다.

“공항에 도착하면 전화해.” 카탈리나는 헬멧을 머리에 쓰면서 말했다.

다이앤은 차에 탄 후에 담배 한 모금을 깊이 빨더니 다시 하얀 연기를 내뿜었고, 물음표 모양의 연기가 엉덩이 부분을 지나서 날아가도록 했다. 알렉스는 렌터카 안에서 담배를 피우면 자동세차 비용을 추가로 물어야 한다는 사실을 알고 있었지만, 다이앤이 다시 담배를 한 모금 마시는 모습을 보고 아무 말도 하지 않기로 했다.

“괜찮아요?” 그가 물었다.

“우리 그 레스토랑 못 가봤잖아요.”

“어디요?”

“스카셀에서 예약했던 해산물 레스토랑이요. 기억 안 나요? 그날 점심을 먹으러 가려다가 못 갔는데.”

“맞아요. 그랬죠.” 알렉스가 대답했다.

“거기로 가요.”

“지금 가고 싶어요?”

“내가 가고 싶은 곳이 바로 거기예요.”

“좋아요.” 알렉스는 자동차에 시동을 걸며 말했다. “밥 먹으러 갑시다.”

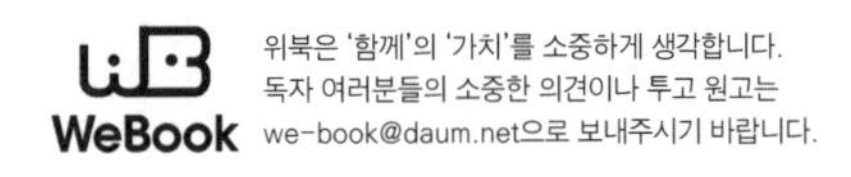

러브 스틸러(Love Stealer)

초판 1쇄 인쇄 2021년 3월 19일
초판 1쇄 발행 2021년 3월 26일

지은이 스탠 패리시
옮긴이 정윤희
펴낸이 강용구
펴낸곳 위북(WeBook)
등록 2019. 10. 2 제2019-000271호
주소 서울시 마포구 양화로 127(서교동) 첨단빌딩 4층 432호
전화 02-6010-2580 **팩스** 02-6937-0953 **전자우편** we-book@naver.com

ISBN 979-11-969867-7-3 (03840)
정가 15,800원

책을 만든 사람들
편집주간·기획 추지영 **책임 디자인** 디자인O2 **마케팅** PAGE ONE **홍보** 김범식
물류 북앤더 **지원** 정현주 정명은 김태윤 김익수 **제작총괄** 안종태 **제작처** (주)한길프린테크